Delphine Arnould

IDAVOLL

1. Le bouclier d'Eira

Les Éditions du Menhir

A ma fille, Carolyn.
Avance avec confiance sous le soleil et sous la pluie. Bats-toi pour réaliser, pas à pas, ce que te chuchote ton cœur. Quand on y croit très fort, les rêves deviennent toujours réalité.

LA PROPHÉTIE

« Le destin des douze sera scellé autour du guide lors de la nuit de l'Apogée, quand le portail sera ouvert pour nous permettre d'accéder au Crépuscule des dieux. »

1. La Lyfia

Eirwen était une habituée des randonnées solitaires. Plus que tout, elle appréciait ces moments de calme profond loin de toute civilisation.

Elle n'était pas sauvage, non. Elle aimait juste se retrouver face à elle-même, face aux éléments, au milieu des sons singuliers de la nature mêlant efforts et introspection. Qu'il pleuve, qu'il vente, qu'il neige ou que le soleil baigne le paysage de sa lumière dorée comme aujourd'hui, Eirwen partait s'isoler dès qu'elle en avait l'occasion afin de pouvoir recharger ses batteries, comme elle aimait le dire. Seule, plongée au cœur de contrées reculées. Seule... pour son plus grand plaisir.

La semaine, les cours de la faculté de médecine étaient passionnants mais souvent elle étouffait, prise dans un tourbillon de sentiments, au milieu du vacarme et de l'agitation des étudiants stressés ou au contraire ne pensant qu'à faire la fête aux dépens de leurs études.

C'était à chaque fois la même histoire. Assise au cœur de l'amphithéâtre bondé, elle se sentait oppressée, commençait à avoir chaud puis suffoquait. Elle avait l'impression que chaque pensée émanant des autres la faisait frémir comme si elle faisait sienne leurs émotions joyeuses ou tristes. Cela l'épuisait moralement tout autant que physiquement. Souvent, elle était obligée de quitter les lieux à la hâte pour aller reprendre son souffle dans un parc voisin, adossée contre un arbre. A ces moments-là,

pourtant entourée de centaines de personnes sur ce campus universitaire très coté, elle se sentait plus isolée que jamais. Elle se sentait différente.
Depuis sa plus tendre enfance. Depuis la mort de ses parents, alors qu'elle n'était qu'un nourrisson, Eirwen ne trouvait de repos que dans la solitude, loin des Hommes. Ses jours étaient peuplés du tumulte de la vie, ses nuits de cauchemars horribles. Seule la nature l'apaisait. Ses parents adoptifs, deux médecins de campagne suédois, avaient même songé un temps qu'elle devait avoir quelques troubles mentaux, résultats du traumatisme subi dont elle n'avait pourtant aucun souvenir. Mais il n'en était rien. Eirwen était juste une petite fille plus sensible que la normale. Une petite fille plus intelligente que la normale également puisqu'à tout juste 17 ans, elle avait fait son entrée en septembre dernier en seconde année de médecine. Eirwen était brillante mais toujours à fleur de peau appréciant plus que de raison ses exils verts.
Protecteurs, ils avaient décidé d'ouvrir un cabinet dans une toute petite ville à la périphérie de Gävle. Un endroit charmant et surtout calme où elle pouvait profiter du grand air en compagnie des jumeaux Sven et Timo, les fils légitimes de la famille.
Ainsi entourée et choyée, Eirwen avait grandi. Elle était aujourd'hui devenue une jolie jeune fille de dix-huit ans résolument tournée vers les autres pour oublier ses propres angoisses. Elle possédait la plus grande empathie et était toujours la première à se porter volontaire quand il s'agissait d'aider, d'épauler et de soigner toutes les créatures

en danger, qu'elles soient humaines ou animales. Elle était tellement plus empotée quand il s'agissait de se faire des amis. Combien d'oiseaux blessés avait-elle rapportés à la maison ? Combien de mains de patients avait-elle prises entre les siennes pour les apaiser dans la salle d'attente du centre médical de ses parents ? En revanche, les soirées où elle avait été conviée se comptaient sur les doigts d'une main. Elle n'était pas populaire mais finalement elle s'en moquait bien. Elle n'appréciait pas du tout se retrouver coincée au milieu d'une foule d'ados plus attentifs à leurs tenues vestimentaires qu'à leur voisin. Elle ne se sentait pas à sa place dans ce genre d'endroits confinés. Non ce qu'elle aimait plus que tout, c'étaient ses périples solitaires du week-end dont elle revenait plus rayonnante que jamais. Chargée d'une énergie nouvelle, presque surnaturelle. Souvent ses frères se moquaient d'elle, la surnommant l'ermite ou suggérant qu'à force d'arpenter la forêt, elle allait finir par y prendre racines. Elle n'en avait que faire car justement des racines, elle n'en avait pas à cause d'un stupide accident de la route.

Ce samedi, Eirwen avait pris le chemin du mont Lyfia, dont elle avait découvert l'existence en feuilletant par hasard un vieux manuel de géographie oublié sur une des tables de la bibliothèque universitaire qu'elle fréquentait assidûment. Cette ascension était devenue depuis une vraie obsession. Elle était la promesse non seulement d'isolement, le parcours atypique n'apparaissant dans aucun guide grand public, mais surtout d'un paysage à couper le souffle comme récompense à son sommet. Elle avait préparé avec soin cette dernière sortie avant le marathon épuisant des examens de fin d'année. Au milieu de la nuit, elle avait emporté son sac à dos en prenant soin de ne pas réveiller la maisonnée encore endormie. Comme à son habitude, elle avait laissé sur la table un post-it en forme de cœur sur lequel était écrit « Je vous aime TOUS. A lundi. Bisous. Eir ». Puis elle était montée dans sa petite voiture vert pomme, un peu cabossée par les chemins de champs qu'elle empruntait souvent, direction le nord du pays. Depuis qu'elle possédait son permis, quel bonheur de pouvoir découvrir le monde seule sans avoir besoin que ses parents ne viennent à la rescousse. Pas de frères encombrants, pas de papa ou maman inquiet. Elle se retrouvait libre, seule, face à des terrains de jeux immenses et variés, lui permettant de s'apaiser durant les deux uniques jours de répit d'une semaine surchargée.

Il ne faisait pas encore tout à fait jour quand elle arriva au cœur d'un massif couvert d'arbres majestueux d'où émergeait le petit mont dans la lumière rosée de l'aube. Tout autour s'étendait une plaine verdoyante, immense, balayée par le vent. On aurait dit que s'étalait à ses pieds une mer de verdure, les hautes herbes ondulant comme des vaguelettes.

Eirwen stationna le véhicule sur le chemin de terre, devant un tas de bois empilé avec soin.

Première étape, le gîte qu'elle avait loué pour pouvoir profiter de cette retraite. Le site était perdu au milieu de nulle part, à des kilomètres de la première habitation. Le propriétaire de la fermette en bois peint rouge et blanc, typique du pays, était un jeune homme à la voix caverneuse qui tranchait avec son jeune âge. Il lui confia les clefs, non sans l'avertir des dangers de ce petit sommet, dont l'ascension pouvait paraître aisée mais qui avait la réputation d'être un lieu jadis sacré dont les honneurs se « méritaient ». Quelques aventuriers du dimanche en avait déjà fait, selon lui, les frais par excès de confiance. La randonnée n'était pas rude mais tout randonneur qui s'y aventurait devait s'attendre à quelques surprises pas forcément heureuses. Cela fit sourire la jeune fille. Ainsi, comme elle l'avait pressenti, elle avait peu de chance de croiser le chemin de promeneurs qui auraient dérangé son bain de nature. Le mont était vraiment à elle. À elle toute seule !

L'heure avançait. Eirwen prit congé rapidement mais poliment de son hôte. Fébrile, elle ajusta ses baskets, s'assura qu'elle avait assez d'eau dans sa gourde, tira sur l'élastique qui enserrait ses longs cheveux bruns et leva les yeux juste à temps pour apercevoir un cercle de brume s'installer comme une couronne au sommet de la Lyfia. Le site était à la hauteur de ce qu'elle espérait. Enchanteur.

En route ! Elle allait enfin pouvoir profiter de cette journée pleine de promesses.

2. Contemplation

Son hôte n’avait pas menti, la montée était éprouvante, parsemée de roches et de mousses glissantes. Même si la jeune fille était sportive, elle avait le souffle coupé par la pente de plus en plus raide. Le chemin, minuscule, serpentait au milieu des arbres centenaires, des épineux mais aussi des chênes et des bouleaux. Il lui permettait de s'élever lentement toujours plus haut vers son objectif : le sommet et sa vue ensorcelante.

Eirwen aimait sincèrement ces efforts intenses qui meurtrissaient ses muscles et la faisaient se sentir en fin de compte tellement vivante. Contrairement à ces longues heures de cours où elle devait rester assise dans un amphithéâtre surchargé, mal à l'aise, trop passive. Cette douce souffrance lui assurerait encore plus de plaisir quand arrivée en haut, elle pourrait enfin se poser et sentir la plénitude de son corps fatigué entrant petit à petit dans un état de relâchement total en plein cœur de cette nature sauvage. Les aiguilles de pins formaient un tapis moelleux amortissant ses pas, rendant les sons plus sourds et lointains. Des fourmis noires comme en procession accompagnaient sa lente montée. Le long du sentier courait une source semblant sortir de nulle part mais dont le clapotis régulier et la sensation de fraîcheur l'encourageait à reprendre de plus bel son effort.

Le temps s'étirait. Elle se souvint alors des mots du propriétaire du gîte : « L'ascension de la Lyfia se mérite ».

Il n'avait pas menti. Eirwen était épuisée mais le temps de la récompense était proche : gagner le soleil après ces heures passées dans la pénombre des sous-bois, ces longues minutes à éviter les pièges de pierres chancelantes ou glissantes, prêtes à l'emporter vers une chute vertigineuse. Creusant sa main, elle prit un peu d'eau fraîche dans le ruisseau et s'aspergea le visage. Il fallait quand même être présentable pour découvrir ce lieu sacré décrit comme magique. Sans sueur, mais le visage tout de même rosi par cette activité physique intense, elle effectua avec une certaine solennité les derniers pas qui la séparaient du Graal. Sous le soleil, un paysage grandiose allait s'offrir à elle tel un cadeau des dieux. Elle se sentit soudain tellement privilégiée.
Haletante, elle arriva sur une longue dalle formant un promontoire lisse au sommet de la Lyfia, d'où on pouvait apercevoir la plaine s'étaler sans fin vers l'horizon. Son logeur avait une nouvelle fois raison. L'endroit avait un je ne sais quoi de... mystique. Le cercle de brume aperçu depuis le gîte enveloppait la cime entière. On se serait cru au cœur même d'un nuage vaporeux et humide. Paradoxalement, baissant les yeux, elle pouvait apercevoir le paysage en contrebas, s'étalant sur des kilomètres.
Voilà pourquoi elle aimait tant ces découvertes du week-end.
Chaque randonnée était comme une sorte d'initiation dont elle ressortait différente. Toutes l'amenaient non seulement à se dépasser physiquement mais lui apportaient des richesses qu'aucun manuel, aucun professeur n'aurait pu lui

livrer. Même parcourir les allées de marbre de sa précieuse bibliothèque à la recherche du livre rare ne lui apportait pas autant de plaisir que celui de fouler une terre inconnue. Elle était là, à vivre l'instant présent aussi intensément que possible, ivre de bonheur. Elle était seule face à la pierre, ancrée. Seule dans le vent puissant, sur cette cime aux allures de clairière quasiment dénuée de végétation. Seule sous le feu de l'astre du jour qui brûlait sa peau avec en fond sonore, le bruit régulier, incessant de cette source qui courait le long du mont.

A bout de forces mais en même temps se sentant plus forte que jamais, parcourue d'une énergie nouvelle qui l'emplissait de sérénité, elle entreprit de partir à la découverte du lieu, souhaitant prendre le temps d'en observer chaque recoin. Tous ses sens étaient en éveil. Elle était comme revenue à l'état sauvage.

Au centre se dressait un frêne majestueux, immense dont les branches s'étendaient comme des bras vers le ciel. A ses pieds, une énorme plateforme de granit avec en son centre une cupule remplie d'une eau aux reflets bleus, limpides au-dessus de laquelle voletaient des centaines de libellules. Tout autour, un tapis de fleurs blanches dont elle ne connaissait pas le nom. Elles étaient minuscules mais dégageaient un parfum délicat qui emplissait l'air.

Elle se pencha pour mieux profiter des doux effluves.

Un battement d'ailes la fit sursauter. Elle leva les yeux. Deux énormes corbeaux noirs venaient de se poser bruyamment sur une des plus grosses branches du vénérable arbre. Leurs coassements ressemblaient à une

discussion ininterrompue entre deux vieilles commères, ce qui la fit sourire.
Les odeurs, cette chaleur, cette lumière intense alors que ses yeux n'avaient vu que l'ombre durant toute sa marche, la fatigue peut-être... Sa tête se mit à tourner. Elle se sentit soudain très faible, s’affaissant sur le bord du rocher, le dos pressé contre le tronc puissant. Posant son sac, elle s'abandonna à cette sensation d'engourdissement, tentant de se détendre un maximum.
Le lieu était serein.
Elle était seule, rien ne pouvait lui arriver.
Alors elle laissa la somnolence la gagner, restant mi-éveillée, mi-méditative sur cette terre qui lui semblait presque familière. L'exploration serait pour plus tard.

3. Mauvais rêve

Son corps était inerte mais ses yeux verts grands ouverts observaient le ciel dont le bleu se voilait peu à peu. De gros nuages gris poussés par un vent glacial couvrirent bientôt l'ensemble de la voûte céleste. On aurait pu croire que la nuit s'abattait d'un coup sur le lieu... Combien de temps avait donc duré son ascension ? Quatre heures, cinq tout au plus, c'est le temps qui était indiqué sur le vieux livre de la bibliothèque en tous cas. Elle était partie à l'aube. Il devait être aux alentours de midi...

Régulier, lourd, le chant sourd d'une percussion frappa une pulsation de plus en plus rapide à laquelle son cœur répondit à l'unisson. Dans ce mi-sommeil, son corps était paralysé. Sa poitrine peinait à se soulever et l'air commençait à lui manquer. Sans doute était-elle en train de rêver.

Un hurlement guerrier puis un second et des centaines d'autres percèrent le ciel ayant maintenant pris une couleur encre. Des femmes mi-nues, menaçantes, le glaive à la main, surgirent devant elle. Leurs chevaux ailés fendaient l'air. Des gouttes, tout aussi glacées que le vent, martelèrent la peau de la jeune femme. D'instinct, ses membres se mirent à se mouvoir de nouveau et elle découvrit avec stupeur que ce n'était pas de la pluie mais des gouttes de sang qui perlaient sur elle, laissant des traînées rougeoyantes irrégulières. Le tapis blanc de fleurs à ses pieds devint lui aussi, en un instant, écarlate.

Eirwen se leva d'un bond. Elle se mit à courir en direction d'un bosquet qu'elle n'avait pas vu en arrivant sur la cime de la montagne. Tout semblait différent dans la pénombre. Son pied butta contre quelque chose de dur, d'inerte. Un corps ensanglanté gisait à ses pieds. Plus loin une tête roula le long de la pente alors que des ombres couraient tout autour d'elle. La jeune fille hurla mais bizarrement aucun son ne sortit de sa bouche, alors même qu'elle entendait les glaives s'entrechoquer, de plus en plus proches. Les cris lugubres des hommes en armures de cuir dont elle percevait les silhouettes noires, tourmentées, tout autour dans une sorte de brume jaunâtre sentant le souffre, résonnaient de plus en plus fort, répondant au martellement horrible, entêtant.

Que se passait-il ?

Se tournant de tous côtés, elle ne voyait que la mort, la douleur et le feu qui gagnait le long des frêles arbres. Plus elle tentait d'avancer et plus le spectacle était horrible, l'odeur de sang présente. Celle des chairs calcinées lui donnait la nausée. Ces cris de femmes lui perçaient les tympans, l'obligeant à coller ses mains sur ses oreilles.

Soudain, au-dessus de sa tête, elle vit les deux volatiles au plumage noir qui avaient veillé sur son sommeil à son arrivée. Ils semblaient lui indiquer un chemin, plus loin, entre deux ifs entrelacés. Avec une confiance aveugle, elle écarta les deux arbres. Derrière, l'entrée d'une grotte lui apparut, comme un cocon salvateur. Au moins elle n'y voyait ni cadavre, ni feu. L'air y paraissait même frais et léger. Accompagnée des deux corbeaux, elle entra donc dans ce lieu qui d'ordinaire, étant claustrophobe, lui aurait paru si angoissant. Elle ne comprenait pas ce qui lui arrivait. Jamais durant ses cauchemars, ses sens n'avaient été tant sollicités.

Et ce site, il avait l'air si paisible tout à l'heure. Serein même, dans son nuage de coton. L'adrénaline de la situation la poussa à avancer plus loin dans la cavité sans se poser plus de question. Une lueur émanait du fond de l'endroit, provenant d'une sorte de puits au plafond. Une douce clarté qui éclairait les parois. Les sons, les cris, tout ici paraissaient s'être tût. Le silence régnait, à l'exception des bruits d'ailes des deux oiseaux posés près de la source de lumière et d'un goutte à goutte régulier provenant d'un énorme stalactite à la forme acérée rappelant une dent de dragon. Doucement, elle calma sa respiration. Ses yeux s'étaient habitués à ce nouveau clair-obscur.

Elle eut l'impression que les murs étaient remplis de symboles qui lui étaient à la fois inconnus et accessibles, rassurants. Des personnages, des traits, un arbre immense, une étoile... C'était mystérieux et hypnotique comme une langue étrangère qu'elle aurait apprise par le passé mais dont pourtant, à ce moment, elle ne saisissait pas le sens.

Elle n'eut pas le temps d'en voir davantage. Un râle bestial la fit tressaillir. Elle se retourna et s'aperçut avec effroi que toute tentative de sortie de la grotte lui était désormais interdite. L'entrée était condamnée par une sorte de créature gigantesque faite d'os et de métal incandescent. Elle s'avançait vers elle, menaçante, un large sourire sur

son visage décharné, une épée énorme enflammée entre les doigts. Elle sentit son souffle brûlant la frôler tandis que ses pas métalliques résonnaient sur le sol en granite. Elle avait l'intime conviction qu'elle allait finir comme ces pauvres guerriers démembrés qui gisaient dehors, à quelques mètres de son refuge.
Pourtant, au lieu de vaciller ou d'implorer grâce, intuitivement et étrangement calme, elle leva les mains, paumes vers le haut puis ferma les yeux en prenant une profonde inspiration. Un son guttural sortit malgré elle de sa bouche : « Ansuz ».
Par trois fois, elle répéta l'incantation étrange, sans savoir de quoi il s'agissait, poussée simplement par un instinct primaire. Des sphères bleutées scintillantes vinrent alors éclore au creux de ses mains. Toujours malgré elle, elle les dirigea vers le monstre, qui fut instantanément emporté dans un tourbillon puissant, éjecté vers la sortie de la grotte. Il ne pouvait apparemment pas résister à cette tempête de rage polaire provenant du propre corps de la jeune femme. Un corps que, de toute évidence elle ne contrôlait pas, elle ne contrôlait plus.

4. L'éveil

Eirwen ouvrit les yeux, tremblante comme une feuille. La moindre parcelle de son corps lui faisait mal comme si on l'avait roué de coups. Des gouttes de sueur roulaient le long de son front. Au-dessus d'elle, sur la grosse branche, les deux corbeaux continuaient leur conversation, semblant commenter son état avec une certaine malice. Elle aurait même juré les entendre se moquer.

— Deux obscurs volatiles sont-ils capables d'avoir de l'humour ?, se surprit-elle à demander tout haut, ce qui les fit taire.

Dans le ciel, aucun nuage, aucune femme ailée mais un énorme arc-en-ciel aux sept couleurs parfaitement distinctes. Elle soupira de soulagement. Elle avait présumé de ses forces. La fatigue l'avait sans aucun doute emportée et son imagination débordante lui avait joué une nouvelle fois des tours.

Comme presque chaque nuit depuis sa petite enfance, elle avait simplement fait un cauchemar. Mais cette fois-ci, quel cauchemar ! Il semblait si réel qu'elle pouvait encore sentir l'odeur de soufre sur ses vêtements.

Elle se me mit à rire aux éclats. La tension quittait d'un coup ses muscles endoloris, assise près de ce bassin dont l'eau fraîche, limpide l'appelait.

En observant avec plus d'attention l'endroit, elle se rendit compte qu'en fait trois sources jaillissaient de la cupule, se déversant ensuite vers les rus qui dévalaient le mont sans

pour autant que cela ne fasse baisser le niveau d'eau devant elle.
Seule sur ce sommet, encore troublée par ce rêve étrange, toute pudeur la quitta. Elle ôta un à un ses vêtements, les déposant en les pliant à peine sur le tapis de fleurs, laissant sa peau nue profiter des doux rais de soleil.
Elle tenta de mettre un pied dans l'eau, puis le second, frissonnant au contact du liquide glacé. Cette chaleur qui l'avait envahie lors de son affreux songe, les douleurs qui meurtrissaient sa chair ; tout disparut au moment même où elle s'immergea entièrement dans la cupule. Une sensation de bien-être et de plénitude l'envahit. Elle se sentait étonnamment bien, comme lorsque l'on rentre chez soi après un long et pénible voyage. Plus encore, elle avait le sentiment que cette eau comblait les vides béants laissés par la mort de ses parents. Ces deux êtres qu'elle n'avait jamais connus mais qui emplissaient ses nuits d'un néant angoissant.
S'abandonnant à ce moment, elle se laissa flotter sur le dos, admirant le magnifique arc-en-ciel au-dessus de sa tête. Il illuminait les cieux de ses couleurs radieuses, étincelantes, formant une demi-sphère parfaite autour de la cime de la Lyfia. Il transformait la brume toujours présente en une sorte de bulle multicolore qui la protégeait de l'extérieur. Étrangement, elle ne sentait plus le froid mais une douce torpeur l'envahir, jusqu'au moment où une brûlure vive se fit sentir au niveau de sa nuque. Spontanément sa main se rapprocha de l'endroit douloureux, la déstabilisant et la

plongeant tout entière sous l'eau. Elle se sentait happée par le fond par une force surhumaine.
Sous la masse, privée d'air, elle eut l'impression de revoir cette grotte sombre, son puits lumineux et le monstre d'acier et d'os devant elle. La désagréable impression de s'enfoncer dans les flots de plus en plus noirs la gagna. Le liquide entrait dans sa bouche, dans sa gorge en direction de sa cage thoracique. Dans un sursaut de panique, elle se débattit pour regagner la surface projetant autour d'elle des gerbes d'eau avec ses bras. Une eau qui lui parut à nouveau glacée, tout comme l'air qui s'engouffra soudain dans ses poumons, cet air salvateur chargé de l'odeur douceâtre des fleurs.
Elle était en vie et, chose étrange, ses pieds touchaient le fond de la cupule qui ne semblait pas si profonde finalement. Loin de l'abîme sans fin dans laquelle elle s'était débattue l'instant précédent.
Les végétaux de ce site étaient-ils hallucinogènes ?
La respiration rapide, après ce second épisode apocalyptique et perturbant pour la cartésienne, future médecin qu'elle était, elle allait sortir avec hâte de l'eau quand elle s'aperçut que deux regards étaient posés sur elle.
Il ne s'agissait pas cette fois-ci d'oiseaux mais bien de deux paires d'yeux humains. Les prunelles bleu d'azur et grises de deux jeunes hommes, dont l'un se précipita vers elle, visiblement paniqué, l'observaient avec attention.
Campée sur ses pieds, à demi immergée dans le bassin, elle se rappela soudain qu'elle était entièrement nue et posa ses

bras en croix sur sa poitrine poussant un cri d'effroi qui fit reculer son sauveteur potentiel.

— Qui êtes-vous ?, hurla-t-elle, tentant de retrouver son aplomb et éventuellement de sauver le peu de dignité qui lui restait.

Le second, qui s'était emparé de ses vêtements pour les lui tendre avec un air amusé, répondit :

— La brigade des mœurs de la Lyfia, mademoiselle. Vos papiers s'il vous plaît.

Les deux garçons, visiblement très complices, se mirent à rire tout en se retournant pour lui permettre de se vêtir. Ce qu'elle fit le plus rapidement qu'elle put, enfilant tant bien que mal son tee-shirt collant sur sa peau mouillée. C'était bien sa veine. Tomber sur deux voyeurs dans un lieu qui se voulait désert.

Encore dégoulinante, elle se posta ensuite devant eux, jambes écartées, poings sur les hanches, le regard menaçant, ce qui stoppa net leurs moqueries, même si elle sentait bien que le plus grand se mordait la lèvre pour ne pas éclater de rire à nouveau.

Ils avaient sans doute raison d'agir ainsi. Elle imaginait fort bien le spectacle qui se présentait à eux : une jeune fille rouge de honte saucissonnée dans des vêtements enfilés à la hâte, les cheveux trempés et qu'ils avaient découvert quelques minutes auparavant hurlant à la mort dans le plus simple appareil au beau milieu d'une toute petite flaque d'eau. Il y avait de quoi alimenter nombre de conversations lors de leurs soirées viriles à venir. Pourvu que ces deux jeunes hommes ne soient pas des connaissances de ses frères... sinon elle passerait sa vie à devoir entendre et réentendre cet épisode peu glorieux de son existence d'ermite des bois.

Reprenant un peu de contenance et surtout se rendant compte de son attitude puérile, Eirwen tendit fermement la main au blond qui allait courageusement se jeter à l'eau pour elle quelques minutes auparavant. Elle négligea volontairement d'adresser le moindre regard vers le brun qui fit une moue entre le « Je m'en fiche » et le « Oh, je suis fâché ».

— Bonjour, je m'appelle Eirwen et toi ? C'est la première fois que je monte au sommet de la Lyfia, c'est un drôle d'endroit, n'est-ce pas ?

Lui serrant la main avec douceur malgré son gabarit de maître-nageur, il lui répondit qu'il s'appelait Angus et qu'il était amateur de varappe, ajoutant qu'il était venu sur les conseils d'un vieux du hameau où il logeait depuis la veille dans le but d'escalader la falaise. Falaise qui devait normalement se trouver de l'autre côté du mont. Bizarrement, ils n'avaient rien trouvé. En fin de compte, après quelques heures de vaines recherches, ils s'étaient perdus et avaient entendu des hurlements atroces.

Voyant qu'elle ne daignait pas parler à son compagnon d'escalade, il le pointa du doigt en continuant :

— Et le rigolo là, c'est Thomas, mon frère.

Puis s'approchant d'elle en chuchotant, il ajouta :

— Tu sais, il est plus bête que méchant.

— Hé, rétorqua l'autre qui avait tout entendu. Appelle-moi Tom s'il te plaît. Je suis désolé, je ne voulais pas te

vexer mais tu étais si drôle tout à l'heure... et ma foi ce n'est pas tous les jours que l'on découvre une déesse complètement nue au milieu de nulle part.
A la fois offusquée et un peu flattée, il faut bien dire de ce qu'elle venait d'entendre (« Une déesse, moi qui d'ordinaire est plutôt le vilain petit canard de service » pensa-t-elle intérieurement avec un sourire à peine dissimulé), elle lui répondit par une grande tape sur l'épaule qui lui fit pousser un « aïe » douloureux. Eirwen avait deux frères et donc l'habitude de se défendre contre ce genre d'attitude macho envers la gente féminine.
Puis ils se mirent à se moquer tous les trois du ridicule de la situation avant de s'asseoir près du grand frêne où trônaient toujours les deux espions noirs en pleine conversation.

— Connaissez-vous l'histoire de ce lieu ?

Les garçons secouèrent la tête négativement.

— J'ai eu comme des visions en arrivant au sommet, reprit-elle. Peut-être à cause de la fatigue ou des effluves des fleurs ?

— Apparemment, elles n'étaient pas très sympas tes visions, ajouta le brun qui la fixait de ses grands yeux ronds d'un bleu clair envoûtant.

— Remarque, ce lieu possède une aura très bizarre. Comme je te l'ai dit, nous sommes venus pour grimper sur une soi-disant falaise indiquée par un vieux fou mais nous avons cherché pendant des heures en parcourant ce maudit mont sans en trouver la moindre trace. La Lyfia n'est pourtant pas immense. Et dire que nous avons réservé deux nuits dans son gîte pour profiter d'une des plus belles parois de Suède. Pfffff ! La belle arnaque, continua Angus qui prit son sac à dos et en sortit un paquet de cookies, le tendant vers la jeune femme en évitant la main de son frère.

— Honneur aux dames, euh devrais-je dire aux déesses, continua-t-il avec calme. Tu avais peut-être simplement faim et cela t'a joué des tours. Le chocolat, il n'y a rien de mieux pour se remettre de ses émotions.

Elle acquiesça d'un signe en prenant un gâteau et en le remerciant. Angus était plus musclé que son frère, plus posé aussi. Ses prunelles grises et ses cheveux frisés blonds aux reflets cuivrés ondulant dans le vent lui donnaient une allure divinement plaisante. Thomas était plus sec avec un regard espiègle, profond et de longs cheveux noirs qui tombaient en cascade dans son dos. On aurait dit un félin prêt à bondir sur sa proie, en l'occurrence le paquet de cookies.

C'était une drôle de rencontre dans un endroit tout aussi étrange. La sauvage qu'elle était, en train de partager un goûter avec de jeunes hommes inconnus qui en connaissent plus sur son anatomie que ses propres parents. Voilà qui était tout aussi surprenant. Qu'importe finalement. La vie lui avait appris à profiter de l'instant présent. Elle mordit donc à pleines dents dans la délicieuse friandise sous l'ombre du grand frêne centenaire, surveillée par deux gros oiseaux et en bonne compagnie. Il ne lui en fallait pas plus pour oublier ces affreux cauchemars... enfin pour le moment.

Tous les trois assis sur la bordure du bassin de roche, ils ne pouvaient quitter des yeux le paysage magique qui s'offrait à eux, mangeant silencieusement jusqu'à la dernière miette du paquet avec une complicité innée déconcertante.
Brisant le silence, Tom lança :
— On redescend ? La nuit ne va pas tarder à tomber et me retrouver coincé avec Madame la déesse et ses fantômes sur ce monticule n'entre pas dans mes projets du soir... Elle est bien trop flippante, ajouta-t-il avec un sourire toujours plein de malice. Je parle de la montagne évidemment.
Eirwen se redressa soudain, prête à le pousser dans l'eau glacée mais Angus la prit de cours. Attrapant les jambes du fauteur de troubles, il le fit basculer d'un seul coup en arrière dans la flaque.
La surprise tout autant que l'eau glaciale firent pousser à Thomas un cri strident, rappelant celui des femmes ailées des souvenirs de la jeune fille.
— Sans rancune, annonça le blond en lui tendant la main pour l'aider à sortir du bassin gelé.
Mais Tom, vexé, se tenant le cou, faisait sa tête des mauvais jours.
— Au moins, toi, tu es habillé, ajouta la jeune fille amusée pour détendre l'atmosphère.
Quel drôle de tableau. On aurait dit un chaton mouillé qui grelottait en prenant à contrecœur le bras de son frère pour enjamber le rebord de pierre.

— Toi, tu vas me le payer !, adressa-t-il avec un regard froid au blondinet.

Cela rappelait tellement à la jeune fille les bagarres entre ses deux frères (adoptifs). Il fallait bien dire pour la défense d'Angus que Thomas l'avait cherché. Le blond, lui, devenait du coup de plus en plus sympathique. Il faut avouer qu'il était plutôt mignon, voire carrément craquant.

— Eh , regardez !, dit-elle fixant l'horizon.

Le ciel avait pris une teinte orangée magnifique, annonçant le crépuscule et la nuit toute proche. La journée était passée à une vitesse impressionnante. Le cercle de brume autour du sommet s'épaississait rapidement, enveloppant les arbres et les rochers. Les deux corbeaux prirent leur envol côte à côte dans ce paysage aux allures de brasier.

Il fallait redescendre avant que l'obscurité ne s'installe vraiment. Eirwen, elle non plus, n'avait pas vraiment envie de passer la nuit dans cet endroit empli de spectres hostiles. Ses nuits étaient déjà bien assez compliquées comme cela.

La descente fut plus aisée que la montée. La mousse glissait toujours autant mais c'était plaisant de pouvoir discuter tout en marchant et surtout de pouvoir s'entraider pour éviter la chute. Depuis sa majorité et surtout depuis qu'elle avait pu s'acheter sa petite voiture avec l'argent gagné en passant ses soirées et ses vacances à aider au cabinet médical de ses parents, elle était devenue autonome et préférait randonner sans être accompagnée, loin de l'agitation engendrée par les jumeaux ou des conseils surprotecteurs de sa mère toujours inquiète. Son père était le seul à vraiment comprendre combien ces moments

solitaires étaient sacrés pour son équilibre intérieur. Pourtant à cet instant précis, elle se surprenait à apprécier cette présence masculine réconfortante.
Elle apprit qu'Angus et Thomas adoraient bien plus que l'escalade. Ils aimaient l'aventure avec un grand A et étaient tous deux membres d'un club de spéléologie... Ou étaient les deux seuls membres du club. Elle n'avait pas bien compris mais « Brrr », aller visiter les entrailles sombres de la terre, très peu pour elle !
Angus, entre autres, faisait partie d'une équipe de handball, s'essayait au ski de fond tous les hivers et de temps à autres tentait de suivre une filière juridique dans son lycée entre deux compétitions ou deux sorties au pub, selon son humeur. Les études n'étaient certainement pas la priorité de ce jeune homme de dix-huit ans.
Le ténébreux Thomas, un brin Gothic-dandy avait rejoint *l'humanistiska programmet*, prenant une voie littéraire peuplée de textes anciens et de langues étranges tout en rêvant de voyages et de découvertes. Il était aussi guitariste dans un groupe de rock alternatif très sympa... lui avait-il du moins affirmé. Et comble de tout, elle découvrit qu'ils allaient passer le reste de la soirée ensemble car les garçons avaient réservé dans le même gîte qu'elle pour le week-end. En même temps, à part cette fermette, il n'y avait pas âme qui vive à des kilomètres dans cet endroit reculé.
La nuit maintenant tombée transformait la forêt en une armée de silhouettes tortueuses. Les unes étaient presque menaçantes, les autres cagneuses, suppliantes comme de vieilles femmes bossues. Eirwen fut finalement bien

contente d'être aux côtés des deux frères, même s'ils n'avaient pas l'air plus braves qu'elle. Heureusement pour eux, la lune était aussi presque pleine en cette veille de premier mai. Ses lueurs d'argent se reflétaient dans l'eau de la source qui avait maintenant l'allure d'un petit ruisseau, lequel les mena tel un fil d'Ariane droit vers Idavoll (c'était le nom de l'endroit où ils allaient séjourner).

Pas de trace de l'hôte qui avait accueilli la jeune fille le matin même. Un vieil homme barbu les attendait, fumant la pipe devant la porte. Il ne semblait pas le moins du monde surpris de voir le trio déambuler au milieu du pré enjambant l'herbe haute et imbibée de gouttelettes d'eau en suivant le ru, alors qu'il y avait un chemin à quelques pas, bien plus confortable et surtout au sec. A la lumière de la lanterne qui surplombait la porte du chalet, l'homme paraissait très âgé, voûté. Il se déplaçait avec une canne magnifiquement sculptée représentant un aigle, les ailes grandes ouvertes, les serres en avant. Il leur indiqua d'une voix gutturale que le souper serait servi une demi-heure plus tard et montra à Eirwen sa chambre, à l'étage du bâtiment de bois. N'ayant que quelques cookies dans l'estomac depuis le matin, l'odeur de soupe qui bouillonnait dans le grand chaudron titilla les narines de la jeune fille tel un met de choix. Elle allait pouvoir manger, se laver et surtout repenser calmement à cette drôle de journée dans un endroit des plus accueillants.

5. Kenaz

Angus se jeta sur le plus grand lit de la grande chambre et s'étira avec plaisir, ronronnant presque. Thomas, qui n'avait d'autre choix que de prendre le plus petit, comme il avait déjà dû le faire la veille, l'imita non sans ronchonner… pour le principe. Il était tellement bon de s'étendre après cette longue journée de marche, remplie de surprises.

— Elle est sympa cette fille, commença Angus

— Oui pas mal pour une fille, répondit son frère en lui lançant un oreiller en pleine figure. Mais tu n'étais absolument pas obligé de me ridiculiser devant ELLE ! En plus, elle est un peu bizarre, tu ne trouves pas ? Se balader toute seule comme ça dans les montagnes. Bon j'avoue que la vue était jolie, surtout celle de la cupule.

Il éclata de rire en mimant de ses mains les jolies formes de la demoiselle.

— N'importe quoi, répondit le premier haussant les épaules. Tu ne penses qu'à cela. Mon frère est un pervers !

— Oh et mon frère est amoureux, continua Thomas en roulant des yeux. Amoureux de la belle zarbi.

— Parce que nous ne sommes pas étranges, nous, railla le blond, à vouloir passer tous nos week-ends ensemble, à vivre nos aventures entre garçons comme si nous avions dix ans et aucun autre ami ?

Thomas hocha la tête, visiblement touché par la remarque d'Angus. Il déclama avec un air de défi qu'il prenait la salle de bain en premier et qu'il allait certainement vider le ballon d'eau chaude juste pour ennuyer son frère afin qu'il ne puisse se faire beau pour l'adorable, la fantastique Eirwen.

Angus était allongé paisiblement sur le drap blanc, ses avant-bras musclés repliés sous sa tête. Les boucles de ses cheveux blond vénitien reposaient négligemment sur l'oreiller de plumes. Effectivement, la belle apparition de l'après-midi lui avait fait de l'effet. Pas tellement pour sa plastique avantageuse, même si le vilain petit canard ne l'était pas tant que cela. Non. Ce qui plaisait surtout au jeune homme, c'était son mode de vie de routarde sauvage. Une fille tout terrain, c'était tellement rare dans ce monde peuplé de poupées roses trop maquillées qui ne pensaient qu'aux dîners romantiques et au shopping.

Il sursauta soudain, tiré de sa rêverie par un cri provenant de la salle de bain. Il s'y précipita, trouvant son frère à genoux se tenant le cou, du sang coulant dans le bac de douche.

— Que se passe-t-il Tom ? Tu es tombé ?, demanda-t-il, inquiet.

— Aïe, qu'est-ce que c'est que cela Gus ?

De toute évidence, le garçon livide n'appréciait pas la vue du sang qui coulait à ses pieds, surtout qu'il s'agissait du sien.

Angus souleva les cheveux mouillés de Thomas pour découvrir au creux de son cou une sorte de V couché d'où perlaient des grosses gouttes rouges. Sans doute une blessure due à sa chute dans la cupule. Son cou avait peut-être heurté une roche...

— Je suis désolé mon frère mais il va falloir appeler les pompiers et sans doute... t'amputer d'une partie du cerveau.

— Arrête de rire, cela me fait un mal de chien, comme si on me brûlait !

— Oui, excuse-moi, reprit d'un ton plus compatissant Angus, qui voyait bien que son frère ne simulait pas. Je pense que je t'ai poussé un peu fort tout à l'heure. Tu as dû te cogner. Je suis vraiment désolé... Mais rassure-moi, tu es toujours ...aussi déglingué ou cela t'a remis les idées en place ?

Tom sourit malgré la douleur qui était toujours présente. Il prit une serviette et s'essuya rapidement en laissant la place à son frère, ravi d'avoir du coup une tonne d'eau chaude à gaspiller à cause de cette douche écourtée par ce petit incident.

— Au fait, nous avons un futur médecin dans les lieux. Si tu veux t'assurer la honte de ta vie, je peux appeler Eirwen qu'elle vienne panser ton petit bobo ?

Le brun lui balança sans ménagement sa serviette humide dans le visage puis partit s'habiller pour le souper. Angus n'avait pas tort. Cette blessure n'était pas bien grave, il ne devait pas faire sa chochotte.

6. Le bouclier d'Awe

Eirwen entra dans une petite chambre douillette. Un feu de cheminée réchauffait la pièce car les températures nocturnes étaient encore basses en Suède, en ce mois de mai. Elle ferma la porte avec soin. Elle s'assit sur le lit qui avait l'air très confortable et remarqua tout de suite qu'il y avait une bibliothèque remplie de vieux ouvrages adossée contre un mur. Au moins, si la nuit lui paraissait longue ou que les cauchemars revenaient, elle aurait de quoi s'occuper.

Elle se dirigea ensuite vers la salle de bain dotée d'une sorte de mangeoire en bois en guise de baignoire. Elle avait été remplie d'eau fumante et odorante. Quelle jolie attention de la part de ce vieil homme qui paraissait pourtant si rustre. La jeune fille, regarda tout autour d'elle afin de s'assurer qu'aucune paire d'yeux indiscrets ne traînait. Elle n'avait pas envie de revivre cette honte qu'elle avait ressentie cet après-midi. Puis elle ôta ses vêtements pour se plonger dans ce bain divinement délassant. Nettoyant avec douceur sa peau claire, elle s'arrêta sur son cou grimaçant. Elle pouvait sentir sous ses doigts comme une boursouflure douloureuse. Se redressant, elle souleva ses cheveux sombres et regarda en se contorsionnant l'endroit sensible dans un miroir accroché dans la pièce. A la lumière de la bougie (apparemment le gîte ne possédait pas l'électricité), elle put deviner une forme ronde dans le creux de sa nuque. C'était comme si on l'avait marquée au fer rouge. Elle fronça ses yeux vert émeraude. Le souvenir de la brûlure lors de sa baignade et de la plongée vers l’obscurité qui avait suivi, lui revint soudainement en mémoire. Une sensation pas très agréable à vrai dire. Puis secouant la tête, elle se dit que cela pouvait tout aussi bien être une blessure due à sa longue randonnée. Elle aurait frôlé de trop près les branches d'un grand pin ou une araignée l'aurait piquée sans qu'elle ne s'en rende compte. Ce n'était rien de bien méchant. En plus son estomac gargouillait. Se délecter du contenu du chaudron qu'elle avait senti tout à l'heure était bien plus urgent que de s'apitoyer sur cette petite blessure superficielle.

Elle enfila un long pull bien chaud, un caleçon noir et noua ses cheveux en une longue natte puis descendit sans plus attendre dans la cuisine où le vieux et les deux garçons l'attendaient déjà pour passer à table.

7. Beltane

— Quel délice ce potage ! Vous nous gâtez, déclara Eirwen à l'intention de son hôte. Ces deux compagnons approuvèrent de la tête, leurs bols déjà vides. Elle n'avait pas l'habitude d'être ainsi chouchoutée dans les endroits où elle logeait d'ordinaire. Parfois même, elle devait se contenter d'un morceau de pain et d'une boite de pâté industriel laissés dans sa chambre à même la table. Mais là, ce fut un vrai festin dans une salle à manger, simple mais chaleureuse, éclairée par un chandelier d'argent dont les flammes dansaient, formant des ombres sur les murs.

Après la soupe, l'homme apporta une majestueuse tourte au fromage, de ses propres chèvres, avait-il insisté avec fierté. Puis un dessert lacté dégoulinant de miel qui glissait dans la gorge comme la plus délicieuse des friandises fut servi aux jeunes convives ravis. L'aïeul leur présenta aussi un breuvage étrange qu'aucun des trois n'avait goûté auparavant. Un nectar, fruit des abeilles lui aussi, qui faisait tourner la tête et déliait les langues.

— Ce soir c'est fête mes petits, annonça l'hôte avec bienveillance. Walpurgis est une nuit particulière et Beltane arrive avec ses feux sacrés. Trinquons au retour de cette belle saison annonciatrice de tant d'espoir !

Ils ne voulaient pas le contrarier. L'ancien avait les yeux pétillants de bonheur. Eux, ne savaient pas vraiment à quoi correspondaient ces fêtes aux noms étranges. Leurs familles n'étaient pas vraiment attachées aux grands mythes et seul le littéraire de la bande en avait vaguement entendu parler lors d'un cours d'initiation aux poésies du Nord. Les épopées scandinaves ne devaient être étudiées qu'en seconde année. Pourtant, ils levèrent tous les trois leur verre, trinquant à leur rencontre et à cette soirée sympathique. Ils prirent même finalement un certain plaisir à découvrir cette tradition, dévorant les explications du vieux qui semblait tellement touché qu'on s'intéresse ainsi à ce qu'il disait.

— Beltane était jadis un rite de passage entre les moments sombres et la lumière, entre la mort et la vie, entre l'ignorance et la connaissance. Un grand changement s'annonce et le feu sacré sera nôtre ce soir. Il sera vôtre, mes petits.

— Voulez-vous dire que nous allons participer à cette célébration à vos côtés ?, demanda timidement Eirwen, d'un naturel très terre à terre.

— Si vous le désirez. Ce serait un grand honneur pour moi d'avoir trois invités à initier, ajouta l'ancien dans une profonde révérence.

Après tout, qu'avaient-ils à craindre d'un rituel récité par un vieil excentrique qui vivait sur une montagne loin de toutes choses modernes ?

— Les habitants de l'époque, pour la plupart des fermiers, faisaient sauter famille et troupeaux à travers les flammes afin de leur assurer une année sereine, ajouta l'homme, comprenant sans doute les réticences de la jeune fille.

Ces us atypiques et plutôt virils avaient l'air en revanche d'enchanter les deux frères, prêts à se jeter dans les braises pour épater leur jeune amie.

Après le repas, grisés par ce conte enchanteur tout autant que par les vapeurs d'hydromel, tous sortirent dans le jardin où un bûcher avait été préparé.

Suivant les indications de l'ancien, tous trois se placèrent en cercle autour des flammes alors qu'il parlait bras levés dans une langue ancienne dont personne ne comprit un mot, même pas Tom qui pourtant en connaissait un rayon en linguistique. Malgré tout, les mots résonnaient en eux tel un chant ancestral et une émotion presque palpable s'élevait dans l'air. Le feu, comme par magie, se mit à danser devant leurs yeux.

Quelle beauté ! Ces flammes ondulaient comme de minuscules esprits, prenant vie dans la nuit si sombre. La lune presque ronde paraissait même s'être cachée pour leur laisser la vedette dans une obscurité totale.

L'ancien chanta et les salamandres orangées suivirent son tempo, tantôt lent et lancinant comme une danse torride, tantôt rythmé comme une ronde joyeuse. C'était magnifique à voir. Non, magique. Suivant leur guide, les jeunes gens furent invités à sauter par-dessus les braises afin d'imiter l'initiation qui avait lieu lors de cette fête faisant honneur à la lumière de l'été à venir, à l'espoir de belles récoltes et d''une vie meilleure...

Eirwen passa la première, coiffée d'une couronne d'aubépine qui lui donnait une allure angélique puis ce fut le tour du blond suivi de son frère.

A leur passage, le vieux gronda un mot à la façon d'un brame sauvage, primitif et une détonation se produisit dans le bûcher, par trois fois. Le moment semblait si solennel que même Angus avait les yeux humides. A cause de la fumée, expliqua-t-il aux autres, trop fier pour avouer qu'il était sincèrement touché par cette cérémonie.
Dame lune réapparut alors aussi brusquement qu'elle avait disparu. Tout se mit soudain à tournoyer : le feu, les flammes, les arbres, les herbes hautes autour d'eux, les milliers d'étoiles du ciel. Les chants semblaient entonnés maintenant par mille voix autour d'Eirwen, Angus et Thomas.
Puis plus rien que le calme absolu, la douceur d'un lit moelleux.

Cet hydromel semblait bien fort, même pour deux jeunes hommes habitués aux soirées étudiantes arrosées. Ou peut-être était-ce la fatigue de la journée qui se faisait sentir ? La nuit fut quoiqu'il en soit aussi étrange que la soirée. Dans le cocon de leur couche douillette, tous firent des rêves vraiment curieux.
Eirwen, pourtant habituée à des nuits fantasmagoriques, se sentait flotter au milieu de la pièce au cœur d'une bulle verte qui remplissait l'espace entier. Des grimoires ouverts volaient tout autour d'elle tels des oiseaux de papier. Par moment, elle en prenait un entre ses mains et les lettres s'évaporaient de la page comme par miracle, cheminant ensuite en un petit sentier alphabétique vers sa tête.
Dans son rêve, Angus se voyait en plein ciel chevauchant une monture bondissante sous un orage puissant, comme il

aurait tenté de dompter un cheval sauvage dans la ferme de ses parents.
A la différence près qu'ici toute chute aurait été mortelle, tant le cheval l'emportait de plus en plus haut dans les nuages, évitant les éclairs avec une dextérité farouche. Le jeune homme dégoulinant de sueur tournait et se retournait dans son lit, le poing en l'air. Par chance, son matelas était le plus grand sinon il aurait à coup sûr fini la nuit par terre.
Quant à Thomas, ses visions furent plutôt du genre, apocalyptiques. Le garçon assis en tailleur, impassible méditait paisiblement au milieu d'une tornade de feu qui dévastait tout sur son passage. Il ressemblait à une statue silencieuse jusqu'à ce qu'il réalise avec stupeur que c'était lui qui commandait le fléau et qu'il ne finisse son périple nocturne ayant moins de veine qu'Angus en s'écrasant au sol, étant tombé de sa couchette lourdement, sans pour autant se réveiller.

8. Ascension

Au petit matin, aucun ne savait comment il avait regagné sa chambre mais tous avaient un mal de tête affreux.
Après une douche rapide, les deux sportifs portant leur matériel d'escalade, bien décidés à trouver cette fichue falaise, descendirent pour le petit déjeuner.
Eirwen était déjà là. Elle savourait de petits pains à la confiture de myrtilles maison en se léchant les doigts de gourmandise.

— Bonjour, pas trop mal à la tête ?, leur demanda-t-elle avec amusement.

— Un peu !, répondit le brun, un peu pâlichon.

— Beaucoup, dit l'autre. Mais une marche et une bonne montée vont nous remettre sur pieds.

Puis regardant Eirwen, il ajouta, le plus sérieusement du monde :

— Si tu n'as pas quelques baignades prévues ce matin, tu pourrais venir avec nous tenter de trouver cette falaise fantôme ? Ça te tente ?

La jeune fille, surprise, sourit. Après la journée d'hier et cette nuit singulière, elle n'avait pas envie de retenter l'aventure seule sur cette maudite montagne. Comme elle n'avait pas non plus envie de rentrer si vite en ville, elle accepta, pour le plus grand plaisir des deux compères qui échangèrent un furtif regard de satisfaction.

Leur hôte ne semblait pas être là ce matin. Le jeune homme, rencontré par Eirwen la veille, qui paraissait de la même famille tant il lui ressemblait, leur servit le petit déjeuner. Il posa également sur la table de bois un sac de toile épaisse contenant le ravitaillement du midi.
Angus, pressé, lui demanda s'il avait des précisions sur cette maudite paroi qu'ils n'avaient pas su trouver. Il sortit une carte de son sac et le serveur entoura avec son stylo l'endroit exact où la petite troupe pourrait se rassasier de sensations fortes, indiquant au passage que c'était une voie de varappe plus que périlleuse.

— Suis-je équipée comme il faut pour grimper sur cette falaise ? Je n'ai jamais fait d'escalade, s'inquiéta la jeune fille.

Tom la scruta de la tête aux pieds.

— Parfait, même si tes chaussures sont un peu raides. Nous ferons avec. Ne t'inquiète pas, nous serons très très prudents.

C'était la première fois qu'elle entendait le brun parler avec un ton si sérieux. Cela l'étonna presque.

La voyant troublée, Gus compléta :

— Tu sais, même si nous avons l'air de rigolos, nous sommes toujours extrêmement prudents quand nous grimpons. Ne sois pas inquiète, on ne te laissera pas tomber !

Tomber, voilà justement ce que redoutait la jeune femme même si son côté casse-cou prit vite le dessus sur la crainte pour le plus grand bonheur du blond, heureux de trouver une camarade de grimpe, voire plus si affinité. Décidemment, elle lui plaisait bien cette fille.

Les voilà donc partis une nouvelle fois vers la Lyfia, passant devant le bûcher maintenant éteint dans le jardin. Ils longèrent le ruisseau que l'ancien avait nommé devant eux « Mimir » la veille au soir.

Eirwen se sentait toujours aussi détendue malgré cette présence masculine à ses côtés. Il lui semblait même, à son plus grand étonnement, avoir déjà vécu cette scène. Elle qui n'avait connu qu'une famille d'adoption, aimante soit, mais qui dès sa plus tendre enfant lui avait révélé le secret de sa naissance. Elle qui avait grandi avec le spectre du décès brutal de ses parents et qui considérait la nature comme sa maison, elle sentait une énergie positive émerger de cette amitié toute nouvelle, une énergie qu'elle n'avait jamais éprouvée auparavant, teintée d'une grande confiance. Même l'idée de devoir remettre son destin, sur cette falaise gigantesque, entre les mains de quasi inconnus, lui semblait tout à fait normale.

Contournant la petite montagne, le petit groupe traversa un champ sur les abords duquel poussaient des aubépines sauvages. Leur doux parfum embaumait l'air. Le soleil, moins puissant que la veille permettait une marche moins pénible, d'autant que le trio tomba sur ladite falaise sans mal à mi-chemin de la montée vers les cimes de la Lyfia. Un à-pic dont la vue fit trépigner les garçons qui poussèrent un hourra en palpant la roche écarlate. Une voie était tracée pour accéder au sommet.

— Comment avons-nous pu la manquer hier ?, demanda Thomas. Elle est énorme et je pourrais jurer que nous avions pris le même chemin.

— Tu as raison. Impossible de manquer un défi de cette taille, répondit l'autre, comme un enfant devant un jouet neuf.

Eirwen, levant lentement les yeux fut, quant à elle, prise de vertiges. Que c'était haut ! La paroi semblait hostile, surtout pour une novice. Les garçons déballèrent leur matériel méthodiquement, sans bruit, laissant le loisir à la jeune fille d'observer les lieux plus attentivement.

Les roches aux teintes rouges étaient par endroits complètement lisses et à d'autres acérées comme les dents d'un dragon gigantesque. Tout autour, de grands pins formaient une clairière protégeant l'endroit des regards. Sans doute était-ce pour cette raison que Thomas et Angus l'avaient manquée la veille. On avait l'impression d'un entonnoir géant qui débouchait vers le ciel où tournoyait un aigle énorme. L'animal majestueux avait certainement fait son nid dans une cavité de l'endroit et surveillait ainsi les éventuels intrus.

Thomas, assuré par son frère, partit en reconnaissance sur le premier parcours balisé, grimpant tel un chat qui se promenait avec une facilité déconcertante sur le mur vertical. Quelques passages paraissaient lui donner du fil à retordre mais cela lui procurait d'autant plus de contentement. Plaisir qu'au sommet, il laissa éclater dans un cri victorieux qui emplit la clairière. Les bras levés vers le ciel, il savourait la jouissance du moment présent. Il redescendit, encore gorgé d'adrénaline, et ne cessa de leur répéter que la vue était sublime de là-haut et la montée envoûtante.

—Tu y vas ?, demanda-t-il ensuite à la jeune fille, qui devint blême en un instant.

Elle lança un regard à Angus qui répondit par l'affirmative.

— Si tu veux, tu peux juste faire quelques hauteurs pour te faire les jambes. Tu n'es pas obligée de monter jusqu'au sommet. Tom va t'assurer et moi je vais monter à tes côtés pour te guider. D'accord ?

Comment dire non à ce regard gris, tempétueux, qui la dévisageait ainsi ?

— Et toi, qui va t'assurer ?, demanda-t-elle, anxieuse, tentant de faire oublier la rougeur qu'avait soudainement prise ses joues.

— Tu sais, mon frère est un champion dans ce domaine. A côté de lui, je ne suis qu'un pauvre amateur, souffla Tom en tapotant l'épaule de son frère, qui se redressa soudain comme un petit coq face au compliment... et prenant à son tour un peu la teinte de cette falaise.

L'un et l'autre, tour à tour, s'assurèrent que le baudrier d'Eirwen était bien attaché. Ils accordaient vraiment une attention particulière à ce que leur élève découvre le loisir qui les faisait vibrer en toute sécurité. C'était touchant et même gênant. La jeune femme aimait se sentir forte et pas une petite chose fragile dont la vie dépendait, qui plus est, affront ultime, d'un garçon. Mais, elle se laissa faire, tout de même touchée par l'attention que les deux frères portaient à son égard.

Angus grimpa agilement puis l'encouragea à en faire autant. L'un et l'autre lui indiquaient les prises avec justesse, ainsi elle put rapidement se retrouver à quelques mètres au-dessus du sol, en équilibre instable contre le mur de pierre.

— Tu t'en sors comme un chef, cria Tom, dont elle sentait la présence rassurante dans la tension de la corde contre son harnais.

— Oh oui ! On dirait que tu as fait cela toute ta vie, ajouta l'autre avec un clin d'œil amical. Tu l'aides à redescendre Tom, la voie devient plus compliquée maintenant. Ce sera pour une prochaine fois, quand tu seras plus entraînée.

Une prochaine fois…, songea-t-elle. Les deux frères souhaitaient donc réitérer l'expérience à ses côtés. Son cœur, malgré elle, se mit à battre un peu plus vite.

Puis, s'exécutant, elle prit le chemin du retour sur la terre ferme. Tom la soutenait dans ses efforts puis il l'aida à enlever le harnais une fois en bas.

Il leva les yeux. Angus avait poursuivi l'ascension et s'apprêtait à prendre une autre piste plus complexe, pour lui aussi tenter la montée vers la cime tant convoitée conquise par son frère quelques minutes auparavant.

Tout se passa très vite.

Tom hurla :

— Attention !

Des cris retentirent.

Ceux de Tom affolé, ceux d'Angus impuissant accroché à la paroi, mêlés à ceux de la jeune fille paniquée mais

surtout ceux, stridents, du grand rapace qui fonçait droit sur sa proie humaine, serres en avant.
Puis ce fut le bruit des pierres qui roulaient le long de la paroi et celui du glissement d'un corps qui cognait la roche lourdement. L'animal avait, ils ne savaient pourquoi, lancé une attaque extrêmement violente contre Angus qui, déstabilisé, se laissait volontairement descendre contre le mur aux multiples arêtes saillantes pour éviter une chute plus violente encore.
Enfin ce fut le choc au sol.
Eirwen et Thomas se précipitèrent vers le jeune homme couché sur le dos, inerte, étourdi par l'impact. Sa poitrine se soulevait à peine.
Puis, peu à peu, il reprit conscience de son corps et se redressa doucement. Ses mains étaient couvertes de sang, mais il put s'asseoir sans trop de mal.
L'instinct de futur docteur d'Eirwen prit le dessus et elle lui indiqua qu'il ferait mieux de ne pas bouger afin d'éviter d'aggraver ses blessures.
Elle lui posa ensuite mécaniquement les questions habituelles afin de savoir où il avait mal et s'il se sentait bien, devant le regard pétrifié de son frère, sans doute encore plus tétanisé que le blessé par ce qu'il venait de vivre.
La tête d'Angus n'avait pas frappé le sol, seules ses mains ensanglantées d'avoir râpé la paroi et son épaule étaient douloureuses.

— Pourquoi cet aigle a-t-il fait cela ? Il n'y a aucun nid sur cette paroi. Je n'ai vu aucun nid en montant là-haut, dit

soudain Thomas, qui se prenait la tête entre les mains. C'est de ma faute, j'aurai dû insister pour t'assurer toi aussi.
Le blond le regardait, sans répondre, la douleur se faisant de plus en plus présente. Eirwen déchira le tee-shirt déjà abîmé du jeune homme, laissant apparaître une plaie béante sur son épaule.
Le sang coulait beaucoup et elle lui commanda de s'allonger à nouveau sur l'herbe tendre de la clairière. Elle fit immédiatement un point de compression, gardant son calme, tout en demandant au brun d'appeler les secours.
Malheureusement son téléphone n'avait pu être rechargé cette nuit, le gîte ne possédant pas le confort moderne, et celui de la jeune fille ne captait aucun réseau.
Tom ne cessait de répéter « Ça va mon frère ? », pour se rassurer.
Angus, lui, grimaçait et semblait tomber dans une sorte de torpeur, peinant à respirer sans doute à cause du sang qu'il perdait en abondance.
Eirwen prit alors un morceau du vêtement qu'elle venait d'enlever et le déchira pour en faire une compresse de fortune. Elle guida ensuite les mains tremblantes du brun pour faire pression sur la plaie, cherchant dans son sac s’il n'y avait pas la solution, la chose qui viendrait les sauver de cette situation qui avait viré en une seconde au cauchemar.
Son cœur lui semblait battre un rythme frénétique, tel un tam-tam. Elle sentait la pulsation traverser son corps tout entier, allant de sa tête à son cœur, de son cœur à ses mains. Puis son souffle ralentit brusquement. Elle avait

l'impression de voir la scène au ralenti. Ce n'était pas le moment de faire une syncope. Angus était couché au sol, couvert de sang, les yeux dans le vague, peinant de plus en plus à respirer, son frère, penché sur lui parlant sans qu'elle ne puisse entendre aucun son et appuyant de toutes ses forces sur son épaule meurtrie. C'était elle le « médecin ». Il fallait tenir bon.

Un flash. La page d'un grimoire qui volait près d'elle. Des symboles. Elle prit mécaniquement dans ses mains de la terre argileuse à même le sol. Relayant Thomas, les genoux plantés dans le sol, elle déposa le cataplasme sur la blessure puis leva ses mains juste au-dessus. De sa gorge sortirent des mots incompréhensibles puis soudain un orbe vert étincelant entoura ses mains et l'épaule d'Angus.

Tom recula, comme s'il venait de voir un fantôme, les yeux écarquillés.

Eirwen ne contrôlait pas ses gestes.

Son esprit, intuitivement, savait ce qu'il fallait faire.

Le moment dura quelques secondes ou une heure, elle n'avait plus aucune notion du temps. Mais une fois l'orbe disparu, une fois cette pulsation qui emplissait son cœur et sa tête stoppée, le calme revint.

Elle vit Angus se redresser en se tenant l'épaule. Il retira le pansement de fortune : il n'y avait plus aucune trace ni de sang, ni de coupure. La douleur, elle aussi, avait complètement disparu. Il se sentait bien. Extraordinairement bien, vu les circonstances.

— Comment as-tu fait cela ?, hurla-t-il en la regardant, visiblement abasourdi par ce qui venait de se passer.

— Qui es-tu ?, enchaîna l'autre, en posant son corps comme rempart devant son frère.
Des larmes coulaient sur les joues d'Eirwen. Son souffle était toujours court et elle se sentait faible.
— Je ne sais pas, murmura-t-elle.
Puis elle s'écroula à genoux devant les deux garçons, qui reculèrent intuitivement.
— Je ne sais, répéta-t-a-t-elle en pleurant, je ne sais pas. Depuis que je suis ici, il se passe des choses étranges. Cette bataille, la cupule et mes visions et puis cette marque dans mon cou qui me fait encore mal, et cette grotte.
Thomas porta lui aussi les mains à son cou endolori.
— Une marque, comme celle-là ?, lui demanda-t-il d'un ton maintenant plus doux en lui montrant le V enflé et ensanglanté sur sa peau.
Elle souleva ses cheveux, laissant sa nuque nue à la vue des deux frères.
— Je ne sais pas. Je n'ai pas bien vu hier à la faible lueur de la chandelle. Mais elle est bien là. N'est-ce pas ?
Tous deux étaient perplexes.
Tom s'empara du seul portable encore opérationnel et prit la blessure en photo pour la montrer à Eirwen. Sur sa peau, on pouvait voir deux cercles gravés au fer rouge. Dans le premier, une sorte de tronc avec trois branches et courant entre les deux, des symboles, dont ce V qui marquait son propre cou.
— Qu'est-ce que c'est que ça ?! Nous rêvons tous les trois ?, s'exclama Angus qui palpant son propre cou, n'y sentit rien de spécial. Il ne portait aucune marque.

Ne pouvant détacher ses yeux de l'écran de son téléphone, la jeune femme tenta de se convaincre que oui, c'était un mauvais rêve de plus. Pourtant, tout, les ramenait à la réalité : les mains d'Angus et ses vêtements couverts de sang, ces tatouages mystérieux qui étaient bien réels, douloureux même, et cet endroit bizarre.
Tout s'étalait comme des preuves devant eux. En y repensant, ce symbole lui disait quelque chose. Elle l'avait déjà vu auparavant. Oui, elle l'avait vu dans cette grotte. Celle où l'avaient menée ces deux oiseaux de mauvais augure avant qu'elle ne fasse la rencontre de ses compagnons d'infortune.
Des larmes ne cessaient de couler le long de ses joues. Elle tremblait comme une feuille.

— Je suis un monstre, cria-t-elle en lâchant le smartphone.

Les garçons, toujours aussi perplexes, se rapprochèrent d'elle, l'entourant de leurs bras.

— Si tu es un monstre nous aussi, dit d'un air réconfortant Angus

— Enfin, toi et moi sommes des monstres, ajouta Tom, taquin à nouveau, ce qui était bon signe. Aux dernières nouvelles, tu ne possèdes pas de marque bizarroïde sur la nuque, mon cher frangin !

— C'est bon les affreux ! Mais moi, je suis revenu d'entre les morts grâce à une boule verte. Waouh, je n'en reviens toujours pas ! Je n'avais vu ça que dans les films d'horreur.

Sentant qu'Eirwen se recroquevillait encore plus, il corrigea :

— Pardon, les films fantastiques. Tu es une fille… réellement fantastique, ajouta-t-il.
Mais c'était pourtant vrai… Horreur oui ! C'était bien le mot approprié, ils étaient plongés dans une histoire qui rappelait à Eirwen ses rêves les plus affreux. Son histoire prenait peu à peu vie dans ce lieu tout autant magnifique qu'étrange.
— Pourquoi ai-je voulu découvrir cette fichue montagne en ce week-end de mai ?, songea-t-elle tout haut, parcourue d'une colère envers elle-même si grande qu'elle devait serrer les poings pour ne pas hurler.
La jeune fille reprit petit à petit ses esprits en sentant la chaleur du corps des garçons l'envelopper comme une couverture réconfortante. Elle n'était pas gênée de cette proximité ni de leur bienveillance, tant qu'ainsi unis face à ces faits surnaturels, ils avaient l'impression d'être plus forts.
Elle reparla soudain de ce flash qu'elle avait eu au pied du grand frêne. De ces moments où elle avait parcouru le sommet du monticule, au milieu de cadavres et de cendres, sous les cris de femmes vengeresses, mais surtout de cette grotte où elle s'était réfugiée. C'était un endroit plein de symboles où pour la première fois, avant cet après-midi, ses mains avaient fait jaillir des lumières puissantes. Peut-être que tout cela était lié ?
La cartésienne qu'elle était aurait tant souhaité que les garçons se mettent à éclater de rire et lui disent que tous ces événements n'étaient dus qu'à leur imagination débordante !

Pourtant, ils n'en firent rien.
Angus déplia la carte pour voir si une cavité pouvait se trouver vers la cime de la Lyfia.
Après tout, des sources la parcouraient et elles pouvaient avoir creusé ce genre d'endroits. Thomas, rassembla le matériel resté accroché à la falaise, non sans regarder avec crainte et colère l'aigle qui tournoyait toujours au milieu des nuages.
Eirwen resta assise un moment à tenter de faire le lien entre toutes ces choses qui tournaient dans sa tête, se rappelant une phrase de leur hôte lors de leur veillée alcoolisée : « Le crépuscule va. Voici venir l'aube des dieux ».
— N'y a-t-il pas un lieu nommé l'Aube des dieux ou quelque chose qui s'en rapproche sur ce mont ? Dawn peut-être ?
Thomas, le spécialiste des langues anciennes, réfléchit :
— Pala ou Alba, Albus peut-être ? Ou Dagnid ? Tu vois un nom qui se rapprocherait de cela ?
— J'ai bien un site nommé l'antre de Dagan sur notre carte, sur la pente opposée de celle où nous nous trouvons, déclara le blond.
— Dagan, oui, allons-y !, se surprit-elle à dire en se levant d'un bond.
Son instinct lui dictait que c'était le bon endroit. Ce puits de lumière dont elle se souvenait lui rappelait l'aube qui pointe au milieu de l'obscurité. Encore plus surprise, elle vit ses compagnons d'infortune rejoindre son désir de repartir pour une marche vers une grotte potentiellement inexistante pour y trouver des symboles inconnus.

Finalement, ils étaient peut-être bien tous les trois fous... Fous et affamés.

9. Dans l'antre de Dagan

La fatigue aussi était présente. Celle de la veillée, de la semi-nuit et de l'escalade tout comme celle de leurs muscles, qui avaient subi il y a peu un grand stress.
Consciencieusement, Eirwen voulut jeter avant le départ un œil à la blessure d'Angus. Plus une trace de coupure, pas le moindre bleu. Elle lava ses mains écorchées avec l'eau restante de sa gourde. Il se laissa faire, sous le regard amusé de Tom. Même s'il ne disait rien, il avait eu tellement peur de perdre son frère lors de cette attaque qu'il était prêt à le chouchouter lui-même s'il le fallait, quitte à passer pour un idiot trop émotif. Il lui tendit d'ailleurs un vêtement de rechange afin qu'il couvre son torse nu.
Ouvrant ensuite le paquet emmailloté dans un linge confié par le serveur, ils y découvrirent une miche de pain frais et du fromage de chèvre, évidemment.
De quoi reprendre quelques forces avant d'entamer la lente montée vers la grotte. Le moment fut propice aux confidences. Peut-être à cause de la fiole d'hydromel glissée dans une des poches du sac de toile de jute, brodé du « I » d'Idavoll ?

Les deux frères vivaient ensemble depuis leur plus tendre enfance, mais n'avaient de « frères » que cet amour sincère qui les liait. Ils avaient été confiés, il y a dix-huit ans de cela, le même jour, à une famille d'accueil sans enfant dans une ferme suédoise où on élevait des chevaux

de courses et ne connaissaient rien de leurs origines. Ce lien était finalement bien plus fort qu'un lien de sang.
Elle avoua alors être, elle aussi, orpheline, ses parents ayant péri dans un accident dont elle ne connaissait pas les circonstances alors qu'elle n'était qu'un nourrisson. Elle avait deux frères jumeaux adoptifs mais qui s'intéressaient plus à la fête qu'à elle, la solitaire, pas rigolote, trop intello. Ses parents de cœur l'aimaient comme leur propre fille et ils avaient misé de gros espoirs sur ses études de médecine.

— Voilà qui est très gai, plaisanta Tom. Trois orphelins perdus au milieu de nulle part en quête d'une grotte magique et d'une mort assurée. Brrr, le pied total ou du moins de quoi écrire un superbe album gothique ! Attendez, je prends des notes.

— Ah toi et ta musique ! Il faudrait que tu puisses écouter cela, Eirwen. Ces rocks stars en puissance... Ce fantastique bruit, euh pardon, ces merveilleuses mélodies.

Les deux garçons se chamaillaient à nouveau, ce qui redonna finalement à la scène un brin de normalité.

Elle esquissa un sourire face à cet instant si simple, si futile, avec en arrière-pensée les flashs qu'elle avait eus lors de son dernier passage près de la cupule, de plus en plus présents.

La quête de la grotte fut laborieuse.

La boussole semblait comme démagnétisée et se tournait systématiquement vers... Eirwen, ce qui fit bien rire les gars.

— Je savais bien qu'on avait perdu le nord mais je ne m'attendais pas à le retrouver dans tes poches, Eirwen.

— Quel magnétisme, chère demoiselle…

— Que vous êtes bêtes tous les deux !, répondit la jeune femme en haussant les épaules, ne laissant pas au second la chance d’achever sa phrase.

La forêt qui couvrait les pentes leur semblait désormais gigantesque, et pas un seul sentier à l'horizon. La Lyfia se rebellait-elle contre les trois jeunes gens qui avaient osé la défier ?

Lentement, ils montaient pourtant vers l'arbre vénérable, la cupule et le pré de fleurs blanches qui inondaient la sommité du mont.

Les corbeaux n'étaient malheureusement pas là pour guider leurs pas vers la grotte. Les recherches reprirent tant bien que mal, se basant uniquement sur les souvenirs imprécis de la jeune fille.

— Fichues bestioles, pourquoi n'êtes-vous pas sur votre branche aujourd'hui alors que nous avons besoin de vous, pesta-t-elle.

D’ailleurs, étaient-ils bien réels ou issus de son imagination ? Elle commençait à douter. Tout ce qui arrivait semblait tellement invraisemblable.

— Te rappelles-tu dans quelle direction tu étais partie ?, demanda Angus

— Non, j'étais en pleine crise de panique. Un frisson lui parcouru l’échine en repensant aux sensations qu’elle avait éprouvé lors de sa course folle. Je me rappelle juste la présence de deux ifs énormes masquant l'entrée.

— C'est déjà cela. Séparons-nous et partons en quête de ces glorieux arbres, décida le blond. Cela nous permettra de les trouver plus rapidement.
Sans rechigner, bien que l'idée de se séparer ne les enchanta en fait guère, ils partirent dans des directions opposées. Chacun suivit une des sources qui jaillissait de la cupule, espérant tomber sur la cavité. Le ciel se voilait et une ombre ressemblant à un œil gigantesque paraissait maintenant emplir la flaque sombre. Mieux valait vite s'éloigner de ce miroir pour gagner les bois.
De longues minutes s'écoulèrent. De temps à autre, l'un d'eux appelait afin de savoir si les autres avaient trouvé des indices ou simplement pour savoir si rien d'abracadabrant n'était encore arrivé, mettant en danger l'expédition.
La tension était palpable. Le ciel s'assombrissait de plus en plus, comme la première fois où Eirwen s'était éloignée de la cupule et de son arbre imposant, en proie à son atroce cauchemar. Un silence pesant s'était installé.

Soudain, derrière un grand chêne aux branches tortueuses, dans le sous-bois jouxtant le sommet, ils étaient là. Identiques à sa vision, deux ifs enchevêtrés se dressaient devant elle.
Un coassement la fit sursauter. Les deux corbeaux, eux aussi, étaient là. Ils étaient perchés sur la plus haute branche d'un arbre centenaire. Les garçons accoururent, visiblement à la suite d'un cri qu'elle avait poussé sans s'en rendre compte. La surprise de retrouver les deux noirs volatiles lui avait sans doute fait donner l'alerte ? Mais, elle

ne s'en souvenait pas. Sa mémoire et ses sens avaient le chic de lui jouer des tours, ces dernières heures.
Immobiles face aux ifs, ils se regardèrent alternativement sans bouger, sans parler. Puis la jeune fille, dans un élan de courage, étonnamment sure d'elle, déclara :
— C'est là ! Il suffit d'écarter les branches, la grotte est juste derrière.
Les garçons ne doutèrent pas d'elle une seconde. Chacun prit une branche et la poussa sur le côté, laissant Eirwen espérer secrètement qu'il n'y avait rien derrière. Pourtant, le trou béant qui plongeait vers l'obscurité était bien là, devant leurs yeux où se mêlaient maintenant joie et crainte. Leurs soupirs se confondirent puis Tom lança :
— Qui passe le premier ? Tu nous avais bien parlé d'un monstre d'acier et d'os, n'est-ce pas ?
D'un geste, il sortit sa lampe-torche de son sac à dos. Angus en fit de même, mais ce fut elle qui fit le premier pas dans ce lieu familier. Elle avança, attirée par l'obscurité. Ses pas lents, prudents frappaient le sol. Son cœur battait au ralenti. Elle sentait le froid du lieu sur ses joues qui contrastait avec son souffle chaud, rythmé, sécurisant.
Pas de monstre cette fois-ci, mais le tunnel lui parut s'étendre bien plus loin que dans son souvenir. Un boyau haut comme un homme, pas très large mais inondé d'air frais, très respirable. Ils s'enfoncèrent silencieusement, à l'écoute du moindre signal qui aurait pu les faire reculer et prendre la fuite. Les murs devant eux étaient nus, désespérément nus.

— Es-tu sûre que nous sommes dans la bonne grotte ?, demanda le brun.

Elle n'en savait fichtrement rien. Après tout, elle pensait être dans un rêve. Elle était alors entourée de guerriers qui s'entretuaient avec les cris stridents de femmes volantes qui lui transperçaient les oreilles.

Elle prit une grande inspiration pour tenter d'apaiser ses sens, qui s'étaient tous subitement mis en éveil. Son ouïe et son odorat semblaient être décuplés, sa vue, malgré la faible lueur des torches, distinguait comme en plein jour.

— Oui, aucun doute, c'est là !

Elle pointa du doigt le prochain méandre de la galerie, certaine de ce qu'elle allait découvrir une fois ce virage amorcé.

Derrière, comme elle l'avait prévu, ils trouvèrent une salle baignée d'une lumière bleutée provenant d'un trou béant dans la paroi. Tout autour, les murs scintillaient, laissant apparaître des signes, des dessins, des symboles. L'émotion la prit, des larmes roulaient sur ses joues tandis que ses amis restaient bouche bée devant ce spectacle étonnant, irréel.

Devant eux s'étalait une sorte de bande dessinée gravée dans la roche avec une précision chirurgicale mais qui paradoxalement semblait dater d'une époque très très lointaine. D'un côté, on voyait nettement le grand arbre et la cupule stylisés avec les deux corbeaux et un signe inconnu. Tom tentait de reproduire tout sur un petit carnet, car la batterie de l'unique téléphone avait définitivement rendu l'âme, impossible de prendre le moindre cliché. Mais il y avait tant de signes !

Plus loin, des corps au sol, avec une sorte de loup, un serpent, des flammes au milieu desquelles un monstre cornu semblait se délecter du spectacle.

Une autre scène représentait une planète avec deux lunes et un soleil. Cette planète possédait un œil ouvert et un clos.

Ce fut Angus qui fit la découverte la plus fantastique. Le symbole qui était ancré dans la chair d'Eirwen était là, sculpté à même le granit. Pourtant, à la différence de sa marque sur laquelle on pouvait voir de nombreux symboles, celle gravée sur le mur n'en comptait que deux : celui que Tom arborait dans le creux de son cou et un autre qui ressemblait au chiffre « 1 » à l'envers, pointe levée vers le ciel.

Il manquait dix autres dessins pour que son tatouage soit le jumeau de cette gravure de pierre. Autour de lui, était tracé un cercle plus grand où figurait quatre autres signes dont un triangle qui pointait le < de Thomas et un autre renversé, jouxtant le « 1 ». Au-dessus, un soleil en train de se lever derrière une colline.

Le trio n'eut pas le temps d'en découvrir plus. Un grondement sourd, ou plutôt un râle bestial, fit sursauter les garçons, leur faisant lâcher la dernière lampe encore en état de marche. Décidément, à Idavoll, la modernité ne semblait pas la bienvenue. Piles et batteries avaient une durée de vie très limitée. Ce fut le noir total.

Un air empli d'une odeur nauséabonde envahit l'antre de pierre. Tous se mirent à tousser, tentant de se regrouper pour faire face à ce nouvel incident.
Le souffle se rapprochait et une incantation retentit. Subitement, la lumière revint. Non pas que la lampe eut été retrouvée. Non, c'était autre chose de bien plus étonnant.
Thomas était planté au milieu de la pièce, les mains levées devant lui d'où sortaient des flammes qui ne semblaient pas le brûler le moins du monde.
Son regard était vide ou plutôt ses yeux bleus étaient maintenant d'un noir glaçant. Pas la moindre trace de monstre d'os ou d'acier dans la grotte. Tout était silencieux.
Angus ramassa avec précaution la lampe torche, l'alluma et prit son frère par les épaules pour le guider promptement vers la sortie. Celui-ci baissa les bras, les flammes désormais éteintes, et se laissa faire passivement. Le groupe, partagé entre l'adrénaline d'avoir vécu un tel moment et l'incrédulité, marcha jusqu'à la cupule pour s'y asseoir.

— Waou, comment as-tu fait cela, Tom ?, chuchota Angus à l'intention de son frère, en lui examinant les mains pour y constater qu'aucune brûlure n'était présente.
Thomas était visiblement sous le choc, ne comprenant pas ce qui lui arrivait, comme exténué par l'énergie que lui avait demandé cette action.
Eirwen lui tendit ce qui restait d'hydromel dans la fiole. Cela lui fit reprendre tout de suite des couleurs ainsi que les forces nécessaires à son projet. Il se leva.

— Je suis le maître du feu, tu en doutais, vociféra-t-il en faisant basculer son frère droit dans la cupule, la tête la première.

D'abord surprise, la jeune fille ne sut que penser. Thomas jubilait, son humeur mutine semblait de retour, tout comme le bleu profond de ses yeux. Elle commença à être prise d'un rire nerveux qui venait rompre l'aspect solennel et mystérieux de l'instant, accompagnée du jeune homme qui prenait là sa revanche sur le bain forcé de la veille.

Une bonne humeur fut vite stoppée par le hurlement d'Angus, qui semblait visiblement en difficulté, tétanisé au milieu de l'eau glacée. Tom sauta, inquiet, par-dessus la bordure, pour sortir en force son frère de l'eau.

Angus avait les muscles crispés comme s'il avait été victime d'un choc électrique tandis que le ciel avait tourné en un claquement de doigt au noir et que des éclairs zébraient çà et là à l'horizon.

Eirwen prit son pouls, il battait la chamade. Son regard était ailleurs, perdu et à la fois comme habité, ses pupilles grises dilatées à l'extrême.

Il grelottait. Tom et la jeune fille se pressèrent contre lui en le soulevant. Alors que la pluie commençait à tomber, ils l'emportèrent à l'abri sous le grand frêne à la ramure protectrice. Rapidement, elle sentit que le corps d'Angus se décontractait. Il gémissait encore, soit, ses muscles semblaient le faire souffrir, mais ses plaintes se firent rapidement jurons à l'encontre de son frère qu'il pointa d'un regard, lui aussi empli d'étincelles.

— Attends mon frère... Si te plaît attends, susurra Tom, en soulevant les cheveux mouillés du blond, plus frisés que jamais. Avec un sourire de gagnant, il ajouta :

— Gagné ! Je parie qu'il y a un nouveau symbole dans la grotte magique.

En effet, un signe représentant une sorte d'épine trônait maintenant sur la gorge d'Angus. Cela lui faisait visiblement mal, alors Eirwen leva sa main et instinctivement lui caressa le cou, maternellement. Une douce chaleur accompagnée d'une lumière verte se propagea de long de la nuque du jeune homme. Son visage se décrispa. La douleur avait complètement disparu en quelques secondes.

— Hé ce n'est pas juste ! Pourquoi est-ce que je dois souffrir le martyre avec ce truc affreux dans mon cou alors que tu soignes mon frère en claquant des doigts dès qu'il pleurniche un peu ?, se révolta le brun.

— Parce que... parce que ce que tu as fait à Angus est, est... très vilain, répondit Eirwen se voulant moralisatrice tout en tentant de dissimuler son amusement.

Angus, plus empathique, la défia.

— Tu crois que tu peux le soigner aussi, ou ce privilège m'est réservé ?

Il est vrai que par deux fois, le pouvoir de la belle était entré en action pour aider le blond. Serait-il efficace sur une autre personne ?

S'approchant de Thomas, ses doigts soulevèrent délicatement sa longue chevelure noire. La paume de sa main effleura son cou d'une blancheur étonnante, d'une douceur enfantine. Le contact de sa peau apaisa instantanément le feu qui faisait souffrir le jeune homme depuis la veille mais ses joues, elle, étaient plus rouges que jamais. La marque était toujours là encrée dans sa chair mais indolore maintenant.

— Oh la vache, susurra-t-il. On est vraiment en plein cœur d'un film fantastique. Mais le genre de fantastique super agréable ! Tu as la peau délicieusement douce et…

Il n'eut pas le temps de finir sa phrase, Angus lui avait collé un coup de coude dans les côtes afin de lui éviter de dire des sottises. La demoiselle semblait déjà assez troublée comme cela.

— Qui ose retourner dans la grotte ?, continua-t-il pourtant.

Ce fut finalement à trois qu'ils purent constater qu'effectivement, l'épine était apparue dans le cercle où neuf signes manquaient encore à l'appel, en face d'elle, un triangle à l'endroit barré d'un long trait.

— Bienvenu dans le club des trois, lança Tom

— Euh pardon des quatre, ajouta la jeune fille en pointant la flèche. De toute évidence, il y a un membre de notre groupe secret que nous ne connaissons même pas.

— C'est vraiment déstabilisant, ajouta le brun, tout le monde va nous prendre pour des fous quand nous allons rentrer à la maison.

— Ça craint ! Oui vraiment je pense que ça craint, souffla son frère en soupirant bruyamment.

Le mystère enfin les mystères, restaient entiers. Ils ne comprenaient toujours pas ce qui passaient autour d'eux ni par quel artifice, ils pouvaient soigner ou créer des boules de feu. Ils étaient tels des marionnettes entre les mains de je ne sais quelle force qui les dépassaient totalement mais au moins, petit à petit, ils sentaient que cette magie qui les entourait n'était pas uniquement négative. Ils comprenaient que ce qui était en train de leur arriver, ils ne devraient pas l'affronter seul. C'était plutôt… réconfortant même si cela restait complètement fou.

10. Les Nornes

Forts de cette maigre consolation, ils ressortirent de l'antre. L'averse lavait encore le sol. L'orage grondait. Angus leva le poing vers les cieux en maudissant les gros nuages qui l'emplissaient puis, comme une boutade, il commanda aux éléments d'arrêter tout de suite.

Ce qui suivit, ils auraient dû s'en douter. La pluie stoppa net. Les nuages s'écartèrent tranquillement, dévoilant le soleil brilla à nouveau dans un ciel bleu azur des plus purs.

— Et bien voilà, après le Grand Maître du Feu, Damoiselle Médecine, voici venir : Monsieur Météo !, s'esclaffa théâtralement Thomas, à peine surpris.

Il valait mieux en rire tant la situation était invraisemblable voire un brin… angoissante.

— Pour reprendre ton expression, Angus, ça craint quand même, vous ne trouvez pas ?, soupira-t-il, adressant un regard aux deux autres.

Dotés ainsi de pouvoirs dont ils ne connaissaient pas l'étendue et surtout ne savaient que faire, marqués au fer comme des esclaves, quelles surprises leur réservait encore l'avenir ?

— Oui, je vous avoue que je préférerai que tout cela ne soit qu'un mauvais rêve de plus, répondit la jeune femme.

A leur retour au chalet, un homme ni jeune ni vieux était en train de sculpter avec patience une canne très réaliste aux allures de reptile menaçant. On aurait dit que l'objet de bois allait réellement prendre vie sous ses mains expertes.

Il fredonnait un chant d'une voix lancinante, regardant fixement ses trois invités s'avancer :

D'ici vinrent les filles
Savantes en toutes choses,
Trois, venant de la mer, qui s'étend sous l'arbre ;
L'une s'appelait Urd,
L'autre Verdandi.
Elles gravaient sur le bois
La troisième s'appelle Skuld.
Elles ont fait les lois
Elles ont fixé les vies Aux fils des temps
Elles tissent le destin.

— Re-Bonjour jeunes gens, dit-il, ayant achevé sa complainte.

— Bonjour, voulez-vous dire ?, répondit Angus

— Non, non re-bonjour. Nous nous sommes déjà vus ce matin lors de votre petit déjeuner. Vous ne vous en souvenez pas ?

— Mais il n'y avait là qu'un jeune serveur ?

Le vieil homme eut un sourire espiègle.

— Les apparences sont parfois trompeuses, n'est-ce pas ?, ajouta-t-il en se levant pour faire face au trio. Votre journée a été j'en suis certain pleine de riches découvertes ?

N'attendant aucune réponse, il poursuivit :

— Permettez-moi de me présenter. Je suis Skuld, l'avenir, le matin à l'aube de la vie. Verdandi l'après-midi comme vous me voyez ici et Urd le soir venu, en vieillard devenu, témoin des faits anciens. A moi seul, je suis le

vestige des trois Nornes arrivant d'un passé révolu pour guider les dieux nouvellement nés vers la nouvelle Asgard.
Les jeunes gens l'écoutaient attentivement mais sans réellement comprendre, alors il continua :

— Je suis votre destin. Ce que vous avez vu et ressenti durant ces dernières heures est vrai... pas forcément dans ce présent mais dans un des temps passés ou à venir.

Que voulait-il leur laisser entendre ? Qu'il était l'incarnation d'une personne pouvant vieillir sur commande ? Qu'ils étaient des dieux élus réellement dotés de pouvoirs extraordinaires ? Ils n'y comprenaient rien.
Eux, pourtant n'espéraient qu'une chose : pouvoir rentrer chez eux sains et saufs en oubliant rapidement tout ce qui venait de se passer. Pourquoi accorderaient-ils le moindre intérêt à ce que disait ce fou ?
Pourtant, même si le discours de cet homme paraissait exubérant, au fond d'elle, Eirwen sentait que ce qu'il disait était authentique. Cette ressemblance entre les trois hommes, toutes ces choses plus qu'étranges qui leurs arrivaient depuis la veille. Finalement, les dires de leur hôte paraissaient la chose la moins farfelue qu'elle avait entendue ou vue depuis quarante-huit heures.

— Qui sommes-nous ? Pourquoi sommes-nous là ?, demanda-t-elle avec curiosité, un soupçon d'angoisse dans la voix.

— Asseyez-vous, leurs conseilla-t-il

Ils s'exécutèrent sans broncher mais en prenant soin de rester tous les trois très proches les uns des autres, comme pour former un rempart à une éventuelle mauvaise nouvelle ou pire, une attaque.

— Je suis là, seul vestige du passé, de votre passé. Lorsque les dieux de l'ancienne Asgard ont été anéantis pendant le Ragnarök, j'ai été préservé pour être la mémoire de ce temps glorieux et vous l'enseigner.

Ils écoutaient religieusement mais encore une fois sans tout saisir, comme si leurs esprits refusaient de comprendre. Tout était si confus, paraissait si improbable.

— En ces temps anciens, les dieux bons sont entrés en guerre contre le mal, mais ce dernier a vite pris le dessus. Odin, le père de toutes choses, aidé de la reine, a juste eu le temps avant de succomber d'extraire quelques particules vitales de ses fidèles Ases pour les insuffler des siècles plus tard dans de petits êtres aussi sains que purs. Ces enfants d'Asgard, ces dieux nouvellement nés seraient la nouvelle génération capable de redonner vie à Odin et surtout de créer une nouvelle Asgard aussi rayonnante que la précédente, voire plus.

— Et ne me dites pas que par... chance, nous avons été choisis pour être ces enfants d'Asgard ?, demanda fébrilement Thomas, en s'attendant déjà à une réponse qui ne le satisferait guère. Il s'agit de contes qu'on raconte aux petits.

— Oui. Vous trois et quelques autres, êtes ces élus. Nés sans parent puisque nés de l'unique volonté du père de toutes choses. Vous avez grandi sur cette terre, confiés à des familles aimantes jusqu'à ce que l'aube nouvelle arrive.

Ce jour est proche et c'est pourquoi vous avez été conduit ici à Idavoll, la cité des survivants.
Le puzzle se reconstituait peu à peu. Les morceaux de leurs vies respectives se recollaient sur cette terre d'Idavoll. Le fait qu'ils soient orphelins, les visions qui avaient ponctuées leurs nuits, la magie, cette complicité innée, tout prenait soudainement sens mais n'en devenait pas moins inquiétant.
Machinalement, prenant conscience de ce destin qui leur était imposé, Eirwen prit la main des deux garçons en la serrant très fort comme elle l'aurait fait à l'annonce d'une mauvaise nouvelle avec ses deux frères. Le silence était glacial alors que leurs esprits bouillonnaient de mille et une questions.
Comment pouvait-on avoir fait d'eux des siècles auparavant des cobayes. Qu'allait-il advenir maintenant ? Allaient-ils être coincés ici ? Et leurs familles, qu'allaient-elles penser de tout cela ?
Comme s'il avait lu dans leurs pensées, ce qui somme toute devait être le cas, le vieux continua.

— Vous n'êtes pas des cobayes, ni des serviteurs d'Odin, mais vous avez en chacun de vous l'essence d'un dieu mort au combat qui va s'éveiller petit à petit dans vos cœurs. Vous êtes les Ases[1] survivants. Avez-vous pu voir un aperçu de vos pouvoirs ? J'imagine que oui, vos signes étant apparus.

---

[1] Les Ases sont l'un des trois groupes des personnages de la mythologie nordique.

Chacun machinalement posa la main sur sa nuque comme pour cacher ce signe distinctif fraîchement incrusté dans sa peau. La Norne, elle aussi, était dotée de pouvoirs. Elle savait déjà que dans le creux de leur cou, ils avaient tous cette petite marque indélébile qui les rendait uniques et si précieux.

— Vous, dit-il en regardant avec tendresse la jeune fille. Vous êtes Eira, déesse de la nature et de la médecine. Vous êtes en quelque sorte la gardienne de la Lyfia. Cette terre est vôtre, d'où ce que vous avez pu ressentir en venant ici. En cette qualité, vous êtes aussi un guide naturel. Vous avez bien entendu d'autres pouvoirs, mais vous les découvrirez bien assez tôt.

Vous (désignant du doigt Angus). Vous maniez la foudre et l'orage est votre allié. Vous êtes Thor, un des plus grands guerriers qu'Asgard ait connu. Votre force et votre détermination ont fait de vous une légende.

Quant à vous, dit-il en dévisageant d'un air gêné Thomas. Vous êtes de toute évidence Loki, dieu du feu et des mots que vous apprendrez à manier comme des armes. Sorcier de votre état tout comme votre amie. Mais à vrai dire, pour être honnête, je ne pensais pas qu'Odin... Il stoppa net son discours. Il s'agit là de votre destin après tout. Vous étiez très puissant.

Tom fut d'un coup très mal à l'aise face à ce que venait de lui confier à demi-mots l'ancien, mais garda bonne figure malgré tout.

— Njord, le dieu de l'eau et de la mer, vous rejoindra bientôt. Initié plus tôt cette année, il est à la recherche du

dernier des dieux nécessaire à l'accomplissement de la première étape du rituel. Bon, dans les temps modernes, il se prénomme Luke. Un être très sympathique qui maîtrise les vagues comme personne, pour le moment surtout sur sa planche de surfs, à mon grand désespoir.
Il ajouta dans un souffle presque douloureux :

— D'ici peu, Odin lui-même achèvera votre transformation. Le jour de l'aube des dieux arrive bientôt.

Eira, Angus et Thomas restèrent là un long moment sans bouger, abasourdis par ce qu'ils venaient d'apprendre. Ils étaient des personnes non seulement différentes mais surtout des dieux en puissance qui devaient réaliser je ne sais trop quelle prophétie sous le commandement d'un vieil hurluberlu éleveur de chèvres qui rajeunissait et vieillissait au fil des vingt-quatre heures du jour. C'était tellement gros qu'ils auraient pu croire être la cible d'une caméra cachée, mais en même temps tellement énorme que la Norne ne pouvait avoir inventé tout cela.

— Jeunes gens, je vais vous laisser digérer la chose. Je dois aller nourrir mes bêtes. Si vous avez faim, il y a de quoi manger sur la table de la cuisine. Si jamais il vous prend l'envie d'en savoir plus sur... vous et sur Asgard, la bibliothèque se trouve dans la chambre d'Eir...wen. Tes parents devaient sûrement être un peu devins, pouffa-t-il à l'attention de la jeune femme.
D'ailleurs, vos parents au fait… Ne vous inquiétez pas, ils n'auront plus aucun souvenir de vous désormais. Vous êtes mes petits protégés à présent.

Cette dernière phrase vint les frapper en plein cœur alors que le vieux partait en sifflotant, un gros sac de jute sur l'épaule en direction de la forêt. De quelles bêtes parlait-il ? Ses chèvres étaient dans la bergerie tout près du gîte. Mieux valait sans doute l'ignorer pour l'instant !
Ce fut Angus qui le premier prit la parole.

— Bon bien, petit tour de table : enchanté Eira, Enchanté Loki ! Je suis vraiment ravi de connaître deux dieux d'Asga... truc bidule.
Il semblait complètement dépité.

— Mince, qu'est-ce que c'est que cela ? Hé ! Ce n'est pas parce que vous êtes une...Norne que vous allez pouvoir décider de mon avenir et m'empêcher de retrouver les miens juste en claquant des doigts. Ma vie, je l'aime comme elle est ! Je ne veux pas accomplir quoi que ce soit de prophétique ! Je veux juste faire de la musique ! Je veux juste rentrer chez nous et prendre dans mes bras maman et papa !, ajouta Thomas apparemment encore plus secoué.
En fin de compte ils l'étaient tous les trois. Perdus face à cette situation qui faisait d'eux le centre d'attention, qui leur offrait un passé, une famille alors qu'ils n'en avaient pas mais en même temps leur enlevait leurs repères et tout ce qui leur était cher, tous ceux qui leur étaient chers.
Un changement radical en quarante-huit heures, qui leur promettait des aventures dangereuses, La mort peut-être même, et l'avènement d'une terre nouvelle nommée Asgard, alors qu'ils ne savaient même rien de l'ancienne.

— Je suis complètement perdue, murmura simplement la jeune déesse. Tous mes souvenirs sont là, mon enfance, mes moments de bonheurs mais aussi mes instants de panique, ces cauchemars récurrents... Même mon prénom n'est pas le mien. Qui suis-je vraiment ?

— Et encore, tu as de la chance. Tu n'as pas à porter les pseudonymes ridicules de Thor ou Loki. Loooki qui a pu donner ce nom à son enfant ? Une bonne blague oui. Ils devaient l'adorer, leur rejeton, ces super-divinités !, ajouta le brun avec une mine désabusée en se massant les tempes. Aucun d'eux n'eut l'envie de goûter aux délices laissés sur la table de la petite cuisine.

Chacun regagna sa chambre, l'esprit embué par ces révélations, dans l'objectif de refaire son sac et de partir sur le champ. Mais si l'ancien avait dit vrai ? Si le monde qu'ils connaissaient n'existait plus ? Il pouvait mentir ? Les retenir ici pour une obscure raison. Mais en même temps, ce qu'ils avaient vécu ces dernières heures, ces facultés qu'ils possédaient, n'avaient rien d'un rêve.

Assise sur le rebord de la fenêtre, Eirwen songeait à ses parents adoptifs qui l'aimaient comme leur fille, à ses examens qui approchaient et qu'elle ne passerait sans doute jamais pour cause de « quête divine ». Si tout cela était réel, jamais elle ne pourrait chahuter à nouveau avec les jumeaux ni aider nombre de patients en devenant un médecin attentionné. Jamais non plus, elle ne pourrait plus, libre et légère, partir en randonnée pour découvrir le monde qui, il y a encore quelques heures, se limitait à la planète Terre. Sans doute même ne connaîtrait-elle jamais la joie de partager l'amour de quelqu'un. Qui voudrait d'une déesse bizarre entourée d'une lumière verte comme

compagne... Ce n’est pas très discret ! Tout lui paraissait soudain si sérieux… C'était comme si une chape de plomb s'était abattue sur elle. Depuis toujours, elle s'était sentie différente des autres sans en comprendre la raison mais là tout devenait soudain très concret, trop concret. Son pouvoir était en soi sympathique, mais si l'Asgard nouveau venait à paraître, pourrait-elle aider les hommes et encore faire partie de leur monde ? Elle se sentait pourtant si profondément humaine.
Dans ses lectures habituelles, les dieux n'avaient souvent que faire des races inférieures.
Elle se leva et s’étendit sur son lit, les yeux rivés au plafond, tentant de se rappeler le plus de moments précis de sa courte vie pour ancrer ces souvenirs si profondément que même cet Odin surpuissant ne pourrait les déloger. C'était décidé, elle resterait Eirwen derrière Eira, quoiqu'il arrive. Elle ne voulait pas qu'on la change, même pour faire d'elle une déesse. Pourtant, son pouvoir vibrait déjà fortement en elle, elle ne pouvait le nier.

Dans la chambre des garçons, ce n'était pas plus joyeux. Thomas donnait des coups de pieds dans tous les meubles passant à proximité de ses pieds en jurant, puis il s'affala sur le fauteuil en pensant à sa famille qui n'avait pas d'autres enfants qu'Angus et lui. Il se revit chevauchant Black, son cheval favori, durant des heures, dans les grandes plaines autour de la ferme familiale, se sentant libre. Plus que tout à ce moment précis, il aurait aimé sentir sous ses doigts les cordes de sa Stratocaster vibrer pour émettre des sons cinglants à faire trembler les murs.

Mais ce qui l'inquiétait le plus, au fond, c'était ce qu'avait dit le vieil homme à son propos, ou plutôt ce qu'il avait habilement évité de dire. Apparemment, ce dernier avait été surpris en découvrant son signe et doutait que sa présence soit la bienvenue auprès d'Odin. Quelle en était la raison ? Il avait l'habitude d'être en décalage avec les jeunes personnes de son âge, de se faire punir par les professeurs malgré ses bons résultats, pour son attitude borderline. Mais là, être rejeté d'emblée par une prophétie mystique et un dieu omnipotent, hum… Cela le mettait de mauvaise humeur tout autant que viscéralement, ça le tourmentait. Il se releva d'un bond et jeta rapidement ses vêtements dans son baluchon, prêt à quitter le chalet et tout ce qui allait avec.

Angus s'assit face à lui sur le bord du lit.

— Tu crois que papa et maman vont s'en sortir sans nous ?, dit-il

— Mais qu'est-ce que tu racontes, nous allons les retrouver et pas plus tard que tout de suite ! Allez lève-toi, on s'en va !

— Tu as entendu comme moi la Norne. Tu as constaté comme moi que nous n'étions plus vraiment les mêmes.

— Nos parents n'ont que nous et nous n'avons qu'eux. Et là, pfft, un claquement de doigts d'un serviteur sénile du super dieu scandinave Odin et plus aucun souvenir ! Oust Thomas et Angus ! Finis les jours heureux autour d'un bon gâteau préparé par maman ! Évaporée notre vie d'avant ! Moi, désolé, je n'y crois pas et je ne reste pas une minute de plus dans cet endroit.

— Je n'ai pas l'impression qu'on nous laissera le choix.
N'écoutant son frère que d'une oreille, Thomas restait interdit. Il venait de sortir de son sac son portefeuille pour y chercher sa carte de bus. A l'intérieur, se trouvait une photographie prise le mois dernier lors de l'anniversaire de son père. Toute la famille était alors réunie autour d'une tarte au sucre surmontée de chantilly sucrée et de fruits rouges.

— Bon sang mais qu'est-ce que cette blague…!, dit-il en s'agitant. Angus s'approcha et lui prit le cliché des mains. Sur celui-ci figurait bien son père et sa mère ainsi que tante Gelda mais plus aucune trace ni de lui ni de son frère. Il se précipita sur son téléphone portable qu'il avait laissé au fond de sa valise. Miracle, la batterie n'était pas tout à fait déchargée. Fébrilement il composa le numéro du ranch et activa le haut-parleur. Il reconnut d'emblée avec émotion et presque soulagement la voix qui répondit.

— Bonjour ma… Il s'apprêtait à dire « maman » mais se reprit. Bonjour Madame, puis-je parler à Angus ou Thomas s'il vous plait ?

— Pardon jeune homme, vous avez dû faire une erreur.

— Je suis bien chez M. et Mme Jonas ? Vos fils ne sont pas à la maison ?

— Oui vous êtes bien au ranch Kans mais nous n'avons ni fille ni garçon.

Le téléphone roula à terre. Tous deux étaient dévastés. Ils se prirent dans les bras fraternellement. Un long moment passa. Angus se ressaisit essuyant une larme en reniflant avec le dos de sa main.

— Il y a bien une explication logique à tout cela. Nous allons la trouver, c’est certain, hein ?, lança-t-il à son frère qui ne répondit pas.
Le bon côté de la chose, si tant est que ce soit un bon côté, est que nous sommes tous les deux embarqués dans cette aventure même si elle ne s'annonce pas de tout repos.
— Oui tu as raison, c'est une chance de pouvoir être ensemble comme nous l'avons toujours été même si finalement nous ne savons même pas où nous allons. As-tu compris un traître mot de ce que cette chose métamorphe nous a dit tout à l'heure ?

Passer à autre chose était sans doute la meilleure façon de continuer à avancer après ces terribles révélations.
Ils se rappelèrent subitement que leur hôte leur avait parlé de livres présents dans la chambre d'Eirwen. Ils se retrouvèrent donc en deux temps trois mouvements debout à frapper à la lourde porte de chêne de la jeune fille.
Eirwen ouvrit tout de suite en reconnaissant les voix des garçons dans le couloir.
— Vous voulez que je vous ramène en voiture ?, dit-elle en prenant son sac.
— Pas vraiment, répondit le brun en lui racontant leurs dernières découvertes.
— Alors nos parents nous ont donc vraiment oubliés ? Nous sommes vraiment bloqués ici à Idavoll ?
— Je le crains et tu es coincée avec nous, répondit Tom. Et avec cette… Norne et ses animaux de compagnie à cornes.

— Remarque, cela aurait pu être pire… quoique non, je crois qu'on touche le fond là, ajouta Angus vraiment bouleversé. C'est ça, le fond du fond.

— Autant nous faire une raison et en apprendre le plus possible sur cet endroit pour pouvoir déjouer les plans de cet Odin de malheur. Grande Déesse, pouvons-nous emprunter quelques livres dans votre bibliothèque tout aussi divine que vous..., demanda Thomas/Loki en mimant une révérence princière.

— Et poussiéreuse..., ajouta Angus/Thor qui se dirigeait vers la première étagère effectivement pleine de toiles d'araignée pour découvrir les livres antiques qui les attendaient. Euh, je parle de la bibliothèque…

— Hé merci, s'offusqua d'un air enfantin la jeune femme. Je suis une déesse poussiéreuse maintenant ! Tu mériterais que la grande sorcière que je suis censée être, te jette un sort pour te transformer en grosse grenouille bien baveuse, tiens !

Angus fut un peu gêné tandis que son frère époussetait les épaules la jeune fille, qui pouffait de rire en ajoutant :

— Une grenouille baveuse c'est bien trop mignon pour lui, grande Eira. Changeons-le plutôt en ver de terre rampant à nos pieds de grands mages. Bon, admettons également, pour le moment, ne pas savoir nous servir de ces super pouvoirs…et donc ne rien pouvoir transformer du tout.

Cette conversation futile permit de rendre leur humeur empreinte de nostalgie un petit peu plus mutine. Après tout, Tom avait raison, il ne fallait pas perdre de temps en

lamentations s’ils voulaient avoir une chance d’échapper à ce cauchemar. Depuis l'annonce du représentant en chef de la destinée, il bien faut dire que des centaines de questions passaient et repassaient dans leurs têtes, tant et si bien que leurs cerveaux respectifs allaient finir par imploser.
Leur état passé et à venir. Ce lieu dont ils étaient de toute évidence prisonniers pour le moment. Cette quête qui était à la fois excitante et angoissante. En plus, ils ne connaissaient absolument rien sur les légendes nordiques puisqu'ils avaient été, volontairement ou pas, placés dans des familles étrangères à cette culture.
Celle des garçons venait de la verte Irlande et les grands parents d’Eirwen étaient originaires de Bretagne. Soit, ils avaient été baignés dans des coutumes où quelques dieux avaient leur place, mais nulle part d'Odin ou de Thor ni de Loki, encore moins d'Ases ou de Nornes. Saint Patrick et Brigit étaient davantage d'actualité au sein de leurs doux foyers. Seul le patronyme « Eira » semblait parler aux deux frères puisque, selon eux, l'Irlande était apparemment la terre d'Eir. Fait qui avait été pourtant démenti par le vieil homme, il y a quelques heures, puisqu'il leur avait indiqué que le territoire d'Eira était cette montagne magique... ou démoniaque. Ils ne savaient plus trop quoi en penser.

La bibliothèque n'était pas immense. Quelques étagères de bois brut vermoulu qui contenaient surtout des écrits en langues anciennes. Parcourant du doigt les étagères, la jeune fille pointa un livre en disant :

— Je me lance. Voyons, ce livre-là « Mythologies et dieux nordiques » me paraît être intéressant non ? Eirwen prit le vieux grimoire, effectivement plein de poussière, à la couverture de cuir jaunie par les ans. Elle se mit à le feuilleter, assise sur le rebord de la fenêtre qui formait un petit banc rendu confortable par quelques coussins moelleux.

— Moi, je prends « Légendes de Scandinavie », ajouta Angus. Il avait entre les mains un livre tout aussi antique, à la vue de ses arêtes cornées, mais au nombre de pages beaucoup moins imposant, ce qui lui convenait parfaitement. Qu'est-ce que tu fais Tom ?

— Je cherche « Mythologie scandinave pour les nuls » mais je ne trouve pas, dit-il avec un son air sournois. Non franchement, pourquoi n'y a-t-il pas une bonne connexion internet ou du moins l'électricité sur cette montagne sacrée ? Avouez que cela nous faciliterait les choses, vous n'êtes pas de mon avis ?

Finalement, il saisit un gros volume sobrement intitulé « Eddas » par Snorri Sturluson, lequel était écrit en partie en vieux norrois pour le plus grand plaisir de notre dieu des mots amateur de défis et de langues oubliées. Grec et latin devaient sans doute avoir quelques atomes crochus avec le suédois antique dont il entamait malheureusement tout juste l'étude ce trimestre ? Du moins, il l'espérait.

Ils restèrent tous trois dans la chambre confortable près du feu de bois qui réchauffait l'atmosphère tout en l'emplissant d'un doux parfum de résine. Angus dans le fauteuil près des flammes, Thomas sur le lit d'Eirwen et la jeune fille près de la fenêtre. Être ensemble pour partager

leurs découvertes et tout simplement ne pas se sentir seuls face à ce qui les attendait, leurs paraissait évident.
Maintenant, Eirwen comprenait pourquoi, à la différence des personnes qu'elle croisait tous les jours à la faculté de médecine, elle s'était sentie si proche, tout de suite si intime, avec ses deux nouveaux compagnons et ce malgré les circonstances ubuesques de leur première rencontre. Ils se connaissaient et avaient déjà partagé de longs siècles ensemble. Ils avaient apparemment vécu le meilleur mais aussi le pire sur cette terre d'Asgard dont ils ne savaient rien encore. Ils étaient même morts pour ce royaume. Forcément, cela crée des liens.
Les minutes défilaient, chacun plongé dans sa lecture. Par moment, une information filtrait.

Odin était le dieu des dieux et le géniteur de toute chose. Il était aussi le père des runes, lesquelles runes ressemblaient à s'y méprendre aux symboles qui marquaient leur peau. Thurisaz pour Angus. Kenaz pour Tom. Bizarrement, on ne trouvait que douze runes du Futhark, réunies autour de la treizième, « Elhaz », sur le tatouage que portait Eirwen sur sa nuque. Or, cet alphabet nordique d'une autre ère en contenait d'ordinaire, vingt-quatre. Certains dieux étaient apparemment passés à travers le jeu de la résurrection... Les chanceux !

Asgard était un des neufs mondes construits par Odin, qui y régnait avec douze autres Ases. Encore ce fameux chiffre. Les douze étaient donc des élus, même par le passé.

La cité merveilleuse d'Asgard avait été détruite lors d'une grande bataille nommée Ragnarök ce qui avait du même coup mis à mal l'équilibre des huit autres mondes. Mondes dans lesquels vivaient nains, elfes et géants ainsi que des humains sur la Terre, nommée à cette époque Midgard.
A ce moment-là, lors du Ragnarök, les dieux avaient péri et étaient allés dans un autre endroit appelé Walhalla : une sorte de paradis pour super-héros, alors que les vilains étaient dirigés vers Helheim, un enfer géant dirigé par une fille. Ce détail provoqua quelques railleries de la part des garçons, évidemment suivies d'un laïus un brin féministe d'Eirwen.
Thomas restait la plupart du temps silencieux, absorbé par sa lecture, paraissant même par moment à la limite de s'étouffer.
Puis se redressant, il annonça d'un ton solennel :

— Et bien chez moi, on apprend que Thor est un super guerrier bricoleur avec un gros marteau magique. Toi ! Toi, avec un marteau ! Laisse-moi rire. La dernière fois que tu as tenu ce genre d'engin, tu as fini aux urgences.

— Hé !, le coupa son frère en bombant le torse. Je dirais surtout un super dieu canon et très costaud. Regardez-moi cette gravure. Je l'aime bien ce Thor, hé hé.

Il souhaitait surtout, fanfaronnant ainsi, éviter que Thomas ne raconte de long en large à la jeune fille l'épisode du marteau qui avait effectivement fini dans un bain de sang.
Tom reprit en soufflant :

— On apprend aussi, Eira, que tes dons sont très puissants. Tu m'étonnes. Grâce à ta magie et tes plantes, tu peux guérir pratiquement tous les maux, voire même ressusciter les morts. Cela peut être très pratique ma foi. Vu ce que tu as fait à la blessure de Gus, je n'ai aucun mal à croire les dires de ce grimoire mais j'espère bien ne pas être le cobaye de l'expérience « mort imminente ». D'accord ?

Eirwen acquiesça. Elle voulait, en fait, n'avoir à ressusciter personne. Elle préférait savoir tout le monde sauf et en bonne santé plutôt que malade, blessé ou pire : mort. Elle pressentait bien pourtant que des choses graves allaient arriver mais elle ne voulait pas trop y penser, se laissant aller à un optimisme sans mesure dont elle n'était pas coutumière. Elle allait s'en sortir. Ils allaient s'en sortir tous et retrouver leur vie d'avant très vite.

— Quant à moi, lança Thomas, comme une boutade mais qui lui arrachait une grimace à peine dissimulée, eh bien moi... je suis le pitre de service qui accessoirement aime bien les aventures extrêmement humiliantes. Mais surtout les amis, je ne suis apparemment pas tout à fait ce que l'on peut appeler du bon côté.

Il soupira avant de continuer.

— Surtout lors du fameux Ragnarök. Je comprends maintenant pourquoi le vieux et le dieu borgne ne veulent pas de moi dans la team des gagnants car en général ce Loki fait tout foirer ! Il fallait que ces particules divines-là me tombent dessus, zut !

Il tût volontairement le fait qu'il avait découvert être bel et bien un vrai méchant, qui aidait parfois les Ases, mais avait aussi failli détruire à plusieurs reprises Asgard. Il ne dit pas non plus qu'il était aux côtés d'un certain Surt, un monstre sanguinaire, lors du Ragnarök. Il avait toujours le chic de se faire des copains craignos. Il garda le silence également sur les détails sordides de ses aventures amoureuses souhaitant faire comme s'il n'avait rien appris à ce sujet. Les dieux avaient décidemment de drôles de mœurs et même s'il n'était pas du genre étroit d'esprit, cela lui donnait un peu la nausée.

Eirwen et Angus paraissaient perplexes. Il était bien dit dans leurs livres que Loki était rusé, un brin menteur mais aussi qu'il était le dieu de l'intelligence, du feu et surtout un très grand sorcier qui avait tiré du pétrin très souvent les Ases. Il n'y avait rien de plus.

— Ce ne sont que de vieux bouquins, ajouta Angus en jetant nonchalamment son livre sur la table basse avec un bâillement sonore. Il tombait de fatigue.

— Et nous sommes Angus, Thomas et Eirwen, pas Thor, Loki et Eira. On ne pourra pas nous enlever ce que nous sommes : des personnes pacifistes. Nous ne sommes ni des guerriers ni des tueurs, renchérit la jeune fille, regardant pourtant ses mains qui avaient pu d'un coup guérir une profonde blessure. Pourraient-elles à l'inverse en créer ? Cette simple pensée l'horrifia.

Thomas semblait un peu rassuré par cette vision des choses mais n'en restait pas moins soucieux en repensant à son passé peu glorieux.

— Avez-vous trouvé quelque chose sur cette prophétie ou le rituel de l'aube des dieux ?, demanda-t-il.

Ce fut un non collectif. Rien sur cette aube qui, selon la Norne, approchait. Il n'y avait pas non plus la moindre information sur comment apprendre en dix leçons à tenir tête à Odin afin de rentrer chez soi le plus rapidement possible.

La nuit était tombée et la lune était plus ronde que jamais dans le ciel. La jeune fille avait toujours été attirée par cet astre. Elle se sentait électrisée lorsque la lune était pleine et ses cauchemars étaient comme par magie suspendus ces soirs-là. Une nuit de répit par mois, ce n'était pas grand-chose mais c'était déjà cela.

Aussi, apaisée, elle demanda à ses acolytes s'ils voulaient aller s'asseoir dehors pour profiter du spectacle avec d'elle. Ils ne se firent pas prier, chipant au passage un morceau de tourte à la viande sur la table de la cuisine et une bouteille du précieux nectar des dieux... Puisqu'ils possédaient des particules divines en eux, autant que cela ait au moins quelques avantages.

Le spectacle était magnifique. La lune énorme paraissait si proche d'eux. Allongés dans l'herbe fraîche, ils se sentaient si bien comme si à défaut de charger leurs portables, l'astre chargeait leurs corps d'une force nouvelle, pure, saine.

Les paumes d'Eirwen étaient même à nouveau enveloppées d'une aura verte mais chut, personne ne lui en fit la remarque. Ce pouvoir la gênait assez comme cela.

— Quelqu'un a lu quelque chose sur ce Njord ? Puisqu'il doit rejoindre notre club ou plutôt nous le sien, peut-être faudrait-il savoir à qui on a affaire ?, interrogea Tom.

— Dieu des mers et du vent, pas très commode. Un peu genre brute épaisse, répondit Eira sans s'attarder ne quittant pas des yeux la boule brillante qui illuminait la nuit.

— Ah d'accord. Un peu comme toi, Angus ! Vous allez bien vous entendre, plaisanta le brun.

11. Njord

Le froid qui tombait les amena à retourner dans leurs chambres, enfin, pas tout à fait. Eirwen, qui avait finalement remarqué la lumière émanant de ses mains, se mit à paniquer. Pourquoi son pouvoir se manifestait-il, alors que tout le monde semblait bien se porter ?
Elle tremblait et avait beau dire, trop fière pour avouer sa faiblesse, que c'était dû à la fraîcheur du soir ; les garçons ne lui laissèrent pas le choix. Ils décidèrent de ne pas la laisser seule pour affronter la nuit. Ce qui, de plus, arrangeait bien Tom, qui avait peur qu'elle n'aille se plonger dans le livre sulfureux de ses aventures qu'il avait négligé de prendre avec lui pour éviter les éventuelles indiscrétions. Finalement, il n'avait pas très envie que les autres en découvrent plus sur son lui d'antan, trop honteux de certains passages peu reluisants dont la simple pensée lui donnait envie de vomir.
La jeune fille se laissa faire. Elle dormirait dans le lit de Thomas et les deux garçons partageraient le grand comme lorsqu'ils étaient enfants. Un pas vers le passé qui semblait si bon alors qu'un avenir incertain pointait à l'horizon.
Tour à tour, Angus et Thomas se levèrent pour s'assurer qu'elle allait bien. Ils étaient également inquiets de la présence cet orbe. Comment se pouvait-il qu'elle puisse contrôler parfaitement ce don dans les pires situations et que ce soir, il lui fasse totalement perdre ses moyens ? Ce

pouvoir était-il trop difficile à porter pour son jeune corps encore plus humain que dieu ?

Le soleil se leva. Les garçons dormaient encore, poings fermés. Eirwen se réveilla dès les premiers rayons après une nuit finalement paisible. La lumière au reflet de jade n'était plus là mais elle sentait encore des picotements douloureux dans ses avant-bras. Elle se leva, à pas de loups. Elle se surprit au passage à admirer les corps musclés de ses colocataires en simples caleçons sur le lit. Ses joues passèrent au rose vif quand elle se rendit compte qu'elle venait de passer une nuit entière à un mètre de leur couche. Mais bon, après tout, elle avait bien déjà fait du camping avec ses deux frères. Et puis, ces deux-là étaient plutôt agréables à regarder et surtout trop mignons ; l'un dormant la tête posée sur l'épaule de l'autre, leurs jambes enchevêtrées. Un joli tableau pour deux futures déités, deux grands guerriers impitoyables d'Asgard. Si Odin pouvait les voir...

La jeune voyeuse ouvrit la porte en tentant de minimiser le grincement des gonds mal graissés puis se rendit dans sa chambre afin de faire sa toilette matinale. L'eau chaude lui permit de décontracter un peu ses muscles qui étaient anormalement en éveil. Quelle était la cause de ces tensions ?

Le murmure de la porte avait réveillé les garçons qui s'habillèrent également, prêts à aller déjeuner, non sans être passés s'enquérir de la santé de leur amie. Elle les rassura et s'empressa de les suivre dans la petite salle à manger.

Le jeune serveur s'activait à la cuisine, fouettant des blancs en neige frénétiquement afin de préparer un gâteau. Il semblait à son tour soucieux. Peut-être une de ses « bêtes » était-elle souffrante ?

Tout à coup, un grand gaillard fit irruption faisant claquer la porte d'entrée et montant à l'étage si rapidement qu'ils ne purent saisirent que sa silhouette massive.

— Je vous présente Njord ou Luke si vous préférez, dit alors la jeune Norne avant de monter précipitamment derrière lui.

— Enchanté de te rencontrer Njord, se moqua Thomas en regardant le vide. Il m'a l'air très... sociable, vous ne trouvez pas ?

Eira, sentit à nouveau les picotements dans ses bras, douloureux. Elle sursauta. La lumière verte était revenue plus forte que jamais.

— Il est blessé !, comprit-elle soudain d'instinct. C'est pour cela que ma magie s'est réveillée cette nuit. C'est à cause de Njord.

Suivie des deux autres, elle monta le grand escalier et se dirigea vers une pièce tout au fond du petit couloir.

Le serviteur était penché, l'air inquiet au-dessus du dieu de la mer. Le cou et le torse de ce dernier étaient couverts de cloques comme s'il avait été sévèrement brûlé.

La jeune déesse s'approcha et s'ancra naturellement au sol, jambes écartées sur le plancher de bois. Son cœur ralentit et ses mains se levèrent au-dessus des blessures impressionnantes et visiblement très douloureuses. Njord eu un mouvement de défense repoussant les mains.

La Norne fit signe aux garçons de l'aider à maintenir le colosse en place pendant qu'Eirwen envoyait ses vibrations guérisseuses. Elle fit disparaître une à une les ulcérations mais l'opération fut longue car les brûlures avaient été infligées non par le feu mais par une sorte de magie noire. Elle en percevait l'aura sombre qui entourait son patient.

Le soin terminé, le serveur, qui entre temps était devenu un homme plus âgé, demanda aux trois jeunes gens de sortir.

Sans poser de questions, ils s'exécutèrent. Voilà donc à quoi devait ressembler leur futur ? Luke avait été initié avant eux. Il devait donc avoir des missions à effectuer plus importantes que celle de lire des grimoires pour apprendre l'histoire des dieux scandinaves.

Devant la table du petit déjeuner, alors que le soleil marquait le temps du midi, Thomas et Angus mangeaient sans appétit. Ils s'assuraient plutôt qu'Eira, plus pâle que jamais, épuisée par cette guérison magique qui lui avait demandé beaucoup d'énergie, reprenait des forces en se restaurant des tartines à la confiture de mûres et du chocolat chaud qu'ils lui avaient préparé.

— Tu peux donc savoir à l'avance et à distance lorsque nous sommes blessés ? Voilà pourquoi tu brillais comme une veilleuse cette nuit ! Il n'y avait rien d'anormal ou plutôt si... c'est quand même sacrément flippant. Mais quel talent !, déclara Tom admiratif.

— Comme tu dis c'est très... flippant. Et ces blessures. Elles n'avaient rien de normales non plus. Ce fut un réel combat de pouvoir les faire disparaître. Rien à voir avec la blessure d'Angus ou à celles de vos marques. J'aimerais savoir qui lui a fait cela, ajouta la guérisseuse.

Une voix dans l'escalier fit écho à sa demande :

— Un des fidèles de Surt !

— Surt ?, entonnèrent d'une seule voix les jeunes gens.

Surt !, pensa intérieurement Thomas en baissant les yeux.

— Nous avons nos camps pro-Odin mais notre ennemi, celui qui a répandu la mort lors du Ragnarök a aussi, malheureusement, les siens. En cherchant Freyja, la dernière déité que nous devons retrouver pour effectuer le rituel de l'aube, Njord est apparemment tombé sur l'un d'entre eux. Ils semblent très entraînés, bien plus que vous en tous cas.

La Norne ajouta que Njord dormirait un petit moment mais qu'Eira avait réussi, contre toute attente, au vu du peu de temps qu'elle avait eu pour maîtriser son pouvoir, à circonscrire le mal. Il semblait très impressionné.

— Tu vois, le monstre, tu es quand même sacrément utile, lui susurra gentiment Thomas alors qu'Angus la prenait contre son épaule en continuant :

— J'aimerais bien en savoir plus sur ce Surt, pas vous ? Si ces disciples sont capables de faire ce type de dégâts, je n'ose imaginer ce que lui pourrait faire. Et mon petit doigt me dit que nous allons devoir le rencontrer, ce charmant pyromane.

Eirwen lui donna raison. Il fallait se préparer à toute éventualité. Lire et surtout s'entraîner à utiliser leurs pouvoirs. De toute évidence, l'option « retour à la maison en mode cocooning » n'était pas prévue pour demain. Ils allaient en avoir besoin pour mettre toutes les chances de leur côté s'ils voulaient rester en vie. Il fallait aussi chercher qui était Freyja. A première vue, elle allait avoir une compagne de jeux féminine au milieu de tous ces dieux musclés. Une jeune femme innocente qui, comme eux, allait être projetée dans un monde très différent de ce qu'elle devait connaître.

Les trois « demi » déités prirent à nouveau le gros dictionnaire de mythologie dans la bibliothèque. Thomas, de plus en plus Loki, usant de sa ruse, avait fait disparaître discrètement au fond de son sac le livre décrivant ses actes peu avouables. Comme le soleil brillait et que l'air était doux, ils partirent sous un grand arbre du jardin, en pleine nature, en quête d'indices sur cet ennemi mais également sur cette nouvelle alliée potentielle.

Freya s'avéra être une déesse de la terre mais aussi et surtout de l'amour. Ce qui, même si elle n'osait se l'avouer, chagrinait un peu Eira, qui s'était habituée très rapidement à avoir l'attention exclusive des deux frères. D'une grande beauté, elle avait le pouvoir de parcourir les mondes avec un manteau magique et adorait les chats.

— Hum, en quoi une déesse de l'amour va-t-elle nous être utile ?, demanda le blond.

— Si tu veux mon avis, pas à grand-chose sauf à créer des histoires, rétorqua le brun.

Leurs expériences passées avec la gente féminine semblaient les avoir marqués fortement.

Eirwen leur retourna un sourire qui en disait long. Elle ne savait pas encore si cette complicité quasi innée entre eux trois, provenait réellement de ce temps où Asgard était à son âge d'or ou bien si c'était simplement une très jolie rencontre dans ce présent menaçant. Les livres n'avaient pas abordé le sujet. Pourtant, à cet instant, elle s'y raccrochait comme à une bouée, craignant de perdre pied si on lui ôtait ses nouveaux compagnons. Tout était tellement si confus dans son esprit.

— Attendez, Freyja, si j'ai bien compris, peut aussi ensorceler ses adversaires pour éviter une bataille... hum, intéressant finalement.

— Bof, répondirent en chœur les garçons, pas vraiment convaincus.

Quant à ce qu'ils apprirent sur Surt… Le choc fut grand. Il y avait non seulement une description dantesque de ses grands pouvoirs et de ses méfaits passés mais surtout un portrait du…, enfin de la... chose. On ne pouvait pas dire que leur ennemi soit très photogénique. Sorte de géant forgeron à la base, il maîtrisait le feu dévastateur qui à lui seul était capable de rompre l'équilibre de l'univers entier afin que ce dernier sombre dans les ténèbres. Son épée flamboyante représentée sur la gravure et son corps mi-os mi-métal incandescent ravivèrent tout de suite chez la jeune fille des souvenirs très pénibles. Ceux de son combat dans la grotte contre une créature horrible... contre Surt.

Ce qu'indiquait un poème tiré de l'Edda sur son arrivée lors du Ragnarök, n'était pas plus encourageant.

Le soleil s'obscurcira,
La terre sombrera dans la mer,
Les étoiles resplendissantes

Disparaîtront du ciel.
La fumée tourbillonnera,
Le feu rugira,
Les hautes flammes
Danseront jusqu'au ciel.

— Waou. Hé, p'tit frère mais j'y pense, toi aussi tu es un dieu du feu n'est-ce pas ? Un mini Surt ? J'aimerais mieux que tu sois de notre côté lors de ce Ragnamachin, d'accord ?, plaisanta Thor.

— Bien sûr que je suis avec vous ! Ne crois pas te débarrasser de moi aussi facilement, frangin ! Et puis qu'est-ce que vous deviendriez sans le grand Loki, hein ?, répondit l'autre en haussant les épaules nerveusement.

Au fond de son cœur quelque chose lui murmurait que ce ne serait pas si aisé.

On était bien loin du stress des examens de fin d'année qui auraient dû les attendre. Piégés à Idavoll, pour le moment, ils n'avaient d'autres choix que d'accepter leur destin sans broncher.

Ils passèrent donc la fin de l'après-midi à découvrir les environs proches du petit chalet de bois rouge et ne furent qu'à moitié surpris de tomber sur une sorte d'arène où traînaient çà et là des armes, abandonnées par Njord, sans doute.

Aux dernières nouvelles, il était le seul apprenti de Jans. Jans était le nom officiel des « trois » Nornes. Ils l'avaient appris le matin même de sa propre bouche.

L'arène avait l'allure d'un amphithéâtre romain : un cercle de pierres blanches, quelques gradins en bois sculptés avec des têtes d'animaux fantastiques tels que des dragons, des griffons et des serpents ailés. Au centre, un sol de sable blanc très fin pour amortir les éventuelles chutes. Cela aurait pu être tentant pour les deux mâles de la petite troupe toujours prêts à batailler comme deux frères ennemis afin de se prouver qui était le plus fort. Mais, pour le moment, manier l'épée ou la lance n'étaient pas dans les priorités immédiates. Pourtant, il faudrait bien en passer par là tôt ou tard. Ils s'en doutaient bien mais préféraient ne pas penser à ce moment ou plutôt ils espéraient avoir trouvé une échappatoire les ramenant à la « vraie » vie avant de devoir prendre les armes.

Plus loin, des bruits suspects les attirèrent vers la forêt, à l'endroit même où avait disparu la veille au soir leur hôte pour nourrir son pseudo-bétail.

Sachant pertinemment que ce n'était, sans doute, pas une bonne idée tant l'épaisseur des arbres couvrait la lumière du soleil et les cris n'étaient pas des plus rassurants, ils avancèrent avec prudence vers une petite clairière au milieu de chênes centenaires. Là, deux énormes corbeaux étaient perchés sur la branche d'un grand arbre. Plus loin, dans un enclos, trottait un cheval qui attira leur attention. La magnifique monture à la robe grise possédait huit pattes.

Les trois amis n'en croyaient pas leurs yeux quand des hurlements leur glacèrent le sang. Derrière eux, dans une cage d'acier aux barreaux énormes fort heureusement, deux loups gigantesques montraient les crocs, le dos rond et leurs yeux presque rouges, prêts à bondir.

— Voici Geri et Freki ! N'ayez pas peur, ils sont ravis de vous retrouver, annonça une voix calme sortant de derrière un gros tronc.
C'était, Jans revenu nourrir la meute avec des morceaux de viande dégoulinants de sang frais.

— Ils nous ont reconnus ?, demanda Angus, intrigué.

— Oui votre apparence diffère un peu, quoique pas tant que cela finalement, de celle que vous aviez par le passé mais votre odeur est restée la même, ajouta la Norne.

— Qui sont-ils ?, demanda Thomas en se mordant la lèvre se rendant compte trop tard de sa bêtise.
Jans semblait s'en être aperçu, jubilant alors qu'il leur répondait :

— Ce sont les compagnons d'Odin. Ils attendent le retour de leur maître depuis des siècles. Ils sentent que l'aube est proche et sont un peu impatients, comme vous pouvez le voir. Les deux corbeaux s'appellent Hugin et Munin, ce sont les yeux d'Odin. Ils parcourent les mondes pour lui conter ce qui s'y déroule. Mais vous avez déjà dû les apercevoir près d'Yggdrasil, n'est-ce pas ? Vous savez, ce gros frêne qui trône sur la Lyfia. Vous verrez, ils peuvent s'avérer très utiles.
Eirwen repensa à sa première rencontre avec les volatiles qui l'avaient judicieusement menée jusqu'à la grotte.

— Et là, ce cheval si particulier, continua l'homme en lança un regard plein de malice à Tom qui virait peu à peu à l'écarlate. C'est Sleipnir, une monture magique née de l'union de... il laissa planer un silence voulu.

Puis, pris de pitié pour la gêne grandissante du jeune homme, il acheva ses propos et changea de sujet :

— C'est un cadeau d'un de ses amis dieux. Un ami très cher. Votre père est très aimé, vous savez, adressa-t-il alors à Thor, laissant enfin Loki respirer.

— Mon... père ?

— Oui Thor. Vous êtes un des fils de notre souverain et donc un des princes d'Asgard.

Angus ne savait que penser de cette nouvelle révélation. Non seulement il était un dieu, il possédait des pouvoirs, mais il avait un père qu'il allait revoir d'ici peu si on s'en remettait à cette fichue prophétie.

Pendant leur discussion, Sleipnir était venu renifler pacifiquement Thomas, qui fit pourtant un grand bond en arrière.

— Lâche-moi sale bête !, grogna-t-il.

— Il ne veut pas vous manger, vous savez. Lui aussi vous a reconnu.

— Que se passe-t-il, Tom ? Toi qui adores faire des promenades avec les chevaux de la ferme au grand dam de nos parents qui préféreraient d'ailleurs que tu passes autant de temps à les aider aux écuries ?

— Les nôtres n'ont pas huit pattes comme cette horrible bestiole, répondit Loki, à nouveau dans l'embarras.

L'animal ne recula pas bien au contraire, commençant à mâchouiller la manche du garçon comme un bébé tête son doudou. Il avait beau tirer, il n'arrivait pas à se dégager et devenait de ce fait de plus en plus nerveux.

— Il est temps de rentrer. Njord doit être réveillé, dit le vieux en jetant une miche de pain à l'étalon pour le faire lâcher sa proie.

De retour au gîte, effectivement, le divin Luke aux allures d'athlète made in USA, avec ses muscles saillants huilés, ses cheveux blonds en brosse et ses yeux d'un bleu océan, attendait, allongé sur un transat en toile sur la terrasse. Encore faible, il n'avait pu résister à l'envie de se lever pour profiter des rayons du soleil tant rester dans son lit comme un grabataire le rendait plus malade encore.

Luke était un sportif, habitué à prendre des coups, à aller puiser au-delà de ses limites mais surtout il voulait profiter de ce précieux soleil si rare en Suède alors qu'il avait été arraché brutalement, il y a quelques semaines, aux chaudes plages d'Hawaï.

A l'approche du groupe, il se redressa, tentant de dissimuler sa fatigue encore présente et alla baiser, avec la courtoisie d'un chevalier, la main d'Eirwen, qu'il nomma d'emblée Eira. Il la remercia longuement de lui avoir sauvé la vie. Luke avait déjà les manières d'un dieu habitué à la cour, malgré son passé de surfeur. Son initiation forcée ne lui avait pas fait oublier ce qu'il perdait peu à peu, mais elle faisait pourtant de lui de plus en plus Njord, le dieu sulfureux de la mer.

Voilà donc ce qui attendait notre trio, devenir des guerriers et des dieux avant toutes choses, laissant leur part humaine de côté.

Puis se dirigeant vers Angus, il s'inclina à nouveau pour saluer le prince d'un « Enchanté de vous rencontrer, Thor

Odinsson », complaisant couplé avec une poignée de main virile.

— Qu'est-ce qu'il fait là, celui-là ?, adressa-t-il enfin à l'attention de Loki d'un air empli de dédain.

Ce n'était décidément pas la journée du brun, qui croisa les bras et fronça les sourcils, défiant l'autre.

— Euh bonjour quand même, susurra le dieu de la malice, tel un serpent venimeux prêt à mordre.

— Njord est là depuis quelques mois maintenant. Sa mémoire originelle lui est revenue en partie. C'est pour cette raison qu'il a reconnu en vous votre part divine, expliqua Jans, tentant d'apaiser les choses.

— Et qu'il se permet d'insulter mon frère ?, aboya Thor.

— Ton frère ? Loki n'est pas ton frère ! Il n'a jamais été qu'un sombre crétin qui marchait dans tes pas, se disant ton meilleur ami. Il nous a tous mis en danger. Je ne sais pas ce qui a pris à Odin de le convoquer à l'aube des dieux.

Les deux frères, menaçants, se rapprochaient du surfeur qui toisait Loki d'un air supérieur quand à la surprise générale, un claquement sec retentit. Le dieu de la mer venait de se prendre une gifle en pleine figure de la main même qui l'avait soigné il y a quelques heures.

— Ne sommes-nous pas là pour nous entraider et accomplir une prophétie ? Personne n'est plus fort ou plus mauvais qu'un autre, Luke. Je pense que tes manières ne sont pas dignes d'Asgard. Elles ne sont pas dignes de Midgard non plus !, hurla Eira en fixant le regard penaud du dieu.

On aurait dit un enfant pris en faute par sa mère.

— Bien dit Mademoiselle ! Frigga, elle-même, n'aurait pas prononcé de paroles plus sages, ajouta Jans, applaudissant presque. Je comprends pourquoi nos monarques vous ont choisis pour être le pilier de l'aube.

Luke vexé retourna à vive allure dans son dortoir, maugréant qu'il allait devoir faire alliance avec ces trois fous furieux.

Thomas lui aussi pestait, en assurant qu'il n'était pas une fillette et qu'il aurait pu se défendre lui-même, alors que Thor prenait à son tour la main d'Eirwen moqueur pour imiter Luke :

— Merci gente damoiselle d'avoir évité à Luke la leçon de sa vie.

— Et au passage de vous avoir évité quelques mauvais coups. Je ne veux pas dire mais vous n'êtes que deux abrutis. Vous avez vu ses muscles, et je parie que lui sait utiliser ses pouvoirs, rétorqua-t-elle furieuse.

— Ah, ces dieux, toujours de la testostérone à revendre. C'est bon signe pour ce qui vous attend, railla Jans qui les fit asseoir.

Apparemment, la couverture de Luke-Njord était grillée, puisque les sbires de Surt l'avaient attaqué alors qu'il était parti convaincre une certaine Lucy -alias Freyja- de les rejoindre au plus vite.

Il ne restait plus qu'une seule solution. Il fallait qu'ils se rendent tous les trois à Copenhague[2], où la belle avait migré pour se consacrer à sa carrière de danseuse, afin de

---

[2] Capitale du Danemark (ndle)

discrètement lui donner l'envie de monter un « spectacle » à Idavoll.
C'était risqué car ils n'avaient pas encore reçu d'enseignements leur permettant de se défendre, mais le temps pressait. L'alignement des planètes propices à l'aube approchait. Deux mille dix-neuf était une année capitale, représentant le douze (neuf plus un plus deux, expliqua Jans au cas où…), chiffre sacré qui pourrait permettre à la prophétie de s'accomplir à nouveau. Il fallait au plus vite que le groupe soit au complet pour effectuer le rituel et faire revenir Odin.
Par le passé, jamais la Norne n'avait réussi à retrouver à temps les cinq protagonistes de l'aube. Cette fois-ci, elle sentait que le temps était venu. Même inexpérimentés, le gros point positif était qu'ils avaient quitté il y a peu le monde des humains. Ils se fondraient d'autant mieux dans la masse pour ne pas attirer l'attention du camp ennemi, une fois au Danemark.
— On ne peut pas faire cela !, bondit la jeune femme. On ne peut pas aller chercher Lucy.
— Pardon ? Et pourquoi cela ?, répondit la Norne, qui n'avait sans doute pas l'habitude qu'on conteste ses ordres.
— Vous vous rendez compte de ce que vous nous demandez de faire ?, ajouta Thomas en colère.
— Aller chercher une des vôtres, oui, c'est votre rôle ! Le temps presse si nous voulons être prêts pour l'aube !
— Plonger quelqu'un volontairement dans le chaos où nous sommes actuellement, je suis navré mais ce n'est pas

dans mes plans, rétorqua le brun, campant sur ses positions.

— Vous avez été créés pour servir Odin, se fâcha la Norne, qui sentait s'échapper sa seule chance de voir la prophétie s'accomplir. C'est votre destinée et les états d'âme ne font pas partie du programme.

— Nous ne sommes pas vos esclaves …

— Je me doutais que votre présence nous causerait des ennuis, le coupa Jans.

— Mon frère a raison, nous ne sommes pas des serviteurs d'Odin, ajouta Angus en bégayant.

— Oh non, vous n'êtes pas un serviteur, Thor, vous êtes l'avenir d'Asgard. Vous êtes son prince et si la prophétie échoue, votre existence même sera compromise.

Qu'entendait-il par compromise ? Cela jeta un froid parmi le trio. Jans comptait-il les éliminer s'ils ne suivaient pas sagement ses ordres, ou avait-il d'autres moyens de les faire plier ?

— La réalité est différente de ce que vous avez connu jusqu'à présent, poursuivit-il. Vous avez été créé non pas pour vivre une pauvre vie d'humain mais pour mener à bien un grand dessein. Un dessein qui vous dépasse. Les fils ont été tissés et il n'y a aucune échappatoire à cela, je le crains, ajouta la Norne en se radoucissant un peu. Au fond de vous, depuis Beltane, le dieu qui sommeille est en train de se réveiller. Plus rien ne pourra empêcher cette transformation. Même si vous ne voulez pas vous l'avouer, vous le sentez, j'en suis sûr.

— Lucy n'a pas encore franchi la frontière entre ces mondes. On ne peut pas lui faire cela, vous comprenez, tenta à nouveau Eirwen pour convaincre leur hôte.

— Lucy, tout comme vous est un enfant d'Asgard et elle ne peut échapper à un destin qui est ancré en elle comme il est ancré en vous.

Effectivement, même si tout les poussait à vouloir fuir afin de retrouver la sécurité de leurs foyers, ils se sentaient différents, attirés viscéralement malgré eux vers ce saut dans l'inconnu.

— Et pourquoi devrait-on vous croire ? C'est du grand n'importe quoi. Je n'ai pas peur de vos menaces, renchérit Thomas, faisant mine de s'éloigner.

Jans le rattrapa brutalement par le bras avec une force qui n'avait rien d'humaine.

— Loki ! Voudriez-vous par simple égoïsme empêcher Thor de retrouver son père ?

L'ancien avait frappé là où cela faisait mal. Bien sûr, Thomas ne pouvait pas priver son frère de cette rencontre. Angus était la personne la plus importante à ses yeux. Eirwen avait également remarqué l'espoir provoqué par l'annonce de cette filiation royale sur son ami. Elle, qui éprouvait chaque jour en son cœur l'absence de vraies racines, elle partageait finalement sa curiosité. Plus encore qu'eux, il devait être tiraillé entre son désir de retrouver une vie normale et son envie de découvrir ce qui se cachait dans ce nouveau monde où un père l'attendait.

— Allez mes petits, votre emploi du temps des jours à venir va être chargé. Je dois vous enseigner quelques

petites choses avant de vous laisser voguer vers les terres danoises.
Alors ils se laissèrent convaincre sans résister davantage. Jans avait gagné. Il fallait se rendre à l'évidence, il n'avait pas tort, ils n'avaient pas d'autre choix que d'avancer vers cet avenir incertain puisque le passé n'existait plus... A contrecœur, ils acceptèrent donc d'accomplir cette mission, si cruelle soit-elle.
La soirée et la journée du lendemain allaient être longues. Ils allaient recevoir une formation « express » afin d'assurer un minimum... ce qui était fort rassurant. Comment, venant de découvrir qu'ils étaient des dieux en devenir, qu'ils ne savaient même pas comment utiliser leurs pouvoirs, pourraient-ils faire face à l'armée de ce monstre fumant qui avait causé ces blessures immondes à Njord, le seul d'entre eux à savoir manier magie asgardienne et armes ?

Malgré leurs craintes, le départ vers le Danemark fut prévu pour le jour suivant. Eirwen, afin de retarder l'heure fatidique, tenta bien de dire à Jans qu'elle n'avait pas de passeport valide pour se rendre à l'étranger. Cela fit juste rire la Norne à gorge déployée.
Apparemment, les dieux n'en avaient que faire de stupides lois humaines.

12. Entraînements

Jans confia sans plus tarder à la jeune fille un gros grimoire à la couverture verte richement décorée de runes et de pierres précieuses. Il était rempli de formules à étudier au plus vite, il faut bien dire, pour son plus grand plaisir. Eirwen baignait dans les livres depuis sa plus tendre enfance. Elle adorait dévorer les mots, sentir les pages prendre vie sous ses doigts, découvrir et s'enivrer de nouvelles connaissances. C'est donc naturellement qu'elle se plongea dans l'énorme recueil.

Parcourant les pages jaunies, elle déchiffra les formules et charmes divers. Elle qui affectionnait particulièrement les récits de Tolkien et JK Rowling, était stupéfaite de constater qu'il existait réellement de tels livres enchantés. A chaque page, elle entrait un peu plus dans un monde magique qui l'émerveillait tout autant qu'il l'interrogeait sur tout ce qu'on lui avait enseigné, durant près de dix-huit ans. Elle aurait pu être sceptique face aux promesses de ces sortilèges. Pourtant, était-ce sa mémoire originelle, ou bien la nuit du premier mai lors de laquelle Jans leur avait avoué avoir débloqué leurs âmes primitives ainsi que leurs pouvoirs ? De nombreuses incantations lui paraissaient accessibles, presque trop simples.

Sans aucune appréhension, avec un soupçon d'excitation, elle s'employa donc à tenter les sorts avec plus ou moins de succès, faisant exploser au passage la cruche d'eau posée devant elle alors qu'elle souhaitait simplement la faire léviter. Maîtriser la magie, même pour une déesse, était bien plus compliqué qu'elle ne l'aurait cru et surtout, à son grand étonnement, nulle baguette n'était nécessaire. Seule la pensée et l'intention comptaient. Il lui fallait donc arriver à surpasser son ego angoissé et ses doutes afin de se concentrer, comme elle l'avait finalement fait intuitivement pour soigner ses amis ainsi que Njord.

Puis la Norne entraîna les garçons vers l'arène de pierre afin de voir ce dont ils étaient capables. A leur grand étonnement, ils ne devraient pas s'affronter mutuellement. L'ennemi à abattre était Jans lui-même, en mode vieillard, puisque le soir arrivait.

— Nous ne voulons pas vous faire de mal, dirent d'une même voix les deux frères en fanfaronnant, certains de leurs capacités à battre le vieux.

— Ne vous inquiétez pas pour moi, sourit la Norne, qui tenait sa canne en main.

En effet, en deux temps trois mouvements et à plusieurs reprises, l'ancien évita non seulement les attaques, mais Angus et Thomas se retrouvèrent au sol sans avoir compris comment ils étaient tombés, un brin vexés. Jans n'avait décidément d'humain que l'apparence.

Par ce petit rappel à l'ordre, il voulait leur montrer que la force n'est rien si elle n'est pas canalisée comme il faut. Ce fut une approche plus douce et spirituelle qui suivit, sous la forme d'une séance de méditation durant laquelle chacun devait tenter de sentir vibrer en lui son pouvoir.

Thomas, se fondant de plus en plus en Loki, n'eut aucun mal à s'ancrer à même le sable, faisant apparaître très rapidement une boule de feu entre ses mains. Il la fit danser doucement, telles les salamandres qu'ils avaient vues onduler dans le bûcher du vieil homme lors de la soirée de Beltane.

— Très bien, je vois que l'éveil que j'ai pratiqué sur vous à Walpurgis a fait son effet, Loki. Bravo ! Vraiment, je suis étonné de voir qu'en une seule leçon, vous arrivez à pareil résultat.

Tom, en bon élève qu'il était, savourait ces compliments. Lui, le dieu qui n'aurait pas dû être là, il devait prouver plus que quiconque qu'il pouvait se rendre utile.

Thor, plus habitué à faire des sports extrêmes que du pseudo yoga mystique, eut davantage de difficultés. Ses éclairs zébraient tant et si bien qu'il réussit à mettre le feu à une botte de paille sans doute destinée au souper des pauvres chèvres de Jans.

Loki se rapprocha lentement, pieds nus dans le sable blanc. Il prit les mains de son frère dans les siennes. La Norne le laissa faire, intriguée.

Il se posta juste en face de lui, assis en tailleur, en lui donnant des indications sur la façon dont il devait respirer, comment il devait sentir vibrer ce pouvoir en lui et visualiser les éclairs voler à l'unisson de son cœur au lieu de les lancer. Il fallait, non pas user de la force brute, mais de la raison.

— Il faut que ton corps *soit* ces éclairs, mon frère. Pas que tu sois leur maître, ajouta-t-il doucement.

Contre toute attente, le dieu du tonnerre réussit à faire tournoyer la foudre au-dessus de l'arène sous les hourras victorieux de son jeune mentor.
Finalement, ces deux faux-frères risquent bien de nous surprendre, pensa le vieux, satisfait.
La nuit était déjà bien installée lorsqu'ils retournèrent près de la petite maison de bois. Là, un spectacle époustouflant les attendait. La jeune Eira, enfermée dans une bulle verte de lumière, lévitait au-dessus de la terrasse. Elle se posa délicatement lorsqu'elle les aperçut, maîtrisant parfaitement son sortilège, tout sourire, même si elle ne savait pas si ce tour pourrait vraiment leur servir.
Luke -ou Njord- n'était pas réapparu. Il devait bouder dans sa chambre, s'étant fait ridiculiser par une simple fille.

Il faisait si bon en cette soirée. Jans posa des morceaux de bois pour préparer un feu afin d'y faire cuire quelques brochettes de viande. Voulant tester son élève, il demanda à Thomas de l'allumer. Ce dernier, surpris, lui indiqua qu'il n'avait ni allumette ni de briquet sur lui, puis comprenant la demande du vieux, il se concentra un instant et souffla sur la paume de sa main. Des étincelles enflammèrent instantanément le brasier sous les bravos d'Eirwen et d'Angus, fier comme un paon d'avoir un frère si talentueux. Jans était aux anges de voir les progrès si rapides de ses protégés. Luke n'avait pas réussi à se servir de ses pouvoirs avant plusieurs semaines de préparation. Ces trois-là avaient vraiment quelque chose de bien particulier.

— Qui est cette Frigga dont vous parliez tout à l'heure ? Allons-nous la rencontrer ?, demanda la jeune fille, rassurée par la bonne humeur de l'ancien.

— Il s'agit d'une des épouses d'Odin. Pas votre mère, Thor, mais elle vous a élevé comme telle avec beaucoup d'amour et de tendresse. L'aube n'est qu'une étape. Si la prophétie s'accomplit, il se peut bien que tout le monde soit réuni à nouveau très vite. Alors oui, vous pourrez rencontrer Frigga.

— Parlez-nous d'Asgard, s'il vous plaît Jans, demanda Thor, plus curieux que jamais après avoir appris qu'il gagnait aussi une « mère » dans l'affaire.

— Asgard est le monde des Ases, dont vous faites tous les trois parties. C'est le centre des neuf mondes et il en est, en quelque sorte, le point d'équilibre.

Il fit apparaître une vieille carte qu'il déplia avec précaution devant eux.

— Regardez, les autres mondes sont : ici, Vanaheim, le royaume d'autres dieux Vanes qui sont nos amis. Là, Halfheim, le territoire des elfes blancs alliés, eux aussi. Jotunheim est la terre gelée des géants, avec qui nous avons eu quelques différents par le passé, alors que Svartaflheim est le lieu où des elfes maléfiques cherchaient, jadis, à nous nuire. Niflheim est le royaume des brumes et celui-là c'est Muspelheim la terre de feu. Helheim, tout en bas est l'enfer des morts. Et enfin, voilà Midgard ou la Terre comme vous l'appelez, où tous les survivants ont trouvé refuge après le Ragnarök, quand les autres mondes ont sombré dans les ténèbres.

Le trio se regarda, perplexe. Il y avait donc des survivants à cette tuerie entre déités ? De quel côté pouvaient-ils bien être maintenant ? Où se cachaient-ils ? Peut-être en avaient-ils côtoyés sans le savoir…
Jans reprit sans leur laisser le temps de poser la moindre question sur ce sujet délicat.

— Asgard et sa cité sont des lieux magnifiques où la nature est luxuriante. Les arbres toujours en fleurs dégagent de douces fragrances. Les temples et maisons brillent, à la fois faites de cristal et de métaux précieux. Tout n'y est qu'abondance et fêtes dans les moments de paix qui règnent la plupart du temps sur ces terres protégées par une grande muraille.

— Et durant les moments de guerre ?, osa demander fébrilement Loki.

— Nous avions un très bon négociateur qui nous évitait souvent les conflits inutiles, ajouta le vieux en fixant les yeux bleus du jeune homme. Mais il a rejoint l'ennemi, je ne sais pour quelles sombres raisons.
Le dieu, ayant compris l'allusion, baissa le regard.

— Quand les Asgardiens devaient se battre, reprit la Norne, ils le faisaient ensemble avec courage jusqu'à ce que Surt n'arrive et ne brise l'équilibre.

— Qu'est-ce que l'aube des dieux ?, poursuivit la jeune magicienne, profitant de ce moment, apparemment propice aux confidences.

— Il s'agit d'un rituel très ancien qui nous permettra de briser le long sommeil d'Odin. Une fois réveillé, il pourra vous redonner pleine possession de vos pouvoirs et amorcer la prophétie afin de faire revivre l'âge d'or d'Asgard.

Le vieux avait des étoiles dans les yeux quand il parlait d'Odin et d'Asgard.

— Que nous faut-il pour accomplir la résurrection de mon... (Angus hésita)… père ?

— L'équilibre devra naître des cinq éléments : l'Eau portée par Njord,la Terre par Freya, l'Air par vous, Thor. Le Feu est incontestablement vôtre, Loki. Eira est, quant à elle, l'élément central : l'Esprit, un Ether bien ancré dans la terre puisqu'elle était une mage verte accomplie. Vous avez dû voir ces symboles sur les murs de la grotte ? N'est-ce pas ?

Il traça à même le sol, avec le bout de sa canne, un cercle avec les runes des cinq dieux, puis tout autour les signes des éléments à la forme triangulaire. Un œil, derrière une colline censée représenter le retour d'Odin, compléta le tableau.

— Maintenant, il est tard, il faut vous reposer. La journée de demain sera très longue. Vous avez encore beaucoup de choses à apprendre avant le partir trouver Freyja.

La nuit fut très agitée pour Eirwen, dont les cauchemars étaient, avec la lune décroissante, revenus. Des songes emplis de feu, de ténèbres et de morts, comme ceux qu'elle avait toujours connus depuis son enfance. A la différence près qu'elle mettait désormais un nom sur la créature monstrueuse de feu et d'acier au centre de ses nuits. Surt ! Oui, Surt était là, plus menaçant et assassin que jamais il ne l'avait été.

Une nouvelle fois, elle ne se rappela pas avoir crié. Pourtant, au matin, les deux garçons étaient endormis, entortillés dans des couvertures au pied de son lit.
Ils avaient veillé sur son sommeil une bonne partie de la nuit, avant de se laisser aller au repos, emportés dans les bras de Morphée dans des positions peu confortables, à même le vieux plancher ciré.
La jeune fille était gênée de cette situation improbable, mais en même temps, cette solidarité fraternelle la touchait. Les garçons eurent beau lui affirmer, au réveil, qu'ils avaient eu une brusque envie de lire durant la nuit. Que la bibliothèque se trouvant dans sa chambre, ils s'étaient ensuite endormis là. Eirwen ne les crut pas une seconde. Elle les remercia de leur bienveillance par un léger baiser sur la joue.
Il fut ensuite décidé que la jeune fille prendrait ses quartiers, la nuit suivante, dans le lit de Loki afin que tous trois puissent avoir un repos suffisant, avant l'aventure danoise qui les attendait. C'était plus sage et la jeune fille céda sans difficulté, rassurée par la présence de ses amis. Ils avaient raison, elle pourrait dormir et être plus efficace lors de sa mission et eux s'éviteraient au passage quelques courbatures.

Le matin venu, des tenues guerrières avaient été posées dans leurs salles de bain. Elles étaient à la fois protectrices et confortables, quoique dénuées de bon goût et de toute allusion à la mode actuelle. Elles ressemblaient à des tuniques vikings anciennes agrémentées d'armures en écailles de cuir, semblables à celles de dragons ; blanches

pour les garçons et verte pour la jeune déesse. Étrangement, le tout était extrêmement léger. Ainsi parés, ils avaient l'allure de combattants d'un autre âge, ce qui était assez déconcertant.
La journée débuta, après un petit déjeuner réconfortant, par un entraînement quasi militaire.
Épées en mains, fille et garçons devaient décapiter des mannequins fictifs, ce qui horrifia Eirwen, mais amusa beaucoup Tom et Angus qui pour une fois menaient bataille en dehors de leurs écrans d'ordinateurs. Séances de tir à l'arc et lancés d'étoiles conclurent une matinée forte en émotions.
Luke-Njord n'était toujours pas réapparu, mais Jans l'excusa auprès du trio en expliquant qu'il avait une mission urgente à accomplir. Étant donné qu'aucun d'entre eux n'était pressé de le revoir, ils se contentèrent de ce motif qui sonnait si faux.
L'après-midi fut consacrée à la magie, qui s'avéra être un art aussi efficient que le maniement des armes. Suivant scrupuleusement les explications de Jans, Eira, d'un mouvement de doigts, créa un orbe bleuté qui renversa, avec un souffle glacé, les garçons estomaqués. Son pouvoir était puissant et elle maîtrisait, à une vitesse qui étonnait même son professeur, les sortilèges les plus complexes. C'est ainsi qu'elle réussit, par la seule pensée, à créer un tourbillon de sable qui aveugla tout le monde, lui permettant de s'extraire facilement de leur champ de vision pour rejoindre brioche dorée et pots de confiture dans la cuisine du gîte. Eira restait, envers et contre tout, la

gourmande Eirwen et elle avait décidé qu'une petite pause méritée s'imposait après tant d'efforts.
Chacun dut ensuite tenter, le plus rapidement possible, de faire tomber des cibles mouvantes en envoyant vers elles éclairs, orbes ou boules de feu. Loki excellait dans cet art, comme s'il avait toujours su se servir de ce don si spécial, mais tous, la Norne y compris, furent ébahis quand il réussit à donner à ses projectiles des formes particulières. Et hop, une boule de feu dragon, et hop une autre en forme de flèche. Ce pouvoir flamboyant l'amusait bien, finalement. Cela paraissait presque trop facile.
Thor ne déméritait pas non plus, tant dans les épreuves de force que dans sa capacité à maîtriser la foudre.

Jans décida donc de leur permettre, pour terminer la journée, de s'échapper un peu. Il fallait récompenser ces guerriers si jeunes s'il ne voulait pas qu'ils se lassent de cette nouvelle vie, si différente de leurs quotidiens d'étudiants. Il leur montra sur la carte un endroit qui, soi-disant, allait les enchanter.

Effectivement, l'homme n'avait pas menti. Après une petite marche revigorante dans la grande plaine, ils arrivèrent au pied d'une cascade fabuleuse. L'eau ruisselait le long des parois abruptes de la Lyfia, provenant sans doute d'une des sources. A mi-chemin, elle plongeait littéralement pour venir s'écraser avec puissance dans un large bassin propice à la baignade. Le paysage était digne du catalogue VIP d'une agence de tourisme, à la différence près qu'ici ils pouvaient en profiter seuls. Il n'y avait pas un touriste à l'horizon à Vigrid, la plaine des dieux.

L'eau de la cuvette était cristalline, la température bien plus douce que celle de la cupule. Les garçons ne purent résister à l'appel de la baignade, enlevant leurs tuniques. Ils plongèrent, prenant un plaisir certain à nager au milieu des algues qui ondoyaient sous la surface. Voyant qu'Eirwen hésitait, ils se mirent à l'asperger d'eau copieusement, si bien qu'elle finit par ôter sa robe trempée pour se retrouver, en simple nuisette de coton, barbotant, elle aussi, dans ce bain ressourçant. Profiter de cet instant suspendu, avant d'aller courir le monde à la recherche de « la déesse de l'amour », était maintenant son seul objectif. Comme ils l'auraient fait au cours d'un banal pique-nique familial, ils s'amusaient et riaient aux éclats, oubliant un court moment cette menace qui s'était abattue sur eux et sur leur destinée depuis quelques jours. Ils avaient également mis de côté le fait qu'ils allaient devoir enlever à sa vie futile, une jeune demoiselle qui n'avait rien demandé.

Étendus dans la mousse qui entourait l'endroit, ils profitèrent ensuite des derniers rayons du soleil pour se sécher. Ils étaient bien, les yeux tournés vers le ciel qui prenait déjà les couleurs du soir, mais un toussotement les sortit soudainement de leur somnolence.

Derrière eux se dressait la silhouette massive de Luke, un peu gêné, qui se raclait la gorge pour éviter de parler.

— Bonsoir Njord, dit Eira d'un ton enjoué, la baignade l'ayant mise dans une humeur que rien ne semblait pouvoir perturber.

Elle lui tendit la main.

— Enchantée de faire ta connaissance. Si on oubliait ce qui s'est passé hier et que l'on reprenait tout à zéro ?
Il acquiesça sans parler.

— Voici Angus et Thomas, ou Thor et Loki, si tu préfères, deux gentils garçons qui comme toi et moi allons... devoir faire un bout de chemin ensemble pour sauver Asgard, d'après ce que j'ai compris.
Le dieu hyper musclé vint s'asseoir à côté d'elle.

— Désolé pour hier mais j'étais un peu... surpris et surtout en colère. J'ai lamentablement échoué dans ma mission. Du coup, c'est entièrement ma faute si vous allez devoir vous mettre en danger demain.

— Pourrais-tu nous expliquer ce à quoi nous devons nous attendre ? Comment éviter de tomber nez à nez avec les mini Surt, par exemple. Parce que sincèrement, je n'ai pas du tout envie de finir en côtelettes, demanda Loki qui prenait sur lui pour paraître le plus pacifique possible, toujours un peu irrité par les insultes de la veille.

— Je ne sais pas, en fait. Je croyais avoir senti la présence de Freyja dans cette rue de la ville. Puis, boom, je me suis retrouvé coincé dans une arrière-salle de théâtre miteux avec quatre gars qui m'ont envoyé dans le décor à l'aide d'épées lumineuses. Je ne dois mon salut qu'à un souci technique. Un des leurs a malencontreusement touché un des câbles du plateau. Ils se sont pris les projecteurs sur la tête. J'ai filé le plus vite que j'ai pu. Je ne sais même pas comment j'ai pu revenir jusqu'à Idavoll sur le dos de Sleipnir. La douleur était atroce.

Il paraissait tellement contrarié par son échec qu'il n'osait même pas regarder les autres dans les yeux, se triturant les doigts nerveusement, comme un enfant pris en faute.

— Voilà qui ne va pas beaucoup nous aider, dit le blond, déçu. A moins de croiser quatre personnes portant des sabres laser en plein Copenhague !

— Et si monsieur muscle, avec son entraînement, n'a pas réussi. Comment le pourrions-nous ?, compléta le brun.

— Tu as raison, se moqua Njord, en le dévisageant. Niveaux muscles, je crois que c'est perdu d'avance. Tu ne fais décidemment pas le poids.

Loki l'avait bien cherché, mais cette boutade, contre toute attente, rendit l'atmosphère plus détendue.

— Au fait, Jans m'a envoyé vous dire de rentrer afin de vous donner les dernières instructions pour demain. Il vous attend. Ne tardez pas.

Le petit groupe se leva et s'éloigna de Luke qui ne les suivit pas. Un bruit d'éclaboussures confirma qu'il venait de plonger à son tour droit dans la somptueuse piscine naturelle.

Prenant avec Angus, Eirwen par les épaules, Loki rétorqua, mort de rire, que ce n'était pas un spectacle convenable pour une prude demoiselle. Tous trois rentrèrent, d'humeur légère, chahutant dans la brume du soir qui tombait sur le petit chalet. Qui aurait pu dire que cet endroit charmant cachait en fait le quartier général de la mission « sauver Odin » ?

La Norne ne fut pas mécontente de son subterfuge. Après ce moment de détente, elle avait devant elle, trois jeunes personnes sereines prêtes à partir accomplir leur quête. Au passage, le trio avait renoué quelques liens avec Njord, comme elle l'avait également prémédité en l'envoyant en messager. Elle s'assurait ainsi que tous quatre feraient de leur mieux lors du délicat moment de l'aube des dieux.
Jans les emmena d'abord dans une sorte de grenier pour y faire leurs « emplettes ». Là, sous les poutres massives maintenant le toit, se trouvaient des vêtements de toutes sortes et de toutes époques, vestiges des siècles qui s'étaient écoulés depuis le Ragnarök, sur les terres d'Idavoll. Combien de générations de futurs dieux, Jans avait-il dû vêtir pour partir en mission commando ? Apparemment, des centaines, mais qui devaient toutes avoir échouées sinon ces reliques ne seraient pas là, pendues à des cintres de bois, dans ce dressing de fortune. Aucun n'osa demander où se trouvaient maintenant leurs anciens propriétaires. Avaient-ils été tués en « mission » ou simplement éliminés par la Norne à la suite de leur échec ? Non, décidemment, il valait mieux ne pas trop y songer.

— Prenez ce qui vous paraît le plus « à la mode » afin de ne pas vous faire remarquer, conseilla l'ancien. Vos vêtements de sport ne peuvent faire illusion dans une grande ville comme Copenhague.
Jeans, tee-shirts, voilà qui convenaient à tout le monde. D'autant plus que certains vêtements vintages portaient le nom des groupes de Metal préférés des deux garçons.

—Waouh ! Je suis sûr que ce Black Sabbath est d'époque, se pâma Thomas. Tu te rends compte, Ozzy Obourne, lui-même, l'a peut-être porté. Il confia alors un super haut collector « Kiss » dans les bras d'Eirwen qui leur cloua le bec en fredonnant un « Heaven's on Fire » très juste et surtout d'actualité. Apparemment, la frêle demoiselle cachait bien son jeu. Elle aussi était fan de musique électrique, sous son air geek et angélique.

— Les apparences peuvent être trompeuses, n'est-ce pas ?, ajouta-t-elle, en dénouant sa natte pour laisser ses longs cheveux noirs libres couvrir ses épaules et une bonne partie de son dos. Sur quoi, elle leur tira la langue en arborant un coquin « satan fingers » et descendit les escaliers quatre à quatre, les laissant seuls dans la petite pièce sombre.

— Elle me plaît de plus en plus, cette fille, avoua Angus à son frère.

— Tu as raison. Un tout petit bout de femme qui nous réserve un tas de surprises, ajouta Thomas, en commençant à rejoindre la cuisine, lui aussi.

Une réunion au sommet suivit le « shopping » improvisé. Jans leur mit devant les yeux une affiche de cabaret où une jeune femme rousse, au physique de star de cinéma et à la plastique avantageuse, trônait dans une toge égyptienne ultra-minimaliste.

— Voilà Freya, ajouta le vieil homme. Ou Lucy, si vous préférez. Elle travaille dans un cabaret en plein cœur de la capitale danoise, près du port. Vous devez réussir à la convaincre de revenir en Suède afin de participer à un concert de charité, en évitant de vous faire tuer, bien entendu.

— Et si elle refuse ?, demanda Eirwen. Idavoll est loin d'être « The place to be », pour une vedette de comédie musicale.

— Il faudra alors faire appel à ses souvenirs enfouis, mais sans l'effrayer. C'est ce que j'ai fait pour vous, en vous faisant parvenir ces dépliants alléchants sur la Lyfia, ajouta-t-il avec espièglerie. Une montagne parfaite pour l'escalade et les randonnées avec un gîte merveilleux. Je savais que ce lieu vous mettrait l'eau à la bouche, tant il est ancré dans votre inconscient. Ça a fonctionné, n'est-ce pas ?

Tous les trois, en fait, n'y avaient jamais songé, mais cette promesse les avait bel et bien fait se déplacer dans cette plaine déserte, surmontée d'un mont pas très engageant, qui plus est, alors qu'ils étaient tous en pleine période de révisions pour leurs examens. Jans était vraiment très fort.

Il leur tendit d'ailleurs un programme annonçant le concert de charité à venir, qu'il avait réalisé par je ne sais quel nouveau tour de passe-passe puisque la cabane ne possédait ni électricité ni internet... et donc, a fortiori, pas d'imprimante.

Il leur confia également une valisette contenant quelques armes et potions, ainsi qu'une clochette, devant laquelle ils ouvrirent de grands yeux interrogateurs.

— Comment allons-nous nous rendre là-bas ?, demanda Loki, un tantinet inquiet. Il avait entendu Njord prononcer le nom d'une monture céleste qu'il ne voulait absolument

pas chevaucher, même si ce qui l'attendait n'était finalement pas bien mieux.
Jans les amena dehors, où se trouvait une charrette attelée à deux énormes boucs.

— Une fois sur place, vous n'aurez qu'à faire tinter la clochette. Mes deux serviteurs caprins viendront vous rechercher dans l'instant.

— Vous vous moquez de nous ? Un vol direct n'aurait-il pas mieux fait l'affaire ou du moins été plus discret ?, se renseigna Angus, très sceptique sur la sécurité d'un voyage à dos de chèvres, même si elles étaient divines et volantes.
Le vieux leurs indiqua alors que le « transfert » se ferait à couvert et que, grâce à un sortilège, ils ne seraient visibles par les hommes qu'une fois posés à terre, dans un lieu sûr.
La jeune fille, qui avait déjà une peur panique des avions, ne fut pas plus rassurée en voyant ce drôle d'équipage volant prêt à l'emporter dans les nuages.

— Vous êtes certain que nous tiendrons tous les trois dans ce truc en bois sans qu'il ne s'écrase au sol ?, annonça-t-elle. Je ne pense pas avoir le don de voler.

— Oh oui, certain ! N'ayez crainte, c'est le moyen le plus sûr que je connaisse. Il a été testé et approuvé par les dieux fondateurs eux-mêmes, durant quelques siècles sans aucun accident à déplorer. A part, peut-être, ce souci avec Jarnsaxa, la géante, mais elle revenait d'une fête bien arrosée et n'avait de toute évidence pas vu l'obstacle arriver.

La nuit fut agitée. Les trois jeunes gens n'arrivaient pas à trouver le sommeil, tant l'inquiétude grandissait.
Eirwen, en plus des avions, n'aimait pas du tout les grandes villes. Se retrouver au milieu de la foule était sa hantise et cette créature magnifique, qu'ils devaient convaincre de se joindre à eux, ne l'inspirait guère non plus. Elle semblait si extravertie... tout le contraire d'elle. Elle avait un drôle de pressentiment, toujours mêlé à la sensation désagréable qu'ils allaient faire quelque chose de mal. Qu'enlever Lucy à son monde, n'était pas juste.
Angus partageait cet avis. Il n'était pas plus rassuré que son amie de devoir monter dans le très petit chariot qui devrait supporter leurs trois poids. D'ailleurs, allaient-ils voler, ou se téléporter, ou bien faire je ne sais quoi de dangereux dans les airs avec ces deux bestioles cornues ? Il ne pouvait également s'empêcher de songer à ce père et cette mère qu'il allait rencontrer d'ici peu, remplaçant pour de bons ses parents humains si aimants.
Quant à Thomas, il était à la fois contrarié par les potentiels ennemis qu'ils pourraient rencontrer, mais aussi tout autant par la célébration imminente de ce rituel à venir, si la mission était couronnée de succès. Faire revenir Odin impliquait tant de choses… D'abord, le retour de leurs consciences d'antan avec tout ce que cela impliquait pour lui. Puis cette famille qu'allait retrouver son frère adoptif, et enfin la prophétie. Il n'était pas serein du tout.

Quand le matin fut arrivé, le soleil pointant juste à l'horizon derrière les collines, ils se levèrent, à peine reposés et revêtirent solennellement leurs « tenues de combat ». De vraies rock stars qui devaient la jouer fine pour faire venir Freyja sur cette terre pas très « people ». Eira jeta nerveusement dans la valisette de cuir noir, un petit grimoire qu'elle avait lu durant cette nuit blanche et où il y avait, selon elle : « des sorts qui pourraient être utiles en cas d'ennuis imminents ».

Le petit déjeuner préparé par la Norne, même s'il avait de quoi leur mettre l'eau à la bouche, fut pris à la hâte sans appétit. Même Eirwen, la gourmande, ne pouvait rien avaler. Le stress du voyage lui donnait la nausée, tout comme l'objet de sa mission qui faisait d'eux des « ravisseurs » divins. Jans donna ses derniers conseils, insistant lourdement sur l'extrême discrétion dont ils devaient faire preuve. Puis, il commanda aux deux boucs de s'envoler vers le port de Copenhague, sans délai. Une nouvelle aventure allait pouvoir commencer.

13. Mission « petite sirène »

Le minuscule chariot s'élevait dans les airs. Les trois dieux à l'intérieur n'étaient pas très rassurés. Ils se cramponnaient les uns aux autres, ballottés par les mouvements brusques de l'improbable véhicule. Fort heureusement, le voyage dura peu de temps. En quelques minutes, à peine, ils se retrouvèrent dans une ruelle déserte de Copenhague. Les animaux avaient déjà disparu. Il ne restait plus sur le trottoir que la mallette et un sac à dos avec les affichettes fictives du pseudo concert caritatif ainsi qu'un porte-monnaie rempli de couronnes[3]. La Norne avait décidément pensé à tout.

La découverte de la capitale danoise pouvait commencer.

Il fallait dénicher, sans attirer l'attention, l'endroit où se trouvait le cabaret dans lequel travaillait la magnétique déesse rousse, dont n'arrêtaient pas de parler les garçons depuis qu'ils avaient découvert l'affiche affriolante du spectacle, au grand désespoir d'Eira. Elle se sentit soudain reléguée à nouveau au rang de petit canard boiteux de la bande. Elle ne pouvait décidemment pas lutter, avec ses jeans et son allure garçonne, parmi ces dieux et déesse super sexy

Pour cela, ils devaient trouver un plan ou un syndicat d'initiative pouvant les renseigner.

---

[3] Monnaie danoise (ndle)

Malheureusement, toute la ville semblait encore endormie baignant dans la pénombre de l'aube. Ils avaient voyagé alors que le jour pointait à peine, pour plus de discrétion. Seuls des travailleurs impatients arpentaient à vive allure les trottoirs, sans regarder qui ils croisaient.

S'ils se montraient trop pressants, ils pourraient se faire remarquer. Après tout, trois jeunes touristes devaient avoir du temps à revendre pour découvrir ce pays, berceau de tant de contes de fées.

La jeune fille pointa du doigt un salon de thé dont l'enseigne en forme de donut géant clignotait par intermittence, comme s'il lui faisait un clin d'œil en lui murmurant : « mange-moi, mange-moi ! ». Ne pouvant résister, elle demanda aux garçons s'ils ne voulaient pas tester la pâtisserie danoise, qui avait bonne réputation, et boire un café. Après tout, ce serait peut-être leur… dernier repas. L'aventure pouvait tourner court, si Surt leurs tombait dessus. Ces derniers ne se firent pas prier bien longtemps. Leur périple au cœur des nuages et surtout le fait d'être maintenant sains et saufs les deux pieds sur le sol, leur avait ouvert l'appétit.

Ce fut une très bonne idée, du point de vue des découvertes gustatives. La jeune fille se léchait les doigts de bonheur et avait même réussi à chiper quelques miettes aux garçons qui étaient amusés de son insatiabilité. Ainsi, même la studieuse déesse de la médecine avait de menus défauts. Eira ne pouvait résister à quelques sucreries.

Mais ce fut aussi un heureux hasard, ou plutôt une belle intuition, concernant l'opération « renseignement ». En effet, une affiche, semblable à celle montrée par Jans la veille, trônait sur le comptoir de l'établissement, ce qui permit au groupe d'engager la conversation avec la serveuse sur les spectacles intéressants de la ville. Gentiment, elle leur indiqua avec précision comment se rendre dans le cabaret qui, coup du sort ou chance, n'ouvrait pas avant le soir.

La journée serait donc touristique. Copenhague tout entier s'offrait à eux et à leur curiosité comme un moment de paix et de normalité dans le chaos qui s'était abattu sur eux si vite.

Première étape incontournable, la Petite Sirène[4], bien plus minuscule que prévu, trônant sur son rocher de pierre, dans le port de la ville. Ils furent tentés de prendre un selfie, vieux réflexe de leur proche passé d'étudiants accro aux réseaux sociaux, mais cette fois-ci, plus aucun de leurs téléphones ne fonctionnait. Alors, ce fut une promenade légère, au milieu des maisons colorées et des vieux gréements, un moment suspendu dans le temps.

Second arrêt, le Musée National du Danemark, un imposant bâtiment aux allures royales, avec un passage obligé à la section Vikings... forcément. Ils espéraient en apprendre davantage sur leur passé au milieu des vieilleries du muséum. Thomas resta planté un long moment devant la Pierre runique de Kingigtorssuaq, étonné de pouvoir sans aucun mal en déchiffrer le sens. Lui qui, il y a quelques jours, ne savait même pas ce qu'était une rune.

---

[4] Statue incontournable de Copenhague (ndle)

Peu à peu son pouvoir s'activait, sa mémoire du présent puisait dans celle du passé pour y trouver des bribes faisant sens. C'était à la fois exaltant et troublant. Prononçant les mots un à un, il lui sembla reconnaître le dialecte employé par l'ancien à Beltane. Angus et Eirwen firent le même constat, en s'approchant du brun, immobile devant la vitrine. En eux, malgré eux, les choses bougeaient à une vitesse hallucinante. Ils mutaient doucement, mais sûrement, devenant de plus en plus les dieux qui les habitaient, retrouvant les reflexes de leur ancienne vie. A leur grand soulagement, pour le moment, ils n'en restaient pas moins de jeunes adultes joyeux, avides de découvertes et surtout les pieds sur terre.
La jeune fille fit une deuxième pause devant le magnifique chaudron de Gundestrup. Une merveille celtique en argent, qui faisait étrangement vibrer les paumes de ses mains. Une force puissante émanait de la relique, qui vraisemblablement faisait écho avec ses propres pouvoirs. Elle aurait même juré que l'objet avait brillé un instant d'une couleur verdoyante, comme les orbes qu'elle pouvait engendrer. Son imagination lui jouait peut-être encore des tours ? Pendant ce temps les garçons faisaient face à un bractéate, sorte de pièce dorée, sur lequel on pouvait admirer une représentation d'Odin.

— Hum, voilà donc à quoi ressemble ton père, mon cher Thor, plaisanta Loki. Pas très photogénique, notre roi bien aimé. A moins que... mais si, regarde bien, sous cet angle : tu as exactement le même grand nez que lui.

La conversation stoppa net quand ils se rendirent compte que des touristes les regardaient d'un air interdit.

— On ne se moque pas ainsi des dieux, jeunes hommes !, les gronda, en réajustant ses toutes petites lunettes ovales, une vieille femme en tailleur noir coiffée d'un chignon gris. Ils partirent dans un fou rire nerveux et s'éloignèrent rapidement. Ce passé si lointain, leur passé, étalé ainsi devant leurs yeux dans des cages de verre. C'était si étrange de voir des parcelles de sa propre vie dans un musée ! Ils prirent soudain conscience de ce qui pesait à nouveau sur leurs épaules. Si la Norne avait dit vrai, et il y avait fort à parier que c'était le cas, d'ici peu, Asgard, Odin et les mythes du passé feraient à nouveau partie du présent. S'ils accomplissaient leur mission, tout serait si différent. Était-ce un bien ou un mal ? Finalement, les terriens, ou plutôt midgardiens, paraissaient se passer fort bien de la domination de dieux, même s'ils gardaient pour eux un profond respect, à en juger par la réaction de cette petite mamie pas commode.

Pour se changer les idées, ils firent ensuite un petit détour, guidés par Thomas, vers le plus gros magasin de musique d'Europe. Le jeune homme put, médiator en main, faire une démonstration spectaculaire de ses talents de guitariste, pour le plus grand plaisir de ses deux plus grands fans du moment : Angus et Eirwen. Il n'avait pas menti, ses soli étaient tout bonnement magiques. Il fallut toute la force de persuasion du blond pour qu'il ne reparte pas avec une encombrante Gibson acajou sous le bras. Ah ! Thomas et la musique, une grande histoire d'amour !

Ils finirent assis dans l'herbe d'un parc, à manger une glace, comme le feraient n'importe quels étudiants lambda pour décompresser des examens qui arrivaient. Examens qui étaient pourtant, aujourd'hui, le cadet de leurs soucis. Finalement, vivre une journée normale, après toutes les découvertes abracadabrantes de ces derniers jours, leur faisait un bien fou. Ils profitaient de ce lieu paisible, de ses arbres majestueux, de ses parterres de fleurs colorées et des rires des enfants qui se promenaient insouciants avec leurs parents dans les grandes allées.
Pourtant, plus l'après-midi avançait, plus l'atmosphère se faisait lourde.
Tous trois auraient bien troqué leurs casquettes de dieux-héros pour replonger dans le monde réel et laisser Freyja à ses occupations futiles d'effeuilleuse égyptienne. Mais c'était impossible. Il avait été choisi par Odin et Frigga pour devenir leurs petits soldats obéissants. Malgré les doutes, les remords, ils se sentaient attirés par la déesse-comédienne tout autant qu'ils l'avaient été par la Lyfia. Leur libre arbitre avait été momentanément anesthésié par une force étrange.
Nonchalamment, résignés, ils se rendirent vers le théâtre dont ils avaient déjà, par acquis de conscience, été repérer l'emplacement plus tôt dans la journée.
Les photos devant le music-hall, un grand bâtiment de style plus rococo qu'antique, mêlant marbre rose et colonnes d'or, dévoilaient la sublime jeune fille qui tenait un des rôles principaux dans une comédie musicale sur l'Egypte. Elle y jouait Hathor, la déesse de l'amour.

— Tiens donc, elle ne sera pas trop dépaysée, plaisantèrent les garçons. Viking ou oriental, l'amour c'est toujours l'aaaaamour.
Eira leur demanda, avec tout autant de malice, d'arrêter de « baver » devant les portraits où l'on pouvait découvrir les comédiens et surtout comédiennes dans des costumes plutôt... riquiquis, dévoilant leurs charmes et leurs courbes avantageuses. Le souci était plutôt le prix exorbitant des places qui, selon Loki, ne devait certainement pas servir à payer le tissu des costumes. Le petit déjeuner copieux, puis les entrées au musée avaient fortement entamé le contenu du porte-monnaie. Il ne restait plus assez d'argent pour acheter les trois entrées du groupe. Le dieu brun laissa, sans rechigner la sienne, invoquant le fait qu'il fallait bien quelqu'un pour faire le guet dehors au cas où certaines créatures incandescentes voudraient, elles aussi, assister au spectacle.
Les deux autres n'eurent pas de mal à comprendre qu'il préférait rester là, face à cette nuit danoise inspirante, plutôt qu'aller s'enfermer dans cette salle kitch pour écouter une comédie musicale en mode techno-rap. A vrai dire, eux aussi n'étaient pas tellement ravis de la chose. Eirwen était davantage partante pour se rendre à un concert de Freedom Call ou d'Helloween. La variété parfumée à l'eau de rose, ce n'était pas trop son truc, ni celui de son compagnon d'infortune.
Il fallait pourtant s'en tenir au plan qui était simple, du moins en apparence.

Le couple divin devait se faufiler parmi les admirateurs souhaitant faire signer leur programme à la fin du show. Prétextant vouloir un autographe, ils iraient trouver Lucy-Hathor pour lui proposer de quitter un temps, ou une éternité, les lumières de Copenhague, afin d'aider des enfants suédois malades.

Lucy était d'origine suédoise, mais ils ne connaissaient pas son caractère. Ils ne savaient pas si cette cause allait la toucher au point qu'elle veuille prendre un avion, pour Idavoll dans la semaine, laissant derrière elle paillettes et froufrous.

Si elle refusait, la valisette contenait de quoi réveiller en elle son instinct de déesse, afin de la convaincre « de force ». Eira espérait bien ne pas avoir à opter pour cette solution extrême.

Le défi était donc de taille. Finalement, tout autant que celui de rester assis dans la salle à écouter sagement la longue, très longue représentation. Non pas que la promiscuité de leurs deux fauteuils dérangea les deux jeunes gens, mais ce son étourdissant, ces lumières aveuglantes et cette histoire qui paraissait tellement romancée. Berk ! D'après ce qu'elle en avait vu, la vie des dieux semblait surtout faite de sueurs et de combats, pas d'amourettes à la noix. Tout lui donnait le tournis. Malgré tout, ils prirent plaisir à découvrir une Lucy virevoltante, pleine de vie, pétillante même, qui c'est sûr, mettrait une sacrée ambiance au camp de la Lyfia.

A peine le salut final effectué, tous les deux se dirigèrent, comme prévu discrètement vers les loges, aidés d'un sort de persuasion pour passer facilement la sécurité. La déesse de la guérison avait bien d'autres talents cachés qu'elle découvrait petit à petit, lors des séances d'initiation à la sorcellerie, au chalet, et qu'elle s'appliquait à mettre en œuvre avec contentement. Les pauvres fans restaient, eux, bloqués, trépignant d'impatience derrière une barrière de fer, attendant que la troupe veuille bien leurs accorder un petit moment pour une dédicace. Ils se trouvaient à mi-chemin du corridor, toujours invisibles, quand une boule de feu fracassa la porte de l'antre de Freyja.

Eh bien, c'était raté ! Eux qui devaient rester discrets... La présence de ce projectile n'indiquait rien de bon. Les acteurs présents dans les loges sortaient de toute part en peignoirs, en hurlant, se mêlant au public qui se bousculait maintenant pour s'enfuir le plus vite possible, quitte à piétiner le voisin.

Un flash de lumière et quatre personnages apparurent eux aussi dans le couloir. Eira eut tout juste le temps de voir Loki arriver en courant de l'extérieur par une porte dérobée pour se poster près d'Angus, avant d'entrer dans la loge où la jeune danseuse paraissait terrorisée, recroquevillée dans un coin de la pièce.

On entendait les bruits d'une lutte acharnée provenir du petit couloir de marbre aux tentures rouges, des coups de poings, des corps qui frappaient lourdement les murs, des cris. Puis, l'empoignade sembla virer à la bataille magique. Thor faisait tournoyer ses éclairs. Le tonnerre grondait à l'intérieur même du bâtiment, alors que Loki était posté jambes écartées,

immobile, semblant faire le plein d'énergie en se connectant au cœur bouillonnant de la terre.
D'un coup, réunis tels l'auraient fait deux vrais frères dans une bataille contre les forces le mal, ils envoyèrent la foudre et le feu simultanément sur leurs assaillants abasourdis, projetés contre le mur à plusieurs mètres du combat.

— Il faut partir, très vite !, lança le dieu du tonnerre en entrant précipitamment dans la petite pièce.
Eira, d'un calme olympien, comprenant qu'ils ne pourraient plus convaincre la jeune artiste, mit la main dans la petite sacoche confiée par Jans. Elle en sortit une petite fiole au contenu verdâtre. Elle s'approcha de Lucy, qui tremblait de tous ses membres, et sans trop de mal, elle lui en fit avaler le contenu entier. Cette dernière tomba tout de suite dans un profond sommeil. Thor la souleva avec précaution dans ses bras puissants, collant sa tête contre son torse.
La déesse de la médecine ouvrit rapidement la fenêtre. Tous les quatre se retrouvèrent dans une petite ruelle déserte et insalubre, à l'arrière du bâtiment, à côté des poubelles du théâtre. Alors, Loki fit tinter la clochette.
Immédiatement, le chariot apparut avec ses deux boucs. Quasi dans le même temps, il disparut, ne laissant pas le loisir aux quatre monstres, ayant à peine repris leurs esprits, de comprendre ce qui se passait. Les quatre dieux nordiques s'étaient éclipsés du lieu, le laissant en proie aux flammes et à une certaine panique.

Ils avaient réussi à ramener Freyja saine et sauve. Quant à la bienséance... L'incendie fit les gros titres des actualités danoises. Jans allait de toute évidence, être... ravi.

14. La déesse de l'amour

Lucy, pas encore Freyja pour deux sous, dans un peignoir en satin rose pâle pailleté, était posée sur l'ancien lit d'Eira, encore dans les bras de Morphée. Il allait falloir lui expliquer ce qu'elle faisait là.

— Je ne comprends pas comment les sbires de Surt ont pu vous retrouver, ne cessait de répéter Jans, en s'agitant. J'avais pourtant semé des anti-traceurs sur vos vêtements. Arriver en fanfare, dans un lieu public, en projetant ainsi le feu divin, n'est pas dans leurs habitudes. Ils préfèrent opérer dans l'ombre, d'ordinaire.

— Peut-être ont-ils changé de stratégie pour nous déstabiliser ?, lança Loki.

— Ou, ont-ils eu peur de notre grande puissance ?, compléta Eira, pas franchement convaincue.

Il faut dire qu'ils n'avaient pas fait dans la dentelle. Le Danemark allait se réveiller avec l'étrange impression qu'une tornade de feu avait dévasté un de ses cabarets préférés, tuant au passage la vedette du show. Pour une mission censée être secrète, le trio avait frappé fort !

La Norne faisait les cent pas dans la petite entrée, visiblement contrariée. Puis elle finit par dire en soupirant :

— Le principal, finalement, est la présence de Freyja parmi nous. Le temps presse de plus en plus. Surt sent que nous sommes proches du but. Il n'a pas l'air d'apprécier cela !

Njord ne manqua pas de les féliciter. Après tout, lui avait lamentablement échoué. Il se moqua tout de même, un peu, de la façon dont ils avaient mené leur mission.
« De vrais pros » avait-il dit, ne manquant pas de s'attirer les foudres des garçons, dont les yeux auraient pu le pulvériser sur place si Eira n'avait pas coupé court à cette guerre froide.

— Un spectacle musical si pitoyable ne peut-être qu'honoré de finir ainsi en feux d'artifices, conclut-elle moqueuse, en mimant une révérence royale, pour singer la cour égyptienne au pied de la belle Hathor.

La pression retombait petit à petit. Il s'en était fallu de peu pour que la déesse de l'amour et le trio se fassent tuer par les hommes en noir.

Les rires remplirent finalement la pièce quand Thor commença à rejouer l'intrigue si captivante du spectacle en prenant le pauvre Loki, malgré lui, comme co-acteur.

— Oh Hathor, ma tendre dulcinée, je suis à tes pieds pour toujours. Embrasse-moi, mon amour.

Jans, lui, ayant retrouvé ses esprits, salua le tour de force des trois amis qui avaient finalement réussi à repousser quatre créatures maléfiques surentraînées avec si peu d'expérience des joutes magiques.

Mais la nuit était loin d'être achevée. Expliquer à Lucy tout ce qui venait de se passer parut extrêmement complexe. Contrairement aux quatre autres, Lucy n'était pas venue de son propre chef à Idavoll. Elle penserait tout de suite au pire.

Elle n'aurait pas tout à fait tort, finalement.

La Norne décida de l'emmener dans l'obscurité, encore endormie par la potion, pour la « tremper » dans la cupule. Appelant sa marque, grâce à l'eau magique, quelques souvenirs du passé seraient alors réveillés en elle, ce qui aiderait à lui faire comprendre ce qu'elle faisait là, perdue au milieu de nulle part, avec des personnes inconnues.
La montée dans la pénombre fut éprouvante à cause de la fatigue de la journée à arpenter Copenhague, celle de la bataille aussi, qui avait laissé quelques traces cuisantes sur le corps des garçons. Mais surtout, la Lyfia semblait se défendre, ayant préparé mousses glissantes et visions d'horreur en forme d'ombres plus maléfiques que jamais sur leur parcours.
Les jeunes hommes se relayaient pour porter Freyja, mais ne furent pas mécontents quand ils purent poser la jeune fille près de la cupule, une fois au sommet.

— Une fausse maigre, déclara sans ménagement Njord qui pourtant possédait la plus grosse musculature des trois mâles.

— Quel gentleman, chuchota Loki à l'intention d'Eira et de Thor avec un clin d'œil complice, tout dans la finesse.

Jans entra alors dans la flaque qui paraissait avoir des reflets d'argent sous la lune encore bien pleine. Il prit délicatement la jeune fille dans ses bras afin de l'immerger. Cette dernière fut secouée de soubresauts, comme si elle était au cœur d'un mauvais rêve, mais même le froid mordant ne la réveilla pas.
A son retour sur la terre ferme, elle arborait la rune Fehu, symbole de fertilité, au creux de sa fine nuque. Les cinq

éléments étaient maintenant réunis et la fébrilité se faisait sentir dans l'air. Personne, dans ce moment hors du temps, au milieu de la nuit, ne voulait s'avouer que le rituel tant attendu par Jans, était si proche. Même le grand frêne, dont les feuilles se mirent à onduler dans le vent, semblait dans l'attente de ce grand moment.
Dans ce silence pesant, Lucy ouvrit les yeux. Sans panique, elle dévisagea les personnes présentes tout autour d'elle. Elle palpa son cou, même si Eira avait pris soin d'apaiser, avec son don si précieux, la douleur qu'elle aurait pu ressentir.
Regardant chacun avec insistance, elle gardait le silence. Sa respiration était lente, comme si elle s'éveillait d'un sommeil qui aurait duré des siècles.
Elle paraissait comprendre, mais avait le regard hagard des personnes en état de choc. Jans demanda aux quatre autres de s'éloigner afin de lui laisser le temps de l'éclairer sur la situation.
Le moment était solennel. Ils se groupèrent plus loin, sur un rocher surplombant le paysage, qui même nocturne était splendide. La plaine s'étendait à leurs pieds à perte de vue sous la voute emplie de mille étoiles lumineuses, les hautes herbes ondulant comme une mer bercée par une brise légère.

— Pensez-vous que le rituel aura lieu bientôt ?, demanda Angus, en frottant ses avant-bras douloureux.

— Je crois, mais selon ce que m'a indiqué la Norne, qu'il faut que nous soyons prêts physiquement pour cela. Nos corps, en transition, sont encore faibles. Regarde tes blessures. Jamais un dieu n'aurait été blessé ainsi par une simple bagarre. Il faut aussi que la lune soit à nouveau pleine, expliqua Njord, qui ajouta dans un soupir : revoir Odin, après tout ce temps, sera une grande joie, même si je doute que lui soit heureux de retrouver tout le monde.

Son regard se fixa sur Loki qui fit mine de ne pas avoir entendu.

— Jans t'a déjà expliqué en quoi consistait cette célébration ?, demanda Eira, détournant ainsi l'attention de façon utile, pour éviter une nouvelle querelle.

— Non, pas vraiment. Je sais juste que nous représenterons les éléments car en tant que dieux d'Asgard, la puissance des élémentaux est ancrée en nous. C'est de notre sang que renaîtra le très grand.

— Notre sang, rien que cela !, s'énerva Angus qui avait eu sa dose d'émotions et de douleurs pour la journée.

— Il ne s'agit pas d'un sacrifice, mais plutôt d'un don car nous devons ensuite, auprès d'Odin, retrouver les âmes des autres dieux d'Idavoll. Il nous faut, si j'ai bien compris, reformer l'armée du père de toute chose afin de provoquer un nouveau Ragnarök. Ainsi, nous pourrons en sortir victorieux. Nous pourrons rentrer à Asgard, parmi les nôtres. Il me tarde tant de retrouver les miens et les banquets de notre royaume !

Njord paraissait si sûr de lui, si heureux. Comme s'il avait été lobotomisé afin de suivre aveuglement le dessein d'Odin.

Mais ces révélations n'eurent pas le même effet sur Eira, Thor et Loki.

Provoquer un nouveau Ragnarök ! Le sang des trois amis se glaça. Ils avaient pu voir la puissance de quatre élèves de Surt. Pourquoi vouloir à nouveau créer une apocalypse afin de se frotter avec le grand maître lui-même ? C'était complètement inconscient. Totalement fou même !

Jans arriva, à ce moment, avec Freyja à ses côtés. Cette dernière avait pleuré. Ses joues étaient encore humides, mais elle semblait calme, plus calme que le trio en tout cas. La Norne, qui avait rajeuni durant ce temps d'obscurité, pointa l'horizon où le soleil émergeait derrière une colline arrondie.

— Pour cela !, dit-elle. C'est pour cela que nous nous battrons. La prophétie indique que si nous sortons victorieux du second Ragnarök, les neuf mondes renaîtront à l'identique, radieux, paisibles. Si nous remportons l'ultime victoire, tous les peuples pourront à nouveau prospérer dans le bonheur et la lumière de l'aube.

— Et accessoirement, sous la coupe d'Odin, ajouta Loki d'un ton cinglant, se prenant un regard assassin de Njord et de Freyja qui semblaient bizarrement déjà convaincus par les dires de Jans.

— Non Loki. Odin a toujours veillé et veillera encore au bien des peuples et à l'équilibre universel. Jamais, il ne tenterait d'imposer sa loi, ajouta-t-il doucement.

— Si vous le dites, après tout, cet Odin est le père de mon... frère. Angus est une si personne bonne et généreuse. Peut-être tient-il cela de son aîné après tout, même si j'en doute.

Angus posa une main sur l'épaule du brun, un signe fraternel qui en disait long sur le lien profond qui les unissait.

Jans sourit.

— Il nous faut redescendre, Freyja a eu une longue nuit. Elle a besoin de se reposer au chalet.

Les quatre dieux acquiescèrent.

Ils tombaient également de fatigue. Ils prirent tout de même le temps, avant d'entamer la marche, de saluer chaleureusement la jeune fille en se présentant. L'aube était magnifique, ses couleurs rosées transfiguraient la Lyfia. La montagne semblait parée d'or et de cristal. Freyja se rapprocha comme instinctivement d'Angus et Njord afin de les presser de questions plus ou moins personnelles. Apparemment, elle était fan des dieux bien musclés.

Loki et Eira purent donc s'entretenir tranquillement avec Jans. Ils partagèrent avec lui leurs inquiétudes légitimes sur le dénouement de ce futur Ragnarök, ainsi que leurs doutes quant à leurs capacités à faire face à des ennemis potentiels. Après tout, il y a encore quelques jours, ils étaient Eirwen, la brillante étudiante en médecine, et Thomas, le futur poète « maudit » à la mode. Aucun d'eux n'avait brigué le poste de dieu de la médecine ou du feu, encore moins de guerriers d'Odin.

— C'est finalement très sain de douter de soi, vous ne trouvez pas ?, rétorqua l'homme, pas le moins du monde perturbé par leurs propos plutôt négatifs.

Les jeunes dieux passèrent le reste de la matinée à flemmarder devant le gîte. Le manque de sommeil se faisait sentir. Ils profitaient des rayons de soleil ainsi que de la douceur ambiante, et de quelques friandises salées et sucrées, sorties tout droit de la cuisine. Un moment d'accalmie très agréable après l'agitation du soir et de la nuit. Les uns lisaient, les autres discutaient autour de Freyja qui semblait déjà avoir son fan club, tandis que Jans avait été attiré en forêt par Hugin et Munin. Il en était revenu l'humeur chagrine.

En fin de matinée, estimant que le repos avait assez duré, l'homme leur désigna une tâche à effectuer en guise d'entraînement. Ils avaient désormais moins d'un cycle lunaire pour être complètement opérationnels pour le grand rituel. Le temps n'était donc pas à l'oisiveté.

Eira, à qui revenait l'honneur d'être le pilier de la cérémonie, allait découvrir les joies de l'ancrage profond. Elle devait pouvoir, le moment donné, stabiliser les autres éléments et canaliser leurs énergies et pour cela, arriver à se déconnecter de toutes ses sensations pour redécouvrir l'essence même de l'éther qui couvait déjà en elle. Elle s'isola donc, près d'un chêne au tronc énorme et rugueux, loin du groupe, au plus proche de la terre, suivant les conseils de l'ancien mais surtout son instinct. Elle avait besoin de calme pour que cette introspection soit efficace. Cela différait finalement peu d'apprendre une leçon d'anatomie ou de biologie cellulaire pour le prochain partiel, même si ici, l'enjeu était plus ésotérique que scientifique.

Njord, debout au milieu du bassin de la cascade, avait pour mission de commander l'élément « eau » à sa guise afin de pouvoir l'amener à un point précis ; ce que devait également faire Thor avec l'air, planté au beau milieu de la prairie, tel un épouvantail à moineaux.

Loki, lui, fut envoyé nourrir les animaux, à son grand désespoir, tant il redoutait les élans de tendresse du cheval à huit pattes. Aussi, ne comprenait-il pas bien comment cette tâche domestique et futile allait lui servir à canaliser le feu qui couvait en lui. Il s'y rendit en ronchonnant tandis que Jans s'occupait de Freyja, en cours particuliers, afin de lui faire découvrir les joies et petits plaisirs d'être une déesse de la Terre.

Comme il fallait s'en douter, Sleipnir galopa vers Loki alors qu'il lui présentait son foin. Le jeune homme recula d'abord. Puis s'assurant que personne ne l'épiait, il caressa le museau de l'équidé ravi.

— Et bien mon grand, tout doux, dit-il, comme il l'aurait fait dans l'écurie de ses parents avec une de ses montures habituelles, à la différence près que celle-ci faisait partie de sa propre progéniture passée. Chut. C'est notre secret d'accord ? Tu n'en parles pas à Angus, et moi je te donne tout le foin que tu veux.

L'animal, posant ses naseaux contre le cou du dieu, semblait comprendre et accepter le contrat. Loki prolongea donc le moment par un brossage en règle de la robe claire du cheval, qui ne boudait pas son plaisir.

Nourrir les loups fut un peu plus compliqué. Ces derniers, tout comme Njord, paraissaient se méfier du jeune dieu qui dut leur lancer de loin la viande rouge préparée par la Norne afin d'éviter leurs crocs acérés.
Les deux corbeaux étaient là, eux aussi, sur leur branche, attendant leurs graines, sans doute. Il s'avança dans la grange afin de voir s'il pouvait en trouver. Il fouilla chaque endroit du rez-de-chaussée. Puis ne trouvant rien de comestible, il monta à l'étage pour se retrouver au grenier à foin où il fit une découverte étonnante.
Au milieu de la paille jaune, brillait une lance étincelante qu'il reconnut tout de suite. Il en avait vu, il y a peu de temps, une copie dans le musée danois. Il s'approcha, les yeux pleins d'envie. Ses souvenirs passés se mêlaient à ce qu'il avait lu dans l'Edda. L'excitation lui brulait les entrailles comme un brasier ardent. Malgré lui, elle le consuma bientôt, tout entier. C'était bien elle. Cet objet devant lui était bien Gungnir, une arme redoutable qui ne pouvait jamais manquer sa cible et rendait celui qui la possédait invincible. Il hésita un moment. Cette découverte pouvait faire de lui, sans aucun doute, le maître de ce second Ragnarök. Si les textes n'avaient pas menti, il pourrait, avec elle, éviter que cette mythique bataille ne tourne au carnage. Il tendit une main tremblante pour l'attraper. La tentation était si forte… La lance n'était plus qu'à quelques centimètres de sa paume, se soulevant du sol peu à peu, comme pour partir à sa rencontre. Loki hocha la tête pour remettre en place ses pensées de plus en plus confuses, embrumées par le désir de posséder l'arme

imparable. Non ! Une arme n'avait jamais été une bonne solution à un problème, quel qu'il soit. Pourtant, celle-ci semblait l'appeler. Elle voulait être sienne. Pourquoi résisterait-il à cet appel ? Non ! Il recula, chancelant, observant maintenant de loin la puissante relique. S'il pouvait avec elle empêcher des malheurs, cette lance pouvait aussi tuer des personnes qu'ils aimaient. Il valait mieux trouver un moyen d'éviter la tuerie, plutôt que d'entrer, en armes, en son cœur. Il prit alors de la paille autour de lui et frénétiquement se mit à cacher la diabolique Gungnir du mieux qu'il pouvait. Puis, il redescendit rapidement, avant de changer d'idée.
Il sortit de la grange encore perplexe de sa découverte. Ses muscles lui faisaient mal, comme pour le punir de n'avoir pas cédé. Comment un objet si dangereux et puissant pouvait-il être laissé ainsi à la merci de tous dans une simple grange, non protégé des pilleurs ? Jans était-il à ce point inconscient ?
A sa vue, les deux grands corbeaux s'envolèrent à grands bruits d'ailes.
Loki se hâta de prendre de l'eau dans l'abreuvoir pour s'en asperger le visage. La fièvre ne le quittait pas et l'image de la lance d'or l'obsédait encore. Elle était si proche. Trop proche. Il pressa donc le pas et rentra sans faire de détour à Idavoll, forçant son esprit à oublier définitivement ce qu'il venait de découvrir.

Dans le jardin aromatique du chalet de bois rouge, Freyja était occupée à dompter, par la pensée, des lianes rebelles aux côtés de Jans qui s'adressa, étrangement apaisé, au brun à son passage :

— Loki, voudriez-vous rejoindre Thor dans le pré afin de l'aider à réaliser sa tâche ? J'ai l'impression qu'il ne s'en sort pas seul et comme vous voyez, je suis... trop occupé pour le moment. Il avait effectivement les pieds complètement empêtrés dans un fatras de verdure que n'arrivait pas à maîtriser la nouvelle déesse. De plus, vous savez aussi bien épauler votre frère que moi. Je vous fais confiance ?

En effet, on pouvait voir dans le ciel, les nuages tourner comme dans un manège, poursuivis par de mini tornades. Cela laissait présager que Thor avait encore fait des siennes, en se laissant submerger par ses émotions.

— Ensuite, vous pourrez tenter de guider votre feu en un rayon unique puis le faire se mouvoir à votre guise. Cela ne devrait pas vous poser de problème, je me trompe ?

Loki ainsi défié, se sentait revivre.

Il alla rejoindre Thor, au pas de course, dans la grande plaine de Vigrid.

Eira arrivait elle aussi, certainement alertée par ce petit nuage qui avait déversé la pluie sur elle, volontairement ou non, alors qu'elle était en pleine méditation. La déesse était trempée jusqu'aux os, mais arborait pourtant un magnifique sourire.

Le blond fut heureux de les voir. Il était épuisé d'avoir essayé, pendant des heures, de soumettre ce vent rebelle. Tous trois s'assirent en cercle, main dans la main, pour un moment d'introspection collective. La respiration de Thor se cala sur celle des deux autres. En quelques minutes, tout était à nouveau calme et serein dans le ciel, tout comme au plus profond de leurs cœurs. Eira envoya soudain vers le zénith un rayon vert, suivi de suite par un jet de feu brut parfaitement dirigé par son maître.

— A ton tour Thor, chuchota la jeune fille, lui insufflant d'un seul regard la confiance nécessaire.

Le dieu du tonnerre envoya alors un faisceau, quasi translucide, qui pointa directement le pinacle comme ceux des deux autres, formant un Awen[5] parfait.

— Bravo !, crièrent-ils, ce qui brisa la magie du moment.

Ce n'était pas grave. Ils avaient réussi à unir leurs trois forces. Ils étaient exténués, mais avaient réussi à relever le défi de la Norne. Les mains de Loki le cuisaient, un orbe vert demeurait au milieu des paumes d'Eira alors que les yeux de Thor étaient emplis d'éclairs.

Tous les trois s'allongèrent sur le dos, à même l'herbe, regardant les nuages, maintenant paisibles, passer dans l'azur en prenant des formes diverses. Silencieux. Ils profitèrent de cette petite victoire. Ils prenaient de plus en plus conscience que tous les trois, ils étaient bien plus forts que seul. Peut-être qu'une fois le lien créé avec Njord et Freya, cette coopération contre nature ferait finalement des merveilles.

Brisant le silence, Loki demanda à son frère, sur un ton malicieux :

— Alors comment trouves-tu notre nouvelle recrue ?

---

[5] Symbole celte représentant trois traits se dirigeant vers le même point (ndle)

— Pas mal, plutôt canon même, mais quelle bavarde ! Tu t'imagines qu'en une descente, je dois en savoir plus sur elle que sur... toi, répondit-il, en se rendant compte gêné qu'il était en train de parler « filles » devant Eira.
Il faut dire, pour sa défense, que la jeune fille avait été tout de suite complice avec eux, plus sœur que future conquête, même si petit à petit, cette connivence semblait engendrer un certain trouble chez elle. Elle sentait bien que ce n'était pas normal d'avoir des papillons dans le ventre dès que les deux frères s'approchaient d'elle. Elle n'avait jamais ressenti cette sensation étrange auparavant, mais elle ne se laissa pourtant pas déstabiliser et ajouta sur un ton plus garçonne que jamais :

— Canon, tu veux dire une vraie bombe, non ? Et dans son costume miniature ! Tous les regards, même le tien, étaient rivés sur elle quand elle se trémoussait sur cette scène. Tu l'aurais vu Thomas, c'était pathétique.
Et, finalement, totalement faux : Angus avait, en fait, passé une bonne partie de la soirée à dévisager Eirwen discrètement.
L'intéressé rougit et son frère d'ajouter pour l'achever :

— Heureusement, j'ai évité ce déballage de chair fraîche. Je comprends maintenant pourquoi tu étais si « absent » lors du combat d'hier. Heureusement, j'étais là. Ah ! Les filles et mon f... Il ne put terminer sa phrase car Angus, à cheval sur son torse, le bâillonnait avec ses deux mains.

— Ah, les garçons !, soupira, en riant Eira en se levant. On rentre, j'ai faim !

Elle lança une course à travers la prairie pour regagner le chalet que les garçons lui laissèrent gagner. Du moins, c'est ce qu'ils affirmèrent à Freyja, qui était en grande opération rapprochement avec Njord sur la terrasse. Elle avait décidemment pris ses marques très rapidement.
Le vieil homme regardait se tisser les liens d'amitiés entre ses protégés avec amusement. Quoi de mieux qu'un groupe soudé pour réaliser un rituel où ils devraient œuvrer ensemble, pour un objectif commun.

Freyja, apparemment pas très perturbée par son nouveau statut divin et ses pouvoirs magiques, prit le commandement de l'opération « Qui êtes-vous ? ». Puisqu'elle savait déjà tout ou presque de Thor et Njord, elle entreprit donc de poser les questions les plus saugrenues, voire embarrassantes, à Loki et Eira qui parfois n'avaient même pas le temps de répondre.

— Quelles études faites-vous ? Où viviez-vous ? Quelle est votre marque de parfum préférée ? Quels sont vos pouvoirs ? Aimez-vous le pop-corn ? Quelles sont vos défauts ? Avez-vous des petits amis ?...
Tout ce qui passait par la tête de la jeune fille rousse, sortait de sa bouche pulpeuse rouge cerise, sans logique, ni tabou.

— Stop, cria Eira, manquant d'air. Et toi ? Peux-tu nous raconter la vie de Lucy ?
Au grand soulagement de Loki, la belle, flattée qu'on veuille en apprendre plus sur elle, enchaîna en racontant de long en large : son enfance en Suède, l'école de danse et de chant où elle avait étudié à Stockholm puis cette audition

qui l'avait menée au Danemark pour jouer le rôle d'Hathor. Ils surent qu'elle adorait faire du shopping, passer du temps au salon de beauté et parcourir le monde pour briller comme une star. La belle parla aussi des beaux garçons qu'elle semblait collectionner comme les rouges à lèvres, se rappelant de tous leurs prénoms, enfin presque. Un tourbillon de mots qui n'eut pas raison de l'appétit des quatre autres qui l'écoutaient d'une oreille, préférant dévorer le délicieux repas servi par la Norne.

— Alors là, Odin s'est « planté » en beauté. Ce n'est pas moi, le dieu de l'éloquence. C'est de toute évidence elle !, annonça Loki, provoquant l'hilarité générale.

— Tu ne devrais pas manger cette part de gâteau, conseilla la belle Freya à Eira avec toute la délicatesse dont elle savait faire preuve. Ce n'est pas bon pour la ligne.

La magicienne verte, roula des yeux qui, à l'instar de Thor, auraient pu lancer des éclairs tueurs à cet instant précis.

Comment cette créature pouvait-elle lui donner des conseils sur ses formes ? Comment pouvait-elle la mettre si mal à l'aise, devant tous les autres ?

Trempant, par défi, son doigt dans la chantilly sucrée, Eira répondit blessée, mais non sans un brin d'ironie :

— Pas besoin, tu sais, mes… prétendants se sont toujours plus intéressés à ce que j'ai dans la tête qu'aux potentielles courbes de mon tee-shirt.

Elle finit le gâteau sans lever les yeux de son assiette. Cette réflexion de la déesse de l'amour avait jeté un froid glacial sur la fin du repas, ébranlant profondément la jeune guérisseuse.

Eira n'avait certes pas la plastique de la blonde Freyja, mais c'était une jeune fille d'une beauté peu commune. Ses longs cheveux bruns lisses lui descendaient jusqu'aux fesses et son visage fin, aux pommettes roses, était mis en valeur par des yeux vert émeraude scintillant au gré de la lumière. Elle possédait cette beauté irréelle et le charme généreux d'une déesse de la médecine, avec les pieds bien sur terre et un appétit de vivre communicatif.

Le dessert terminé, prétextant vouloir profiter des lumineuses soirées de la saison, elle se leva pour aller marcher en forêt, laissant la belle avec sa cour masculine.

Elle chemina parmi les énormes troncs, attristée par ce reproche déguisé qui la touchait d'autant plus que sa timidité l'avait toujours mise à l'écart des festivités étudiantes et donc d'amoureux potentiels. Cette simple remarque de Freyja avait ravivé tant de blessures…

Elle arriva à la ferme où elle s'approcha sans effort des deux loups. Tous deux semblaient être, en fin de compte, deux pauvres bêtes en mal de câlins. Passant sa main entre les barreaux avec confiance, elle alla caresser l'un, puis l'autre. Ces deux animaux monstrueux n'étaient finalement pas si méchants que cela. Eux aussi avaient dû subir les préjugés d'écervelés qui les avaient rendus farouches, méfiants au fil des siècles.

Elle se retourna brusquement quand Géri et Freki se levèrent d'un bond et se mirent à montrer les crocs en grognant.

— Ils ne m'aiment pas beaucoup, déclama Loki, qui aperçut alors une larme couler sur la joue de la jeune fille. Elle est idiote cette fille, tu sais. Tout dans la plastique, rien dans la cervelle.

Puis, pour lui changer les idées, il prit sur lui et dit :

— Tu veux voir quelque chose d'étonnant ?

La jeune fille, heureuse de voir que le brun l'avait suivi, même si le blond devait être encore à s'abreuver des paroles de Freyja, hocha la tête en signe d'approbation. Après tous, les garçons n'étaient pas sa propriété personnelle même si elle avait été la première à les rencontrer.
Loki siffla alors Sleipnir. Puis, il sauta par-dessus la barrière, invitant Eira à en faire de même pour entrer dans l'enclos.
Le cheval approcha sans crainte de lui. Il lui susurra quelques mots à l'oreille. Prenant ensuite Eira par la taille, il la déposa d'un coup sur sa croupe, avant de monter derrière elle en tenant les rênes. Il commanda alors à l'animal de passer au-dessus la barrière, en direction de la forêt.
La monture et ses cavaliers fendaient l'air à travers le bois, évitant les troncs de justesse. Loki avait réussi son coup. Eira ne pensait plus à la vilaine remarque de Freyja, s'amusant de cette promenade improvisée.
De retour dans le parc, Loki remercia le cheval qui apparemment adorait les papouilles. Il avait passé tant de temps seul, loin de son maître Odin, qu'on ne pouvait lui en vouloir.

— Il t'aime bien, sourit tendrement la jeune fille.

— Il a l'air. En plus il est docile, répondit Loki qui, petit à petit, se laissait attendrir par l'animal qui n'était pour rien finalement dans la façon dont il avait été conçu.

— Il est beau. Tu me trouves grosse ?, ajouta la jeune fille, en se mordillant la lèvre nerveusement.

— Comment ?!, demanda Loki, surpris de la question.

— Tu as bien entendu ! Tu me trouves grosse ? Sois honnête, s'il te plaît !

— Oh oui ! Énorme même... enfin surtout, énormément bête !, railla le dieu. Sans rire, Angus et moi t'avons trouvé parfaite dès que nos yeux se sont posés sur toi. Je t'assure, tu peux te fier à notre jugement. Après tout, nous avons pu admirer la moindre parcelle de ton corps sans y trouver une trace de cellulite.

Réponse qui lui valut une tape sur la tête de la part de la jeune fille, qui avait viré au rouge écarlate en repensant à sa nudité.

— Tu veux que je t'avoue quelque chose ? Tu l'apprendras bien tôt au tard… Là, je t'assure que c'est moi qui vais changer de couleur.

Curieuse, Eira se rapprocha pour entendre la confidence.

— Et bien dans mon autre vie, ne me demande surtout pas comment, j'ai apparemment donné naissance à cette petite chose à huit pattes qui est en quelque sorte mon fils. Ça va ? Tu tiens le choc ou je t'écœure ?

— Et tu m'as l'air d'être un papa très attentionné. C'est trop mignon, lui murmura doucement à l'oreille la jeune fille en lui prenant la main, rassurant d'un coup le jeune homme.

Loki ne s'était même pas aperçu que durant tout ce temps, le cheval avait posé la tête sur son épaule et qu'il lui caressait doucement les naseaux, paternellement.

— Chut, je te fais confiance, tu ne dis rien aux autres d'accord, même pas à Angus ! Je n'ai pas envie d'être la risée du campement pour le moment.

— Ce sera notre secret, promit-elle, visiblement touchée par la confidence du brun.

— Où étiez-vous ?, rugit une voix derrière eux. Ce n'est pas sympa de m'avoir laissé seul avec madame je-sais-tout et monsieur muscle !

— Tu semblais tellement captivé par les histoires contées par cette charmante déesse, dont tu dévorais les paroles, euh pardon, le décolleté des yeux. Je n'ai pas eu le cœur de te dire que j'allais nourrir les bêtes. Voyons, les basses besognes, c'est pour le dieu qui ne devrait pas être là, pas pour le fils d'Odin, ajouta Loki.

— Tu parles, je ne veux plus entendre une seule parole pendant au moins quinze jours, d'accord ? Ma tête va exploser ! Quelle idiote, cette fille, tout ce que je déteste.

— Le soleil n'est pas encore couché, et si nous allions nous baigner...en silence bien sûr ?, murmura Eira, qui ne souhaitait pas retourner au gîte maintenant, surtout après la confidence de Thor.

Elle jubilait intérieurement.

— Chouette, je ne sais pas toi, Angus, mais moi, j'adore voir Eirwen se baigner, plaisanta le dieu de la ruse.

— Sleipnirrrrrrrr, cria alors la déesse d'un air menaçant mais surtout plein d'une tendre malice.

— Non, mais c'était juste une remarque en l'air. Je t'assure que je n'avais aucune mauvaise intention, conclut Loki en lui faisant un clin d'œil.

La cascade était encore plus belle que la veille, baignée de soleil malgré l'heure déjà tardive, au milieu de la verdure qui s'épanouissait à l'approche de l'été. La baignade fut tout aussi, si ce n'est plus, sympathique. Finalement, plutôt bruyante, mais Angus ne s'en plaignait pas le moins du monde tant les rires et ces moments simples les remplissaient tous les trois d'une légèreté bienvenue.

15. Reliques

Le moment de rentrer fut plutôt désagréable. Ils s'attendaient à retrouver leurs deux acolytes devant le gîte, les jacasseries de Freyja, le gros rire surjoué de Njord, ses jeux de mots lourdauds et sans doute aussi, les reproches de Jans qui souhaitait un groupe soudé.

Mais il n'en fut rien. L'ancien était même fort heureux de les voir. Lui aussi en avait assez des petits potins de miss Amour. Il l'avait d'ailleurs envoyée s'entraîner avec Njord le plus loin possible, dans un champ de fleurs sauvages à la limite des frontières d'Idavoll, pour être sûr de ne pas l'entendre jacasser.

— Il va falloir surveiller cette jeune fille et lui apprendre que le silence est une noble qualité. Elle serait bien capable de lire le rituel à ma place afin d'y ajouter des anecdotes peu recommandables, annonça-t-il un brin moqueur. Au fait, merci à vous deux de vous être occupés des animaux à ma place.

Comment pouvait-il savoir qu'ils étaient partis s'isoler à la ferme ? Un coassement leur fit soudain comprendre. Les deux volatiles, non contents d'être les yeux d'Odin, étaient les espions imparables de Jans. Sur le coup, cela agaça au plus haut point les ados-dieux qui n'apprécièrent pas d'avoir une garde rapprochée, épiant le moindre de leurs gestes, mais une nouvelle fois, ils devaient subir sans broncher les lois d'Idavoll.

— Nous avons encore une tâche délicate à effectuer avant de pouvoir prétendre au retour d'Odin dans ce monde, reprit la Norne.

— Une mission dangereuse j'imagine, rétorqua Thor qui contre toute attente, surprenant même le pacifique jeune homme qu'il était, prenait un plaisir grandissant à se battre au corps à corps. Sans doute les réminiscences, de plus en plus présentes, de son passé lors de ses méditations et durant ses nuits très agitées.

— Plutôt, ajouta l'ancien. Il vous faudra aller chercher une relique qui a été mise à l'abri durant tous ces siècles pour y puiser l'énergie nécessaire afin que l'aube puisse se réaliser.

— Et où se trouve cette relique ?, demanda Loki

— Le souci est bien là. J'ai connaissance de deux endroits. Frigga et Odin ont trouvé plus sûr de brouiller les pistes, au cas où Surt veuille mettre la main dessus, en créant une relique et son clone cachées dans deux endroits différents. Une seule des deux sera efficace lors du grand soir.

— Magnifique. Si je résume, nous allons mettre en danger nos vies pour trouver ce qui sera peut-être, vu notre chance, la fausse relique ?, répliqua le blond.

— Ou bien trouver la vraie et mettre en danger nos vies lors d'un rituel bidon, ajouta le brun que le grand soir semblait effrayer de plus en plus.

Eira, qui était restée silencieuse, intervint soudain.

— Deux lieux à couvrir en si peu de temps, cela veut dire deux équipes. N'est-ce pas ?

— Tout à fait. Votre esprit est vif, Eira. Et comme vous l'aurez compris, je ne peux laisser Freyja œuvrer seule avec Njord. Elle est trop fragile pour cela. Loki ira donc avec eux et vous partirez avec Thor, ainsi les choses seront plus équilibrées.

— Comment ?, bondirent les garçons. Nous ne voulons absolument pas être séparés !

— Et je ne veux surtout pas avoir à faire avec Monsieur muscles. Il me déteste et me laissera trépasser sans broncher si les choses tournent mal. A moins que je ne sois déjà mort de dépit d'avoir dû écouter Freyja durant tout le voyage. Je refuse catégoriquement de partir avec eux.

— Je suis certain que tout se passera bien, ajouta le vieux, qui n'était pas décidé à changer d'avis.

Le soir même, la nuit enveloppant maintenant l'habitation, les plans furent dévoilés lors d'une réunion pas très solennelle qui eut lieu dans la salle à manger, autour de la grande table massive et sa nappe à carreaux rouges et blancs.

Comme prévu, Njord fut plus qu'enchanté d'avoir Loki dans sa team surf. Il aurait sans aucun doute préféré faire équipe avec un caniche nain aveugle plutôt qu'avec le dieu du feu, et c'était finalement réciproque.

La première mission devrait se rendre dans l'Est de la France où la relique était censée se trouver, ensevelie dans la demeure d'un certain Graoully, dragon-serpent de son état.

La seconde prendrait la direction de l'Allemagne, au cœur d'une grotte nommée « Hasler Höhle » gardée par des nains. Aucun ne fut surpris ni de la présence de nains ni de celle de dragons sur terre. Chaque jour ayant son lot de découvertes improbables, ils commençaient à se faire une raison. Le monde était bien différent de ce qu'ils avaient cru, naïvement, pendant dix-huit années.

— Je parie que j'ai tiré le numéro un ? Des nains, trop faciles pour notre équipe de choc, se moqua sans réussir totalement à cacher une certaine crispation, Loki.

— Tout à fait, le feu, cela vous connaît, n'est-ce pas ?, acquiesça Jans.

Eira, pas plus rassurée enchérit :

— Les grottes et ma claustrophobie feront bon ménage, j'en suis sûre. Cela va être une escapade des plus réjouissantes, une vraie partie de plaisir.

Ils n'avaient pas le choix. Jans en avait décidé ainsi et attendait beaucoup d'eux. Ils devaient rapporter les reliques, sans quoi pleine lune ou pas, le rituel ne pourrait avoir lieu. Sans Aube des dieux, pas de prophétie. Jans pourrait renvoyer cette génération de dieux vers leurs vies d'étudiants insouciants, en effaçant leurs souvenirs de ce périple, et attendre encore des siècles pour récréer une autre divine troupe. A moins qu'il ne les élimine tout simplement. Le trio ne savait finalement pas comment s'était terminée l'aventure de leurs prédécesseurs. Il valait d'ailleurs sans doute mieux ne pas savoir…

— A quoi ressemble ce Graal ?, finit par demander le dieu du feu et de la ruse.

— Justement à une coupe d'or marquée du sceau du manteau d'Odin, la rune Ansuz.

— Comment reconnaîtra-t-on la vraie de la fausse ?, poursuivit Thor

— La pierre représentant la rune se mettra à luire d'un bleu profond une fois de retour sur les terres d'Idavoll. Vous n'aurez aucun moyen de le savoir avant votre retour. Mais maintenant, allez vous reposer. Le départ n'est pas prévu pour demain. Vous n'êtes pas encore tous prêts à ce qui vous attend.

Sur ces mots « rassurants », le trio dépité de devoir se séparer, et surtout inquiet de devoir laisser Loki avec ses deux fins coéquipiers, fit un passage éclair dans la désormais chambre de Freyja.

Eira avait élu domicile avec les garçons qui tenaient à pouvoir surveiller ses nuits pleines de songes horribles. Elle avait donc naturellement offert son lit à la déesse de l'Amour pour prendre possession définitivement de celui de Loki.

Ils prirent le sac à dos contenant les affaires d'Eirwen ainsi que quelques livres afin de se renseigner sur les lieux de leurs quêtes respectives avant de regagner leur dortoir confortable.

Ces ouvrages ne manqueraient certainement pas à la rousse. Lire devait être le cadet de ses soucis. En revanche, elle devrait être heureuse d'avoir la seule chambre dotée d'un miroir énorme et d'une spacieuse baignoire ; seul bien matériel qu'allait regretter Eira. Les petites attentions de Jans, qui lui préparait des bains fumants aux plantes odorantes, étaient des plus plaisantes. La douche des garçons était bien plus spartiate même s'ils avaient promis

de la laisser passer la première afin d'être certains qu'elle aurait de l'eau chaude à volonté.
Njord alla soulever de la fonte, comme tous les soirs, dans l'arène, afin de conserver sa silhouette d'athlète mais aussi plus que jamais de ne pas être pris au dépourvu face à un dragon. Il misait sur la force plus que sur une approche cérébrale afin de réussir cette tâche.
Il avait aussi une revanche à prendre, car sa dernière mission au Danemark avait plutôt mal tourné.
Pendant ce temps, alors que la pénombre couvrait les lieux uniquement éclairés par quelques torches enflammées, Jans entreprit de donner une dernière leçon à Freyja sur la façon d'utiliser son don... Elle était capable selon lui de faire plier un combattant par la pensée en le forçant à faire ce qu'elle voulait pendant court laps de temps.
Ce fut donc sur quelques chèvres amenées par l'ancien comme cobayes, que la belle s'exerça. Elle devait tenter de faire avancer les pauvres bêtes dans la direction indiquée par le vieil homme. Malgré ses efforts, ce fut un échec cuisant. Les animaux affolés couraient tout autour du gîte en poussant des bêlements retentissants. Cela fit bien rire Eira qui, lisant près de la fenêtre, avait assisté à la scène et appelé tout de suite les garçons. Il ne fallait surtout pas manquer ce nouvel exploit de « Madame je-sais-tout ».
En tous cas, au regard de cet incident fâcheux, il était clair que le départ ne pouvait effectivement pas être prévu pour le lendemain.

En revanche, après deux nouvelles journées d'exercices, la Norne leur apprit, au beau milieu du repas de midi, que le premier groupe partirait le soir même pour la Forêt Noire sur la terre sacrée des nains.

Le second devait encore se préparer davantage, Freyja n'arrivant toujours pas à dompter les dangereux fauves cornus.

Loki pestait. Son frère et Eira allaient partir les premiers. Il ne pourrait même pas les accompagner ni leur venir en aide en cas de danger. Depuis leur enfance, il avait rarement été séparé d'Angus, tant la souffrance latente de leur abandon respectif avait créé un lien fort. Même à dix-huit ans, ils partageaient toujours la même chambre chez leurs parents qui avaient bien proposé de leur offrir à chacun leur endroit intime, sans succès. Angus n'était bien qu'avec Tom et Tom près d'Angus. Les liens du cœur étaient dans ce cas bien plus forts que ceux du sang. Cette proximité physique les rassurait. Aussi avaient-ils suivi des cours dans la même université et partageaient-ils les mêmes loisirs au quotidien malgré des personnalités bien différentes. Chacun s’adaptait à l’autre afin de suivre le même chemin. Pourtant, les choses semblaient évoluer un peu plus chaque jour passés à Idavoll, faisant table rase du doux passé. Thomas et Angus étaient toujours très proches mais le destin avait décidé de leur futur.

D'abord, Jans avait provoqué cette rupture cruelle, donnant aux deux frères une mission différente. Puis viendrait le moment où Angus devenant de plus en plus Thor au fil du

temps, pourrait retrouver sa vraie famille. Qu'adviendrait-il alors de cette complicité fraternelle contre nature ?
Loki était contrarié. Il sortit de table et partit, jetant un coup de pied dans un caillou qui alla voler tout droit contre l'arbre où était perché Hugin, lui aussi sans Munin.
Tiens, les deux volatiles avaient eux aussi été séparés, sans doute pour espionner au mieux les deux groupes, songea le brun, jamais à cours d'hypothèses.
Les nuits précédentes, au cours de leurs lectures, Eira, Loki et Thor avaient découvert que le Graoully avait été enfermé dans les sous-sols d'une ville minière lorraine nommée Metz se situant dans le Nord Est de la France. Que son souffle, en plus d'être brûlant, était sans doute empoisonné. Et qu'un Saint appelé Clément avait dû se sacrifier pour emprisonner la bête et l'empêcher de nuire... Le sacrifice n'étant pas d'actualité puisque tous cinq devaient apparemment être présents pour exécuter le rituel, il faudrait donc trouver une autre voie pour vaincre l'animal et récupérer la coupe. Même si ce n'était pas l'envie de sacrifier un, voire deux de ses compagnons d'infortune qui aurait dérangé Loki. A moins que ce ne soit eux qui ne le donnent en pâture à l'animal pour profiter d'un moment d'intimité. L'aventure n'allait pas commencer sous les meilleurs auspices pour le dieu du feu.
Pourtant Thomas, qui était aussi le littéraire de la bande, trouvait presque amusant d'aller en France, ce pays dont il adorait les auteurs épiques, pour y voler une relique en mode Arsène Lupin. Mais, il aurait tant aimé voyager à un autre moment, dans d'autres conditions et surtout avec

d'autres personnes plus sympathiques pour découvrir toutes les richesses de ces terres pleines d'histoire.
Le jeune homme était donc tiraillé entre deux sentiments contraires qui faisaient crépiter son feu intérieur.
Concernant la quête de son frère face aux nains, un grand atlas indiquait que la grotte se trouvait dans une région au nom qui avait d'abord fait saliver la jeune déesse : « la Forêt Noire », tout un programme. Mais à défaut d'appétissante pâtisserie dégoulinante de crème et de chocolat, le duo devrait affronter des personnages souterrains. Des créatures maniant la hache, l'épée, très attachées à leurs trésors et accessoirement ennemies des dieux qu'elles rendaient responsables du Ragnarök et de la fin de leur monde. Les nains n'avaient pas vraiment tort, mais du coup Thor et Eira allaient au-devant de nombreux dangers.

Tout le reste de la journée, Loki disparut alors que les préparatifs du départ allaient grand train. Le soleil n'était pas non plus au rendez-vous. Un ciel nuageux et sombre comme l'âme des jeunes dieux avait remplacé l'azur immaculé des derniers jours.
Eira et Thor devaient penser à prendre les armes et potions adéquates, suivant les conseils de la Norne. Mais l'absence du brun à leurs côtés les chagrinait. Où était donc Loki en ce moment où ils avaient terriblement besoin de sa présence ?
Le soir venu, le brun réapparut, les traits marqués, un vieux livre sur le bras, portant une petite boîte surmontée de son sceau « Kenaz ». Il s'était isolé au cœur de la forêt toute la

journée. Usant de sa magie et puisant dans le grimoire quelques idées, il avait confectionné cet objet de bois et de fer, sculpté avec finesse, spécialement pour ses amis. Vu son état de fatigue, cela avait dû lui demander beaucoup d'énergie. Il la leur tendit fièrement, ajoutant juste qu'en cas de besoin, ils n'auraient qu'à ouvrir le coffret pour créer une diversion afin de pouvoir s'enfuir. Thor serra son frère dans ses bras avec force et Eira l'embrassa sur la joue déposant le précieux objet avec précaution dans sa poche. C'était un peu comme si Loki faisait partie de leur voyage, même s'ils auraient préféré qu'il soit présent en chair et en os.

Le duo partit ensuite sans tarder sur le char volant, direction la forêt germanique et son petit peuple grognon, laissant l'ancien avec le tout nouveau trio qui pour le moment se regardait en chien de faïence.

A priori, la complicité entre ceux-là n'était pas encore gagnée, ce qui pourrait faire échouer la mission.

Loki, plein de bonne volonté, même si c'était à contrecœur, demanda bien à Njord s'il souhaitait s'entraîner avec lui dans l'arène, mais le dieu de la mer refusa avec dégoût et préféra assister aux séances de Jans et Freyja. Le courant passait plutôt bien entre les éléments terre et l'eau.

Il décida donc, pour tromper l'ennui et oublier surtout les dangers qui guettaient déjà sans doute son frère et la jeune guérisseuse, d'aller s'entraîner dans la clairière près de Sleipnir. Finalement, savoir qu'il y avait dans ce monde une créature ayant le même sang que lui le rassurait un peu, même s'il s'agissait d'un cheval monstrueux mais très très câlin. Il s'assit en tailleur sur le sol, sentant en lui vibrer plus que jamais sa magie. Dans son corps comme dans son esprit se mêlaient la colère générée par cette séparation forcée, l'inquiétude de ce rituel à venir mais aussi la plénitude de se sentir de plus en plus en phase avec lui-même. Devenir Loki était effrayant, mais malgré tout il prenait un plaisir malsain à manier ses armes, à se sentir puissant, de plus en plus puissant.

Tout était si confus, embrouillé. Il avait du mal à y voir clair tant dans sa tête tout s'entrechoquait : les souvenirs de son enfance calme et heureuse dans le ranch familial, ceux de ces derniers jours étourdissants mais également ceux de ce passé lointain et tortueux qui lui revenait par bribes en mémoire. Thomas était un enfant solitaire et un brin rebelle, mais jamais il n'avait eu la moindre parcelle de méchanceté en lui. Or là, les flashs qu'il avait eus lui laissaient croire qu'il n'en était pas de même pour l'ancien Loki. Dans ces visions, tout n'était que feu et chaos, trahisons et mort. Il lui faudrait donc se battre contre une partie de lui-même s'il voulait garder ses valeurs. Le combat serait certainement rude si ce rituel avait lieu et qu'Odin lui rendait complètement ses souvenirs au détriment de ce qu'il était devenu durant ces dix-huit dernières années.

Il prit une grande inspiration pour calmer ce brasier qui couvait dans ses veines, puis cala sa respiration sur celle du cheval couché dans son dos, qui dormait paisiblement, rassuré par sa présence. Autour d'eux, les arbres majestueux de cette forêt séculaire formaient un cercle parfait. Des chênes, des pins et des bouleaux qui le protégeaient du monde. Peu à peu, il sentit son corps se détendre. Il ouvrit les yeux et tenta d'envoyer une de ses boules de feu contre le mur en bois de la

grange. Avant que celle-ci n'enflamme les planches, il la ramena à lui. Ce va-et-vient dura plusieurs minutes. Loki contrôlait de mieux en mieux son pouvoir. C'était presque jouissif de pouvoir sentir les flammes lui obéir de la sorte.
Quand soudain, lançant le projectile enflammé, il ne put le retenir. L'incendie allait se produire. C'était inévitable, la grange allait disparaître à cause de lui. Le bestiaire fantastique de compagnie d'Odin allait s'enfuir provoquant quelques catastrophes au passage. Jans allait lui en vouloir jusqu'à la fin des temps.

Son rythme cardiaque s'accéléra d'un coup et la boule de feu se transforma en une simple balle de tennis rebondissant sur le bois intact. Loki ne comprenait pas. Il avait visualisé la minute précédente cette balle inoffensive frapper la grange et elle était devenue réelle. Le feu s'était transmuté par sa simple volonté en une matière bien réelle, palpable. Se pouvait-il que sa magie soit plus grande que ne l'avait laissé supposer la Norne ?

Loki se leva et s'ancra encore plus profondément dans le sol pour y puiser l'énergie nécessaire. Prenant une pomme de pin, il visualisa sa propre guitare prenant forme dans ses mains. Quelques secondes plus tard, une sublime Stratocaster bleue, identique en tous points à celle que le jeune homme possédait, apparut. Loki pouvait créer des illusions plus vraies que nature : la matière, l'odeur du vernis, le son, tout y était. Prenant conscience de ce nouveau pouvoir, le jeune brun se mit à rire à gorge déployée. De nouvelles perspectives s'offraient désormais à lui. Il se tut, plus grave, en songeant à ce que cela impliquait, un sourire de contentement sur le visage.

16. Quêtes

Pendant ce temps, sur les terres germaniques, Angus et Eirwen étaient en mode « routards » dans leurs vêtements de sport confortables, chaussures de marche aux pieds. Ils sillonnaient une forêt dense et sombre où les conifères, majoritaires, laissaient peu d'espace à de vieux chênes tassés sur eux-mêmes à cause du manque de luminosité.
Ils progressaient lentement, repoussant les branches piquantes et marchant sur un épais tapis d'aiguilles qui s'enfonçaient sous leur poids, à la recherche de la grotte sacrée.
C'était le petit jour. Tous les deux avaient passé la nuit au camping municipal sous une tente igloo spartiate pour ne pas attirer les soupçons des villageois. A cette époque de l'année, le site était rempli de tentes et caravanes, brassant des vacanciers hollandais, anglais et allemands en mal de nature. Ils avaient donc pu, comme de simples touristes curieux, se renseigner auprès du gérant et avaient découvert que de nombreuses disparitions inexpliquées avaient été recensées dans cette région.
Selon, l'Allemand, il valait mieux ne pas s'approcher de la grotte réputée maudite. Quelle bonne blague, comme s'ils avaient vraiment le choix ! La nuit dans leur campement de fortune avait été très courte. Le refuge offert par Jans n'était plus tout à fait étanche et bien entendu la pluie avait fait son apparition dans la soirée. Eirwen et Angus, blottis l'un contre l'autre, avaient passé une bonne partie du temps

à échafauder des plans, l'autre à écouter les rires et cris de voisins apparemment imbibés d'alcools en tout genre. De toute façon, ils étaient bien trop stressés pour se laisser aller au sommeil.
Au petit matin, les deux dieux, sans guide, ne pouvant compter que sur eux-mêmes, devaient coûte que coûte aller à la rencontre des nains pour leur demander de leur confier sans broncher la relique magique qu'ils adulaient.
Cela n'allait pas être une mince affaire.
Malgré tout, les deux amis paraissaient confiants. Du moins, ils étaient rassurés d'être ensemble pour affronter cette épreuve. Même si avoir auprès d'eux le dieu de la ruse dans pareil moment aurait été un gros plus. Loki leurs manquait terriblement : ses blagues idiotes et sa bonne humeur, mais aussi sa capacité à analyser les situations en deux temps trois mouvements et surtout sa facilité à engager la conversation dans des langues improbables. Dialoguer avec le propriétaire du camping, uniquement aidés d'un pauvre dictionnaire d'allemand, n'avait pas été une mince affaire pour le couple divin. Fort heureusement un vieil original finlandais perdu dans la région était venu jouer les traducteurs.
La matinée avançait. Le paysage devenait plus sauvage, menaçant. Après une longue marche durant laquelle ils se sentirent observés, peinant maintenant à cheminer dans ces sous-bois tapis de ronces blessantes et de hautes fougères, ils arrivèrent enfin devant le souterrain. L'entrée était condamnée par une lourde grille de métal fermée par un gros cadenas. Angus n'eut aucun mal à l'ouvrir avec sa

force herculéenne -et accessoirement le couteau suisse qu'il portait toujours sur lui. Ce qui le dérangeait plutôt, c'étaient les nombreuses empreintes de pieds qui se trouvaient sur le sol. Étrange, pour un lieu si isolé et si bien fermé. On aurait dit qu'une armée arpentait quotidiennement le site, entrant et sortant à loisir du tunnel. Combien de nains allaient-ils trouver à l'intérieur, prêts à en découdre avec eux ?

Le jeune homme avait l'habitude de ce type de lieu souterrain et par précaution, il avait apporté son matériel : lampe frontale et cordages pour éviter les chutes mais aussi pour ne pas perdre sa coéquipière. Il se sentait responsable de la jeune fille, qu'il savait forte à la surface, mais fragile dans ce genre d'endroit confiné. D'ailleurs, cette dernière sentait déjà son souffle s'accélérer et l'air lui manquer alors qu'elle n'était même pas encore dans la cavité.

Angus s'en était aperçu. Il s'était positionné derrière elle, prenant délicatement ses mains fines. Il les posa sur son ventre. Eirwen pouvait sentir le torse puissant du jeune homme contre son dos et les oscillations de sa poitrine puissante qui se soulevait calmement, imposant ce même rythme paisible, superposé à son propre souffle.

— Il faut te calmer, lui chuchota-t-il. Je ne sais pas ce que nous allons trouver dans cette grotte, mais je suis et serai toujours là, près de toi. Fais-moi confiance et essaie de caler ta respiration sur la mienne. A l'intérieur, il y aura moins d'air, mais toujours suffisamment pour nous deux.

Cette proximité qui aurait dû la déranger, ce contact intime la rassurait. Elle s'abandonna dans les bras du dieu, sécurisée, apaisée comme jamais elle ne l'avait été. La crise de panique passa au fur et à mesure qu'elle lâchait prise, se laissant aller à la douce sensation d'être protégée par des bras puissants.

— Il faut y aller. Tu es prête ?, demanda alors Angus, attachant avec un mousqueton une corde qui le reliait à sa coéquipière par sa ceinture.

Elle opina de la tête pour signifier que oui, palpant sa poche pour y sentir la présence tout aussi rassurante de la petite boîte magique dont elle ne connaissait ni contenu ni le pouvoir réel. Thomas était un peu avec eux ou peut-être était-ce davantage Loki ? Il pensait sans doute à eux à ce moment même. Elle le sentait. Oui. Elle sentait la présence de Loki qui s'inquiétait pour eux à ce moment précis. C'était improbable, des milliers de kilomètres les séparaient, mais au fond d'elle, elle savait que son ressenti était réel.

Tous deux prirent une grande inspiration puis entrèrent dans la pénombre de la grotte allemande. Le boyau taillé dans la roche était étroit, uniquement éclairé par la petite lampe du blond. L'endroit était humide et une odeur putride se dégageait, empêchant de respirer à plein poumons. Rien à voir avec la grotte aux runes de la Lyfia avec son air frais, revigorant. Ici tout semblait leur dire : « Retournez d'où vous venez, danger imminent ! ».

Pourtant, ignorant cet avertissement, ils s'enfoncèrent pendant de longues minutes, silencieusement, dans la galerie inhospitalière, tentant de se rendre les plus invisibles possible.

Soudain des martèlements se firent entendre. D'abord étouffés, puis de plus en plus présents.
Cela ressemblait à des pics qui frappaient la roche en cadence.
Eirwen tendit l'oreille. Oui. C'était bien des bruits d'outils en pleine action, ce qui voulait aussi dire que la rencontre avec le peuple des nains était imminente.
Puis, le tunnel devint plus large et lumineux. Le duo approcha avec précaution découvrant tout au bout de l'allée, une salle immense où des centaines de nains travaillaient à extraire un minerai noir parsemé de paillettes brillantes à la force de leurs bras à la musculature impressionnante. Des centaines de lanternes aux flammes dansantes leur permettaient d'y voir clair pour effectuer ce dur labeur.
C'était des hommes pas si petits que cela pour des dits « nains », trapus et surtout athlétiques. Ils étaient vêtus de tuniques en cuir sombre grossières et portaient, en plus de leurs outils, une épée courte à leur ceinturon. Il y avait fort à parier qu'ils savaient manier cette arme tout aussi bien que leurs pelles et leurs pioches. Au milieu d'eux, des animaux étranges, mi-rats, mi-ânes tiraient de petits wagons où était déposé le minerai. Encore une espèce animal inconnue des humains qui aurait pu avoir sa place dans la ménagerie d'Idavoll.
Eirwen et Angus avaient beau scruter le lieu, nulle trace d'une coupe d'or ici. Le sous-sol devait être empli de galeries et de pièces. Il leur faudrait des années pour tout

explorer et espérer trouver la relique. Ils n'en avaient pourtant pas le temps.
La jeune fille se souvint alors d'un détail. Cette coupe était censée être marquée du sceau d'Odin. Elle avait remarqué que la marque dans son cou s'échauffait à chaque fois qu'elle était en présence d'un dieu portant lui aussi une rune, mais n'en avait encore parlé à personne. Elle pourrait sans doute ressentir cette chaleur lorsqu'ils seraient à proximité de la coupe ?
Angus, d'abord inquiet de savoir que la jeune fille souffrait ainsi de leur présence, avait vite compris l'intérêt d'un tel don.

Doucement, les deux jeunes gens reculèrent jusqu'à une galerie moins fréquentée, pour tenter de s'approcher, par ce moyen, au plus près de l'objet en explorant les autres tunnels adjacents. Le blond prit soin de mémoriser des repères afin que le retour vers la sortie soit le plus aisé possible. Il craignait que cela ne doive se faire dans l'urgence, une fois qu'ils auraient dérobé la relique.
L'air humide devenait de plus en plus irrespirable. Comment les nains pouvaient-ils faire de si gros efforts dans cette atmosphère impure, saturée de dioxyde de carbone ?
Les minutes s'écoulaient, sans qu'aucun signe ne dévoile le site où se cachait ce qu'ils cherchaient. Eirwen peinait de plus en plus à respirer. Elle n'arrivait pas à s'habituer à l'étroitesse des boyaux et au manque d'air pur. Plusieurs fois, Angus dut la prendre dans ses bras pour lui rappeler qu'il était là et qu'ils seraient bientôt dehors... victorieux.

Puis subitement, les cercles dans la nuque de la jeune fille se mirent à s'échauffer. Elle ne s'était pas trompée. Intuitivement, son corps la menait vers le Graal. Cela devait être la raison pour laquelle la Norne l'avait envoyée, elle, dans ce labyrinthe de galeries immense. Elle était capable de sentir la relique grâce à son statut de pilier de l'aube. Elle était en quelque sorte un « GPS vivant », comme lui avait fait remarquer plus tôt son compagnon.
Ils se trouvaient maintenant dans une toute petite pièce parfaitement cubique. Devant eux, posée à même une roche taillée elle aussi en forme de cube aux arêtes bien droites, sculptée de formes étranges, la précieuse relique. Il s'agissait, paradoxalement, d'une coupe d'or grossièrement martelée, un peu bancale. Ses anses étaient faites d'un métal plus cuivré. Sur son flanc, on pouvait observer, une pierre bleue, terne, représentant Ansuz, la rune du roi d'Asgard. Aucun doute, c'était bien le trésor qu'ils cherchaient.
Pas un garde. Pas un bruit.
Le duo n'avait pas le choix, il fallait entrer et s'emparer de l'objet qu'ils avaient tant convoité. C'était trop simple, mais que faire d'autre ?

— J'y vais, annonça Angus d'un ton autoritaire qui ne laissait pas place à une réponse. Il ordonna à la jeune fille de rester cachée dans un creux du boyau et de se préparer à fuir puis détacha d'un coup sec le lien qui les unissait, ne lui laissant pas le temps de protester. Comme ils pouvaient s'y attendre, à peine le jeune homme entré dans la pièce, une main sur la coupe, une agitation fit trembler les galeries.

Des cris, des pas lourds, on aurait dit des chevaux au galop qui fonçaient sur eux. Angus se mit à courir, mais fut tout de suite stoppé par des centaines de nains qui lui faisaient face, enragés. Les bougres, ils étaient rapides ! Il ne put rien faire de plus que tenter de se battre au mieux, à mains nues puisqu'il savait qu'utiliser le tonnerre et la foudre en ce lieu reviendrait à les ensevelir tous vivants. Eira se recroquevillait, n'osant plus bouger, plus respirer, entendant les hurlements et les coups, passive.

Thor envoyait voler les nains contre les parois, mais ceux-ci nombreux, revenaient de plus belle à l'assaut du jeune dieu, le frappant avec des bâtons de métal. Elle ne pouvait agir sans risquer de se retrouver, elle aussi, au cœur de la bataille, ce qui n'aurait pas été la bonne solution. De toute évidence, ils ne s'étaient pas assez préparés à devoir réellement se battre.

Tout à coup, elle entendit un hurlement qui lui glaça le sang. Elle reconnut le timbre du jeune prince d'Asgard. Puis, le vacarme se calma. Eira respirait à peine, ayant enfoui son visage entre ses mains.

Elle ne pouvait rester ainsi, dans l'ombre, sans savoir ce qui se passait vraiment. Prenant son courage à deux mains, elle se redressa et avança vers la scène, tremblante, pour découvrir le jeune homme couvert de sang se tenant l'abdomen, haletant.

Tout autour, des nains, dont certains semblaient également très mal en point, étaient étendus au sol. Des guerriers pointaient leurs lances acérées contre la gorge de Thor, prêts à l'achever. Un nain, mieux vêtu que les autres, était debout devant lui, le visage crispé par la haine. Il portait un pourpoint violet en velours épais et une épée d'or.

— Voleur, encore un humain qui vient nous déposséder de nos biens, hurla celui qui apparemment était le chef.

— Ce n'est pas un humain, mon prince !, vociféra un autre. C'est un dieu, sa puissance n'a rien d'humaine !

— Un dieu ?, renchérit le premier, levant du bout de son glaive la tête de Thor couverte d'ecchymoses pour l'observer. Ne sais-tu pas qu'ici les dieux ne sont pas les bienvenus ? Mais, vous autres, vous sentez supérieurs à nous.

Il lui cracha au visage avant hurler à nouveau : « A mort ! »

Le cœur d'Eira s'emballa. Elle ne pouvait pas laisser Thor se faire tuer devant ses yeux. Prenant son courage à deux mains, elle se posta devant l'entrée, telle une guerrière déterminée, ses yeux verts à la fois sombres et étincelants comme des pierres précieuses. Instinctivement, elle sortit la petite boite de sa poche. L'ouvrant, elle la jeta dans l'arène avant que les pics des lances n'entament la gorge de Thor.

Une explosion, suivie d'un flash de lumière intense, aveugla les nains qui n'étaient pas habitués à tant de clarté, vivant la plupart du temps dans les sous-sols ou ne sortant que la nuit dans la forêt environnante pour chasser.

Eira en profita pour bondir avec agilité vers Thor, l'aidant à se relever tant bien que mal. Le dieu était lourd pour la frêle guérisseuse. Ils s'enfuirent tous les deux, titubant, le jeune homme tenant son flanc douloureux dans les couloirs de granit. Dans l'autre main, il serrait encore la coupe luisante.

Les nains mirent quelques temps avant de comprendre ce qui se passait. Ils se lancèrent, plein de fureur, à la poursuite des évadés, maugréant toujours, aveuglés par le flash qu'avait réussi à créer... Loki. Même à des centaines de kilomètres, le duo lui devait son salut.

Thor avait du mal à avancer tant il souffrait. Eira dut se résoudre à s'arrêter dans une petite salle en retrait de l'artère principale pour examiner sa blessure qui semblait profonde.

Le dieu protesta, lui tendant la coupe en lui ordonnant de sortir au plus vite, seule. Elle pourrait regagner la surface en suivant les runes Thurisaz qu'il avait gravé sur les murs en guise de repères, sans avoir le fardeau d'un blessé à transporter. Elle devait sortir et aller chercher des renforts.

Elle refusa net et n'en fit rien, allongeant précautionneusement le jeune homme de plus en plus faible à même le sol de terre humide. Elle souleva avec la même délicatesse sa tunique. Une plaie béante couvrait son ventre sur plusieurs centimètres. Thor perdait beaucoup de sang. La jeune déesse tenta un point de compression, vieux réflexe de son proche passé d'apprenti médecin et d'un séjour aux urgences où elle avait dû soigner un bûcheron tombé malencontreusement sur le tranchant de sa hache.

Puis, reprenant ses esprits, elle comprit rapidement que cela ne suffirait pas face à cette entaille réalisée avec une

arme naine, donc forgée par la magie. Il fallait réagir vite et utiliser son don.
Oubliant le tumulte tout autour, elle s’ancra, faisant baisser son rythme cardiaque au minimum et puisant en elle toutes ses forces magiques. La crainte qu'elle avait éprouvée à arpenter cet endroit confiné et lugubre, s'était totalement évanouie. Elle ne pouvait pas laisser son ami mourir ! Cette simple idée la faisait se transcender. Elle devait être forte, même si les nains allaient sans doute leur tomber dessus en apercevant les lueurs provoquées par le soin qu'elle allait prodiguer. Tant pis, elle aviserait par la suite, trouverait un nouveau plan, une échappatoire.
Si elle ne faisait rien maintenant, Thor allait se vider de son sang devant elle et tout serait perdu. Eira étendit les mains au-dessus de l'entaille. Le dieu respirait péniblement. Déconnectée de cette réalité chaotique, elle émit deux orbes verts qui vinrent entourer la blessure. Plus rien n'existait. Il n'y avait plus qu'elle et son patient. Un patient qu'elle ne voulait surtout pas laisser partir vers l'autre monde.
Le soin l'épuisait encore plus que d'ordinaire, sans doute à cause du manque d'oxygène du lieu souterrain dépourvu de toute flore. Pourtant, elle allait chercher, au plus profond d'elle-même, la moindre étincelle de magie qui lui permettrait de refermer la plaie. Puis soudain, plus rien. Ses forces l'abandonnèrent d'un seul coup. Ce fut le trou noir.

A Idavoll, Freyja semblait faire, contre toute attente et selon Jans, des progrès rapides. Njord s'entraînait toujours à maîtriser l'eau tout en soulevant des poids de plus en plus lourds. Avec ses muscles saillants, trempés de sueur, on aurait dit un gladiateur qui se préparait pour son ultime combat dans l'arène.
Loki, lui, se renseignait du mieux possible sur les dragons et sur les lieux qu'ils allaient devoir arpenter pour retrouver la relique. Face à une telle menace, il valait mieux être bien préparé physiquement, mais aussi mentalement.
Souvent aussi, il s'isolait au cœur de la forêt toute proche. Il s'assurait qu'aucun volatile n'était dans les parages et partait s'exercer à l'art de la métamorphose. Cela lui ouvrait tant de perspectives nouvelles ! Il avait tellement hâte de montrer ce nouveau pan de son pouvoir à Eirwen et Angus, à leur retour. Il jubilait d'avance de voir leurs têtes quand il userait de ses tours spectaculaires. Il pouvait ainsi se déconnecter de l'instant présent, se projeter dans un avenir proche heureux, alors même que son frère et son amie couraient les pires dangers.

Les choses s'accélérèrent quand, lors de la journée, Jans reçut la visite de Munin qui avait été envoyé comme espion en Allemagne. Son visage se transforma, devenant soudain plus sévère. Il ordonna aux trois dieux de se préparer sur le champ pour leur mission. Thomas, au fond de lui, sentait que quelque chose ne se passait pas comme prévu. Plus tôt dans la journée, il avait eu un flash effrayant. Les deux dieux envoyés chez les nains s'étaient servis de son écrin et

de son contenu magique. Ce n'était pas bon signe. Non, c'était même de très mauvais augure.
Il se dirigea vers la Norne. Il lui indiqua qu'il sentait que Thor et Eira avaient des soucis et qu'il voulait les rejoindre, immédiatement. Mais ce dernier lui opposa un non catégorique, sans nier pourtant les dangers auxquels devaient être confrontés actuellement les deux autres. Le ton monta, mais Jans eut le dessus : ils devaient tous trois aller en France, le plus vite possible. La prophétie en dépendait.
Mais que cherchait donc à faire ce vieux fou ? Récupérer les coupes à tout prix, quitte à sacrifier cette génération de dieux, sa génération ? La prophétie pouvait sans doute attendre quelques années si Jans avait auprès de lui le fameux gobelet magique qui lui ferait gagner du temps et de l'énergie lors d'une nouvelle résurrection programmée. C'était écœurant.
Loki doutait. Il voulait avant tout sauver son frère Angus, plus que Thor, l'héritier d'Asgard, mais il eut beau protester encore et encore, cela ne fit pas céder Jans. Un char de bois doré finement sculpté, tiré par trois énormes chats au pelage bleuté fut amené devant eux. Le départ était imminent et la priorité : la relique !
Le brun n'eut alors qu'une idée en tête : récupérer au plus vite ce maudit objet pour ensuite voler vers l'Allemagne et porter secours à son frère et à cette nouvelle amie, si chère à son cœur, en espérant arriver à temps pour éviter le pire.

Ayant préparé au mieux cette expédition, il dirigea l'engin droit sur la cathédrale de la ville, lieu, selon les livres, où le fameux saint devait avoir enfermé le monstre. Un monstre qui, suite à ses flashs de plus en plus nombreux, ne lui paraissait pas être plus dangereux que son ancien lui-même. Après tout, il maîtrisait lui aussi parfaitement le feu et l'art du chaos.

Le trio ne passait pas inaperçu dans la petite ville lorraine, vêtu comme dans les années quatre-vingt et parlant une langue étrange, en l'occurrence le suédois. La déesse de l'amour se pâmait, qui plus est, comme une ado attardée devant chacune des nombreuses vitrines de vêtements de la rue piétonne pavée du centre-ville plutôt bourgeois. Elle faisait des pieds et des mains pour entrer et dévaliser les magasins. Loki était désespéré. Entre Njord la brute épaisse et cette créature midinette qui était tout ce qu'il détestait chez une fille, pfff... Comment pourrait-il retrouver quoique ce soit rapidement avec ces deux boulets ? Sa complicité avec Thor et ses conversations profondes et culturelles avec la douce Eira, lui manquaient cruellement. L'idée qu'il ne les reverrait peut-être plus lui traversa l'esprit, mais il la chassa aussitôt. Pour le sorcier qu'il devenait de plus en plus, penser à cette issue négative reviendrait à condamner les siens. Tout allait bien se passer. Il fallait que tout se passe bien.

La cathédrale s'élevait majestueusement au plein centre de la ville de Metz. D'un style gothique rayonnant, l'édifice comportait une grande nef éclairée par des vitraux magnifiques, dont ceux, mystérieux, dessinés par un certain Marc Chagall. Thomas en prenait plein les yeux. Il

n'y avait pas ce genre de beauté dans sa petite ville de province en Suède.
Mais chaque seconde comptait. Ce n'était pas du tout le moment de s'attarder en mode « touriste ».
Comme il connaissait quelques mots de français, le dieu interpella un groupe apparemment une pleine visite du lieu. Il leur demanda, en mimant pour appuyer sa prononciation hasardeuse, s'ils connaissaient un endroit où ils pourraient en apprendre plus sur le Graoully et le lieu où il avait été terrassé.
Pour lui c'était une évidence, l'accès à la relique ne se trouvait pas ici, c'était trop prévisible, trop voyant et surtout trop dangereux d'enfermer une bestiole démoniaque en plein cœur d'une grande ville.
L'homme, d'un certain âge, portant chemisette blanche et barbe grise, leur indiqua sans hésiter d'un geste la crypte de la cathédrale, dont l'accès était payant. Bien entendu dans la précipitation du départ, Jans ne leur avait pas donné le moindre argent.
S'assurant que les deux autres ne le regardaient pas, Loki se concentra et déposa par magie au creux de sa main quelques euros plus vrais que nature qu'il confia à la caissière en espérant avoir créé une copie crédible.
Ouf ! Elle accepta les pièces et ils purent entrer dans le sanctuaire sous l'autel. L'endroit était frais, glacial même. Une exposition entière concernant l'animal, mi-serpent mi-dragon, y était installée.
Les Français avaient eu la bonne idée de traduire tout en anglais, langue que maîtrisait parfaitement le brun tout

comme Njord, l'Américain. Il était question d'une légende selon laquelle Saint Clément, un homme pieu de la ville, avait utilisé de l'eau afin d'enfermer le monstre sous un amphithéâtre antique.
Il ne restait plus qu'à trouver cet amphithéâtre afin de pénétrer dans l'antre même de la bête et de voler la coupe sacrée. Sceptique, Loki savait que cela ne pouvait pas être si simple.
Les multiples représentations du Graoully ne laissaient rien présager de bon : un animal énorme avec une tête de dragon et la queue d'un serpent, tantôt rouge du sang de ses victimes, tantôt noir comme l'enfer. La confrontation allait être un réel plaisir ! Le groupe avait deviné que ce fameux cracheur de feu, avec sa force surnaturelle, ne pouvait avoir réellement péri des mains d'un simple abbé humain.

En sortant du lieu, le dieu de la ruse tomba directement sur l'office du tourisme, où il alla demander s'il se trouvait dans les parages un amphithéâtre ou quelque chose s'en approchant à visiter.
Une demoiselle brune, pas très douée dans la langue de Shakespeare, lui indiqua sur une carte le musée de la cour d'Or où, selon elle, se trouvaient les ruines de l'ancienne ville, Divodurum Mediomatricorum. Des thermes, des statues et des murailles, datant d'un autre âge, avaient été mis à jour par les archéologues dans le sous-sol du musée. Ils étaient accessibles aux visiteurs.

Usant du même stratagème, le dieu rusé paya les entrées. Comme ce don aurait été pratique alors qu'il n'était que Thomas, l'étudiant, quémandant son argent de poche

mensuel à ses parents pour l'investir tout de suite dans des pédales à effets pour sa guitare, se mit-il à songer.
Le musée était très grand, rempli sur plusieurs étages d'objets provenant de l'antiquité romaine et celte. La lorraine s'honorait d'un magnifique passé antique. Il y avait là de multiples offrandes pillées dans des tombes dont même les pauvres occupants avaient été extraits afin d'être exposés dans des vitrines comme des trophées.
Les trois touristes en provenance d'Idavoll, descendirent jusqu'au dernier sous-sol, se retrouvant dans les ruines des anciens thermes dédiés à Apollon, une merveille de dieu, représenté la plupart du temps dénudé et les muscles saillants, qu'aurait rêvé de rencontrer la belle Freyja.
— Qui sait ? Peut-être que lui aussi a son Ragnarök à revivre ? Regarde bien, tu pourrais le croiser en toge à un coin de rue, ressuscité comme nous, railla Loki de plus en plus exaspéré par la futilité de la belle rousse.
Le dieu du feu cherchait désespérément une cavité qui aurait pu les mener au dragon, une porte ou l'accès à un ancien caveau parmi les vestiges censés être les bains publics et les égouts de Metz. Mais rien. Qu'un amas de pierres restaurées sans aucun intérêt, pas le moindre passage secret ne se trouvait dans ce musée.
Une mosaïque attira tout de même son attention. Au milieu de vagues stylisées, on pouvait nettement deviner la silhouette d'un dragon. Cette œuvre était bien antérieure à la légende chrétienne de Saint Clément. Ce Graoully-là ressemblait à un saurien furieux. Entre ses pattes aux griffes acérées, on devinait nettement une coupe.

L'inscription attenante indiquait qu'elle provenait de la ville d'Andesina, elle aussi lorraine. Une ville d'eau vosgienne dédiée dans les temps antiques à Appolo Grannus. Une ville d'eau, mais sans aucune rivière. Ce fait étrange titilla la curiosité du dieu rusé. Le dragon, craignant l'eau, avait pu se réfugier dans cet endroit dépourvu d'éléments liquides, faisant croire que le saint abbé l'avait vaincu pour avoir la paix ? Le village était doté également d'un amphithéâtre de plus de vingt milles places.
Parcourant frénétiquement le petit livret confié par le guide du syndicat d'initiative, Loki partit à la recherche d'indices supplémentaires. Le nom « Grannus » ne lui était pas inconnu. Il tomba sur un site proche, à vol de chats, nommé Grand. Le lieu était bien un ancien temple dédié aux eaux et l'amphithéâtre énorme, plutôt bien conservé, était en photo.
Sans tarder, tout le monde prit la direction d'une petite ruelle et, en toute discrétion, embarqua à dos de matous en direction du petit hameau.

Grand était étrangement calme. Le village ressemblait à une friche agricole au milieu de laquelle se dressaient quelques vestiges de pierres alors que les petites maisons des habitants, apparemment absents, avaient été construites tout autour.
Njord pesta devant la petitesse de l'endroit, pas assez majestueux pour une divine quête. Freyja ajouta qu'elle aurait préféré profiter des nombreuses boutiques en ville. A part son musée à taille humaine, Grand ne semblait

posséder aucun magasin, ce qui la rendait d'une humeur boudeuse.
Comble de tout, une pluie fine se mit à tomber. Loki aurait tellement aimé plus de coopération de la part de ses coéquipiers afin de pouvoir rejoindre l'Allemagne plus rapidement. Chaque heure, chaque minute qui s'écoulait était une chance de revoir ses amis en bonne santé qui s'envolait. Il conserva malgré tout un calme de façade, évitant ainsi des querelles inutiles et surtout contre-productives.
Ils parcoururent le site à la hâte, et entrèrent dans l'amphithéâtre, pour l'heure fermé à la visite, grâce à Njord qui souleva discrètement un morceau du grillage, à l'abri des regards, sur l'arrière de l'enceinte. C'était si paradoxal de voir un lieu qui avait dû accueillir nombres de riches pèlerins par le passé, trôner au cœur de fermes défraîchies et de champs pour la plupart en jachère. Les déités romaines célébrées ici avaient dû commettre une faute bien grave pour être oubliées de la sorte.
Pourtant, on devinait sans mal cette richesse passée. Les marches arrangées en demi-cercle formaient des gradins autour d'une scène où devaient se retrouver gladiateurs et acteurs afin de divertir le peuple et les souverains venus pour une cure autour des eaux magiques.
Tous devaient ignorer la menace qui pesait sur eux, venant des entrailles même du lieu. Ou peut-être justement se rassemblaient-ils ici en secret afin de s'assurer des faveurs du monstre en venant lui faire quelque offrande, voire quelques sacrifices sanglants ?

Le trio avança sous les gradins, s'engageant dans des couloirs où jadis on pouvait sans doute sentir la transpiration des hommes qui se préparaient au combat et les odeurs des bêtes sacrifiées pour le simple plaisir du public. Des statues de pierre représentant sangliers, cerfs, lions et combattants gisaient au sol, attendant patiemment d'être restaurées. Ils continuèrent leur exploration et tombèrent sur une petite pièce voûtée qui s'enfonçait dans le sol via un escalier dont les marches usées brinquebalaient par endroit. Lequel escalier était interdit aux visiteurs par de lourdes barres de fer. Sur le linteau supérieur, une étrange inscription partiellement effacée dévoilait un symbole lié à la mort, que Loki aurait préféré ne pas découvrir : le Valknut. Que faisait d'ailleurs ce symbole nordique dans un théâtre romain ?
Njord usant une nouvelle fois de sa force, eut vite fait de tordre le métal laissant l'entrée béante offerte aux trois dieux aventuriers.

— Ne risque-t-on pas de tomber sur des squelettes ou des zombies là dessous ?, jacassa naïvement Freyja en prenant un air dégoûté.

— Toi, tu regardes trop la télévision. Non, ne t'inquiète pas, nous risquons juste de croiser un vilain dragon dévoreur de dieux, lui répondit d'un ton sarcastique Loki, faisant émerger en même temps dans le creux de sa main une boule de feu qui leur permettrait d'y voir plus clair dans cette pénombre inquiétante.

— Le temps presse, ajouta-t-il, j'ai le préssentiment qu'Eira et Thor sont en danger. Ils ont besoin de nous.

Il s'engouffra sans hésiter dans la descente, vers la tanière du Graoully, Njord derrière lui et plus loin en retrait Freya, encore réticente à fouler le sol boueux.

— Pas d'inquiétude ma belle. La légende dit que le dragon est mort, affirma sans conviction Njord pour la rassurer.

— Chut, commanda Loki. Pour un mort, il ronfle bien fort. Si on évitait de le réveiller, je ne tiens pas à finir en mode barbecue pour lézard géant.

Au bout de quelques mètres, ils se retrouvèrent effectivement nez à nez avec une énorme bestiole endormie.

Sa tête ressemblait bien à celle d'un dragon gigantesque, mais son corps était mince comme un serpent et ses pattes minuscules, ce qui lui donnait une allure presque ridicule. Entre celles-ci, on pouvait deviner le pied de la coupe dont le reste était enfoui sous le menton velu de l'animal. Car oui, en plus des écailles, cet animal possédait des poils durs et pointus comme des dards.

Il ne fallait pas penser, il fallait agir, et tout de suite.

Le brun avança sur la pointe des pieds, souhaitant lui dérober l'objet délicatement sans qu'il ne s'en rende compte, mais c'était sans compter sur la déesse de l'amour qui poussa un hurlement strident quand un rat lui passa entre les jambes. Loki se retrouva à ce moment-là, pétrifié, la bouche ouverte, les yeux dans les yeux avec la créature dont les naseaux fumaient déjà.

Il eut juste le temps d'esquiver la langue du Graoully en criant : « Attention, il est venimeux ! » et de se plaquer

contre le mur. Njord et Freyja avaient reculé dans le couloir, étant hors d'atteinte pour le moment de l'animal qui regardait le dieu du feu avec un regard à la fois empli de colère et d'envie. Enfermé dans cette cachette depuis des siècles, il devait avoir l'estomac bien vide.
Loki, toujours immobile, se rappela alors soudain la légende de ce Saint Clément qui avait, soi-disant, réussi à enfermer le dragon grâce à l'eau. S'assurant que les deux autres ne le voyaient pas, il se concentra et en un instant métamorphosa la boule de feu dans sa paume en une grosse boule d'eau glaciale qu'il lança à la tête de la bestiole, obligée de reculer. Même si la légende était fausse, au moins l'aversion du monstre pour l'eau était-elle, elle, bien réelle.
Le dieu en profita pour rejoindre ses compagnons dans le sas trop étroit pour que l'animal, plus furieux que jamais d'avoir laissé s'échapper son déjeuner, ne puisse passer.

— Mais tu es folle !, hurla-t-il sur la déesse. Tu as failli me faire tuer !

Njord, menaçant, lui répondit d'un ton sec :

— De toute façon, toi le dieu menteur, tu n'as rien à faire avec nous. Ta mort aurait été une bénédiction.

— Imbéciles, sans moi vous seriez toujours à chercher une porte secrète dans la cabine d'essayage d'une boutique de Metz !, continua Loki, enragé. Le plan de Jans n'est pas de refaire la garde-robe d'Idavoll mais de retrouver la relique !

Voilà qui le rassurait nettement. Il était là, coincé avec deux personnes qui ne bougeraient pas le petit doigt s'il était en danger, et il allait devoir vaincre un dragon aussi furieux que lui. Il soupira, dépité, retenant le feu qui couvait dans ses paumes, et qu'il aurait pu lancer sans scrupule au visage des deux autres s'il n'avait pas songé à Thor et Eira.

— Nous réglerons cela après avoir réussi à mettre la main sur la coupe, d'accord ?, continua-t-il.

Il fallait faire diversion afin que l'animal se déplace, laissant l'accès libre à la relique, et s'en emparer le plus vite possible sans se faire dévorer.

Il fut décidé que Freyja tenterait avec ses « formidables » dons hypnotiques, d'amadouer le Graoully, laissant un moment de répit à Loki, le plus agile et rapide des deux garçons, pour se saisir de la coupe. Puis, Njord inonderait la grotte afin de bloquer l'animal dans cet endroit.

Le plan s'avéra fonctionner à merveille, du moins au début. Loki lança une pierre contre le mur pour détourner le regard du dragon vers la déesse tout en érigeant un bouclier de feu entre elle et l'animal. Cette dernière fixa des yeux le Graoully qui, à la surprise générale, s'immobilisa telle une statue géante. Loki en profita pour courir entre les pattes de l'énorme gardien. Il se saisit du vase et commença à revenir vers le corridor quand soudain, Freyja relâcha ses efforts, laissant le dieu une nouvelle fois en tête à tête avec la bête plus énervée que jamais. Il eut juste le temps d'envoyer voler le bouclier enflammé en direction de la tête menaçante et d'esquiver sa langue baveuse en sautant dans le corridor. Ouf !

L'objet tant convoité était entre leurs mains.

Loki implora ensuite Njord de déverser sur lui, rapidement, toute l'eau qu'il pouvait. Ce dernier, contre toute attente, réussit à créer un torrent d'eau qui remplit en quelques secondes le repaire du dragon lorrain. La bête était maîtrisée et tous les trois étaient, miraculeusement, sains et saufs.

— Bien joué monsieur muscles, hurla Loki en lui frappant dans la main.

Tous trois purent reprendre le chemin de la surface avec le précieux objet. Freyja héla alors les chats. Ils reprirent, sans tarder, le chemin d'Idavoll.

Eira se réveilla sur le sol de marbre gris d'une grotte décorée de tentures dorées, ce qui tranchait avec le granit brut des autres galeries naines. Thor était à ses côtés, endormi, les mains liées par de lourdes chaînes, mais apparemment vivant. En tout cas, le sang ne coulait plus de sa plaie et sa poitrine se soulevait régulièrement. Tout autour, des nains pointaient vers eux leurs armes.

Le mieux habillé, que les autres avaient appelé « prince », s'adressa à elle d'un ton hautain :

— Toi, la déesse. As-tu le don de guérir ?

Eira releva la tête encore étourdie, regardant le jeune monarque.

— Oui prince, répondit-elle, en tentant de rester le plus calme et aimable possible malgré le sentiment mêlé de crainte et de rancœur qu'elle avait envers cet être, qui avait si durement blessé son ami, sans lui laisser aucune chance de s'expliquer.

— Serais-tu capable de guérir un nain ?

— Oui, bien sûr, annonça Eira, qui finalement n'en savait rien puisque jusqu'à présent elle n'avait exercé son talent que sur des personnes mi-humaines mi-dieux.

Le nain s'approcha d'elle. Il était plus massif que les autres, un peu plus grand aussi, plus richement vêtus, mais surtout semblait craint de ses sujets. Avec un regard sec, il continua de parler :

— Si tu réussis à guérir mon père, le roi, tu auras la vie sauve.

— Et mon ami ?

— Il a volé, son sort est scellé et ne dépend plus de toi.

La jeune femme, se relevant, dévoila une silhouette frêle qui contrastait avec celle de ce peuple. Elle ne se démonta pas et posa ses deux poings fermés sur ses hanches, ce qui lui donnait l'allure d'une fière amazone.

— Finalement, je ne pense pas pouvoir soigner votre père, toisa la déesse en se redressant le plus qu'elle pouvait. Son regard vert émeraude était fixé sur le prince, montrant sa détermination.

Ce dernier, ne s'attendait pas à une telle force de caractère mais Eira, jadis Eirwen, était du genre têtue.

— Ce n'est pas une femelle qui va me dicter ma conduite, grogna le prince.

Eira remarqua alors que la gente féminine n'était pas représentée dans les tunnels qu'elle avait parcouru. Chez les nains, les femmes étaient-elles consignées plus profondément dans l'obscurité afin de servir les hommes ?

— Toute femelle que je sois, mes dons sont ceux d'une déesse, d'une magicienne. Nulle ne pourra les utiliser sans mon consentement, même pas vous, Majesté, répondit sèchement la guérisseuse, qui avait décelé une faille chez le prince et comptait bien en profiter.

Le nain bouillait, mais savait qu'elle avait raison. La déesse avait marqué un point.

— D'accord, reprit-il. Il sera sauf également, mais à une condition.

— Laquelle ?, demanda-t-elle.

— Tout dieu qu'il est, il devra s'excuser platement d'avoir voulu nous voler et nous garderons son arme comme gage de sa sincérité.

Pour un nain, être privé de son arme était l'affront ultime, cela revenait à perdre un peu de sa virilité.

Eira acquiesça, satisfaite, et s'avança au milieu des autres nains menaçants, mais surtout surpris qu'une si jeune femme ait pu faire plier leur souverain si rapidement. La mine réjouie de certains paraissait trahir leur grande satisfaction de voir leur féroce monarque mis à mal par une simple demoiselle.

Dans un coin de la pièce, sur un lit de pierre recouvert d'une épaisse couverture de laine teinte en un jaune criard du plus mauvais goût, gisait un nain aux cheveux gris dont le visage blême, figé, ne laissait guère d'espoir à son peuple. Il paraissait être dans un piteux état, mais la guérisseuse ne distinguait bizarrement aucune blessure apparente. Mains en avant, elle n'arrivait pas non plus à sentir la maladie qui le maintenait ainsi alité et inconscient, si proche du trépas.

— Que lui est-il arrivé ?, demanda-t-elle, à nouveau pleine de bienveillance face à ce fils inquiet pour son père, au plus mal.

— Voilà le résultat d'un sort jeté par une sorcière de la race des géants de Jotunheim. Mon père l'a croisé lors d'un de ses périples, sur les terres arctiques, alors qu'il était à la recherche de nouveaux filons d'or. C'était il y a six mois déjà. Depuis, il est dans cet état et personne n'arrive à le soigner, même pas nos meilleurs médecins.

Un sortilège. Soigner un sortilège. Voilà qui semblait bien plus difficile que refermer une blessure faite à l'arme blanche, plus dur encore que d'effacer les brûlures des hommes en noir. Eira n'avait que peu d'expérience dans le domaine des médecines surnaturelles, mais elle songea soudain aux géants Jotuns. Ces derniers étaient, selon ses grimoires, des créatures maniant la glace, ennemies également des dieux.

— J'ai besoin de Thor, déclama-t-elle d'un ton ferme, et de son pouvoir.

Le prince semblait sceptique. Quelle malice se cachait derrière cette demande ?

— J'ai besoin de Thor, répéta-t-elle, pour sauver votre père, et sans ses chaînes,

Après un moment d'hésitation, le prince fit la grimace.

— Pas d'entourloupe où on vous décapite sur le champ, tous les deux.

Puis se tournant vers ses gardes :

— Détachez- le, mais gardez-le à l'œil !
Doucement, la jeune fille s'accroupit et caressa la joue de Thor, ce qui lui fit ouvrir ses grands yeux gris.
D'abord sur ses gardes, prêt à bondir comme les nains tout autour, le dieu laissa Eira lui conter brièvement ce qui se passait. Thor s'adressant aux nains, s'excusa tête baissée tentant de paraître le plus sincère possible, ce que finalement, il était. Après tout, ce n'était pas son idée d'aller spoiler ce peuple de leur vase sacré, mais celle de Jans et d'Odin. Poser son épée à leurs pieds ne fut pas plus difficile. Elle n'était qu'un morceau de métal pour lui, mais il prit une moue faussement attristée, comme si cela lui coutait de rendre les armes si facilement.
En revanche, le dieu était dubitatif face aux attentes d'Eira. Comment pourrait-il aider la guérisseuse à soigner le roi des nains ?
Elle lui parla alors des Jotuns, qui avaient certainement gelé le cœur du vieux roi, le plongeant dans cet état fantomatique proche de la mort. Puis, elle lui chuchota ses instructions, demandant au prince de leur faire pleinement confiance.
— Pas de coup fourré !, commanda à nouveau ce dernier, partagé entre l'espoir de voir son père revenir à la vie et la crainte que les Asgardiens ne les attaquent une nouvelle fois.
— Non, bon prince, ne vous inquiétez pas, mais si nous réussissons, qu'obtiendrons-nous en retour ?, demanda poliment la déesse.

— Vous en demandez déjà beaucoup. Vos vies sauves ne suffisent-elles pas ?, grogna le nain.

— Cette relique que vous aimez tant appartient à mon peuple. Vous le savez, n'est-ce pas ?

Il fit signe que oui.

— Grâce à elle nous pourrions rétablir la paix dans les neuf mondes et ainsi éviter que cette sorcière de glace ne revienne anéantir votre peuple, tenta de convaincre Eira.

— Et qu'est ce qui m'assure que cet équilibre sera en notre faveur ? Pas question, vos vies contre celle de mon père, c'est tout !

Le prince ne cédait pas.

Eira devait lui montrer qu'elle n'était pas son ennemie. Elle s'ancra donc comme à son habitude sur le sol, pieds nus. De ces mains, doucement, elle entoura le vieil homme d'un halo vert et le fit léviter au-dessus de l'horrible couvre lit. Puis, elle demanda à Thor de frapper le malade d'un de ses éclairs, droit sur son cœur. L'opération était délicate et surtout Eira ne pouvait que supposer qu'elle fonctionne. Si le roi mourait à cause du choc, eux aussi seraient tués sur le champ. Mais ils n'avaient pas le choix : il fallait tenter cette solution hasardeuse.

Isolé du sol, le roi flottait dans les airs, suspendu. Lorsque l'arc le frappa, son corps fut ébranlé de secousses. Le prince-nain tressaillit face à ce spectacle effrayant.

Puis la déesse, toujours concentrée, le reposa doucement sur le lit. Elle prit son pouls et regardant le fils, sourit. Les joues rosies du vieux roi en disaient long sur son état. Il revenait peu à peu à la vie.

— Comme je vous l'avais promis, annonça le jeune monarque, je vous laisse la vie. Laissez-les partir, somma-t-ils aux nains guerriers, qui ouvraient un passage non sans protester.

Eira et Thor avaient échoué. Ils étaient vivants, mais la relique ne pourrait retourner à Idavoll avec eux. Les nains seraient maintenant méfiants et ils ne pourraient retenter de leur subtiliser. Il ne restait plus qu'à espérer que cette coupe soit la fausse et que Loki ait réussi à rapporter la vraie au campement.

Résignés, ils s'apprêtaient, sous bonne escorte, à regagner la surface.

— Attendez !, prononça alors une voix faible, chevrotante.

Le vieux roi s'était redressé sur son lit, pointant du doigt le dieu.

— Qui êtes-vous ?

Le blond eut un moment d'hésitation, sachant que les nains et les dieux Asgardiens avaient eu par le passé quelques querelles. Puis, il lança d'une tessiture puissante, royale :

— Je suis Thor, fils d'Odin. Par mon honneur et celui de mon père, je m'engage à protéger les nains !

— Vous étiez pourtant venu pour nous prendre quelque chose ?

— La coupe appartient à mon peuple. Il est temps maintenant qu'elle regagne le chemin d'Asgard, annonça sans ciller Thor, tentant de se convaincre lui-même de la véracité de la chose.

— Asgard, susurra le vieil homme, mais Asgard n'est plus !

— Il ment père, il veut encore nous voler !, cria le prince pointant à nouveau sa lance vers le duo, imité par les siens. Contre toute attente, le roi fit signe de baisser les armes.

— Est-ce dire que l'Aube est arrivée ? Que le temps est venu d'espérer ?

Le roi des nains connaissait lui aussi cette prophétie, qui du coup, devenait encore plus réelle aux yeux d'Eira et de Thor, pantois. Il avait les yeux qui brillaient d'une étrange lueur en parlant de l'Aube des dieux, comme ceux de la Norne.

— Oui, ajouta la jeune femme de sa délicate voix, dévoilant le symbole dans son cou. L'Aube est proche et je peux vous assurer qu'elle se fera dans le respect de l'équilibre des peuples.

Le roi eut un sourire béat.

— L'équilibre. Ah oui. Donnez mon bonjour à Odin, finit-il, en tendant la brillante relique à la jeune fille. Quel joli pilier Odin a convoqué pour porter la prophétie, ajouta-t-il en s'inclinant devant Eira.

Il conclut, en ordonnant à son fils, qui protesta vigoureusement, de laisser partir Thor, Eira et la coupe mais aussi de lui rendre son arme.

Ne perdant pas de temps, alors que tout semblait aller dans leur sens, Thor prit Eira par le bras et fit tinter la clochette qu'il avait conservée dans sa poche.

Quelques nains les raccompagnèrent devant la grotte où le chariot caprin attendait déjà.

Les deux dieux purent enfin, au milieu de la forêt immense, s’offrir une grande bouffée d'air frais, pas mécontents de s'envoler dans les airs, direction le petit chalet confortable d’Idavoll.

17. Le fiel de la victoire

Au gîte, Loki faisait les cent pas pendant que les deux autres dieux trinquaient à leur victoire.

Lui, n'avait vraiment pas le cœur à la fête. Jans avait été heureux de les revoir vivants et en plus, avec une des précieuses coupes entre les mains. Il avait pourtant fait la moue lorsque Loki avait demandé à rejoindre au plus vite son frère qui avait besoin d'aide. Puis, il avait refusé net, prétextant que cela les mettrait encore plus dans l'embarras. Loki, l'ase, ne le savait pas, mais étant descendant d'une lignée de Jotun, il aurait pu envenimer encore plus les choses entre la guérisseuse, Thor et les nains.

Jans, lui le savait. Le pacte était fragile et la réussite du duo ne tenait qu'à un fil. Le corbeau-espion lui avait soufflé cette information capitale. Il fallait maintenant faire preuve de patience et surtout faire confiance à la déesse, à ses dons de guérisseuse ainsi qu'à la puissance de Thor.

Le dieu du feu crut bien perdre son sang-froid ! Il sentait que quelque chose de grave était en train de se dérouler au loin et il était coincé là, à ne rien pouvoir tenter. Alors qu'il aurait dû être fou de joie d'avoir récupéré la relique et d'être revenu vivant de son aventure rocambolesque, il ne pensait qu'à Eirwen et Angus. Son cœur vibrait en mode Thomas, oubliant un temps qu'il était un dieu, qu'ils étaient des dieux.

La peur de perdre son frère était forte, mais sans l'accord de Jans, il ne pouvait quitter le camp. Il avait pourtant bien

pensé chevaucher secrètement Sleipnir pour atteindre les forêts allemandes, mais l'étalon pouvait-il couvrir une si grande distance sans se faire repérer ? C'était jusqu'à présent les artifices magiques de Jans qui avaient couvert leurs déplacements. Sa propre sorcellerie pourrait-elle en faire autant ? Il était tiraillé entre la raison et cette impulsion qui le poussait à échafauder des plans hasardeux pour secourir ceux qu'il aimait, s'agitant de plus en plus.
Il maudissait, Jans, Freyja et Njord qui s'enivraient alors qu'un drame était potentiellement en train de se dérouler.

Tout à coup, dans un nuage de poussière, le chariot tiré par les deux énormes boucs atterrit sur la terrasse. A l'intérieur, Eira et Thor tenaient le vase doré serré contre eux. Ils semblaient tous deux très éprouvés. Les vêtements du jeune homme étaient couverts de sang et de boue.
Loki courut vers eux pour les serrer dans ses bras, soulagé. Tous trois avaient les larmes aux yeux. Ils étaient tous vivants et comble de tout, avaient réussi leurs quêtes. Le rituel allait pouvoir avoir lieu !

Le reste de la soirée fut passé autour du feu de camp. Les deux reliques avaient été tout de suite mises à l'abri au cœur de la montagne sacrée. Pour l'heure, selon Jans, impossible de savoir quelle était la bonne. Le verdict tomberait le soir du rituel sous les rais de la pleine lune. Les jeunes gens et la Norne, bien que fourbus, ne cessaient pourtant de rire comme pour faire sortir tout le stress accumulé durant les longues heures de ces dangereuses aventures. Certains, dont Njord, contaient ce qui s'était passé, enjolivant quelque peu la réalité à son avantage. Les autres se contentaient de se sentir pleinement vivants. Aucun n'avait envie de regagner sa chambre.

Seul, Loki se mit à l'écart des autres, tourmenté. Il avait pourtant, à lui seul, évité la mort de ses deux amis grâce à sa malicieuse boite et monté un plan astucieux qui avait permis de récupérer la relique du Graoully.

Pourtant, loin des rires et de la liesse de cette soirée, il était prostré, le dos appuyé contre un gros chêne, un verre d'hydromel à moitié vide à la main. Peut-être était-ce le rituel qui l'inquiétait ? Ou alors, les mots prononcés l'après-midi même par le dieu de la mer ?

Eira s'était aperçu de son isolement. Elle vint s'asseoir tout près de lui.

— Tout va bien ?, murmura-t-elle en s'approchant de son oreille. Nous avons gagné. Odin va être fier de nous. Il va être fier de toi, de ce que tu as accompli pour lui.

Loki la regarda tristement et remonta lentement la manche de sa tunique.

— Tu trinques avec moi, ajouta-t-il en levant son verre avec un air à la fois provocateur et empli de tristesse. Ce sera peut-être la dernière fois.

La jeune fille frémit en voyant la trace noirâtre sur l'avant-bras du jeune dieu. Loki, cet après-midi, avait pris des risques.

Il avait joué avec le feu et il avait perdu.

Le Graoully, une fois le charme de Freyja rompu, avait eu le temps de l'atteindre avec son venin avant qu'il ne sorte de son antre, tenant dans ses bras la sacro-sainte coupe. La plaie n'était pas bien grosse au départ, juste une égratignure qui ne l'avait pas inquiété. Pourtant ce soir, une longue trace sombre croissait au fil des minutes. Le poison progressait dans ses veines, dessinant de sinistres marbrures noires. Son bras était de plus en plus engourdi.

— Chut, fit-il signe en posant un doigt sur les lèvres d'Eira. Il ne faut pas inquiéter Thor. Ce n'est rien. Je suis un dieu après tout. Un dieu du feu, comme cette créature. J'ai certainement juste besoin d'un peu de repos.

— Tu ne veux pas que je regarde de plus près, que j'essaie de faire disparaître cette vilaine blessure ?, demanda Eira en lui prenant le bras.

Non, fit signe de la tête le dieu, ajoutant :

— Tu as déjà assez puisé dans ta magie pour aujourd'hui. Il faut te ménager. Et puis, je suis certain qu'au petit jour, ce ne sera plus qu'un mauvais souvenir. Au pire, tu pourras effacer ces affreuses traces noires demain après une bonne nuit de sommeil. Elles ne me mettent pas vraiment à mon avantage, n'est-ce pas ?

Le jeune homme vida son verre et se leva, prétextant être fatigué pour rejoindre sa couche, alors que les rires battaient grand plein auprès du brasier. Même la Norne semblait ivre de bonheur, ou peut-être était-elle grisée par le nectar des dieux qu'elle engloutissait goulûment ?

La déesse guérisseuse n'était pas tranquille. Les chants victorieux et les danses n'arrivaient pas à lui faire oublier ce qu'elle venait de découvrir. Finalement, elle ne savait rien de ce dragon, de son pouvoir.

S'extrayant de la fête alors que Thor et les autres souhaitaient l'emporter dans une énième farandole, elle alla consulter le grand grimoire, dans la bibliothèque. Rien sur le venin du Graoully n'y figurait. Elle ne trouva qu'un poème contant la mort affreuse de guerriers d'Asgard s'étant fait mordre par un serpent géant qui vivait dans les eaux profondes entre les neufs mondes, ce qui n'était pas pour la rassurer. Les Asgardiens, malgré leur statut divin, étaient visiblement plus ou moins sensibles au poison.
Elle entra dans la chambre, simplement éclairée d'une chandelle posée sur la table de chevet, près du grand lit. Loki était allongé sur la couette, apparemment paisible. La jeune fille l'appela doucement, voulant s'assurer que tout allait pour le mieux. Sans réponse, elle s'approcha et lui caressa la joue. Cette dernière était brûlante. La fièvre consumait le jeune dieu du feu, une fièvre magique. La trace sur son bras s'étendait de plus en plus, marquant de noir la moindre de ses veines, cherchant maintenant à gagner le cœur.
Eira chercha en elle le peu d'énergie qui lui restait après cette journée épuisante où elle avait dû soigner Thor ainsi que le roi des nains alors qu'elle n'était qu'une guérisseuse inexpérimentée. Elle posa un orbe sur la blessure, mais n'y vit que de l'obscurité, une obscurité impénétrable.
Le hurlement qu'elle poussa alors, fit monter les autres en courant. Dans cette noirceur, elle avait aperçu deux yeux avec une pupille flamboyante qui la fixaient avec colère.

Une fois dans la pièce, tous ne purent que constater l'état de Loki. Ils ne comprenaient pas comment il avait pu

cacher cette blessure et comment un dragon pouvait avoir de tels effets sur un dieu.
Thor était effondré, insultant copieusement Njord et Freyja qui avaient laissé son frère prendre des risques à leur place, lors de leur mission. Comment le jeune homme pouvait il connaître tant de gros mots, lui d'ordinaire si posé ?
Freyja comprit très vite, fondant en larmes. Lorsqu'elle avait plié devant le regard de la bête, perdant ainsi le lien hypnotique créé pour la distraire, Loki avait dû entrer en contact avec l'animal afin d'empêcher celui-ci de jeter son venin au visage de la belle rousse.
C'était durant ce ridiculement court laps de temps que le Graoully avait pu l'atteindre, lui. Eira discutait avec Jans, catastrophé. Il avait bien vu que Loki s'était isolé depuis son retour, mais avait mis cela sur le dos de son caractère versatile. L'ancien Thomas, tout comme son ancêtre Loki, avait toujours eu ce côté un peu ermite, n'aimant pas la liesse des fêtes.
Feuilletant des manuels anciens, ils trouvèrent quelques remèdes qui pouvaient potentiellement faire reculer le mal, mais aucun ne parlait de ce poison précis. Le Graoully semblait être une créature inconnue des magies asgardiennes. Ils les essayèrent tous, mais Loki allait de plus en plus mal au fil des heures. Il délirait, parlait de créatures de feu, de morts et de monstrueux géants de glace qui voulaient l'enlever. Ses muscles se raidissaient sporadiquement, comme si une douleur affreuse s'emparait de lui. Par moment, il hurlait des incantations incompréhensibles.

La jeune sorcière restait à ses côtés, lui passant de l'eau sur le visage avec un linge en tentant de contenir sa blessure grâce à sa magie afin qu'elle ne pas migre vers le cœur. Une magie grandement diminuée par les efforts de la quête, qui ne suffirait pas longtemps à contrer le fiel maléfique. Qu'adviendrait-il alors ? Personne ne savait dire si cette blessure allait le tuer. Un dieu ne pouvait normalement pas mourir ainsi, mais Thomas-loki, n'avait pas encore accompli sa mutation complète. Peut-être que le poison allait simplement le rendre infirme ou allait-il sombrer dans les abîmes pour ne jamais en ressortir ?
Pourtant, sa présence était essentielle pour que le rituel puisse réussir.
Durant tous ces siècles, c'était la première fois que Jans avait réussi à attirer à lui le dieu de l'élément feu à Idavoll. Il comprenait maintenant pourquoi. Si petites soient-elles, les particules divines présentes dans les humains habités par le passé par Loki le rusé, devaient avoir une mémoire innée du Ragnarök. Elles n'avaient donc aucune envie de regagner Asgard, ni de se retrouver face à Odin. Pourtant, ce Loki-là était venu et il semblait si différent du dieu fourbe et traître des souvenirs de la Norne.
Cette chance d'achever l'Aube, ne se représenterait peut-être pas de sitôt. Il avait même pu réunir les deux coupes, mais le jeune dieu, ce soir, était mal en point.
Eira, pour le moment tenait bon, puisant en elle la force de continuer pour son ami, son précieux confident. Coûte que coûte, elle devait tenir, mais cette noirceur qu'elle avait vue en sondant l'âme du jeune homme l'inquiétait réellement.

Les autres étaient partis chercher les ingrédients nécessaires pour confectionner des onguents. Il fallait tout tenter pour contrer les effets du venin.
Trois jours durant, Eira, exténuée, entoura le jeune homme de ses soins sans faiblir. Incantations et plantes ne fonctionnaient pas. Thor était là aussi à son chevet, complètement défait, totalement impuissant face au mal inconnu qui rongeait son frère de cœur.
Loki n'allait pas plus mal, grâce aux efforts surhumains de la guérisseuse, mais il était toujours en proie aux cauchemars, tremblant de fièvre, son corps entier trempé de sueur.

Soudain, s'étant finalement assoupie sur le lit à côté du malade, la jeune fille se redressa et appela Thor.
Lors de son court sommeil, elle avait eu un flash ou plutôt elle avait senti son corps s'élever dans les airs pour rejoindre un endroit verdoyant où une prêtresse l'avait regardée d'un air maternel, bienveillant. Prenant dans le creux de ses mains de l'eau dans une rivière, la femme avait fait mine de la tendre à la déesse verte.
A son réveil, c'était devenu une évidence.
L'eau coulant sur les terres du Graoully avait eu raison de lui par le passé, permettant à un simple mortel de le neutraliser afin de le faire se terrer des siècles durant sous cet amphithéâtre romain. Seule cette eau sacrée pourrait anéantir les effets de son venin.
Quelle idiote ? Pourquoi n'y avait-elle pas songé auparavant ? Il fallait faire vite, pour sauver Loki.

Thor, aidé de Jans, prépara sans tarder le char caprin. Il partit ensuite rapidement sur les terres de Moselle chercher le liquide, finalement bien plus précieux pour lui que la relique. Il remonta jusqu'aux cimes de Bussang pour récupérer l'eau la plus pure, à même la source qui coulait parmi les pins.

A son retour, Eira confectionna avec le contenu de la cruche, en y ajoutant quelques herbes magiques, un baume translucide délicatement parfumé. Prenant le bras de Loki, elle étala le filtre magique, avec précaution, sur la lésion.

A leur grande surprise, presque instantanément, la plaie disparut, laissant deux jeunes dieux soulagés et un troisième qui, revenant à lui peu à peu, ne comprenait pas vraiment ce qui venait de se passer.

— Hé vous m'étouffez !, cria-t-il, entouré de son frère et de la jeune fille.

Ils étaient tellement heureux de constater que Loki sortait de sa torpeur qu'ils n'avaient pu s'empêcher de le prendre dans leurs bras pour un câlin géant.

— Tu nous as fait une de ces peurs, mon frère !

— La prochaine fois que tu te fais mordre par un dragon au venin mortel, préviens-nous d'avance, que l'on s'organise, d'accord ? ajouta Eira, jouant la fâchée avec pourtant un sourire radieux sur le visage, une larme de joie perlant sur sa joue.

— Certainement pas, si je peux avoir des câlins comme ça en retour, plaisanta le brun qui, passé au plus près de la catastrophe, avait retrouvé son humour des meilleurs jours.

La fièvre était tombée, plus aucune marque noire sur le bras ou le torse, juste la fatigue, une grande fatigue lancinante.
Eira lui commanda de rester au repos, venant s'assurer régulièrement que les symptômes avaient bien définitivement disparu. Le garçon se laissait faire, amusé de tant d'attention et de bienveillance à son égard. La jeune fille avait eu si peur ! En quelques jours, elle avait failli perdre Thor après une attaque de nains enragés et Loki à cause d'un dragon à l'origine inconnue. La vie de déité n'était pas de tout repos.

Ces recommandations n'empêchèrent pourtant pas le dieu, dès le lendemain, de partir à l'aventure, en solitaire. Il arborait toujours cet air maussade, mais semblait également plus déterminé que jamais.

18. Le calme avant l'Aube

Le temps s'écoulait maintenant plus paisiblement au gîte. Le calme avant la tempête du grand rituel sans doute.
Les reliques étaient là, en sécurité, et la Norne continuait les entraînements avec ses « poulains », galvanisée par la guérison miraculeuse de Loki. C'était, selon elle, un très bon présage car le dieu du feu avait repris des forces très rapidement après sa mésaventure française.
Le mois de mai touchait à sa fin et le soleil était de plus en plus présent dans le ciel, permettant de jolis moments de détente passés à la cascade.
Jans avait relâché, un tout petit peu, la pression sur ses jeunes recrues, leur accordant quelques loisirs entre les moments d'exercices obligatoires et quotidiens. Njord et Freyja faisaient désormais partie des festivités aquatiques. Chacun faisait un effort pour que tout se déroule au mieux dans une bonne humeur apparente.
La Norne partait aussi de longs moments, dans des lieux tenus secrets, pour chercher quelques ingrédients et ustensiles magiques afin de préparer la soirée décisive.
Les heures semblaient s'étirer avec les jours qui s'allongeaient, mais plus la lune s'arrondissait, plus une certaine tension devenait palpable au sein de la maisonnée.
Les nuits aussi étaient devenues plus agitées pour les pensionnaires. Comme si les souvenirs revenaient par vagues et qu'ils se partageaient, tant bien que mal, une petite place dans le cerveau des dieux en devenir auprès

des anciens. Tout cohabitait tant bien que mal, mais c'était surtout cette magie, leurs pouvoirs qui semblaient les brûler tout entier, comme s'ils voulaient après des siècles de dormance, briller à nouveau le plus rapidement possible.

Eira et Loki profitaient toujours d'instants sauvages auprès de Sleipnir, qui les emmenait dans de folles cavalcades au milieu des arbres centenaires et de cette nature préservée. L'animal semblait prendre autant de plaisir que ses passagers lors de ces randonnées complices. Loki ne gardait plus aucune séquelle physique de la brûlure du dragon, mais il semblait contrarié, sombre, excepté lorsque ses longs cheveux au vent, il pouvait s'enivrer de paysages. Eira, malgré sa prévenance envers le dieu, avec lequel elle partageait le même goût pour la solitude et les grands espaces, ne put obtenir plus de confidences sur ce mal-être de plus en plus profond.

Les moments de complicité avec Thor devenaient plus rares car celui-ci œuvrait chaque jour auprès de Njord pour maîtriser l'art des armes humaines, naines, celles des elfes et des géants,… L'épisode « attaque des nains » l'avait mis face à ses faiblesses. Il ne voulait plus risquer de perdre une personne chère à cause d'un manque d'entrainement, redoublant d'efforts, se persuadant qu'ainsi tout irait bien. Se confronter à un adversaire ayant une force comparable à la sienne était la meilleure option. Il ne pouvait, comme Eira ou Loki, user de magie pour arriver à ses fins.

Il prenait malgré tout soin de toujours garder quelques minutes, voire quelques heures, pour son faux-frère et son amie si chère.

D'ailleurs, le trio avait pu organiser en secret, Jans n'aimant pas trop ce genre d'initiatives, une nouvelle ascension de la falaise de l'aigle. Cette fois-ci, elle fut couronnée de succès malgré les pas peu rassurés de la déesse qui n'avait pas oublié la dernière escalade et ses conséquences désastreuses.

Tous les trois au sommet de la paroi aux pierres rouges, face à un panorama grandiose, ils avaient l'impression d'être pour un temps les maîtres du monde. Ils avaient l'impression que rien ne pouvait leur arriver.

Freyja quant à elle, sous prétexte d'améliorer son art, passait ses soirées en compagnie de Njord et ses journées face à son petit miroir en forme d'œil de faucon qui soi-disant lui permettait de travailler ses « charmes » et de mieux maîtriser l'hypnose.

Lorsqu'elle n'était pas avec les deux frères, Eira lisait, s'enivrant de connaissances ésotériques. Chacun des grimoires anciens d'Idavoll recelait son lot de secrets qui pourraient lui être utiles dans un avenir proche. Elle aimait se plonger dans les contes, un brin romancés, tout autant que dans les manuels de magie primitive, mais ce qu'elle préférait plus que tout, c'était les runes. Chacune avait un pouvoir et une vie propre. Combinées, elles pouvaient faire des merveilles. Mais surtout, chaque symbole gravé dans sa chair était à lui seul un petit morceau de l'Asgard rêvée dont elle n'avait aucun souvenir. Parfois, elle prenait le temps de graver l'une d'elle sur un morceau de bois avec un

athamé[6] que lui avait confié la Norne, afin de mieux sentir vibrer sa force. A d'autres moments, elle tentait de lire l'avenir dans des tirages de runes, au cœur même de la forêt. Assise en tailleur, elle lançait les précieuses pierres gravées au centre d'un cercle qu'elle avait tracé, à même la terre. Les réponses étaient nombreuses, pas toujours claires ni aussi positives qu'elle l'aurait souhaité.
Elle méditait également beaucoup afin d'améliorer son endurance et sa capacité à jeter des sorts et à soigner grâce au Stadhagaldr, une sorte de yoga runique dont son hôte lui avait enseigné les rudiments. Tout nouvel apprentissage lui paraissait important face à aux incertitudes du rituel à venir. Il fallait se préparer, c'était évident. Mais à quoi ? Au pire sans aucun doute.

Quand Jans les rassembla, la veille de la pleine lune, il n'avait plus face à lui les jeunes gens incrédules et pacifiques qu'il avait rencontré un ou quelques mois auparavant, mais des futurs dieux guerriers entraînés et prêts à faire connaissance avec leur destin, si sombre soit-il.
Pour cette dernière soirée avant l'aube, la Norne avait préparé un grand festin. C'était impressionnant, la capacité qu'avait cette chose hors d'âge à réaliser les mets les plus exquis alors qu'on la voyait à peine entrer et sortir de la minuscule cuisine du gîte. Ce fut un défilé de pâtés et de friands en tous genres, de légumes mijotés parfaitement

[6] Dague ou poignard sacré, utilisé lors de rites de magie (ndle)

assaisonnés avec des herbes et épices, de boissons aux arômes de cannelle ou de miel et de délices sucrés tous plus délicats les uns que les autres. On aurait pu se croire de retour à l'époque de la grande Rome, participant aux fastes d'un banquet des plus raffinés. Quoique Jans s'opposa catégoriquement à cette idée, répliquant que les soirées d'Asgard étaient bien mieux organisées que celles données au Panthéon latin ou au sommet du mont Olympe !

Loki avait aussi parlé du dernier repas du condamné, s'attirant les regards plein de réprimandes de la Norne et de Njord qui ne partageaient pas son humour… ou sa lucidité. Puis, l'ancien conduisit les initiés rassasiés, et un brin grisé par l'alcool, vers la cupule pour un bain purificateur.

Demain, le rituel se tiendrait à cette même place.

Le bassin avait été empli de pétales de fleurs rouges et blancs et d'une substance laiteuse, bizarre. Les trois dieux et deux déesses durent s'y plonger par trois fois, simplement vêtus d'une bure blanche nouée autour de leurs corps, sur laquelle étaient brodées avec un fil d'or leurs runes respectives. Au moins, leur pudeur était sauve.

— Hum ! Cela ressemble tout de même à s'y méprendre à un super sacrifice les amis, se moqua à voix basse Thomas, qui malgré ses airs joueurs ne quittait pas d'une semelle Angus et Eirwen, prêt à prendre la fuite ou à se défendre si par hasard, il prenait à Jans l'idée de les éviscérer sur place en hommage au grand Odin.

Mais le bain fut paisible. Pas de sang. Juste une étrange impression de vide qui les emplissait au fur et à mesure de

la soirée, ainsi qu'un sentiment de légèreté, malgré la gravité de l'instant.
Aujourd'hui, ils étaient encore un peu homme. Demain, ils seraient tous des dieux au service d'Odin.
La lune presque pleine éclairait l'endroit de ses rayons d'argent, lui donnant un aspect encore plus irréel que d'habitude. La Norne fredonnait des couplets incompréhensibles, sauf pour Eira qui du coup prenait un masque grave que les garçons ne lui avaient jamais vu porter auparavant.
La déesse assimilait, petit à petit, le fait que la prophétie qui suivrait allait dépendre d'elle. Elle seule, celle qui possédait en son cou, le bouclier d'Awe. Tout à coup, elle ne se sentit pas prête.
Pas prête à changer de vie, pas prête à faire basculer celle de ses amis dans un abîme inconnu, pas prête à porter sur les épaules cette responsabilité à laquelle, mine de rien, Jans la préparait depuis des semaines. Eira était le pilier de l'Aube, avec tout ce que cela impliquait de bon et de mauvais. Une bataille allait commencer, dont personne ne ressortirait indemne ! Elle n'en avait aucune envie, pourtant le mécanisme était enclenché, plus moyen maintenant de faire marche arrière. Instinctivement, elle le savait. Demain tout reposerait sur elle.

La nuit fut encore plus troublée que les précédentes. Une énergie nouvelle semblait s'éveiller dans le cœur des aspirants dieux. Les trois amis s'étaient retranchés dans la chambre. Pelotonnés les uns contre les autres sur le grand lit, ils parlaient de tout et de rien. Ils évoquaient les souvenirs de leurs vies d'avant pour ne pas se laisser aller à un sommeil rempli de rêves étranges, tout autant que pour lutter contre la désagréable impression que le rituel passé, plus rien ne serait comme avant. Ils vivaient là leurs derniers instants en tant qu'humains à part entière. Ils voulaient se gorger de ces précieux moments, de ces anecdotes qui avaient ponctué ces dix-huit dernières années.

Les uns contre les autres comme pour éviter de se perdre durant le combat qui approchait.

Ils formaient tous trois une famille de cœur atypique, mais unie par cette prédiction.

19. L'Aube des dieux

La journée suivante fut faite d'épuisants aller-retour au sommet de la Lyfia. Tous devaient participer à une sorte de déménagement frénétique que la Norne avait entrepris dès l'aube. Il s'agissait d'apporter non seulement tout le matériel nécessaire à la célébration, mais aussi tous les animaux d'Odin, plus ou moins coopératifs.

Tout était réuni pour que le maître de toutes choses puisse se retrouver comme à la maison, dès son retour. Il ne manquait plus que ses pantoufles.

Le mont lui-même semblait s'être paré de ses plus beaux atours : baigné de soleil et de brume, des fleurs étaient sorties de terre durant la nuit, formant un parterre rouge et jaune autour de la cupule. Les oiseaux se réjouissaient, entonnant leurs plus beaux chants alors que le vent faisait vibrer les feuilles du grand frêne à l'unisson, produisant une mélodie douce comme une harpe.

Les reliques furent amenées à la dernière minute, alors que le crépuscule tombait et confiées à la garde des loups d'Odin.

Le ciel s'obscurcit, laissant la brume envelopper le sommet de mystères et d'ombres. L'air paraissait chargé de particules électriques.

A la différence de la veille, les cinq jeunes gens furent vêtus de tuniques et robes fines tissées de soie, richement brodées d'entrelacs nordiques représentant l'Yggdrasil. Ils avaient dû jeûner toute la journée, ce qui ne plaisait guère à

Njord et Thor, affamés par les allers-retours. Même la crainte provoquée par l'imminence de ce rituel ne faisait pas tarir leur appétit, à l'inverse de Loki et Eira qui avaient la gorge nouée et n'auraient de toute façon rien pu avaler.

Le soir venu, la Norne, elle-même en habits d'apparat noirs et argentés, les attendait près de la cupule qui ne contenait plus une once de liquide.
Sur le sol, gravé dans la pierre dure, on pouvait deviner les symboles triangulaires représentant les cinq éléments.
La lune était maintenant haute dans le ciel. L'heure de tous les espoirs arrivait. Le cœur des jeunes dieux battait la chamade.
Njord fut placé sur le signe de l'élément eau.
Freyja sur la terre.
Thor était le représentant de l'air.
Loki reçut le feu.
Ils restèrent ainsi immobiles pendant un long moment. La roche semblait les aspirer tout entier, entravant leurs mouvements.
Quant à Eira, elle trônait au centre de ce vortex dont elle percevait maintenant les énergies primitives, tourbillonnant comme des spirales d'Ether. Imprégnée de cette force, elle avait l'impression de s'enfoncer dans la pierre tout en étant attirée par les cieux. C'était une sensation des plus désagréables, mais elle faisait bonne figure, souriant aux garçons qui la regardaient, inquiets.
Jans observait le ciel afin de prévoir le meilleur moment pour commencer la célébration, utilisant une sorte de

lunette astronomique aux allures de prisme de cristal transparent.
Le temps vint. La lune était à son apogée, baignant le sommet de sa froide lumière blanche.

Le mage alluma d'abord un feu pour y chauffer la lame d’argent d'un poignard de rituel afin de la purifier. Puis il apporta un récipient rempli d'encens, dont les volutes de fumées dégagèrent une forte odeur de myrrhe et de roses mêlées.
Enfin, il se dirigea vers les loups afin de prendre les deux coupes, les posant toutes deux aux pieds de l'Yggdrasil majestueux, sous les rayons de l'astre nocturne à son point culminant.

Les cinq initiés n'osaient respirer, attendant de découvrir quelle coupe s’avérait être celle destinée à l'aube des dieux.
Au bout d'un instant à peine, celle rapportée par Loki, Njord et Freyja se mit à scintiller d'un bleu profond.

— J'en étais sûr !, chuchota le dieu de la mer en fanfaronnant.
Ce qui arracha un rictus d’autosatisfaction au dieu de feu et fit soupirer Thor, qui avait failli mourir pour rien dans le royaume souterrain des nains.
L'ancien s'en saisit rapidement et prit le couteau cérémoniel.
Sans ménagement, il entailla ensuite les paumes des quatre dieux portant les éléments pour recueillir un peu de leur sang dans la coupe. Puis, il incisa celles d'Eira en dernier, plus profondément, devant les deux frères grimaçants. Il

versa ensuite le contenu de la coupe sur ses plaies et prononça des incantations en levant les bras vers le ciel étoilé.
Au bout d'un court moment, il s'agita, surpris par le résultat ou plutôt l'absence de résultat. Il ne mit pas longtemps à comprendre le subterfuge : la coupe, brillant pourtant de mille feux, n'était pas la bonne ! Par je ne sais quel artifice, l'artefact luisait alors qu'il ne possédait aucun pouvoir tandis que son pendant, la vraie relique, restait sombre, sans vie.
Le temps était compté. Le rituel allait échouer. Ils ne pourraient le retenter que des centaines d'années plus tard lorsque l'alignement serait à nouveau parfait, et surtout si tous les dieux daignaient être présents.

Jurant, pour la première fois depuis qu'ils l'avaient rencontré, le vieil homme se précipita sur la seconde coupe. Les jeunes gens durent une nouvelle fois subir les morsures de la lame brûlante, Jans ne les ménagea pas, tant chaque seconde était précieuse.
Mais cette fois ci, la réaction ne fut pas la même. Dès les premiers mots de la Norne, la lune se mit à briller d'un éclat d'argent plus vif. Le vent tourbillonna autour du lieu sacré, alors que l'eau remplissait à nouveau la base du bassin, entouré maintenant d'un cercle de flammes.
La coupe fut confiée à Eira qui la leva intuitivement au-dessus de sa tête. Jans commanda aux dieux de lancer leur rayon, sorte de condensé de leur pouvoir, sur la jeune fille qui devint un catalyseur d'énergies pures, élémentaires.

Elle se mit à s'élever dans les airs dans une sorte d'orbe vert scintillant jusqu'à ce qu'un rayon de lune vienne lui aussi frapper la coupe, transmutant le sang en un liquide poisseux ayant la même couleur argentée.
Eira était réellement ébranlée par les puissantes forces qui traversaient son corps. Son visage était cadavérique. Ses muscles lui faisaient mal. Ses os craquaient.
Lorsque la Norne lui reprit la coupe des mains, elle s'effondra à même le sol dans la flaque gelée qui se formait au fond du trou.
Jans ne prêtait plus aucune attention aux cinq jeunes gens, stupéfaits par le spectacle.
Loki et Thor, libérés de la pierre, se jetèrent sur leur amie. Son pouls battait encore. Elle était juste à bout de forces, mais bien vivante. Dans leurs bras, elle reprenait même peu à peu des couleurs, ayant ouvert les yeux. Freyja s'était réfugiée dans ceux, bodybuildés, de Njord, sans dire un mot. Tous étaient maintenant simples spectateurs de ce qui allait suivre.

Le rituel se poursuivit lentement alors que la lune continuait sa route dans le ciel nocturne. Le vieux entoura l'arbre géant de douze bougies blanches. Puis, il ordonna aux jeunes gens de se donner la main. Il entonna une incantation aux tonalités graves. Les garçons soutenaient la jeune sorcière qui tenait à peine debout et grelottait, mouillée des pieds aux épaules. Leurs têtes se mirent à tourner quand des tambours résonnèrent, battant une cadence d'abord pesante, puis de plus en plus rapide. Ils étaient à la fois là, présents, debout sur cette roche, et

ailleurs, dans un passé lointain, découvrant pour la première fois la cité radieuse d'Asgard, se remémorant des souvenirs plus ou moins bons. Leur part de déité refaisait surface pleinement, mais à leur grande surprise, n'effaçait pas leurs souvenirs humains.
Face au grand frêne sur lequel la Norne versait le liquide contenu dans la relique.
Face à Odin, qui venait d'apparaître, immense, entouré de cette lumière lunaire, devant l'arbre, quatre de ses fidèles gardiens portant armures et lances dorées à ses côtés.
Derrière lui, comme répondant à l'astre de nuit, le soleil se levait derrière la colline. Le ciel noir prenait une teinte rosée magnifique.
L'aube venait de paraître sur la plaine sacrée d'Idavoll.
Impressionnés, les jeunes dieux s'inclinèrent, respectueux, la main sur leurs cœurs qui cognaient si fort contre leurs poitrines.

Le père de toutes choses était imposant, immense, enveloppé dans une cape dorée au col d'hermine, portant une barbe blanche. Il était silencieux face à eux. Il les dévisagea de son œil valide, un à un, puis s'avança d'un pas lourd vers le rang. Les jeunes dieux n'osaient plus ni inspirer ni expirer. Ils sentaient que le maître, pourtant revenu à la vie, n'était pas dans une humeur des plus euphoriques.
S'adressant à la Norne, il demanda sèchement :
— Qui est le traître ?

N'attendant pas de réponse, il se dirigea droit vers Loki et l'empoigna par le menton le forçant à lever la tête devant les autres qui n'osaient pas bouger.

— Toi, Dieu de la ruse et du mensonge, que fais-tu là parmi mes hommes ? Ta place était dans le feu de Surt et non parmi les fidèles des fidèles.

Loki ne se débattait pas. La pression descendue sur sa gorge était de toute façon bien trop forte pour qu'il ne puisse se dégager. En prime, sa tête tournait encore, emplie de mille souvenirs de son passé qui affluaient en masse.

— Est-ce toi qui a usé de ton feu pour attirer à Freyja les suppôts du monstre ?, hurla Odin.

Sans attendre de réponse, il continua, serrant un peu plus le cou du jeune homme.

— Est-ce toi, encore, qui a usé de ta magie sur les coupes pour tromper ma Norne et tenter de faire échouer le rituel ?

Eira frémit à ces demandes.

Le Loki qu'elle connaissait, ce garçon un brin sauvage, mais gentil, ne pouvait pas avoir tenté de faire échouer ce moment qui lui paraissait maintenant si sacré. Pourquoi aurait-il trompé tout le monde tout ce temps ? Pourquoi, l'aurait-il trompé elle, sa confidente ? Pourquoi, les aurait-il sauvés des nains, pour en fin de compte ruiner leur entreprise ? Tout se bousculait dans sa tête alors qu'elle assistait, impuissante, à l'interrogatoire d'Odin. Thor blêmit également, partagé entre les souvenirs de son frère Thomas et l'assurance d'Odin, son propre père. Loki avait-il mis en danger leurs vies à Copenhague volontairement ?

Les deux dieux restaient interdits, plongés dans leurs pensées qui elles aussi se mêlaient à présent avec des ressentis d'un passé où les trahisons avaient été nombreuses, douloureuses. Ils attendaient, silencieux, que Loki nie, qu'il se justifie, qu'il s'explique. Mais rien de tout cela, il restait d'une passivité déconcertante.

— Oui, répondit simplement le jeune dieu de la ruse dans un souffle, attendant la sentence. Odin ne laisserait certainement pas en vie un traître, maintenant que le rituel était achevé. Il n'avait plus besoin de lui.

Thomas tenta de croiser le regard d'Eirwen et Angus, cherchant un dernier pardon dans leurs yeux. En vain. Ces derniers, abasourdis par sa réponse sans équivoque, n'osaient même pas le regarder. Leur déception devait être énorme.

Le dieu du feu ne pourrait même pas adresser un dernier revoir sincère à son passé heureux. Il sentait la main puissante d'Odin serrer de plus en plus son cou. Mais au lieu de l'asphyxie prévue, une brûlure lui arracha un cri. Ce fut comme si son propre feu le consumait soudain. Puis, il s'effondra au sol, projeté par un geste violent de son bourreau.

— Maintenez-le à genoux, ordonna le dieu des dieux à deux de ses impressionnants gardes aux visages impassibles.

Loki se débattit, même s'il se sentait tout à coup très faible. Il se redressa dans un sursaut d'énergie en hurlant :

— Je n'ai pas demandé à être appelé ici !

— Tais-toi scélérat, vociféra Odin lui lançant un regard plein de haine. Frigga a fait une grosse erreur en te sauvant lors du Ragnarök. Toi qui n'as été que malice et mensonges durant des années, abusant de notre confiance et de notre... amour.

Loki sentait son cœur s'accélérer et la peur l'envahir. Il avait vu lors de ses visions combien il pouvait être diabolique. Pourtant tout en lui lui disait qu'il n'était pas cette personne malveillante. Il se sentait terrorisé par la punition à venir, mais tout autant par ce qu'il était au plus profond de lui. Son instinct l'avait poussé à commettre ces sottises. Mais mis devant le fait accompli, maintenant, il doutait.

Durant tout ce temps, Thor ne bronchait pas, comme hypnotisé par la puissance de ce père qu'il découvrait pour la première fois. Doutant maintenant lui aussi de celui qu'il avait considéré pendant des années comme son jumeau, celui à qui il aurait, sans une seule hésitation, confié sa propre vie, quelques minutes auparavant.

— Je ne suis pas celui que vous croyez, cria le prisonnier.

— Tais toi ! Le mal est fait, tu fais partie maintenant de la prophétie finale et je ne peux mettre fin à tes jours sans la compromettre. En revanche, si j'ai été faible par le passé, tu recevras la punition que tu mérites dans ce monde nouveau. Je viens de te priver de ta magie. Sans artifice, nous verrons maintenant si tu fais le malin. A genoux, ordonna-t-il à ses hommes.

Loki fut contraint de s'incliner sous la poigne des deux hommes à l'armure cuivrée. Les deux genoux à terre mais ne baissant pas la tête par défi, tout autant que pour voir ce qui l'attendait. Son souffle était court. Il tremblait. Jamais il ne s'était senti si vulnérable, si humilié.

Odin fit apparaître d'un claquement de doigt, une longue cravache tressée de cuir et de métal dans ses mains et ordonna à Thor :

— Lève sa tunique, mon fils, qu'il puisse recevoir ce qu'il mérite.

Haletant, Loki implora, pris de panique :

— Non ! Non Angus ! Je t'en prie, ne fais pas cela ! Pas toi !

Mais le dieu du tonnerre ne l'écouta pas. Il s'approcha d'un pas lourd de la scène et releva le vêtement de son frère, prenant même, avec zèle, la place de l'un des gardes pour le maintenir fermement au sol.

Eira n'osait faire le moindre geste, tétanisée face à ce spectacle intolérable pour l'empathe qu'elle était. Personne ne méritait de souffrir de la sorte, coupable ou innocent. Quant à la faute de Loki, elle ne savait que penser. Elle ne connaissait pas cette facette de lui, mais il était devenu si cachotier ces derniers temps. Que faisait-il durant ces longues promenades solitaires ? Aurait-il pu préparer un mauvais coup, les mettant ainsi que l'aube, en péril ? Tout devenait si confus… Mais au fond d'elle, elle refusait de croire que Loki était capable de telles traîtrises. Elle voulait croire en lui, même si Odin affirmait le contraire.

Au premier coup, le corps du dieu du feu se raidit à l'extrême, tous ses muscles crispés sous l'impact puissant du lien de cuir et de fer. Jamais il n'avait connu telle douleur. Le fouet avait marqué sa chair profondément, du sang perlait sur sa peau fine et claire.

— Voilà le sang que tu as volontairement corrompu avec celui du Dragon-serpent pour tenter encore une fois de ruiner notre entreprise. Mais comme tu vois, ta ruse a échoué, Loki. Mes fidèles espions ont démasqué sans mal tes supercheries. Par trois fois, tu t'es montré sous ton vrai jour, tu recevras donc dix coups pour chacune de tes viles actions, ainsi que dix supplémentaires pour le chaos que tu viens de créer dans l'esprit de mon fils bien-aimé.

Le dieu déchu déglutit laissant échapper un « non » résigné. Il avait eu du mal à supporter la douleur d'un seul coup. Comment allait-il pouvoir faire face à la sentence cruelle et, selon lui, en partie injuste. Soit, il avait attiré l'attention de Surt au Danemark pour effrayer Freyja et l'amener à refuser de venir avec eux, mais en s'assurant que l'issue des combats soit favorable. Soit, il avait pu tromper Jans en masquant la luminosité de la bonne relique avec sa magie métamorphique. Mais il ne comprenait pas. Le dragon l'avait eu par surprise. Jamais il n'avait pensé empoisonner son sang pour compromettre l'aube. Pourquoi Odin l'accusait-il aussi de cela ? Ce n'était pas juste !

Il n'eut pas le loisir de réfléchir davantage. Les coups suivants furent tous plus terribles encore. La douleur était si forte qu'elle lui arrachait des hurlements. Il sentait sa peau se déchirer sous la lanière, mais plus que tout encore, c'était son cœur qui saignait de savoir que celui qui l'obligeait à subir ainsi ce châtiment, sans pouvoir bouger, était son propre frère. Il aurait voulu supplier le roi d'arrêter ou d'en finir pour de bon en le mettant à mort, s'excusant d'avoir commis ses crimes, mais il savait que cela ne servirait à rien.

Sa respiration devenait de plus en plus saccadée, l'inspiration devenant pénible à cause de son dos en sang. Il serra les poings. Il encaissa les coups, rentrant les épaules comme une petite chose fragile. Ses yeux s'emplirent, malgré lui de larmes. Il aurait pourtant voulu résister dignement à Odin, mais, il dut finalement se résoudre, sous la douleur intense, à baisser sa garde, plus rien n'avait d'importance. Le traître devait payer. Il allait payer de la plus pitoyable des manières.

Soudain la punition s'arrêta. Non que Loki ne sente plus la souffrance, tant son échine le cuisait, mais les claquements sonores du fouet s'étaient tus.

— Conduisez-le dans le cachot sous la montagne, ordonna Odin sans même lui jeter un regard. Qu'il y reste jusqu'au moment où nous aurons besoin de sa présence pour convoquer la prophétie !

Le prisonnier, incapable de marcher, fut soulevé par deux guerriers et jeté sans ménagement dans une cellule creusée à même la roche, dans le noir le plus complet. Sans son pouvoir, il ne pourrait même pas discerner les contours de sa prison sordide. Il n'était plus rien qu'un dieu déchu et misérable. L'air lourd de la grotte était irrespirable, gorgé d'humidité et d'une odeur de mort.

A terre, ne trouvant la force de se redresser, Loki se mit à sangloter comme un petit enfant. Il était maintenant seul dans l'obscurité totale, en proie à des hallucinations mêlant images de son passé torturé et de ce qui venait de se produire. Il avait mal. Tellement mal. Il revoyait en boucle le regard triste d'Eira et celui plein de dégoût de Thor. Il entendait les cris de satisfaction des guerriers assistant à sa sentence, mêlés aux grognements du Graoully. Tout cela aurait pu ressembler au pire de ses cauchemars, mais la douleur était là pour lui rappeler que c'était bien la triste réalité. Il était désormais seul, loin de tous ceux qui comptaient pour lui et ne les reverrait que pour mourir au combat.

20. Éclaircies

Dehors, Odin, maintenant apaisé, prenait dans ses bras son fils, remerciant tout aussi chaleureusement les autres dieux pour leur œuvre.

Eira resta muette, complètement déstabilisée, ne pouvant exprimer ni joie, ni peine, tant la scène qui venait d'avoir lieu l'avait marquée. Odin avait montré en un instant sa toute-puissance, mais aussi toute sa cruauté. Il avait puni Loki sans lui laisser aucune chance de se justifier devant eux. Était-ce la façon dont on menait la justice sur Asgard ?

Njord, Freyja et Thor, eux, ne semblaient que bonheur. L'Angus qu'elle avait connu avait disparu pour laisser place à un Thor glacial, ressemblant finalement beaucoup à son père. Même stature royale, même regard décidé, presque hautain. Que se passait-il ? Un simple rituel pouvait-il l'avoir transformé à ce point ? Elle ne sentait pourtant rien en elle de différent, sauf peut-être ce désarroi qui lui tiraillait le ventre.

Seule la Norne parut se rendre compte du trouble de la jeune fille, la prenant affectueusement par l'épaule en lui disant :

— Odin est un dieu parfois cruel, mais il est juste. Je peux vous l'assurer.

— Vous trouvez que ce qui vient de se passer n'est que justice ?, soupira la déesse.

— Cette punition peut vous paraître dure, mais Odin ne veut que le bien de son peuple. Et qu'il le veuille ou non, Loki en fait aussi partie. Quoi qu'il ait fait dans un passé plus ou moins lointain, il fait partie des nôtres, mais il convenait ce soir de lui montrer qui est le maître pour lui éviter quelques désagréments.

Sans être pleinement convaincue, la jeune fille ne put qu'entendre les dires de la Norne. Finalement, Odin avait sans doute des raisons d'en vouloir au dieu de la ruse. Son geste n'en était pas moins dénué de pitié.

Puis vint le temps des retrouvailles avec Geri et Freki. Les deux loups géants devinrent des animaux dociles se laissant caresser avec un plaisir non dissimulé par leur maître adoré. Hugin et Munin vinrent se poser sur ses épaules, croassant comme pour lui conter tout ce qu'il avait manqué durant ces longs siècles passés, protégé du monde au cœur de l'Yggdrasil. Seul Sleipnir, ne paraissait pas totalement ravi de retrouver son cavalier, frappant du sabot nerveusement contre le granit qui volait çà et là en éclats.

La fête des retrouvailles dura tout le jour sous un soleil radieux. Odin, intarissable, y rappela à chacun ses exploits passés afin de compléter leur mémoire divine fraîchement retrouvée. Il n'expliqua rien pour le moment des batailles à venir.

Vu la façon dont il pouvait traiter un des siens, tous imaginaient à peine ce qu'il pouvait advenir de leurs ennemis.

Hydromel et hypocras sucrés coulaient à flots et la soirée fut gaie, un peu trop pour la déesse verte qui peinait à se réjouir. Odin, via sa magie, avait transformé une partie de la grange attenante au gîte en une sorte de grande tente luxueuse où il prit ses appartements. Son trône étincelant était posé au centre de la pièce sur des peaux de rennes blancs, entouré par ses fidèles gardiens, dans leurs cuirasses de cuivre. Les loups s'étaient pelotonnés contre ses jambes. Deux perchoirs d'or avaient été prévus pour recevoir les volatiles noirs.

Profitant d'une danse lascive improvisée par Freyja autour du grand feu, qui captivait tous les mâles présents, la jeune guérisseuse se glissa discrètement à l'extérieur et se dirigea d’un pas décidé vers le flanc du mont, là où se trouvait la prison lugubre où était retenu Loki. Toujours choquée par la sanction d'Odin, deux orbes verts au creux de ses mains l'avaient alertée, lui indiquant que le jeune homme était blessé profondément. Elle ne pouvait pas le laisser ainsi croire que personne ne se souciait de son triste sort. Croire que tout le monde se réjouissait de ses souffrances, festoyant comme si de rien n’était. Plus encore, elle voulait obtenir des réponses aux nombreuses questions qui la tourmentaient. Loki avait toujours été aux petits soins pour elle et pour Thor, pourquoi ce revirement soudain ? Ces trahisons, dénuées de tout bon sens ?

En arrivant devant l'entrée, dans la pénombre, la nuit étant tombée, elle fut surprise : pas un soldat, pas même un sombre oiseau-espion pour monter la garde. Odin avait dû penser que le dieu déchu, privé de ses pouvoirs et ainsi humilié, ne pouvait tenter de s'évader. Eira palpa l'air du bout des doigts, envoyant des étincelles verdoyantes vers l'obscur endroit. Elle se sentit en retour prise de nausées. Même sans entrer dans cette grotte insalubre, elle percevait toute la détresse du jeune homme. Elle pouvait même deviner ses gémissements à travers l'épaisse paroi de pierre.

Si au fond d'elle, elle en voulait beaucoup à Loki d'avoir menti et mis en danger leurs vies, elle ne pouvait le laisser ainsi isolé, anéanti. Elle se décida à pénétrer dans l'ombre, au risque de se faire réprimander, elle aussi, par le roi des Asgardiens. Prenant une lanterne oubliée là, elle s'avança dans l'antre nauséabond.

Elle resta pétrifiée d'effroi devant la scène qu'elle découvrit. Le jeune dieu, à genoux sur le sol terreux, tremblait de tous ses membres. Il respirait avec difficulté, secoué par des sanglots. Chacun de ses mouvements semblaient le faire souffrir terriblement.

— Loki, appela-t-elle doucement.

Il ne bougea pas, même si elle était certaine qu'il l'avait entendu.

De sa main, elle toucha la serrure de la lourde porte en fer qui lui faisait face et réalisa qu'elle ne lui résistait pas. Le passage devait être envoûté afin de n'être interdit qu'au prisonnier, pas à d'éventuels visiteurs.

Elle se précipita alors vers le corps couvert de sang, soulevant sa tête afin de pouvoir capter le regard du jeune homme, mais ce dernier, dans un effort douloureux, baissa les yeux, cherchant à fuir ce contact visuel dérangeant.

Eira caressant sa joue avec délicatesse, dit :

— Loki, qu'est-ce que tu as fait ? Qu'est-ce qu'il t'a fait ?

En réponse, elle ne reçut que des larmes qui coulaient sur sa main et un faible « vas-t-en ! » peu convaincant.
A la faible lueur de la flamme de la lanterne, les plaies paraissaient profondes. Loki semblait surtout totalement brisé. Lui d'ordinaire si fier, si malicieux. Il n'était plus qu'une pauvre chose prise de soubresauts de défense dès qu'elle souhaitait approcher pour le toucher.
Elle saisit alors plus fermement, de ses deux mains, la tête du jeune homme.

— Loki, dis-moi pourquoi tu as fait cela, s'il te plait ?

Le souffle toujours saccadé, le garçon ne put s'échapper. Regardant avec ses yeux humides la jeune déesse, il prononça avec difficulté et amertume :

— Que croyais-tu que j'allais gagner avec ce rituel, moi Loki, le dieu du mal ? Thomas, par contre, allait y perdre à coup sûr Angus.

Sa phrase se termina dans un nouveau spasme. Son regard plongea dans le vide.

Une voix puissante, autoritaire, sortant de l'ombre, les fit alors tous deux sursauter :

— Que tu es bête ! Regarde où cette folie t'a menée !

C'était Thor, qui avait suivi Eira et entendu les propos du prisonnier.
Loki ne broncha pas, il n'avait pas envie d'entendre Thor lui faire la leçon en lui répétant qu'il était un traître indigne des Ases. Il ne voulait pas croiser le regard accusateur du fils adoré de son bourreau.

— Tu m'as suivie ?, demanda la jeune fille, irritée.

— Je savais que tu allais faire une grosse bêtise. Tu n'as rien à faire là !

— Toi non plus !, rétorqua Eira.

— Odin ne va pas être content s'il découvre que tu es venue adoucir les souffrances de ce... traître !, menaça le blond, pointant du doigt Loki, rampant toujours au sol.

— Toi non plus, tu n'as rien à faire là, répéta avec aplomb la déesse. Pourtant, toi aussi, tu es venu. Tu joues les insensibles, les vainqueurs, mais derrière Thor, il y aura toujours Angus, quoique tu fasses !

Ce n'était pas faux. Si Thor était dans une rage folle, ayant découvert les potentiels mensonges de Loki, si grisé par le rituel et son nouveau statut, il n'avait pas contredit les ordres de son père, il se sentait désormais en proie à l'incertitude. Quoiqu'il en dise, il s'inquiétait pour son frère de cœur, chamboulé à la vision du corps meurtri de ce dernier.

— Ah, les hommes !, soupira Eira. Aide-moi, au lieu de raconter n'importe quoi !

Elle tentait en vain de soulever le blessé pour le mettre dans une position plus confortable, où elle pourrait soulever son vêtement, pour examiner plus efficacement ses plaies qui suintaient toujours.

Contre toute attente, Thor se baissa et avec douceur passa le bras de Loki autour de son épaule, le soulevant sans mal pour l'asseoir sur la banquette de bois massive, seul meuble de la cellule. Le jeune homme étouffa de petits cris, tant l'opération lui rappelait encore plus l'état critique de son dos.

La sorcière, plus à l'aise que jamais avec sa magie depuis la fin de la célébration, fit apparaître un pichet d'eau et une éponge à laquelle elle ajouta le contenu d'une fiole qui se trouvait dans la petite besace de cuir qui ne la quittait plus.

— Je sais que cela ne va pas être agréable, Loki, mais il faut désinfecter tes blessures, expliqua-t-elle aussi calmement que possible, même si la vue de la peau du dieu marquée de cicatrices profondes lui donnait des haut-le-cœur.

Le jeune homme tenait à peine assis. Il se laissa faire lorsque Thor vint s'asseoir face à lui, tenant fermement ses avant-bras afin d'éviter qu'il ne s'écroule. Son corps ressemblait plus à celui d'un pantin désarticulé qui avait été un temps le jouet d'Odin qu'à celui d'un garçon en pleine force de l'âge.

Eira passa délicatement le remède sur la peau blanche, nettoyant comme elle pouvait les plaies de Loki qui essayait de ne pas se plaindre, serrant les poings contre le bois en grimaçant. La jeune fille s'en aperçut et jeta un regard à Thor, qui appuya Loki contre son épaule, et prit ses mains dans les siennes afin qu'il puisse les serrer à sa guise. Ce dernier ne protesta pas. Il avait bien trop mal pour jouer les gros durs ce soir. Et surtout, sentir son frère et son amie lui venir en aide ainsi, le rassurait un peu. Ils ne lui en voulaient peut-être pas tant que cela finalement, ou peut-être avaient-ils simplement pitié de lui. Peu importe, sentir leur présence était rassurant après ce qui venait de se passer.

Eira soupirait. Elle avait vu bien des lésions plus graves, mais jamais occasionnées volontairement dans le but de causer autant de souffrance gratuite. Elle s'appliquait pour ne pas rendre l'opération plus douloureuse que le mal lui-même et ajouta :

— Je ne peux pas te soigner davantage. Si j'utilisais ma magie trop longtemps, Odin s'en rendrait compte et alors je ne sais pas ce qu'il pourrait te faire.

Loki eut un rire de dépit. Puis il dit en se redressant un peu, ses prunelles bleues fixant Thor et Eira :

— Il aurait dû me tuer sur le champ. Je suis un monstre !

Thor se leva, se fâchant, en le laissant s'affaisser sur le pseudo lit :

— Tu es un idiot, ça c'est certain, mais pas un monstre, Loki !

— Non Thor ! Je suis un monstre. Je ne voulais pas de ce rituel pour ne pas te perdre car...

— Car quoi ? Tu pensais qu'en retrouvant mon père, j'en oublierais le lien qui nous unit ? Tu étais jaloux parce que je retrouvais ma vraie famille !

Thor semblait perdre patience, faisant les cent pas nerveusement dans la geôle.

— Non, car je perdais Angus, mais je pourrais aussi comme dans les temps anciens, comme lors du Ragnarök, perdre Thor.

— Mais qu'est-ce que tu racontes. La fièvre te fait délirer ?

— Non, mon frère. Je suis bel et bien du côté des méchants. Je l'ai toujours su. Je l'ai lu à plusieurs reprises dans les grimoires d'Idavoll, même si j'espérais que c'était faux. Je l'ai vu aussi dans mes rêves, ces derniers jours. Je ne suis pas quelqu'un de bon. Odin a bien raison de se méfier de moi.

— Arrête de dire des sottises !

— Non, hurla Loki à bout de forces. Laisse-moi finir. Par le passé, tu es mort... Il laissa planer un silence cuisant. Toi et Eira, comme beaucoup d'autres Ases, êtes morts à cause de MOI ! Je suis un monstre pareil à Surt, un monstre de feu, sans cœur !

Eira et Thor comprirent soudain. Si Loki avait usé de sa ruse, ce n'était pas pour jouer un mauvais tour à Jans ou Odin, ni pour les mettre en danger. C'était justement pour éviter leurs morts, lors d'un potentiel second Ragnarök. C'était pour préserver ce fragile présent où ils étaient heureux, ensemble dans leur condition d'humains. Il avait confiance en eux. Il pouvait même à la rigueur avoir confiance dans cette créature étrange qu'était la Norne de la destinée ou en Odin, mais plus que tout il n'avait pas confiance en lui.

— Oh Thomas, tu es vraiment encore plus idiot que je ne le pensais !, ajouta alors Thor en soupirant, serrant son frère dans ses bras, ce qui lui arracha un couinement lui rappelant brusquement que ce dernier n'était pas au mieux de sa forme.

— Je ne peux pas de soigner davantage, Odin s'en apercevrait tout de suite, souffla Eira en proie à une profonde tristesse. Mais me fais-tu assez confiance pour me laisser agir, Loki ?

Il fit un signe de la tête indiquant qu'il s'en remettait à elle.

— Je ne peux effacer tes plaies, mais je peux t'empêcher de souffrir, pendant quelques heures, tout du moins. Elle déposa un baiser sur son front et y posa sa main brillant d'un vert émeraude. Puis, elle prononça quelques paroles d'un timbre doux comme le miel.

Le jeune dieu, sans résister, glissa sur la planche de bois, profondément endormi, les traits de son visage presque tranquilles.

Thor ôta sa cape d'apparat. Il la déposa sur son frère. La grotte était sombre mais aussi glaciale. Le choc était grand pour le dieu du tonnerre et la guérisseuse. Odin avait tout faux. Le dieu de la ruse avait un cœur bien plus grand que les autres guerriers d'Asgard, du moins pour ce qui concernait la protection de ses proches. A moins que cela ne soit une nouvelle tromperie, une de plus ?

Ils repartirent vers le chalet dans un silence pesant, encore plus perdus qu'auparavant.

— Pourrions-nous tenter de convaincre ton père que Loki n'est dangereux que pour lui-même ?, tenta Eira.

— Je ne pense pas qu'il ait le même avis que nous, gronda Thor. Et puis Loki est peut-être encore en train de tenter de nous tromper ?

— Comment peux-tu dire cela ? Tu as bien vu sa détresse tout à l'heure ?

— Il l'a déjà fait par trois fois, selon mon père, sans compter ses erreurs passées, non ?

— Il l'a fait pour nous protéger !

— En ne nous laissant pas le choix surtout ! Il a décidé pour nous ce qui était bon ou pas, quitte à anéantir le plan d'Odin et les espoirs d'un peuple entier, nos espoirs de revoir Asgard !

— Alors, choisissons à sa place ce qui est bon pour lui ! Son destin n'est certainement pas de souffrir dans un trou à rats à attendre qu'on veuille bien l'en faire sortir pour déchaîner le second Ragnarök... Juste parce que ton glorieux PÈRE l'a décidé !

Thor souffla. Il était au cœur d'un tourbillon d'émotions contradictoires, partagé entre son passé et son avenir, mais convaincu pourtant que ces souffrances imposées à Loki n'étaient pas la bonne solution. Au fond de lui, les mots prononcés par son frère l'avaient touché sincèrement.

— Nous pouvons toujours essayer de lui ouvrir les yeux, mais ce sera difficile. Odin n'a jamais connu Thomas. Il ne connaît que les ruses passées et présentes de Loki.

Ce fut suffisant pour qu'Eira lui saute au cou pour déposer un baiser sur sa joue, suivi d'un « ouiii ! » victorieux.

21. Plaidoyer

Se dirigeant, main dans la main pour se donner du courage, vers la grande tente royale aux couleurs chatoyantes, Eira et Thor étaient tendus, mais décidés. Ils avaient bien l'intention de faire face à Odin, se faisant l'avocat de celui que ce dernier considérait comme le bras droit du diable.

La fête était maintenant terminée. La nuit, magique, brillait de mille étoiles. Njord et Freyja s'étaient endormis près du feu, blottis l'un contre l'autre, mais Odin, lui, était là, imposant, sur son trône d'or, les deux corbeaux à ses côtés. Il les attendait.

— Ainsi, hurla-t-il, vous avez décidé, vous aussi, de me trahir ? Je ne pensais pas que le venin de cette vipère de Loki était contagieux au point de contaminer mon propre sang, Thor ?

Eira posa un genou à terre en signe de respect. Puis d'une voix fluette, mais sûre d'elle, elle répondit :

— Non, Majesté, nous venons juste nous assurer que la justice soit rendue.

— Justice !? gronda le dieu des dieux. Pensez-vous, jeune demoiselle, que je ne suis pas juste ?

Thor avait imité la jeune fille ; genou à terre, il reprit :

— Père, vous êtes le plus juste. C'est pour cela que nous voulions vous rapporter les confidences de Loki.

— Ce menteur ?, s'offusqua l'aîné.

— Loki a certainement été par le passé un bien piètre sujet, mais s'il a commis ces actes aujourd'hui, c'est pour nous protéger et non pas vous défier. Ce Loki n'est pas celui que vous avez connu, continua la déesse.

— Par trois fois, il nous, il vous, a trompés ! Loki restera toujours Loki. Sa fourberie n'a pas de limite, assura le roi s'étant levé, furieux.

— Majesté, pour être honnête, Loki a reconnu ses deux fautes, mais il ne vous a pas trahi trois fois.

— Qu'est ce qui te permet d'affirmer cela, jeune fille ?

— Alors que nous avions réussi nos quêtes et que la fête battait son plein, il m'a montré tout de suite la blessure faite par le Graoully afin que je sois au courant et que je puisse l'aider. Aurait-il agi ainsi s'il avait volontairement souhaité empoisonner son sang pour faire échouer l'Aube ?

— Rien qu'une ruse de plus pour te mettre en confiance et mieux te mettre à terre ensuite !, assura Odin.

Contre toute attente, ce fut la Norne, postée en retrait dans la pièce, mais qui avait entendu toute la conversation, qui vint au secours des jeunes gens.

— Majesté, le dieu du feu a été élevé auprès de Thor et d'humains, ce qui a pu forger son caractère d'une façon différente, conseilla-t-elle.

— Qu'est-ce qui te fait dire cela, Norne !

— J'ai pu observer ce jeune Thomas durant des semaines, bienveillant envers son frère et cette jeune sorcière. Il est malin soit, et très puissant. Oui, vraiment très puissant, mais il fait aussi preuve d'une compréhension fine des situations et d'un altruisme peu commun que je n'ai jamais rencontré chez l'ancien Loki. Ce jeune homme est loin d'être égocentrique au point d'oublier les conséquences de ses actes sur les autres. D'ailleurs, il s'est assuré à Copenhague que personne ne fut blessé. Loki avait prévu une issue de secours pour que tous puissent s'échapper sans mal. Vos espions, qui étaient présents ce soir-là, me l'ont confirmé.

— Il est surtout plein de malices, se défendit Odin, pas prêt à rendre les armes si facilement.

— Pardonnez-moi, reprit Jans, mais j'ai pu aussi le mettre au défi. Un défi auquel n'aurait pas résisté le dieu du mensonge, avide de pouvoir et de gloire, que nous connaissions.

— Dis m'en plus, dit le roi en regagnant son siège. Tu attises ma curiosité.

Un espoir gagna Eira et Thor, en même temps qu'un gros malaise. Ainsi, durant ces jours passés à Idavoll, Jans les avaient formés, mais aussi testés afin de découvrir leurs travers. Eux qui lui faisaient pleinement confiance…

— J'ai tenté Loki en lui présentant Gungnir, votre arme puissante. Mais contre toute attente, au lieu de s'en saisir pour assoir sa domination, il a délaissé l'objet dont il connaissait pourtant le pouvoir puisqu'il n'a cessé de lire et relire les Eddas durant tout son séjour. Il l'a cachée et n'est jamais retourné en ce lieu, ni pour la revoir, ni pour s'en emparer. Il aurait été simple de créer le chaos avant votre retour, pour servir Surt avec cette lance divine, mais il ne l'a pas fait.

Odin semblait troublé. Il connaissait un dieu menteur sans pitié ni remord, mais tous décrivaient Loki comme une personne malicieuse soit, mais surtout pleine de compassion. De plus Frigga, son épouse bien aimée, l'avait choisi pour faire partie de la prophétie. Elle avait sans doute de bonnes raisons d'agir ainsi.

— Et qu'est ce qui m'assure, maintenant que le rituel est accompli, que sa part d'ombre ne va pas aller grandissante ?
Thor se releva et répondit sans hésiter une seule seconde :

— Moi père ! Je me porte garant de Loki !

Odin fronça les sourcils, surpris par cette proposition.

— Moi aussi, annonça Eira, en se remettant debout face au roi, qui resta un long moment silencieux.

— Vous êtes conscients en faisant cela que si Loki retente l'un de ses tours, vous serez tous les trois châtiés ? Je n'aurai aucune pitié, vous pouvez en être sûrs !

— Oui. Nous le savons, mais nous savons aussi que mon frère ne fera rien qui pourrait nous nuire, répondit le dieu du tonnerre.

Après un nouveau silence qui leur parut durer des heures, Odin reprit :

— Très bien, alors je remets sa vie entre vos mains, en espérant que vous aurez raison. Attention, si Loki peut regagner vos appartements ce soir, je vous invite, ou plutôt vous ordonne, de le laisser souffrir encore jusqu'à l'aube, qu'il comprenne bien ma leçon. Cela vous mettra également en garde sur ce qui vous attend s'il échappe à votre vigilance. Privé de ses pouvoirs, il ne pourra de toute façon pas faire grand mal. Il devra faire preuve de patience et me prouver sa loyauté s'il veut réellement faire partie des nôtres, si tant est que cela ait un sens pour lui. S'il vous a convaincu, je ne le suis pas encore : Loki nous a fait tant de mal.

Odin se leva à son tour et partit pour une promenade nocturne. Après des siècles à attendre de renaître patiemment au creux d'un arbre magique, il avait des fourmis dans les jambes.

22. Liberté surveillée

Thor et Eira se regardèrent, n'osant y croire. Ils ne s'attendaient pas à un revirement si rapide du dieu des dieux. D'un geste de la tête, ils remercièrent la Norne qui, avec un sourire, leur chuchota :

— Allez vite le chercher, avant qu'Odin ne change d'avis. Il lança un coup d'œil à Njord et Freyja. Attention à ne pas réveiller nos marmottes, car ces deux-là ne seront sans doute pas heureux d'apprendre que la punition a été levée si rapidement.

Le duo se précipita vers la cellule où Loki était toujours étendu dans un état mi-comateux magique. Ils entrèrent tellement grisés par cette petite victoire, que le bruit de métal de la lourde grille et les rires réveillèrent le prisonnier, qui se demandait ce qui allait encore lui tomber dessus.

Voyant la mine réjouie de ses amis, il ne comprit pas tout de suite.

Il resta également muet lorsqu'ils le mirent debout de force prenant la direction de la porte en le soutenant, même si cette position lui était très inconfortable, ses plaies lui faisant toujours aussi mal.

— Non, mais vous êtes fous, cria-t-il, en se rendant compte qu'ils l'emmenaient vers l'extérieur. Odin va tous nous terrasser sur place si vous m'aidez à m'enfuir.

— Alors là, on s'en fiche, défia le blond d'un air espiègle.

— Pas moi, ajouta Loki, tout à coup effrayé par la hardiesse de son frère.

Il refusa net d'avancer plus loin, traînant les pieds.

— Imbécile, c'est lui qui nous a demandé de te reconduire dans notre chambre, annonça, tout aussi malicieusement, la déesse.

— Quoi ?, s'interrogea Loki, frémissant en retrouvant l'air pur de la forêt sur sa peau nue.

— Jans l'a convaincu que tu avais changé et que tu étais un gentil jeune homme bien élevé alors Odin te laisse une chance, ajouta-t-elle, le cœur léger.

— Bon, bien élevé, ils ne t'ont heureusement pas vu lors de nos soirées étudiantes, ne put retenir Thor.

Loki ne semblait rien comprendre. Comment Odin pouvait-il le laisser libre après ce qu'il avait fait. Comment pouvait-il lui faire à nouveau, et si rapidement, confiance ?

— Mais, désolé mon vieux, tu es sous notre garde maintenant. Nous nous sommes portés garants de tes actes, alors tu vas te tenir à carreau. D'accord ou je te ligote dans un placard ?, railla Thor, en déposant le jeune homme sur le grand lit de leur chambre.

Loki fit une grimace, non seulement de douleur, mais aussi parce qu'il venait de comprendre qu'Eira et Thor s'étaient embarqués de plein gré dans sa galère.

— Vous êtes vraiment complètement fous tous les deux. Qu'est-ce que vous avez fait ? Je suis... !

— Un monstre, on sait, s'agaça la guérisseuse. Il est vrai que crasseux et balafré comme ce soir, tu n'es pas à ton avantage, mais nous avons confiance en toi, finit-elle par lui chuchoter à l'oreille.

Levant les yeux au ciel de dépit, Loki, renifla et détourna la tête pour camoufler une larme qui roulait le long de sa joue. Son frère et cette petite sœur de cœur prenaient tous ces risques pour lui. Il n'était peut-être pas si horrible, finalement. Assis à ses côtés, les deux dieux le prirent tendrement par le cou pour lui montrer leur affection, tentant d'éviter ses cicatrices, toujours à vif.

La nuit allait être longue. Loki, même s'il souhaitait conserver bonne figure, souffrait physiquement et mentalement de la situation. Il ne devait son salut qu'à l'empathie d'Angus et Eira qui, peut-être à tort, croyaient en lui. Mais en valait-il la peine ? Il ne pouvait faire taire ses pensées. Ses flashs, les dires d'Odin et les soupçons de la Norne à son arrivée, tout le ramenait à sa part d'ombre. Cette noirceur l'obsédait. Elle le tourmentait tout autant que la brûlure des coups. Allongé, tant bien que mal, dans une position la moins douloureuse possible, il tentait d'étouffer ses soupirs, mais ses compagnons n'étaient pas dupes. La souffrance de la sanction d'Odin, méritée ou pas, était bel et bien présente. Loki allait mal.

Ils comprenaient l'objectif de cette punition. Le roi, de retour, devait tout de suite mettre au pas ses troupes, et surtout mater les rebelles. Elle n'en était pas moins cruelle.

Les minutes paraissaient des heures en attendant l'aube. Alors, Eira, faisant fi ou plutôt contournant sa promesse faite au père de toutes choses, lui apporta une sorte de tisane rose vif ultra-sucrée.

Ce dernier refusa d'abord catégoriquement de boire, ne voulant pas contrarier les ordres d'Odin. Mais devant les menaces de la guérisseuse de lui faire avaler de force, voire s'il ne coopérait pas de lui injecter directement en intraveineuse, il but le liquide, qui se révéla être aussi doux que le visage enfantin de sa créatrice.

Le breuvage le mit aussitôt dans un état second, comme si une drogue puissante altérait tous ses sens. La douleur était toujours là, mais lointaine, tout comme ses idées noires, soudainement envolées. Il avait l'impression étrange de voler au beau milieu d'un nuage en coton rose bonbon où des animaux étranges venaient le couvrir de câlins.

— Qu'est-ce que tu lui as fait ? Tu n'as pas le droit d'utiliser ta magie avant que le soleil ne soit levé, remarqua Thor inquiet.

— Je sais, répondit la jeune femme en souriant, satisfaite. Il n'y a rien de magique là-dedans. Je lui ai juste donné un médicament qui était dans ma trousse de secours du parfait petit pédiatre, dans le coffre de ma voiture. Nous l'utilisons souvent, à l'hôpital, pour aider les enfants à supporter les soins et piqûres en tous genres.

A voir les traits détendus de Loki, la mixture fonctionnait vraiment bien. Il faut dire que le médecin en herbe avait triplé la dose afin de s'assurer qu'elle aurait quelques effets sur un dieu presque adulte.

Tous trois purent enfin se reposer attendant la bénédiction des rayons de l'astre du jour, même si cela voulait dire qu'une nouvelle journée pleine de surprises, bonnes ou mauvaises, les attendait.

23. L'étoile

Loki, enfin sur pied grâce aux soins prodigués par Eira à peine les premiers signes du jour arrivés, mais qui avait un mal de tête affreux dû à la drogue prise la veille, alla ouvrir la fenêtre à la recherche d'air frais.
Quelle ne fut pas sa surprise, au lieu du calme régnant habituellement devant le chalet, de découvrir un va-et-vient incessant de personnes dont il ne connaissait pas le visage. Avait-il été enfermé tant de temps dans sa cellule sans s'en rendre compte ?
Il appela la déesse, fraîchement douchée, occupée à natter ses longs cheveux ébène et Thor qui sortit précipitamment, juste couvert d'une toute petite serviette blanche, de la salle de bain où il se lavait à l'eau froide. Il avait laissé toute l'eau chaude à Eira, mais surtout à son frère afin qu'il se débarrasse de la boue et du sang séché qui couvraient encore sa peau au petit matin. Se sentir propre allait sans doute l'aider à oublier un peu ce qui lui était arrivé la veille : la honte, la douleur et l'incertitude quant à son avenir…
— Qu'est-ce que c'est encore que cela ?, pensèrent-t-ils tout haut.

Sous leurs yeux se trouvait Jans, en mode adolescent boutonneux, guidant avec autorité des hommes d'âge mûr couverts de riches armures vers la « demeure » temporaire d'Odin, ouverte aux quatre vents. Une odeur d'encens et

d'huiles aux notes florales écœurantes flottait dans les airs, entrant jusque dans la chambre.
Njord et Freyja essayaient, quant à eux, de transporter sans les faire tomber des coupes d'argent pleines de fruits exotiques et de petits pains croustillants encore fumants, tandis qu'Hugin et Munin faisaient des ronds dans le ciel au-dessus d'Idavoll, où se dessinait un magnifique arc-en-ciel.

Cette agitation augurait-elle une bataille imminente ? Et qui étaient ces guerriers nouvellement venus ?
Il fut décidé à l'unanimité que Loki resterait dans leur repère, le temps de savoir ce qui se tramait. De toute façon, il ne se sentait pas capable d'affronter le regard du dieu de la mer, de Freyja, ni même celui d'Odin, après l'humiliation publique de sa punition toute récente. Punition qui s'avèrerait sans doute trop douce et surtout trop rapidement levée pour les deux dieux qui ne l'appréciaient déjà pas beaucoup. Ce petit moment de solitude lui permettrait aussi d'examiner, sans témoin, sa peau moins douloureuse, mais portant encore des traces de lacérations par endroit.
Il resta aussi seul pour tenter quelques expériences, afin de savoir s'il restait en lui quelques parcelles de sa précieuse magie confisquée par le Père. En vain. Ces stigmates lui rappelaient encore davantage sa situation précaire à Idavoll et les risques qu'il faisait courir à ses amis. Il avait beau se concentrer, il ne possédait plus le moindre pouvoir.

Thor s'habilla à la hâte enfilant négligemment un tee-shirt et son jean. Il descendit, à peine peigné, quelques boucles rebelles lui cachant une partie du visage, en compagnie de la jeune déesse portant une petite tunique blanche qui contrastait avec sa chevelure noire. Ils passèrent un temps inaperçu au milieu de la troupe occupée à ses retrouvailles avec Odin. Puis, ce dernier ayant remarqué leur présence les héla :

— Thor, mon fils, viens ici !

Il paraissait d'une extrême et surprenante bonne humeur.

— L'Aube des dieux est une réussite, expliqua-t-il. Le rituel a réveillé nos amis et alliés qui sont arrivés vers nous des terres où ils avaient trouvé refuge en attendant ce grand moment. Heimdall a déployé le Bifröst pour aider à leur retour.

Il pointa le magnifique arc-en-ciel devant eux qui descendait jusqu'à la tente.

Eira ouvrait de grands yeux admiratifs tant le pont aux nuances iridescentes, pouvant porter hommes et montures, était immense, majestueux. Il semblait couler telle une cascade colorée directement des cieux. Un guerrier vêtu aux couleurs de la nuit, le gardait, lance à la main. Il esquissa un sourire quand il se rendit compte que la belle jeune fille aux yeux verts le regardait avec insistance.

— Je suis Heimdall, se présenta-t-il et toi, tu dois être Eira. Je me trompe ? Heureux de te revoir ici.

Revoir ? Comment pouvait-il la connaître sous sa forme humaine ? Odin n’avait même pas prononcé son nom. Etait-il une ancienne connaissance de sa vie passée ?

Soudain, elle se rappela avec effroi sa première montée de la Lyfia, son bain dans la cupule, et le merveilleux arc-en-ciel qu'elle avait aperçu à ce moment-là. Alors, elle se mit à rougir sous le regard amusé du dieu-gardien.

— Ne t'inquiète pas. Le spectacle était... délicieux, ajouta-t-il malicieusement, pour finir de la plonger dans l'embarras.

Thor, Loki et maintenant Heimdall, combien de dieux encore avaient pu découvrir son anatomie ?

A côté, Odin poursuivit :

— Tous ces guerriers ayant survécus au Ragnarök attendaient avec impatience l'Aube aux côtés de Baldur et Höd. Thor, je te présente tes deux frères.

Le dieu du tonnerre resta un temps immobile face à deux hommes à la grande stature, qui paraissaient bien plus âgés que lui. L'un deux, majestueux, portait une barbe fournie et une longue épée. Il le dévisageait d'un air hautain. L'autre, plus mince et petit, était aveugle.

— Enchanté, bredouilla le dieu du tonnerre en tendant la main au premier.

Eh bien, songea-t-il. Je n'avais pas assez d'un frère, dieu de la ruse et du feu à gérer, voilà maintenant que deux autres, dont un infirme, entrent dans ma vie.

Au lieu de lui rendre sa poignée de main, les deux autres se prosternèrent devant lui, créant une certaine gêne chez le blond qui se retourna, l'air interrogateur, vers son père.

— Tu es le prince légitime d'Asgard, Thor. Le futur roi. En cela, tous, mêmes tes frères te doivent le plus grand respect !

Thor n'était pas habitué à ces coutumes d'un autre âge. A vrai dire, il n'appréciait pas du tout être ainsi le centre de toutes les attentions. Il bredouilla « Enchanté quand même », avant de prendre Eira par le bras et de l'emmener le plus vite possible à l'écart, prétextant aller prendre leur petit déjeuner. Ce qui, après coup, lui parut une excuse vraiment ridicule.

Ils remontèrent tout de suite dans leur dortoir afin de raconter ce qu'ils avaient appris à Loki, qui les attendait impatient, un livre de poésie nordique à la main.

A l'annonce des noms de Baldur et Höd, son visage se ferma. Il se mordit la lèvre en se massant les tempes.

— Que se passe-t-il Loki ?, demanda la jeune femme, préoccupée par cette réaction étrange. Ton mal de tête est encore là ?

— Non, pas du tout, mais je sens que je vais devoir rester confiné dans cette chambre un bon moment, annonça le brun

— Pourquoi ? Odin ne t'a pas cantonné ici, il me semble ? Tu es juste en liberté surveillée, s'inquiéta le blond.

Jetant l'Edda qu'il avait caché dans le double fond de son sac à la tête de son frère, il dit :

— Il serait temps que vous lisiez ce livre, même si ma fierté risque d'en prendre un sérieux coup… Bon, en résumé, il fut un temps où j'ai commandé à Höd et Baldur de s'entretuer. Je présume donc que si tous les deux sont vivants et réconciliés à présent, je ne serai pas de sitôt convié à vos repas de famille.

Thor accusait le choc de ce nouvel exploit de Loki, mais il voulait donner le change et rassurer son frère fort éprouvé

déjà par les évènements de la veille. Il lui dit simplement :
— Euh, tu sais, le courant n'est pas vraiment bien passé entre eux et moi. Ils ne m'ont pas vraiment sauté au cou en me voyant, si tu vois ce que je veux dire.

— Et puis, nous n'avons que faire de qui tu étais avant et de ce que tu as pu faire. Tu es simplement toi, Thomas, alias Loki, ajouta la jeune fille en lui tendant le petit livre qui était tombé au sol.

Thor lui reprit pourtant des mains, en reculant au fond de la chambre, brandissant l'objet comme un trophée :

— Hé, laisse-moi le lire. S'il y a du croustillant qui pourrait me permettre de faire chanter mon frère à l'avenir, je vais le lire en entier, moi, ce bouquin !

Loki semblait dépité. Pour ça, il allait avoir sa dose d'anecdotes en tous genres, farfelues et croustillantes à souhait ! Mais le blond, voyant sa gêne, lui remit finalement le livre entre les mains en lui chuchotant :

— Je m'en fiche, depuis dix-huit ans et des poussières, j'ai déjà amassé assez d'informations sur ton compte pour obtenir pas mal de faveurs.

Loki haussa les épaules en secouant la tête puis les remercia tous les deux chaleureusement.

La paix semblait à nouveau régner dans le gîte.

Pendant leur conversation, Odin et ses fils, ainsi que les guerriers avaient décidé de gravir la Lyfia afin d'aller déposer des offrandes au pied du vénérable Yggdrasil. L'Aube ayant été, il fallait remercier les ancêtres pour leur bienveillance.

Le logis paraissait calme, vide. Le trio décida d'aller glaner quelques restes du petit déjeuner dans la minuscule cuisine. Dans le petit couloir, ils croisèrent Freyja en pleine conversation avec elle-même, devant son étrange miroir. Cette dernière, gênée qu'on la surprenne ainsi en pleine séance d'auto-contemplation, fit tout de suite volte-face pour asséner une gifle cinglante sur la joue de Loki.

— Et ça continue, dit ce dernier, en portant la main à sa joue. Bon sang, je ferais peut-être mieux de rester dans la chambre finalement.

— Qu'est ce qui te prends ?, demanda Eirwen.

— Il nous a trahis et puis il a failli me tuer l'autre soir, non ? Il a gâché ma séance d'autographes aussi !, se fâcha la déesse de l'amour, décidément d'une humeur massacrante.

Pendant ce temps, les garçons s'étaient décalés vers les victuailles, les laissant entre filles, tout en tendant l'oreille.

— Où sont les autres ?, demanda la brune.

— Ils sont partis accomplir un rituel en haut de la montagne sacrée, répondit sèchement la rousse.

— Pourquoi n'es-tu pas avec eux ?

— Pff, les filles ne sont pas invitées, s'indigna Freyja, tout en allant s'asseoir sur le canapé moelleux du salon, suivie d'Eira, un peu chagrinée par ce machisme divin.

Thor, entendant ces mots, ne comprenait pas pourquoi on l'avait laissé ainsi de côté, tout comme les filles d'ailleurs. Il pouvait à la rigueur comprendre que Loki ne soit pas convié à la « fête » pour le moment, mais lui, il n'était pas... puni. Du moins, pas qu'il le sache. Pour quelle raison,

Odin ne lui faisait-il plus confiance et le mettait ainsi en marge de ce grand évènement ?
Vexé, il décida de se lancer, lui aussi, dans l'ascension du mont Lyfia pour rejoindre son père.
Il laissa là, sans plus d'explication, le dieu du feu déchu, en compagnie des deux jeunes femmes en pleine conversation sur le potentiel de la magie verte et rouge que chacune d'elle maîtrisait parfaitement. En effet, si Freyja avait encore quelques soucis avec ces dons d'hypnotiseuse, la magie de l'amour n'avait plus aucun secret pour elle. Le dieu dépité, cette discussion lui rappelant soudain qu'il était totalement privé de ses artifices magiques, sortit en catimini pour une promenade en solitaire dans le bois, qui ne se termina pas sans quelques caresses à Sleipnir. L'animal attendait sa pomme quotidienne. Il semblait heureux de revoir Loki à peu près entier et sur ses deux jambes. Son égo, par contre, avait gardé des traces cuisantes de cette horrible soirée.

Pendant ce temps, au sommet du mont, près de la cupule, dieux et combattants tenaient une sorte de conciliabule. Des offrandes étaient posées près du grand frêne, mais l'instant ne paraissait pas plus solennel que cela, contrairement aux dires de Freyja.

— Tiens te voilà enfin, dit Odin. Où sont Freyja et Eira ?
Thor ouvrit de grands yeux, surpris de cette requête. Il rappela, inquisiteur, que les filles ne devaient pas venir.
Sur quoi Odin lui répondit, tout aussi surpris, que Freyja devait juste rester au chalet afin de les inviter à monter, une fois qu'ils seraient prêts, mais surtout qu'une Ase femelle

avait autant de droit qu'un dieu à Asgard. Frigga était d'ailleurs une maîtresse femme, ironisa-t-il, face à laquelle aucun dieu ne faisait le poids, lui y compris.
Thor rassuré, songea que Freyja avait imaginé ce prétexte pour passer plus de temps à s'admirer, ou qu'elle avait simplement besoin d'un tête à tête entre filles pour parler chiffons ; ce qui allait à coup sûr ravir Eira, la garçonne.

Odin ne parut pas plus chagriné que cela. Il était vraiment d'une humeur joyeuse aujourd'hui, ce qui contrastait avec son courroux de la veille. Les échanges reprirent de plus belle.
Il s'agissait, en fait, de savoir quels dieux Frigga avait choisi de sauver. Ne pouvant, le soir du Ragnarök, par manque de temps, envoyer sur terre que l'ADN de ceux qu'elle trouvait dignes et compétents pour tenter une seconde bataille, la grande mage avait dû trancher. Elle n'avait pas eu le temps de confier ses choix à son époux. Tous avaient leur mot à dire concernant le plus méritant, le plus courageux ou le plus fort, sauf Thor qui finalement ne connaissait même pas les autres déités de son propre panthéon.
Il commençait bien à se remémorer quelques vagues souvenirs de ce passé lointain, mais visages et noms lui échappaient encore. Il lui fut confirmé, par la même occasion, que les cinq appelés du rituel de l'Aube dont il faisait partie n'étaient pas les seuls à avoir la « chance » de faire partie des « essentiels » dont Odin semblait avoir besoin pour assouvir un dessein dont, pour le moment il n'avait qu'une vague idée. Cela faisait beaucoup

d'inconnues dans l'équation. Il était, à vrai dire, un peu perdu. Les mots Ragnarök et Asgard s'entrechoquaient dans son esprit sans y faire totalement sens.
Pourtant, il fallait faire vite. Il fallait retrouver puis réveiller la marque de ces dieux en puissance pour qu'ils puissent s'entraîner et accomplir la prophétie dans les temps, sans quoi la nouvelle Asgard ne verrait jamais le jour. Contrairement aux survivants plus âgés, ayant attendu sagement sur Terre le retour de leur roi, ces jeunes héros devaient avoir l'âge des cinq élémentaux et vivre encore, dans l'insouciance, leur vie humaine aux quatre coins de la planète.
Au mot « marque », un déclic se produisit. Thor se rappela celle qui était gravée sur la nuque de la douce Eira. C'était évident, sa marque contenait la solution. Celle de la caverne s'illuminait d'une nouvelle rune dès qu'un dieu renaissait. Mais, le sceau d'Eira était, lui, sans aucun doute, complet, comme un indice laissé par Frigga afin qu'ils puissent réunir tout le monde. Il fallait retourner au gîte afin d'aller trouver la jeune femme. Thor tenait la solution.

— Voilà bien mon fils, s'enorgueillit Odin, en tapotant l'épaule du garçon. Une fois que nous saurons quels sont les dieux ou déesses élus, Heimdall se mettra à chercher où ils demeurent afin que nous puissions aller les récupérer rapidement.

Le dieu gardien, en plus de maîtriser les secrets du Bifröst, possédait en effet en lui une magie ancestrale qui lui permettait de scruter les mondes à la façon d'un GPS

ultraperfectionné, ce qui en faisait un allié précieux pour le seigneur d'Asgard.
Le groupe regagna le chalet, où les filles étaient toujours en grande discussion près de la cheminée.
Eira ne fut pas mécontente de retrouver les autres, Freyja ayant maintenant abordé le sujet « petits amis », ce qui la mettait aussi mal à l'aise qu'un poisson hors de l'eau.

Relevant doucement ses cheveux, elle dévoila pudiquement à Odin sa nuque fine et les douze runes qui y figuraient autour d'Elhaz, qui selon Jans la représentait, elle, le pilier. Les quatre premières étaient celles des dieux présents lors de l'Aube. Il y avait aussi, gravés dans sa chair les signes d'Heimdall, de Baldur et d'Höd. Restaient donc quatre divinités à retrouver sur la planète Terre, puisque la dernière rune n'était autre que celle d'Odin lui-même.

Le dieu des dieux reconnut sans peine les symboles de Tyr et Freyr, le Vane[7] et jumeau de Freyja. Il identifia aussi la belle, mais puissante Sif ainsi que la lumineuse Sol. A son grand désespoir, nulle trace de Frigga, son épouse bien aimée qu'il pensait pourtant retrouver parmi les survivants pour mener bataille à ses côtés. Asgard détruit, elle avait, elle aussi, péri sans avoir le temps de rejoindre l'asile offert par la verte Midgard.
Odin toucha le centre du cercle, où le bouclier d'Awe figurait en bonne place. Cela signifiait que la jeune fille

---

[7] Les Vanes sont avec les Ases et les Dises un des trois groupes de la mythologie nordique (ndle)

était au centre de la prophétie comme la guerrière des guerrières qui le mènerait, avec sa garde, à la victoire.
Eira rougit de sentir les doigts puissants de son roi glisser délicatement sur sa peau, examinant la moindre parcelle de son tatouage. Ce dernier s'en rendit compte et lui adressa un sourire en s'inclinant solennellement devant elle :

— Tu es le don des dieux, douce Eira ! Grâce à toi, nous ramènerons l'équilibre parfait. Grâce à toi, l'Asgard nouvelle victorieuse pourra veiller sur les mondes en paix.

— Comment pourrais-je accomplir cela ?, murmura timidement la guérisseuse.

— Frigga t'a choisie. Elle a toujours su ce qu'elle faisait. Fais-moi confiance. Fais-lui confiance et ne doute pas que ton destin sera grand.

Eira le remercia, s'inclinant à son tour en signe de profond respect. Dans les souvenirs qui lui revenaient en masse ces dernières nuits, elle avait pu apercevoir une belle dame au doux sourire. Peut-être était-ce le visage apaisant de Frigga qui venait lui donner du courage pour accomplir cette mission qui pesait sur ses frêles épaules.

Tout était pourtant en ce moment entre les mains du dieu gardien du Bifröst. Il devait retrouver l'endroit où les autres pourraient avoir pris vie dans leurs nouveaux corps. Pour ce faire, il partit s'isoler dans un endroit tenu secret afin d'entrer dans une transe provoquée par des incantations de la Norne, reprises par Freyja dont le timbre cristallin était enchanteur à côté de la voix rugueuse de Jans.
Les autres dieux étaient restés devant le chalet de bois.

Ce fut le moment mal choisi par Loki pour rentrer de sa promenade improvisée. Lui qui voulait rester discret, c'était raté.
Njord se mit en travers de son chemin pour lui barrer le passage, laissant exploser sa colère.

— Que fais-tu ici, traître ? Tu ne devrais pas être encore au fond de ton trou, à pourrir comme la pire des vermines ?
Le jeune homme baissa les yeux tentant de se faire le plus petit possible afin de ne pas attirer l'attention des deux frères de Thor. Mais Baldur avait par instinct reconnu le dieu du feu et commençait à s'avancer aussi vers lui, plus menaçant que jamais.
Thor se planta dans le sol, bombant le torse, prêt à se battre même si de toute évidence, il n'aurait pas fait le poids face à ces deux montagnes de muscles. Même si, parfois, il lui arrivait encore de douter de Loki, il avait entièrement confiance en Thomas qui sommeillait toujours au fond de lui. Il n'allait pas le laisser se faire massacrer par ces pseudos frères fraichement débarqués dans sa vie.
Odin intervint alors, imperturbable :

— Il a payé pour sa faute par le passé, Baldur. Il l'a encore payé, douloureusement, il y a peu, devant vous tous. Je pense qu'il convient de lui laisser une autre chance puisque Frigga en a décidé ainsi. La reine ne l'a certainement pas choisi par hasard pour être à nos côtés.
Il voulait paraître convainquant, même si lui-même était encore stupéfait de ce choix étrange fait par son épouse.
Il ajouta, menaçant à son tour :

— A la moindre faute, son sort sera scellé et je pense qu'il l'a bien compris. N'est-ce pas Loki ?

Il jeta un regard noir vers le brun qui, suivi de Thor, la tête basse, regagna sa chambre, sentant sur lui peser les regards des autres qui auraient voulu le voir mort sur-le-champ.

— Ne me suis pas comme un toutou, lança-t-il furieux au dieu du tonnerre, une fois dans la petite pièce. Je n'ai pas besoin de garde du corps !

— Tu crois vraiment, répondit son frère ? Sans tes pouvoirs, tu n'aurais pas tenu deux secondes face à Njord, même pas une, face à Baldur !

Au fond de lui, Loki savait que le blond avait raison et qu'à ce moment, privé de sa magie, il était aussi faible qu'un agneau qui s'attaquerait à un loup.

Lorsqu'Eira entra dans la pièce, la tension était à son comble. Thor et Loki restaient muets chacun dans un coin, bras croisés dans une sorte de mimétisme fraternel. La jeune déesse éclata de rire.

— Gros titres du soir : Guerre froide sur le camp d'Idavoll, annonça-t-elle façon présentatrice du journal télévisé, en se moquant ouvertement d'eux. Vous feriez mieux de voir le bon côté des choses, Odin n'a pas l'air d'avoir envie qu'on te pende haut et court ce soir, Loki. Quant à toi, Maître Thor -elle fit mine de s'incliner devant le blond- il ne jure que par son fiston préféré.

Ce dernier, lui baisant la main, ajouta, enfin plus détendu :

— Et n'oublie pas la douce Eira, notre guide suprême, qui a le don des dieux.

Loki finit lui aussi par sourire de cette situation cocasse. Si on y pensait bien, lui, le fléau d'Asgard partageait sa couche avec les deux héros les plus chéris d'Odin lui-même. Ce paradoxe était jouissif.

— Quel honneur de pouvoir côtoyer vos majestés, ironisa-t-il, se laissant enfin aller à plus de légèreté.

De toute façon, il n'avait d'autre choix que d'accepter sa situation précaire et en attendant que celle-ci s'améliore et qu'il retrouve un peu de dignité, il devait s'estimer heureux d'avoir pour gardiens Eira et Thor.

L'atmosphère était plus détendue quand, plus tard, Jans vint leur demander de descendre tous les trois afin de partager le souper.

— « Tous les trois ?! ». Vous êtes sûr que nous sommes attendus tous les trois ?, questionna le brun, qui pensait avoir mal entendu.

— Oui, c'est bien cela, tous les trois. Odin a quelque chose à vous annoncer. Tous les élus doivent faire acte de présence, même vous Loki.

— Quitte à provoquer une guerre civile ?, continua le jeune dieu, pas vraiment convaincu.

— Ils ne vous toucheront pas... tant qu'Odin n'en aura pas donné l'ordre. Rassurez-vous.

Voilà effectivement de quoi être rassuré ! Il allait être jeté dans la fosse aux lions, qui n'attendaient qu'un claquement de doigts du dompteur pour le dévorer tout cru, joyeuse soirée en perspective. Il descendit pourtant, prenant soin de rester bien en retrait, dissimulé derrière la Norne et ses deux amis.

Autour d'une sorte de banquet gargantuesque, campé au milieu de la grande tente éclairée de mille bougies, ce qui conférait au lieu un aspect mystique, dieux et déesses, mais aussi quelques capitaines de la garde royale, attendaient patiemment leur souverain, assis sur de riches tapis posés sur le sol.
Quelques soupirs et grincements de dents se firent entendre à la vue du trio et surtout de Loki qui n'était pas, comme il l'avait supposé, le bienvenu. Mais bien vite, tous se turent. Odin avait fait son entrée. Ils allaient pouvoir s'enivrer de ce qu'il avait de si important à leur dire.
Au-dessus d'eux, le souverain créa avec un enchantement, d'un geste du poignet, une voûte céleste artificielle où l'on pouvait découvrir les neufs mondes graviter autour de l'Yggdrasil. Tout autour de cette coupole, on pouvait facilement deviner les runes des douze dieux qui porteraient la prophétie. Traçant des traits reliant ces douze points avec son sceptre, Odin fit jaillir une étoile à douze branches : l'étoile du sacrifice. En son centre brillant, l'Oegishjalmr qu'arborait la déesse de la médecine avec ses huit branches, se combinant lentement en une seule, l'unique et brillante « Elhaz », le bouclier d'Awe.
Dieux et guerriers étaient subjugués, tout autant par le spectacle que par le discours d'Odin.
— Voici le don suprême qu'il va nous falloir faire pour ouvrir les portes du temps. Nous devrons nous unir, tous, pour former un tout parfait afin qu'Urd, Verdandi et Skuld, notre Norne, dans un ultime effort, puissent nous ramener au moment même du Ragnarök.

Face à Surt, dans le feu de l'enfer, Eira sera notre guide. Elle nous apportera la force de remporter la victoire tant espérée car plus que moi, elle est l'élue. Voilà l'ultime sacrifice qui rétablira l'équilibre cosmique.

Sur ces derniers mots, l'étoile implosa, laissant place à l'image d'un palais scintillant fait de cristaux et de métaux finement ciselés : la cité d'Asgard était là devant eux, presque réelle !

Eira ne savait plus où se mettre car tous les regards désormais s'étaient dirigés sur elle. Elle était peut-être un pilier, elle savait soigner, mais certainement pas se battre, surtout pas contre Surt, le démoniaque dont l'image la hantait chaque nuit.

— Pourquoi moi ? Je ne suis pas une guerrière, demanda-t-elle avec pudeur et timidité.

— L'esprit de Frigga en a décidé ainsi, ajouta Odin. Sa magie a toujours su créer les alchimies les plus improbables. Jusqu'à ce triste soir du Ragnarök, ses entreprises ont toujours été couronnées de succès. Allons dans la confiance. Le jour est proche.

Odin les congédia ensuite, afin de pouvoir se reposer. Les semaines suivantes allaient être éprouvantes et toutes les forces seraient mises à rude épreuve afin de mener la grande entreprise. Pour le moment, Heimdall n'ayant toujours pas trouvé de pistes sérieuses pour mettre la main sur les quatre derniers héros, il fallait surtout prendre des forces et apprendre à combattre.

La discussion se poursuivit dans la chambrée entre les deux garçons et la jeune déesse, assis face aux étoiles, visibles depuis l'encadrement de la fenêtre ouverte. Ils étaient toujours troublés par ce qu'ils venaient d'entendre de la bouche même du dieu des dieux.

— Et bien voilà, maintenant au moins, tout est clair. Enfin presque, commença Thor avec une moue dubitative. Une étoile, un sacrifice, une bataille sanglante et hop, nous serons en deux temps trois mouvements à Asgard pour fêter la victoire, facile non ?

— Qui parie que je serai le premier sacrifié sur le grand autel d'Odin ? Sans mes pouvoirs, je ne pourrai de toute façon pas rester longtemps vivant dans l'enfer de Surt qui, selon les souvenirs qui se sont rappelés à moi récemment, n'est pas des plus empathiques. Finalement, autant que mon sang de traître serve à quelque chose de noble non ?, ajouta Loki.

Eira écoutait sans rien dire. Les mots « étoiles du sacrifice » résonnaient encore en elle comme si elle seule en percevait le sens ultime, mais sans oser y croire. Les yeux perdus dans la nuit, elle grelottait alors qu'un air chaud, encore chargé d'odeurs d'encens, pénétrait par la fenêtre.

Puis sèchement, elle dit :

— Je ne suis pas celle qui vous faut pour être le pilier ! Je n'y arriverai pas !

— S'il y a bien une personne en qui nous avons confiance, c'est toi, répondit calmement Loki, en prenant les mains gelées de la jeune fille entre les siennes.

— Loki a raison. Tu es bien la personne la plus raisonnable et forte de nous tous, continua Thor en lui posant une couverture sur les épaules.

24. L'attaque d'Idavoll

Le campement des divinités avait sombré dans la nuit, laissant ses guerriers face à leurs rêves ou leurs peurs, selon l'humeur de chacun. Sur la grande plaine plongée dans une brume épaisse, un calme apparent régnait.

C'est alors qu'un tumulte sans nom s’abattit en une fraction de seconde sur Idavoll.

Ce fut d'abord la confusion. Les gardes hurlèrent l’alerte, sortant les dieux de leur sommeil.

De l'obscurité la plus totale était né le chaos. Des dizaines d’hommes encapuchonnés, vêtus de noir, envahissaient l'endroit, torches ou épées à la main.

Les disciples de Surt étaient là, dans ce lieu sacré pourtant protégé par de nombreux sortilèges de dissimulation. Comment avaient-ils pu découvrir l'endroit précis de ce saint des saints. Comment avaient-ils pu passer la muraille magique qui l'entourait ?

Odin accompagné de ses deux fidèles loups, montrant leurs crocs d'acier, était déjà posté devant la tente, faisant face à la menace de toute sa stature.

Devant de lui, ses trois fils, épées tendues vers des ennemis presque invisibles dans l'obscurité profonde qui enveloppait la tente et le petit chalet.

Tout autour, les valeureux combattants d'Asgard.

Njord se préparait lui aussi au combat brandissant un imposant trident. Même Eira, en simple tunique de nuit, s'apprêtait à recourir à la magie pour repousser les

assaillants, Loki à ses côtés, tenant en main un arc attrapé à la hâte sur la terrasse, pour tenter de la défendre au mieux. Privé de ses pouvoirs, il ne pouvait faire mieux. Pourtant, sans hésiter une seule seconde, il se lança dans la mêlée, projetant de mettre son propre corps en bouclier entre les assaillants et la jeune fille ou bien son frère, si le besoin s'en faisait sentir. C'était étonnant de voir la rapidité à laquelle leurs « vieux » réflexes de combattants reprenaient le dessus, face au danger.
Seuls Heimdall, toujours à sa retraite mystique, la Norne et Freyja manquaient à l'appel.

Les deux camps s'observaient mutuellement, jaugeant la force de l'adversaire. Mais de toute évidence, les combattants de Surt, grâce à l'effet de surprise, avaient pour le moment l'avantage.
Un cri strident proche d'un sifflement de bête retentit. Les épées de métal s'entrechoquèrent, produisant grands bruits, et par-ci et par-là, des hurlements. L'odeur du sang était aussi présente, mais plus que tout encore était l'odeur de fumée, si acre qu'elle piquait le nez et les yeux, obligeant les guerriers à baisser leur garde. Le feu ravageait maintenant la tente d'Odin, brûlant au passage les herbes sèches entourant le lieu. Le Père de Toutes Choses semblait impuissant, par manque de préparation, face à cette attaque. Il était encore engourdi de son long sommeil et ses hommes n'avaient pas mené bataille depuis bien trop longtemps. Il regardait la scène, tentant d'analyser ce qui se passait, pour trouver la parade adéquate.

Freyja apparut enfin, vêtue d'argent, ses yeux brillants d'une étrange lueur.
Thor et Baldur, maintenant côte à côte, dans un même combat, ne déméritaient pas, ayant fauché quelques ennemis avec leur force titanesque. Sans réfléchir ni vaciller outre mesure, le pacifique Angus venait d'ôter la vie à des semi-hommes. Sa tunique était couverte de sang et son regard fixé sur ses ennemis en disait long sur sa motivation : les terrasser jusqu'au dernier. Il avançait, droit devant, épée en main en poussant des cris de guerre puissants pour se donner du courage.
Eira se concentra en déclinant quelques incantations, qu'elle avait appris dans un de ses vieux livres, et fit émerger une énorme sphère lumineuse qui s'éleva dans le ciel et permit enfin aux Asgardiens de voir le visage et le nombre réel de leurs agresseurs.
Le teint pâle, les pupilles entièrement noires, on eut dit des fantômes qui ne reculaient devant rien, même pas la mort. Leurs lames incandescentes virevoltaient dans les airs, assenant des coups qui se voulaient mortels. Loki décocha quelques flèches qui firent tomber ceux qui tentaient de s'approcher de trop près de la source lumineuse produite par la jeune déesse.
L'entraînement imposé par Jans était finalement bien utile, même si les armes plus incandescentes qu'il était capable de créer, lui auraient été de la plus grande utilité à ce moment précis.

Höd fut brutalement plaqué au sol par un soldat démoniaque prêt à lui trancher la gorge. Il ne dut son salut qu'à Thor qui empoigna son assaillant, le faisant tournoyer au-dessus de sa tête comme une poupée de chiffon. Maintenant face à plusieurs hommes de Surt, venus en renfort, il semblait malheureusement lui aussi en difficulté. Plus loin, Njord, usant de sa fourche aiguisée, tentait de faire reculer les adversaires qui s'avançaient vers le petit chalet rouge.

Baldur, plus aguerri à la bataille, commandait les guerriers d'Asgard, mais ces derniers, manquant cruellement d'entraînement, ne brillaient pas autant qu'il l'aurait souhaité. Beaucoup déjà étaient à terre, gravement blessés par les armes fumantes. Le fils d'Odin pestait. Comment avaient-ils pu se faire piéger ainsi sur leurs propres terres ! Maintenant au corps à corps avec un homme en noir qui envoyait des projectiles enflammés vers Eira, dans le but de la faire faiblir et de replonger la scène de combat dans les abysses, Loki vola dans les airs et alla s'écraser lourdement contre le tronc d'un arbre. Se relevant d'un bond, il prit une dague qui se trouvait au sol et l'enfonça juste à temps dans la nuque du malandrin avant qu'il n'atteigne la jeune déesse concentrée sur sa tache magique. Le moment était tragique, le dénouement de la bataille plus qu'incertain.

Odin, le dieu de la guerre, se releva alors de toute sa hauteur et entonna un hymne occulte qui eut comme effet instantané de décupler les forces des siens. Cela demandait au dieu-père, à peine réveillé, un effort énorme qui le faisait chanceler, mais cet envoûtement eut le mérite de rendre son armée si puissante que les autres, à leur tour surpris, battirent en retraite dans une explosion assourdissante, s'évaporant dans la pénombre.

Immédiatement, ce fut le calme pesant des champs de bataille, celui où la mort se mêle à la douleur.
Tous tentaient de reprendre leurs esprits face au cauchemar qui venait de se produire, de retrouver leur souffle. Odin abasourdi lui aussi, compta les siens. Blanc comme un spectre, il tenait à peine debout, épuisé d'avoir dû mener bataille alors qu'il venait à peine de sortir de siècles de dormance au cœur du frêne sacré.
Fort heureusement ses fils étaient en vie, plein d'entrain, étrangement galvanisés par le combat.
Njord également.
Eira parcourait le lieu en quête de blessés à soigner, le dieu fourbe boitillant toujours à ses côtés pour veiller à sa sécurité.
Thor était là, lui aussi, tout proche, protégeant instinctivement le pilier.
Seule Freyja manquait désespérément à l'appel.
Le jour se levait sur la terre dévastée par le feu de Surt. Une vision d'horreur qui laissa les combattants d'Odin en état de choc. Comment ces fidèles du monstre avaient-ils pu découvrir cet éden préservé durant des millénaires ? Comment lui, le père omniscient, n'avait-il rien vu venir ?
Odin chancela et finit par s'asseoir au milieu des ruines de son campement, où seul le gîte semblait avoir été miraculeusement épargné. Comment pourraient-ils battre le maître alors qu'il s'en était fallu de si peu pour que quelques disciples les mettent à genoux ?
Tout à coup, s'étant donné le mot, Höd, Baldur et Njord entourèrent, avec quelques gardes encore debout, Loki qui ne

bougea pas, laissant tomber au sol sa dague en signe d'apaisement. Il leva les mains en l'air.

— C'est toi, dieu félon, hurla Baldur. Ça ne peut être que toi !

Thor et Eira se rapprochèrent tout de suite de la scène.

— Tu es le seul à avoir pu renseigner ton ancien maître !, renchérit Njord d'un ton haineux.

Loki recula finalement, prêt à se défendre puisque de toute évidence, la méthode « drapeau blanc » ne fonctionnait pas.

— Je n'ai pas renseigné Surt. Je ne peux même plus créer une seule étincelle. Odin m'a privé de ma sorcellerie !

— Tu es le seul à avoir erré sans surveillance cette après-midi sur cette terre bénie où protection nous était assurée. Qui sait ce que tu as fait durant tout ce temps ?, hurla le dieu aveugle.

Sur ce, Baldur, d'un coup de poing puissant au visage, envoya Loki impuissant et ensanglanté rouler au sol.

Thor courut vers son frère de cœur, attrapant son bras pour l'aider à se relever, un glaive dans l'autre main.

Les trois frères et le dieu du feu, encore gonflés par l'adrénaline de la nuit, semblaient prêts à s'affronter. Une nouvelle fois, le fer allait éprouver le fer.

Mais ce combat fratricide n'était pas du goût d'Eira, qui bravant les coups qui fusaient de toutes parts, se posta entre les deux clans en grondant :

— Ça suffit ! N'y a-t-il pas eu assez de blessés et de morts cette nuit ! Ça suffit ! Vous n'êtes pas des ennemis, vous êtes tous frères !

Quand la lame de Baldur la frôla, Loki blêmit.

Il se plaça promptement, comme il l'avait prévu, en position de bouclier devant la déesse. La seule différence était qu'il avait prévu que l'ennemi soit un homme en noir, pas un combattant de son propre camp. La pointe acérée qui allait blesser Eira était maintenant prête à s'enfoncer sans aucune culpabilité dans son thorax.

En intervenant, Odin détonna :

— Arrêtez immédiatement ! Que les armes soient toutes posées à terre !

Il lança Geri et Freki hérissés et grognant au milieu de l'arène, ce qui eut comme conséquence de stopper net le combat.

— Père ! Laissez-moi transpercer ce menteur. Il a été et sera toujours la cause de tous nos tracas, hurla Baldur qui ne baissait pas sa garde, menaçant encore le brun.

— Pose ton arme au sol Baldur. Je m'occuperai de son sort plus tard.

Il jeta un regard plein de fureur au dieu du feu et reprit :

— L'heure est à compter nos morts et à leur rendre hommage. L'heure est à soigner nos blessés et certainement pas à la querelle.

Se toisant encore quelques secondes, les deux camps finirent par se disperser. Höd et son aîné suivirent Odin afin de rassembler les valeureux qui avaient perdu la vie cette nuit. Eira prit la main de Thor et celle de Loki et les emmena dans la direction opposée pour apaiser la tourmente qui couvait en eux.

Aucun des trois n'osait parler.

Le brun savait bien que même s'ils étaient venus le défendre, les deux autres se posaient la même question que Baldur.

C'était légitime. Un traître était de toute évidence parmi eux à Idavoll et cela ne pouvait être que lui.
Finalement, même lui finissait par douter de sa propre intégrité. La menace proférée par Odin de s'occuper de son cas n'était pas pour le rassurer. La morsure du fouet le cuisait encore, retenter l'expérience ne le tentait pas le moins du monde.
Il savait aussi que Thor et Eira s'étaient porté garants de lui. Si jamais Odin venait à vraiment se fâcher, tous trois seraient sévèrement châtiés. Ce n'était pas juste. Mais y-avait-il vraiment une justice dans ce qu'il vivait en ce moment sans l'avoir voulu ?
Lâchant brutalement la main si douce et chaude de la jeune déesse, il s'assit sur un tronc d'arbre et se frotta les yeux avec ses deux mains. Qu'est-ce que c'était encore que ce cauchemar ? ! Était-il en train de devenir fou ou de se transformer en un monstre qui n'était même pas capable de savoir ce dont il était capable ?

— Ce n'est pas ta faute, tu n'as rien fait ? N'est-ce pas ?, lui adressa-t-elle avec la plus grande douceur.

Il n'en savait fichtrement rien. Il ne savait plus où il en était, alors il remua simplement la tête négativement.

— N'est-ce pas Loki ?, ajouta, plus direct Thor, qui n'était pas le fils d'Odin pour rien.

— Non, je n'ai rien fait.

— Alors, il n'y a pas à nous en faire. Tout ira pour le mieux, conclut le blond en prenant place à côté du brun.

Si seulement, songea Loki, toujours pas persuadé que ce serait le cas. Les derniers jours, les dernières heures, n'avaient pas été de tout repos pour lui. A quoi devait-il s'attendre maintenant ?

25. Nouvelles

Heimdall était enfin sorti de son isolement pour apporter des nouvelles. Il fut stupéfié par le spectacle qui s'étalait devant ses yeux. Il avait senti durant ses moments de clairvoyance que quelque chose d'anormal se déroulait dehors. Il n'avait pu quitter son état de transe au risque de perdre les précieuses informations qu'il avait apprises sur les quatre déités manquant à leur cercle. L'accomplissement de la prophétie en dépendait.

Quelle désolation ! Le chaos régnait sur le hameau d'Idavoll que les flammes avaient léché avec la même avidité qu'un enfant léchant un cornet de glace. Les survivants tentaient de remettre de l'ordre comme ils le pouvaient, éteignant les brasiers, redressant le mobilier intact, regroupant les blessés sous le porche sculpté du gîte qui avait miraculeusement survécu à l'attaque.

Au loin, Odin, accablé par la tristesse et épuisé par le sortilège qu'il avait dû lancer, appelait les valkyries qui transpercèrent le ciel de leurs hurlements stridents, rappelant à Eira ses visions passées. Ces femmes magnifiques aux longs cheveux d'un blond presque blanc, sur leurs chevaux volants, étaient là devant elle, bien réelles. Elles prenaient dans leurs bras, les morts pour les porter vers le fameux Walhalla dont lui avait parlé Jans. C'était triste d'assister à ce spectacle, mais la majesté de ces créatures mythiques rendait l'instant unique.

L'émotion gagnait Thor également. Il se releva et prit la jeune fille délicatement par la taille. Voyant que des larmes coulaient en cascade sur ses joues, il la serra très fort contre lui en ajoutant :

— Eux, au moins, ne souffriront plus. Ils s'en vont maintenant vers un monde meilleur, ce qui n'est pas notre cas...

Le gardien du pont Arc-en-ciel s'approcha du petit groupe. Il prit d'abord de leurs nouvelles, à tous les trois, ce qui surprit le dieu du feu. Puis, leur demanda ce qui s'était passé durant la nuit. Thor lui conta brièvement l'assaut et le combat qui avait suivi. Alors, Heimdall, sans paniquer outre mesure, s'adressa à la magicienne et lui demanda si elle se sentait assez forte pour lui apporter son aide. Il fallait recréer sans tarder le bouclier qui avait été anéanti par leurs ennemis. Ils devaient, avant de sombrer dans le deuil et la tristesse, penser à la sécurité de tous. C'était le fardeau des dieux-sorciers, dont les pouvoirs servaient avant tout la communauté. Eira et lui étaient tous deux des gardiens sacrés ; de la Lyfia, pour la première et d'Asgard, pour le second. La jeune fille se rendit compte une nouvelle fois de l'ampleur de la charge qui pesait sur elle. Être une déesse n'était décidément pas de tout repos.

Elle accepta néanmoins aussitôt cette nouvelle tâche. Elle lia ses pouvoirs à ceux de son aîné bien plus expérimenté

qu'elle, lui accordant une confiance totale. Dès le premier regard, elle avait su intuitivement qu'elle pourrait compter sur lui. Il avait un visage aux traits si fins, si paisibles, malgré sa tenue sombre aux couleurs de la nuit. Elle usa de sortilèges des heures durant, parcourant avec le puissant gardien toutes les frontières du camp, sous la surveillance étroite de Thor qui avait peur que quelques ennemis soient encore dans les parages en train de préparer une embuscade. L'objectif premier était de renforcer l'enceinte du campement, de la rendant la plus inviolable que possible afin d'éviter une nouvelle attaque.
Odin était pour le moment anéanti par la douleur engendrée par les pertes et ses troupes au plus mal. Un autre combat aurait vite fait d'avoir raison d'eux tous.

Le dieu du feu, dans la tourmente, profita de ce moment où tous vaquaient à leurs occupations sans se soucier de lui le moins du monde, pour partir vers l'écurie où il retrouva Sleipnir. Le jour se levait à peine. L'étalon lançait des ruades dans son enclos, totalement paniqué par la pagaille de la nuit.
Loki s'approcha et caressa longuement l'animal pour le rassurer. Il se laissa faire sans broncher, envoyant de l'air chaud dans son cou. Le dieu avait le visage des mauvais jours. La menace d'Odin, et plus encore celle qu'il faisait peser malgré lui sur les siens par son statut ambigu de félon d'Asgard, l'avaient mis dans un état second. Il songeait le plus sérieusement du monde à sauter sur le dos de « son fils » pour s'échapper et mettre fin à toute cette folie.

Peut-être ainsi éviterait-il à ses deux compagnons de subir la même punition que lui ? Loki tenait fermement le mord de Sleipnir, prêt à l'enfourcher et lui commander de courir loin, le plus loin possible de cette terre qui lui avait apporté tant d'ennuis.

Une voix puissante retentit dans l'air, le faisant sursauter en le prenant de court :

— Voilà, maintenant, tu veux me voler ma monture ? Voudrais-tu fuir tes responsabilités, Loki ?

C'était Odin, le souverain des neufs royaumes, dans son armure d'or et de cuir, dressé de toute sa hauteur à côté du jeune homme qui, sans répondre, baissa instinctivement les yeux en signe de soumission. Agissant ainsi, sans opposer de résistance, il espérait un peu de clémence de la part du Père envers ses deux amis qui n'avaient pas su, une nouvelle fois, le garder à l'œil, mais aussi envers lui, même si pour le coup, il n'y croyait pas trop.

Le dieu lui commanda fermement de le regarder en face, mais voyant que le jeune homme ne bougeait pas, il s'approcha d'un pas lourd et lui souleva de force le menton, comme il l'avait fait le soir de l'Aube.

Le sang du brun se glaça. Il ne savait plus s'il devait avoir peur, se rebeller ou s'il devait simplement accepter sans broncher ce qui allait inévitablement arriver. Le roi, même borgne, avait un regard transperçant, d'un bleu presque gris, semblable à celui de Thor. Cette ressemblance était tellement troublante… Sleipnir avait reculé au fond de son enclos frappant du sabot contre la terre battue.

Les arbres tout autour cessèrent de balancer leurs branches au gré du vent, qui se mit à balayer le sol près de Loki, faisant émerger un tourbillon de poussière ocre.

A sa grande surprise, Odin ne semblait pas être accompagné de gardes, susceptibles de le clouer au sol afin de le battre ou de le reconduire dans son obscure prison. Il se mit à s'adresser à lui en le fixant, d'un ton calme, presque paternel.

— Tu sais, tu n'as pas toujours été le mouton noir d'Asgard, Loki.

Le dieu menteur sentait une angoisse de plus en plus forte monter en lui. Sa respiration était devenue fuyante, saccadée. Il aurait voulu fuir mais c'était trop tard, il ne pouvait échapper à l'emprise d'Odin.

— Quand je t'ai accueilli avec confiance parmi les Ases, tu as eu des moments de joie et de complicité avec mes fils. Tu n'avais pas que de mauvais côtés. Ta malice a même pu nous rendre de grands services afin d'éviter que le pire n'arrive.

Il soupira. Le tourbillon de poussière s'intensifiait à mesure qu'Odin parlait, prêt à engloutir le captif qui était comme paralysé face à cette figure patriarcale imposante.

— Mais le temps des trahisons est venu et cela a été malheureusement fatal à notre peuple.

Odin paraissait nostalgique et triste en évoquant ces souvenirs heureux et son peuple sacrifié.

Loki l'écoutait toujours, sans bouger, surpris et même ému d'entendre ces évocations d'un passé qui n'avait apparemment pas été toujours sombre même, si l'issue funeste était en grande partie de sa faute.

— Tout à l'heure, reprit le souverain en le fixant à nouveau droit dans les yeux, lorsque sans couverture, sans magie, tu as mis ta vie comme rempart à la lance de Baldur pour protéger Eira, j'ai bien observé ton regard. J'y ai vu ce Loki de jadis. Celui qui était à nos côtés pour gagner les batailles les plus rudes. Je n'ai pas vu le traître. Non, étrangement je ne l'ai pas vu. Était-ce sincère ou encore une de tes ruses ?

Odin lâcha le jeune homme, qui respirait maintenant à peine. Suspendu aux paroles du dieu des dieux, il avait baissé à nouveau le regard en attendant ce qui allait suivre, sans répondre.

L'ancien continua d'une façon toute aussi posée :

— Loki, va me chercher ma lance s'il te plaît.

Le jeune homme resta un moment songeur, répondant à demi-voix qu'il ne savait pas où elle se trouvait.

— Tu es sûr ?, interrogea fermement le dieu des dieux. Tu ne sais pas où est Gungnir ? Vraiment ?

Bien sûr, Loki savait où était l'arme. Peut-être était-ce là son destin. Il mourrait, transpercé par cette lance magique qui ne manquait jamais sa cible, surtout s'il s'agissait d'un ennemi d'Asgard comme lui.

Peut-être était-ce mieux ainsi. Mort, il ne serait plus un danger pour personne. Résigné, le dieu du feu monta paisiblement dans le grenier. Il repoussa la paille de ses mains et trouva la lance étincelante là où il l'avait oubliée. Il l'attrapa d'une main fébrile. L'objet, qui semblait

posséder une vie propre, se mit immédiatement à vibrer dans sa paume moite.
Puis, sans tenter d'échapper à son sort, il redescendit et la remit entre les mains de son roi.
Odin parut satisfait. Il souleva le javelot d'or dont la pointe était affûtée et la leva en direction du jeune homme.
Loki tressaillit, mais resta là, sans broncher, droit face à la sanction imminente. Il serrait les poings, espérant que ce serait rapide et moins douloureux que les coups. Il regardait Sleipnir, sa descendance, en train de s'agiter de plus en plus au fond de son box.

— Sortez, vous deux !, commanda soudain Odin sans se retourner, sa lance pointant toujours la poitrine de Loki.

Derrière lui, masqués par un buisson épineux couvert de petites fleurs jaunes, Eira et Thor observaient la scène depuis quelques temps. Epouvantés mais totalement démunis devant leur souverain, ils n'avaient pas osé s'interposer physiquement, de peur d'aggraver la situation. Eira se tenait prête pourtant, sortilège en tête, à empêcher que l'arme magique ne s'enfonce dans la chair de son ami pour y faire quelques dégâts mortels même si elle savait pertinemment que défier ainsi Odin provoquerait son courroux divin.
Le dieu posa Gungnir et se prononça :

— Je ne pense pas que Loki soit le traître que l'on cherche, n'est-ce pas ?

— Je n'en sais rien, majesté, mais je ne veux plus risquer de faire du mal à quiconque, plus risquer que quelqu'un souffre par ma faute, répondit fébrilement le jeune homme,

regardant son frère et son amie qui s'approchaient de lui, faisant ainsi face à Odin.
Ils se trouvaient maintenant, eux aussi, à la portée de Gungnir.

— Tuez-moi ! Enfermez-moi ! Faites ce que vous voudrez de moi pour m'empêcher de faire du mal, supplia Loki pour détourner l'attention d'Odin.

— A genoux tous les trois, ordonna le dieu père, faisant frissonner les jeunes gens qui pourtant s'exécutèrent, courbant l'échine docile comme des agneaux devant le père de toutes choses.
Anticipant le fait que le brun allait prendre la défense des deux autres en rejetant la faute sur lui seul, Odin ajouta :

— Chut Loki, je ne veux surtout pas t'entendre !

Un grand sifflement fendit les airs. Les trois amis levèrent les yeux. Ils découvrirent Odin le bras tendu, attrapant comme si cela était tout à fait normal un marteau énorme qui arrivait droit des nuages.
Il s'avança vers Thor :

— Après le fâcheux incident de cette nuit, il est grand temps de vous armer, jeunes dieux imprudents. Voilà Mjöllnir, c'est un marteau magique qui t'aidera à canaliser la force de tes éclairs, mon fils. Il est pour toi ainsi, que ce gant qui te sera utile pour le manier comme il faut ! Cette arme peut réveiller la foudre, mais possède aussi une force de frappe qui pourrait te surprendre. Prends-en grand soin.
Puis posant ses deux mains sur la tête d'Eira, il prononça une incantation, créant autour d'elle une aura lumineuse pure et aveuglante.

— Pour toi Eira, ma fidèle, mon pilier, que ta magie grandisse autant que ta sagesse. Que le cadenas qui verrouille tes dons soit ouvert à l'instant. Je veux qu'il en soit ainsi. Maintenant, que soit tien le pouvoir sacré qui permet entre autres de voyager de l'autre côté du voile pour y reprendre les âmes valeureuses des mains d'Hela ! N'en abuse pas, surtout. La mort est parfois une triste nécessité. Je remets ma confiance en toi, belle mage verte. Tu me fais tant penser à ma bien aimée Frigga.

Puis, nommant Loki, il lança Gungnir au loin entraînant un « non » de protestation, teinté de crainte, de la part de Thor et Eira.

Au lieu de transpercer leur ami, la lance revint aussitôt entre les mains du père. Le jeune dieu comprit alors qu'Odin n'avait pas besoin de lui pour la retrouver dans le grenier poussiéreux, mais qu'il venait de tester sa bonne foi.

— Toi, jeune dieu plein de malice, tu as mis ta vie en danger pour sauver celle d'un autre sans hésiter une seconde. Tu as plus de valeur que tu ne le penses. Tu t'es rendu digne d'être à nos côtés.

D'un geste brusque, presque brutal, il lui empoigna la nuque de sa main gantée de fer. Il serra avec fermeté. Avec cette même sensation de brûlure qu'il avait déjà ressentie le grand soir, ses pouvoirs furent rendus à Loki.

La pression retomba d'un coup. Odin semblait content de l'effet produit par ses « cadeaux ». Le trio n'en revenait pas. Thor maniait son arme étincelante en ouvrant de grands yeux lorsque, la levant simplement vers le ciel, le tonnerre gronda et la foudre se mit à zébrer. Lui qui avait eu tant de mal, lors des entraînements de Jans, à créer un simple minuscule éclair ! Il se sentit alors plus puissant que jamais, un courant électrique intense le traversant de part en part.

Eira avait les paumes et les pupilles brillantes comme de la poussière d'étoiles ce qui la rendait encore plus rayonnante et selon les garçons, tellement jolie.

Loki remercia de la tête Odin et attendit un signe en retour, que le souverain lui donna aussitôt. Se concentrant à peine, il créa une boule de feu qui monta dans les airs au firmament du ciel orageux. Puis, d'un petit geste du poignet, il la fit redescendre sous la forme d'un magnifique oiseau de feu. Un phœnix renaissant de ses cendres. Voilà le symbole qu'il voulait offrir à son roi comme preuve de sa gratitude. Asgard, elle aussi allait renaître, tel cet oiseau divin. Quel bonheur pour le jeune homme de sentir à nouveau cette magie résonner en son cœur, emplir chaque parcelle de son corps. Il se sentit d'un seul coup si vivant !

— Vous voilà tous les trois parés d'atours pour pouvoir repousser les assauts de nos ennemis si jamais ils reviennent à la charge, mais attention, votre lien tient toujours. Je compte sur vous pour ne pas me décevoir ?, ajouta Odin d'un ton moralisateur, recevant en réponse un « oui, majesté » collégial.

Tous les quatre affichaient un sourire radieux en rentrant au chalet, Odin en tête. Même Loki, qui était passé une nouvelle fois près de la catastrophe, paraissait maintenant emporté par l'euphorie du moment. Il se laissait aller à croire qu'il n'était peut-être pas la personne la plus dangereuse du monde, puisque même le dieu des dieux consentait à lui faire un tantinet confiance. D'accord, il avait besoin de tous les bras utiles pour faire face à une éventuelle nouvelle attaque, mais quand même. Il lui avait rendu ses pouvoirs et surtout avait cessé de lui hurler dessus pour lui parler de ses bons côtés passés. Cela n'avait pas de prix.

Bien entendu, les autres dieux n'apprécièrent pas du tout que le roi d'Asgard fasse ainsi confiance aveuglement au dieu du feu, plus puissant désormais puisque doté à nouveau de ses armes diaboliques.
Ils ne pouvaient aller contre les décisions du souverain ultime. Il fut alors convenu qu'il faudrait se méfier de Loki comme de la peste et avoir toujours un œil sur lui, prêts à lui trancher la gorge au moindre faux pas.

26. Voyages

Heimdall, en grand sage, leur rappela brusquement qu'ils étaient tous au beau milieu d'une quête très importante et qu'au lieu d'attiser querelles et rancœurs, il était plus urgent de trouver leurs quatre nouveaux alliés. Ils devaient aussi partir immédiatement à la recherche de Freyja, qui était depuis l'invasion de la nuit entre les mains de leurs adversaires, en proie à je ne sais quel supplice.

Njord et Baldur, déjà sous le charme de la belle déesse de l'amour, se portèrent immédiatement volontaires pour son sauvetage. Ils furent les premiers à partir, armés jusqu'aux dents. Le dieu de la lumière avait durant son exil terrestre pu découvrir quelques sites où pouvaient se regrouper des disciples de Surt sans éveiller les soupçons. Ce n'étaient pas les catacombes, grottes et volcans qui manquaient sur cette petite planète. Le monstre affectionnait ces lieux où il pouvait se recharger au contact de la terre et du feu tout en devenant invisible pour les humains.

Le dieu gardien du Bifröst avait quant à lui, durant la nuit, retrouvé la trace de Sol, Sif et Tyr.
La première se trouvait à Amesbury, une petite ville du Wiltshire en Angleterre, où elle était connue sous le nom d'Emma Adams.

Le second, nommé Timaël était fils d'armateur dans une ville portant, quelle coïncidence, le nom du dieu lui-même. Laquelle Tyr se situait au cœur du Liban.
Il serait ensuite plus aisé de retrouver Sif, qui demeurait en Suède non loin d'Idavoll. Quant au quatrième, Freyr, pour le moment, Heimdall n'avait pas senti sa présence sur terre. Étant donné qu'il faudrait annoncer au jeune homme sa condition de dieu, la terrible prophétie et en même temps, la disparition de sa sœur jumelle, il n'était pas trop pressé de le revoir. Mieux valait laisser le temps au rituel de l'Aube de raviver quelques souvenirs enfouis dans sa mémoire, afin de leur faciliter la tâche. En effet, contrairement au trio, à Freyja et à Njord, l'Aube ayant eu lieu, les nouveaux venus auraient davantage de souvenirs d'Asgard, ce qui leur permettrait une transition si ce n'est plus douce, du moins plus aisée, vers leur nouveau statut divin.

Le trio d'amis fut désigné pour se rendre sur les terres britanniques.
Thor même si sa famille adoptive venait d'Irlande, ne maîtrisait pas l'art des langues, trop préoccupé par le sport et les filles. Quant à Eira, elle parlait surtout le français, langue de la patrie de ses grands-parents. Loki, ou plutôt Thomas, fort heureusement, était un élève studieux parfaitement bilingue. Il serait donc plus facile pour le groupe de trouver Emma en Angleterre. De toute façon, ils refusaient catégoriquement, cette fois ci, d'être séparés. C'était bien trop dangereux de laisser Loki seul face aux autres dieux qui ne lui accordaient aucune confiance.

Heimdall et Höd, de leur côté, partiraient au Liban pour faire la connaissance de Timaël et tenter de le convaincre de rentrer avec eux. Tous utiliseraient le Bifröst, moyen rapide et plus discret que les chars pour rejoindre leurs destinations.
Odin, quant à lui, veillerait avec Jans, qui avait été très ébranlé par les événements de la nuit, dans le hameau. Idavoll avait repris, grâce aux efforts de tous, un visage presque normal. Seuls quelques foyers se consumaient encore, vestiges de ces terribles heures, mais le chaleureux chalet était intact et les appartements d'Odin, reconstruits par magie à ses côtés resplendissaient encore plus qu'avant l'attaque. Pourtant la Norne s'en voulait tant de n'avoir pas vu la menace arriver qu'elle n'arrivait pas à se calmer, passant du statut d'adolescent à celui de vieillard au cours de la même conversation en envoyant des flashs luminescents comme un vieux téléviseur en panne.
C'était assez déstabilisant pour ses interlocuteurs.

Tous devaient se changer afin de se rendre plus « humains », ce qui ne fut pas une mince affaire. Faire porter jeans et baskets à Höd et Heimdall, qui n'étaient pas passés par l'étape « résurrection dans un corps d'adolescents » et ne connaissaient que les armures, relevait du défi pour Eira, désignée « conseillère habillage en chef » par la Norne. Les pantalons étaient soit trop collants soit trop amples, les vestes en jeans pas assez pratiques pour emporter les armes et les chaussures n'étaient pas confortables. Que ces dieux pouvaient être tatillons !

A force de douceur et de patience, les deux hommes finirent par se laisser convaincre, même s'ils prirent avec eux deux énormes sacs à dos contenant diverses choses coupantes et magiques. Fort heureusement, ils ne devraient pas franchir les contrôles des douanes de l'aéroport - puisque qu'Heimdall maniait le Bifröst comme personne - sinon c'était le passage par la case prison qui les aurait attendu.
Le départ du trio fut donc plus simple à gérer. Ils avaient pris un énorme plaisir à revêtir leurs anciens vêtements civils. Replonger, comme ils l'avaient fait au Danemark, dans la vraie vie avec toute sa simplicité et ses délices leur donnait l'impression de partir en vacances. Jeans et tee shirts, sac à dos et Converses. De vrais ados en vadrouille ! Ce que, finalement, ils étaient encore.

— Pas de tour, cette fois-ci Loki !, ajouta tout de même Odin qui, par sécurité, et surtout parce qu'il l'avait promis à ses deux autres fils, avait décidé qu'Hugin et Munin feraient eux aussi partie du voyage en Grande Bretagne.

— Majesté, vous devriez plutôt vous méfier d'Eira car elle risque de passer son temps à arpenter toutes les pâtisseries de la région au lieu de mener à bien sa mission, railla le jeune mage que finalement le garde-fou des « corbeaux-espions » rassura.
Au moins s'il dérapait une nouvelle fois, Odin viendrait tout de suite lui régler son compte.

Heimdall actionna le pont par un artifice connu de lui seul et ce fut un tourbillon de lumière qui les emporta tous, donnant un peu la nausée à nos jeunes dieux pas encore habitués à la puissance de cet ascenseur made in Asgard.

Eira, Thor et Loki atterrirent tant bien que mal, dans des positions plus ou moins acrobatiques, au beau milieu d'un champ immense dans lequel se dressaient en cercle de grosses pierres, sous une bruine très british. Fort heureusement, ils avaient évité de justesse une mare boueuse qui se trouvait à quelques mètres ainsi qu'un parc tout proche où un taureau roux des Highlands peu commode avait déjà les naseaux fumants, prêt à se ruer sur les indésirables qui menaçaient son troupeau.
Une route de campagne jouxtant le champ les mena rapidement dans un petit bourg charmant, très fleuri, où ils purent se mettre à l'abri et commencer leurs recherches dans un pub local délicieusement rétro. L'entrée était indiquée par une énorme pancarte verte sur laquelle trônaient deux oies blanches. L'intérieur très kitch semblait avoir été témoin des cinq dernières décennies sans avoir connu la moindre évolution.
Bien entendu, la jeune fille ne put résister et voulut commander un petit déjeuner, suivie des garçons qui étaient affamés. Leurs aventures nocturnes et cette mission urgente ne leur avaient pas permis de se restaurer correctement le matin. Thomas passa commande auprès d'une charmante serveuse rousse qui ne resta apparemment pas insensible à ses charmes. Apportant thé et scones encore chauds, elle lui servit une part bien plus importante que celle des deux autres, qui gloussèrent en voyant le dieu

rougir quand la belle demoiselle lui demanda ensuite d'où il venait.
Ce contact, un brin impudique, leur permit de prendre quelques renseignements sur la petite ville d'Amesbury. Une petite ville très tranquille selon la serveuse, où il faisait bon vivre mais où parfois, enfin plutôt souvent, on s'ennuyait beaucoup aussi. Loki demanda ensuite s'il n'y avait pas un annuaire dans la taverne. Cela fit beaucoup rire la jeune Anglaise qui se trouvait face à des jeunes personnes n'ayant pas de smartphone ni de 4 G.
Elle les interrogea d'un air moqueur. « Étaient-ils Amish ou venaient-ils d'une autre planète ? »
Si elle avait su la vérité, cette pauvre fille empotée et trop curieuse... Forcément quelques semaines à Idavoll sans électricité avaient eu raison de la batterie de leurs téléphones portables mais finalement la technologie ne leur manquait pas. La magie la remplaçait aisément. Elle était même bien plus performante et les « pannes » étaient moins fréquentes qu'avec ces machines ultra perfectionnées à l'obsolescence programmée.
Elle leur apporta en pouffant de rire un gros annuaire corné et tâché qui devait servir de cale à un meuble quelconque, et le déposa sur la table en glissant un petit papier à Loki/Thomas, de plus en plus rouge, où était inscrit son numéro de téléphone.

— Tu es trop mignon, mon cher frère, ou devrais-je dire divinement irrésistible. Un vrai tombeur, railla Thor.

— Pas faux, peut-être devrait-on les laisser en tête à tête, renchérit Eira, qui finissait sa tasse de thé en pouffant de rire.

— Vous êtes bêtes, répondit le dieu de la malice, troublé. Nous ferions mieux de trouver cette Emma rapidement avant qu'elle (il jeta un œil plein de dépit à la serveuse) ne me saute dessus.

Le trio, tout en savourant les délicieuses pâtisseries, passa en revue la rubrique « A » du bottin miraculeusement épargnée par les souris qui semblaient avoir rongé quelques pages pour leur déjeuner. Ils y trouvèrent trois « Adams » vivant dans les environs.

— Espérons qu'ils n'ont pas tous une fille s'appelant Emma, dit Angus en avalant une gorgée d'Earl Grey bouillante dans sa petite tasse de porcelaine démodée où on pouvait voir une bergère gambader avec ses moutons.

La pluie s'était en partie calmée. Ils décidèrent de se rendre à la première adresse, qu'ils eurent un peu de mal à situer. Amesbury était une petite ville, mais ses ruelles et ses maisons de briques rouges se ressemblaient toutes. Tout était tellement différent de leur Suède natale, où les maisons étaient colorées et bien espacées les unes des autres, permettant à chacun d'avoir son intimité. Ici toute la population semblait s'être rassemblée autour d'un centre-ville miniature, évitant de gaspiller la moindre parcelle de terrain. Les jardins étaient des jardinets bien entretenus, les cours des courettes et même les maisonnettes se collaient pour la plupart les unes aux autres comme si elles avaient peur d'un danger imminent.

C'est finalement au bout d'une rue, dans une impasse, qu'ils se retrouvèrent devant une toute petite habitation typique de la région. Le prénom, Robert, qui était inscrit sur la boîte aux lettres à côté du nom « Adams » ne les renseigna pas plus sur les habitants du lieu.
Eira fut donc désignée pour aller frapper à la porte et demander si Emma était présente, comme si elle faisait partie de son cercle d'amis proches malgré son anglais très maladroit. Envoyer Loki, avec ses longs cheveux noirs dégoulinants et son look sombre, avait été jugé trop... risqué. Les deux autres restèrent donc en retrait pour ne pas éveiller les soupçons de la famille Adams.
Un vieil homme roux portant de petites lunettes rondes et une barbe épaisse ouvrit la porte. Ayant par miracle compris le message transmis par la jeune fille, il appela dans un anglais très rustique :

— Emma, viens ! Quelqu'un te cherche.

La jeune fille se retourna vers ses compagnons. Elle n'en croyait pas ses oreilles. Pour une fois, ils avaient de la chance. Le premier essai était le bon !
Quand une femme d'environ quatre-vingts ans, avec un petit chignon blanc et une robe sombre à pois se présenta devant elle, elle ne sut que dire. Elle partit le plus vite possible en courant balbutiant un « Sorry » de panique.
Non, de toute évidence, cette Emma-là était bien trop âgée pour avoir reçu les particules de la déesse Sol. Les jeunes dieux formant l'étoile (ceux qui n'avaient pas été épargnés lors du Ragnarök et patientaient sur Terre) étaient en effet venus au monde le même jour, à la même heure, suivant le

plan de Frigga et d'Odin. Lesquels avaient programmé leurs naissances afin qu'ils soient au meilleur de leur forme pour se battre lors de l'accomplissement de la prophétie. Une armée de jumeaux divins en quelque sorte, qui naissaient et renaissaient à chaque alignement de planètes, tentant de réunir les conditions d'une seconde bataille mythique. A y réfléchir, ce concept était plutôt effrayant.

Thor, Loki et Eira se rendirent donc en pressant le pas, l'après-midi étant déjà bien entamée, vers la seconde destination au 31, Sunflower street. Le dieu de la ruse avait réussi à chiper un plan destiné aux voyageurs dans un abribus, la tâche fut donc plus aisée pour retrouver l'endroit.

Devant eux, une grande maison blanche, plus moderne et cossue que la précédente. Ces Adams-là devaient occuper une certaine position sociale dans le village. L'endroit était entouré d'un sublime jardin parfaitement soigné et possédait, en plus, une piscine couverte avec un jacuzzi bouillonnant, ce qui créait un nuage de vapeur dans cette froide journée et surtout faisaient envie à nos jeunes aventuriers grelottant dans leurs vêtements humides. Ils entendirent des éclats de voix et des rires devant le porche surmonté de colonnes antiques. Ils se cachèrent aussitôt derrière la haie, sous les gouttes qui retombaient de plus belle.

Une voiture de sport rouge était garée devant le portail faisant ronfler son moteur. Une jeune fille blonde comme les blés dans un imperméable jaune poussin s’apprêtait à ouvrir la portière.

— Emma, tu rentres avant vingt-trois heures d'accord ?, intima une voix de femme bienveillante par la porte de la demeure.

— Oui, oui, ma petite maman, répondit la jeune fille en se retournant, souriante. Le film se termine à vingt-deux heures de toute façon.

— Amuse-toi bien, reprit la femme, dont le visage angélique et bienveillant rappela à la guérisseuse celui de sa propre mère.

Puis Emma s'engouffra sans perdre une seconde dans le véhicule qui partit aussitôt à vive allure.

C'était une jeune fille radieuse avec un physique de poupon, des pommettes rouges et un style sixties très tendance dans les magazines de mode féminins.

— Un cinéma, s'écria Angus, cela fait une éternité que je ne suis pas allé au cinéma.

— En plus, apparemment il n'y en a qu'un dans ce patelin, continua Tom en scrutant le plan qui commençait à prendre l'eau.

Il semblait tout aussi réjoui à l'idée de prendre un peu de bon temps au chaud alors que tous ses vêtements prenaient dangereusement l'eau. Comment pouvait-il faire plus pluvieux et froid en Angleterre, alors que l'été s'annonçait, qu'au nord de la Suède lorsque c'était la pleine saison automnale ?

Eira n'aimait pas trop ce genre d'endroit, confiné, sombre, surchauffé. Elle ressentait alors, encore plus pesante qu'en extérieur, la proximité des autres spectateurs, leurs états d'âmes positifs ou négatifs. Pourtant, elle se laissa convaincre par les garçons. Finalement, cela pourrait être un moment agréable autour d'un seau de pop-corn au caramel. Et puis, ils n'avaient pas le choix : si Emma s'y trouvait, eux aussi devaient s'y rendre.

Tous les trois, maintenant trempés jusqu'aux os par la pluie battante, arrivèrent devant le minuscule cinéma défraichi.

Thor avait bien proposé de tenter un de ses tours afin d'influencer la météo mais cela aurait été trop risqué et surtout peu discret. Le dieu ne maîtrisait pas encore tout à fait ce pouvoir subtil. Ils avaient donc dû subir les éléments sans râler, enfin presque.

Sur place, beaucoup d'adolescents s'étaient réunis. L'endroit devait être le point de ralliement de la jeunesse locale qui n'avait guère d'autres choix pour passer le temps dans le petit bourg. Mais aucune trace de la voiture de sport rouge ni d'Emma.

Apparemment, deux films se partageaient l'affiche. Il fallait faire un choix cornélien puisqu'attendre la sortie dans l'humidité n'était, de toute évidence, pas une bonne solution. Ils auraient pu également se répartir dans les deux salles pour être certains de croiser Emma... mais non : la dernière fois qu'ils s'étaient séparés à Copenhague, cela avait fini dans un bain de flammes. Mieux valait ne pas retenter l'expérience. Ils resteraient donc unis.

Finalement, constatant la longue file d'attente devant la première salle où allait être projeté en avant-première un film de super héros hollywoodiens, ils prirent le pari, pas trop risqué, que cette demoiselle « à la mode » devait aller regarder les dernières nouveautés.

Pourtant le vieux film d'auteur qui passait dans l'autre salle aurait bien tenté le Thomas gothique qui était toujours tapis dans l'ombre de Loki. Tant pis.
Ils entrèrent au bout de longues minutes dans la grande salle déjà plongée dans la pénombre. Thor reconnut les éclats de rire qui provenaient du premier rang, semblables à ceux entendus devant le pavillon blanc.
Emma était bien là, entourée par sa bande de copains dans une joyeuse ambiance estudiantine qui rappelait de bons souvenirs au trio. Si peu de temps était passé… Pourtant, cette insouciance leur paraissait déjà lointaine. Ils décidèrent donc de laisser Emma-Sol profiter de sa dernière soirée « normale » avant d'aller la trouver pour lui imposer batailles et chaos. Et puis, après tout, eux aussi méritaient bien une pause, même si voir un film en version anglaise sans sous-titrage allait sans doute s'avérer assommant.
Ils s'installèrent donc au fond de la salle, près de l'unique porte afin de ne pas manquer la déesse à la sortie de la projection. Eira prit place dans le moelleux fauteuil rouge au milieu des garçons. Elle n'avait finalement jamais été si bien accompagnée pour une séance de cinéma. D'ailleurs, elle passait d'ordinaire davantage de temps seule ou avec quelques amis aussi studieux qu'elle à la bibliothèque que dans les salles obscures ou les soirées. Être entourée de deux jolis garçons aux petits soins pour elle, c'était quand même le bon côté de l'aventure d'Idavoll. Elle se sentait importante à leurs yeux et ils étaient devenus en peu de temps chers à son cœur.

Il faisait chaud dans le petit cinéma qui sentait bon le maïs brûlant. Le noir se fit complet, le film allait commencer. La soirée s'annonçait agréable.

Pendant ce temps, au Liban, Heimdall et Höd étaient arrivés au beau milieu des colonnes majestueuses d'Al Mina, près de Tyr, sous un soleil de plomb qui tranchait avec la fraîcheur de la saison dite chaude suédoise.
Les deux dieux connaissaient un peu la Phénicie. Ils y avaient jadis passé quelques siècles à s'entraîner dans les arènes d'une ville proche, alors nommée Tripoli. En ces temps anciens, dieux nordiques et orientaux avaient noués des alliances. Mais le petit port avait depuis, bien changé. Les pactes entre panthéons divins étaient malheureusement, eux aussi, tombés en désuétude, à cause de guerres de pouvoirs inutiles et meurtrières.
Face à eux, de nombreux immeubles et hôtels modernes avaient été construits en front de mer, voilant la vue sublime que par le passé, ils avaient pu admirer. Même aveugle, Höd ressentait les paysages avec une précision impressionnante. Ces sens étaient exacerbés et sa magie lui permettait de combler son handicap par des images virtuelles. Il se rappelait moults détails et anecdotes cocasses sur ces moments de paix, loin d'Asgard.
Ce fut lui qui guida Heimdall vers le port afin d'y trouver le repère de l'armateur, père adoptif du dieu de la guerre.
Ils étaient tous deux impatients de le retrouver. Tyr était dans le passé un de leurs amis les plus fidèles. Ils avaient grandi ensemble dans la cité d'or et de cristal, s'étaient

aguerris côte à côte à l'art de la guerre et avaient remporté de multiples batailles ensemble avant que le Ragnarök n'emporte le guerrier de l'autre côté du voile. Cette résurrection sonnait comme une nouvelle chance pour leur amitié.

L'air de la baie était chargé d'embrun et la chaleur près de l'eau moins pesante qu'au milieu des ruines de pierre. Les deux compagnons avançaient sur le quai du petit port, toujours gênés par leur apparence, engoncés dans leurs vêtements trop serrés. Comment les humains pouvaient-ils porter ce genre d'accoutrement au quotidien ? L'endroit était plaisant, rempli de petits bateaux aux coques en bois colorées. Les voiles claquaient au vent. On aurait dit une peinture de Delacroix qui s'étendait devant leurs yeux, chargée des couleurs et des parfums d'Orient.

Des pêcheurs rentraient d'une dure journée de travail, déchargeant leurs marchandises sur le débarcadère où d'autres hommes étaient en train de réparer des filets. Plus loin, des enfants jouaient à l'ombre de figuiers tandis que des femmes âgées papotaient autour d'un thé à la menthe. Tout semblait paisible, presque au ralenti. Heimdall et Höd continuaient de marcher tout en s'enivrant de ces scènes dépaysantes. Ils prenaient le temps de découvrir ce lieu où vivait depuis un peu plus de dix-huit ans leur ancien compagnon.

Une enseigne où figurait une étoile polaire à douze branches sur fond noir attira leur attention.

Les deux hommes pénétrèrent avec leurs costumes européens démodés dans la cour où les caisses de poissons s'entassaient au fur et à mesure des allers et venues des marins. Ils n'avaient pas fait trois pas qu'ils furent arrêtés brutalement par des gardiens, dont ils ne comprenaient pas tout à fait la langue, qui avait elle aussi évolué depuis leur précédent séjour au Liban.

Peut-être avaient-ils pensé, voyant leurs lourds sacs, qu'ils étaient de simples rôdeurs cherchant de la marchandise à chaparder. Tout dialogue était impossible et le ton monta très rapidement. La première sentinelle bouscula sans ménagement Höd, qui dut prendre sur lui pour ne pas l'envoyer voler à des mètres de là. Malgré sa stature imposante, le Libanais ne possédait pas la force d'un dieu. Heimdall était lui aussi prêt à se battre, une main dans sa poche serrant un petit poignard, même si au fond de lui il savait que ce n'était pas la bonne option s'ils voulaient retrouver Tyr sans encombre.

La querelle aurait pu mal tourner si un jeune homme n'était arrivé, calmant les gardes. D'un geste autoritaire, il les renvoya patrouiller vers le bâtiment qui jouxtait la cour. Dévisageant ensuite les deux dieux des pieds à la tête, il se mit à sourire.

— Vous, vous n'êtes pas d'ici ?, dit-il dans un suédois antique parfait. Et ces vêtements, de toute évidence, vous siéent moins bien que vos armures, mes amis.

Les deux hommes restèrent muets, surpris.

Timaël, ou plutôt Tyr, était posté devant eux, l'air joueur. Il semblait, malgré son sarouel richement brodé de pierres précieuses et son turban safran, parfaitement reconnaître les deux dieux, qu'il prit chaleureusement dans ses bras.

— Je savais depuis la lune pleine que vous alliez venir, reprit-il. Je sentais que ma place était près de vous et pas dans cette cité près de mon père.
Le rituel avait sans doute agi rapidement sur ce dieu qui arborait déjà au creux de sa nuque la puissante Tiwaz qu'il dévoila devant ses amis, enlevant le chèche qui lui servait de couvre-chef.
Le temps filait, mais Timaël voulait offrir un dernier adieu à ce père qui l'avait accueilli comme son fils et avait fait de lui son bras droit. L'armateur n'ayant eu que des filles, avait fini par adopter le garçon pour s'assurer que son entreprise florissante serait entre de bonnes mains. Il avait aimé Timaël et lui avait appris toutes les ficelles de ce métier difficile mais rémunérateur. La famille était une des plus riches de la cité. Ce vieil homme allait aujourd'hui sans le savoir perdre cette option. Il allait perdre un héritier, mais surtout son fils adoré.
Tyr souhaitait aussi inviter Heimdall et Höd afin de déguster un dernier thé et quelques douceurs locales confectionnées par cette mère aimante qui l'avait élevé dans l'amour et le respect auprès de ses six sœurs, avant de rejoindre les froides terres scandinaves.
Sur la table des cornes de gazelles côtoyaient de délicieux namouras au parfum délicat de fleurs d'oranger et des baklavas à la pistache. Jamais mission n'avait paru si simple à Heimdall mais finalement ce n'était pas pour lui déplaire.
Quelques menus plaisirs gourmands à la place d’un combat, voilà qui était plus réjouissant, même si la

séparation déchirante qui allait suivre entre Timaël et sa famille le troubla profondément. Le jeune dieu voulait paraître digne. Il connaissait l'importance de sa mission mais cela n'empêchait pas son cœur de saigner. Il serra sa mère dans ses bras longuement puis salua son père, échangeant quelques mots sur l'entreprise familiale où il indiqua, comme un dernier message subliminal, la confiance qu'il avait en son beau-frère et en sa sœur Sarah. Ce soir, ses parents pensaient qu'il allait simplement faire la fête avec d'anciennes connaissances mais demain, ils se retrouveraient sans aucun souvenir de leur fils, vides de son affection.

Ce qu'avait fait Frigga était finalement bien cruel : ces dieux juvéniles élevés par des hommes avec tant d'amour et qui devaient se rendre maintenant vers une terre où les attendaient solitude et souffrances. Comment pouvait-on leur en vouloir de rechigner à laisser derrière eux les bonheurs passés, une fratrie, pour Tyr, un avenir doré et serein. Höd et Heimdall n'avaient pas eu à vivre cela, la longue attente sur Midgard, bien que par moment ennuyeuse, était finalement plus douce. Ils laissèrent donc leur ami profiter de ces derniers moments de paix auprès des siens, retournant sur le quai pour profiter du spectacle du soleil couchant.

En Angleterre, le film commençait tout juste. Au début, le trio s'amusa à découvrir des héros plutôt marrants, avec de super pouvoirs, qui évoluaient dans des tenues improbables. Ce n'était pas le style de films qu'ils allaient voir d'habitude. Angus était plutôt du genre à s’ébrouer en pleine nature en faisant du sport avec son frère, mais quand ils entraient dans une salle obscure, ils n'étaient pas contre un bon policier suédois ou à la rigueur un film classique expressionniste allemand. Parfois, ils cédaient et se retrouvaient devant un film romantique, mais uniquement pour faire plaisir, quand ils étaient en charmante compagnie. Bref, les films commerciaux grand public ne faisaient pas partie de leur univers. Pourtant, ce soir, voir des hommes et femmes se battre en collants rouges et bleus s’avérait plutôt divertissant finalement. Dire qu'Heimdall et Höd avaient trouvé leurs jeans trop serrés !

Mais les choses se gâtèrent vite.
Le dieu du tonnerre sursauta, faisant tomber à terre son seau de pop-corn, en entendant son nom hurlé par tous les haut-parleurs. Ses prunelles se mirent à luire dangereusement. Il se tenait prêt à utiliser ses pouvoirs. Les deux autres se regardèrent également, perplexes. Ils restèrent un temps sur leurs gardes, cherchant d'où pouvait venir la menace. Ils crurent d’abord que leurs ennemis avaient percé leur plan une nouvelle fois. Quelle poisse ! Ils étaient là, dans un endroit rempli d'innocents, ce qui rendrait toute riposte hasardeuse, voire carrément impossible.
Les secondes passèrent et ils comprirent qu'on n'appelait pas *leur* Thor mais celui qui faisait partie du film.
Sur l'écran géant se trouvait un blondinet, ultra musclé mais aussi un brin bedonnant, s’empiffrant de pizzas parce que soi-disant son frère … nommé Loki, était mort.

Angus avala sa salive en découvrant son marteau, ses éclairs, écarquillant les yeux tout au long d'un film où les affronts à sa divine personne ne manquaient pas. A deux ou trois reprises, il faillit même s'étouffer, serrant instinctivement la main d'Eira pour éviter d'exploser et de mettre le feu à l'écran géant.
Tous les trois auraient voulu se cacher dans un trou de souris, s'enfonçant tant qu'ils pouvaient dans leurs sièges durant les trois longues, très longues heures de projection. Thomas et Eirwen étouffaient par moment un rire quand Thor apparaissait sur l'énorme écran, pour ne pas vexer le dieu déjà bien mal à l'aise alors que les autres spectateurs faisaient des allusions plus ou moins compatissantes envers ce dieu obèse et déprimé.
Puis ce fut au tour de Loki de faire son entrée. Thomas fronça des sourcils et serra les poings pour ne pas laisser exploser lui aussi la rage qu'il sentait monter en lui. Forcément, même dans une fiction, il fallait qu'il soit menotté et humilié en public. Il devait être maudit. Bon sang, qu'avait-il fait pour mériter cela ?
Lorsque la lumière revint, les commentaires des spectateurs ne firent qu'augmenter la gêne des trois dieux, qui ne s'aperçurent même pas qu'Emma passait devant eux avec son groupe d'amis, très joyeux.
La salle était maintenant presque vide et le trio, reprenant ses esprits, sortit donc lui aussi.
Eira n'en revenait toujours pas. Sur tous les films qu'ils auraient pu visionner, il fallait qu'ils tombent sur un film tournant en dérision les dieux nordiques, même si l'image

de la douce Frigga restait gravée dans sa mémoire comme une promesse à venir. Cette mère des dieux, dont Odin avait parlé sous la grande tente, était-elle aussi douce dans la réalité ? Elle qui les avait créés pour qu'ils souffrent au combat.

Angus était tout simplement sous le choc, répétant en boucle :

— Comment ont-ils pu me faire cela ? Thor est un dieu. On ne peut pas traiter un dieu ainsi. Hein, vous êtes d'accord, non ? Pourquoi ?

— Ils ne savent rien du bel homme que tu es, mon frère, ni ne connaisse ton appétit de... moineau, se moqua Thomas. Mais toi au moins, tu n'es ni mort, ni bâillonné, ni humilié parce que là, pour moi, c'est le pompon. C'est ridicule, j'ai un look d'enfer avec ces… cornes. Tu te rends compte, un pseudo gros méchant verdoyant ! Ils vont me le payer très cher !

Ils furent pris d'une envie de prendre de suite le Bifröst pour aller droit sur Hollywood, dire ce qu'ils pensaient aux producteurs de ce film dégradant pour la condition des divinités scandinaves dont ils étaient les dignes représentants. Mais Eira, pouffant de rire, leur souffla qu'il ne s'agissait là que d'un film et que les producteurs, ne sachant rien de leur existence réelle, les prendraient pour des fous furieux. Elle ajouta :

— Hé les garçons. Vous savez, je vous trouve bien plus beaux et forts que les vedettes de ce film. En plus, regardons la réalité en face, ils sont du genre minables ces

dieux en collants par rapport à notre super panthéon. Vous ne trouvez pas ?
Sur quoi elle déposa un malicieux baiser sur la joue de chacun de ses amis afin de les remercier pour cette soirée étrange mais tout de même bien agréable... Voilà une sortie comme elle n'en avait, en fait, jamais connue, dans sa vraie vie de jeune fille timide, intello et pas vraiment populaire.

Tout à coup, coupant court à ce débat cinématographique, des cris retentirent dans la rue, les ramenant à la réalité.
Hugin et Munin, qui s'étaient fait discrets jusqu'à présent, posés sur une corniche intérieure du bâtiment en briques rouges, s'envolèrent à grand bruit d'ailes vers l'extérieur.
Le trio courut devant le cinéma, où une longue voiture de luxe noire aux vitres teintées était arrêtée devant Emma.
Par la portière ouverte, un homme, lui aussi vêtu de noir, l'agrippait par le bras. Il tentait de la faire entrer de force dans la berline, tandis que les camarades de la belle tiraient de l'autre côté, en poussant des cris de panique.

— Ce n'est pas ma faute cette fois-ci, je vous le promets, je n'y suis pour rien, se défendit Loki tout en se concentrant.
D'un geste, il fit jaillir des pointes enflammées qui allèrent se ficher tout droit dans les pneus du véhicule, comme s'il s'agissait de vrais clous, l'immobilisant immédiatement.
Thor se précipita sur Sol, l'attrapant fermement par la taille. Déterminé, il força le malfrat à lâcher prise en lui lançant discrètement un minuscule éclair puissant qui le frappa en plein visage.

Eira se chargea quant à elle de créer un orbe géant qui plongea la foule spectatrice dans un état de pseudo-somnolence magique, afin qu'aucune personne ne puisse se souvenir de ce qu'elle voyait... Tous, au réveil, se rappelleraient uniquement les images de la projection à laquelle ils venaient d'assister. Dans le pire des cas, ils auraient le souvenir confus d'un petit spectacle pas convainquant suivant cette avant-première. Il ne fallait surtout pas laisser de témoins de ce que les dieux pouvaient réellement faire quand ils n'étaient pas obèses ou ligotés comme des saucissons par des super héros en collants moulants.
Sol se laissa faire. Sans doute commençait-elle à avoir quelques réminiscences de son passé, quelques envies de rejoindre les siens. Elle sembla reconnaître vaguement Thor, l'appelant dans un sanglot « mon prince ». Le trio put donc l'emmener vers une rue à l'arrière de la salle sans qu'elle ne se débatte. Ils lui expliquèrent qu'ils ne lui voulaient que du bien mais qu'ils devaient partir vite pour Idavoll, pour la mettre en sûreté.
La jeune femme parut comprendre qu'elle ne reverrait plus sa famille et que sa mère adoptive allait l'attendre, inquiète, pendant des heures. Elle se mit à fondre en larmes, inconsolable, en suppliant les autres de lui laisser la revoir une dernière fois. C'était si difficile de lui dire non... Eux aussi auraient tant aimé pouvoir adresser un dernier au revoir à leurs parents. Prenant de l'air pour ne pas pleurer, Eira se lança. Maladroitement, elle tenta de la rassurer en lui indiquant que les souvenirs des siens allaient être

effacés. Mais Sol pleura encore plus. C'était normal, le choc était si grand et après tout, sa vie anglaise semblait si facile et sereine dans cette grande et riche maison.
Loki, s'assurant qu'aucun ennemi ne les avait suivis, appela le Bifröst, et Thor souleva la blonde déesse en sanglots dans ses bras. Tous les quatre regagnèrent Idavoll où Odin lui-même, prévenu par ses corbeaux, s'apprêtait à venir les aider en chevauchant sa monture à huit pattes.

Il y avait bien un traître dans la cité, mais de toute évidence Loki en était aussi la victime. Les adeptes de Surt étaient en tous cas bien renseignés sur leurs agissements, surentraînés et à même de se fondre dans le décor sur terre, ce qui était plutôt inquiétant pour la suite des événements.

La belle Sol était toujours en larmes quand Thor la déposa sur le canapé du chalet. Il ne savait vraiment pas quoi lui dire pour la réconforter. Alors ce fut à nouveau Eira, tentant de ne pas commettre une autre gaucherie, qui prit les choses en main avec sa douceur habituelle. Elle lui apporta une couverture dans laquelle elle l'enveloppa doucement, ainsi qu'un thé chaud, pour ne pas trop dépayser la jeune Britannique. D'un geste de la main, elle envoya les garçons curieux plus loin. Odin lui-même se vit refuser l'entrée du salon par la frêle magicienne. Si Frigga était une maîtresse femme, la jeune guérisseuse avait, elle aussi, du tempérament. Odin n'insista pas.
Eira sut trouver les mots justes, mais surtout écouter. Sol avait perdu ce soir une famille aimante, un petit ami adorable avec qui elle allait se fiancer, et une vie qu'elle

adorait, pleine de petits et de grands bonheurs. Ayant comme les autres élus, des visions, elle savait que ce qui l'attendait était loin de valoir ce qu'elle laissait derrière elle. Pourtant, au bout d'un moment, peut-être sous l'effet de la potion que la déesse de la médecine avait glissé en douce dans sa tasse, elle se ressaisit et réussit à sécher ses larmes. Calmement, elle se leva pour venir rejoindre le groupe qui attendait dehors, impatient de faire sa connaissance.

Sur la terrasse, Heimdall, Höd et Tyr, revenus les premiers du Liban où la mission avait été des plus aisées, partageaient leurs souvenirs avec Jans, assis autour d'un feu de camp crépitant.

Thor, Odin et Loki, interdits de chalet, les avaient rejoints alors que les gardes patrouillaient un peu partout dans Idavoll pour éviter une nouvelle intrusion surprise.

Les deux garçons racontèrent au Père leurs aventures anglaises afin d'y déceler une faille. Ils passèrent en revue leurs rencontres durant la journée, mais aucun détail ne paraissait éveiller un semblant de réponse chez Odin. Hugin et Munin auraient dû sentir la présence de leurs ennemis mais eux aussi s'étaient laissé duper. Surt, jadis simple brute épaisse, semblait au fil des siècles avoir gagné en ruse. Le roi d'Asgard était plus que contrarié.

Sol se présenta au groupe, découvrant cette nouvelle famille avec intérêt, et prenant aussi conscience de l'énorme poids qui pesait sur leurs épaules à tous. Malgré son apparence de poupée de porcelaine, la jeune femme qui avait tant pleuré semblait maintenant totalement convertie à la cause d'Asgard. Comme Tyr, elle semblait se projeter sans condition vers cet avenir aventureux parsemé de dangers. Elle paraissait forte et rayonnante.

Afin de satisfaire ses hôtes, finalement des ado-dieux pour la plupart, Jans avait préparé des pizzas, contentant tout le monde, même le Père de toutes choses, amusé par cette nourriture aux goûts étranges, se mangeant avec les doigts mais finalement délicieuse. Bizarrement, Thor refusa une seconde part sous le regard amusé de Loki et d'Eira qui soufflèrent à la Norne, pour la rassurer, que ses mets étaient très bons mais que Thor était au régime.

Tous partagèrent un moment convivial, essayant de se relaxer un maximum et d'oublier, le temps du repas, que le jour de la prophétie approchait à grands pas et que beaucoup d'incertitudes planaient encore, pouvant impacter négativement ce moment sacré.

Un déclic s'était produit chez le trio d'abord sceptique. Ce grand rituel était devenu comme un incontournable qu'il convenait de préparer avec soin. Leur passé humain était un souvenir heureux sur lequel il fallait tirer un trait pour ne pas trop souffrir. Ils avaient apprécié ces dix-huit années, mais un claquement de doigts et tout avait été effacé de façon définitive. Par contre, leur passé de dieu pouvait, grâce à la prophétie, côtoyer à nouveau leur présent. Ils ne pouvaient plus se raccrocher qu'à ce mince espoir.

Njord et Baldur n'avaient pas encore regagné le camp, certainement toujours sur la trace de Freyja.

Odin commençait à s'impatienter sérieusement. Ce qui était arrivé en Angleterre n'était pas pour le rassurer davantage.

Baldur et Njord eux, devaient se jeter dans la gueule du loup pour retrouver la déesse. Ils étaient tous deux très puissants, mais feraient-ils le poids face à ces armées d'ombre et de feu pouvant surgir sans préavis, en mêlant à leurs pouvoirs celui d'armes modernes que les Asgardiens ne connaissaient pas ? Jamais le combat ne lui avait paru si inégal.

Il envoya alors ses corbeaux chercher des informations et demanda à Heimdall d'ouvrir son esprit à nouveau afin de localiser son fils et le dieu de la mer ainsi que Freyr qu'il n'avait toujours pas réussi à tracer.

Le lendemain, il leur faudrait aussi aller trouver Sif, qui vivait dans un petit village Sami[8] non loin d'Idavoll.

Mais pour le moment, tous devaient se reposer dans l'attente d'informations supplémentaires. De bonnes nouvelles les attendraient peut-être au petit jour ? Tous espéraient en tous cas que la nuit serait plus sereine que les précédentes. Ce fichu monstre de feu avait le chic pour apparaître avec perte et fracas en profitant de l'obscurité. Ils regagnèrent leur couche, repus et tombant de fatigue.

Sol découvrit ses nouveaux appartements. Une petite chambre lui avait été préparée avec soin dans une partie du grenier proche de la garde-robe divine. Mansardée, la pièce comportait des meubles charmants, très anglais, et surtout une fenêtre de toit qui s'ouvrait comme un tableau sur le ciel étoilé. Tyr, de son côté, ferait chambre commune avec

[8] Les Samis sont un peuple de Laponie (ndle)

ses deux amis de toujours. La routine reprenait au gîte comme si la veille, il n'avait pas failli sombrer dans le brasier de Surt.

Loki et Thor restèrent un peu auprès de leur amie dans la fraîcheur du soir, admirant Sirius et la Voie Lactée mais surtout attendant le départ des autres pour reparler encore une fois avec Odin de l'épisode de la tentative d'enlèvement ratée de Sol. Cette malencontreuse aventure leur torturait l'esprit. Ils avaient pourtant été très prudents lors de cette journée.
De plus, si le dieu du feu avait attiré les disciples à Copenhague par pure inconscience, il n'en était rien cette fois. Il l'avait juré à Odin, et celui-ci n'en doutait pas puisque les corbeaux ne l'avaient pas lâché d'une semelle durant tout le jour. Pourtant les hommes en noir étaient bien là, à se fondre dans la masse pour mieux mener leurs attaques contre les Asgardiens. Qui avait pu les renseigner sur la présence d'une déesse dans ce cinéma perdu dans une toute petite ville au fin fond du Royaume Uni ?
Odin n'arrivait toujours pas à comprendre ce nouveau revers. Qui cherchait à les affaiblir pour servir le monstre de feu ? Sans aucun doute quelqu'un qui savait que, sans la totalité des douze divinités, la prophétie ne pourrait être enclenchée. Pourtant le déroulement des évènements n'était connu que de trois personnes : lui, Frigga et Jans.
C'était finalement peut-être un bon signe. Surt devait craindre leur puissance au point de ne vouloir se retrouver de nouveau face à eux sur un champ de bataille. Pourtant, on ne pouvait pas dire que ses troupes soient prêtes à se

battre. C'était même plutôt le contraire. Toutes les informations, les indices, étaient tellement contradictoires. Odin, sans apporter plus de réponses, regagna sa tente dorée laissant les trois amis face au spectacle céleste. Le sortilège de la veille, alors qu'il était encore faible suite à son long sommeil forcé, et cette longue journée, l'avaient fatigué au plus haut point. Une magnifique aurore boréale dansait dans l'obscurité pour donner du courage aux trois compagnons sur cette route pleine de surprises. Les yeux remplis de cette magie cosmique, ils rentrèrent enfin se reposer dans leur cocon douillet.

Au beau milieu de la nuit, un cri réveilla les garçons. Eira, tremblante et brûlante de fièvre, était assise au milieu de son lit, répétant des phrases incohérentes. Ses cauchemars semblaient prendre vie devant ses yeux et elle repoussait les deux frères qui tentaient pour la rassurer, de la prendre dans leurs bras. Elle cédait complètement à la panique. Elle hurlait de ne pas l'approcher. Elle parlait d'un homme à tête de faucon et d'un autre à la tête de chacal qui voulaient l'avaler. Elle racontait qu'un monstre à deux têtes, ayant pour monture un loup géant, allait engloutir la cité. Elle, si raisonnable et forte, leur parut soudain très fragile.

Loki alla rapidement chercher un linge humide dans la salle de bain pendant que Thor tentait d'approcher en douceur cette petite sœur de cœur qui prenait de plus en plus d'importance dans leur vie. Par chance, cette dernière n'usa pas de magie pour le repousser, seuls quelques coups de poings vinrent frapper la poitrine du blond qui en avait

vu d'autres, même si la frêle déesse était plus forte qu'il ne le pensait.
Loki appliqua le linge sur son front chaud. Au contact de la fraîcheur de l'eau, elle se détendit, se blottissant contre le torse nu de son ami, même si ses yeux étaient toujours fixés plein de terreur dans le vide.
Le brun, d'un coup de poignet, créa alors une illusion. Devant elle, la belle Eira pouvait découvrir une voûte étoilée où trônait une lune ronde qu'on aurait pu croire réelle. Le jeune homme s'était rappelé qu'Eirwen leur avait confié ne jamais faire de cauchemars les soirs où l'astre était plein.
Il avait réussi. Après quelques minutes, la belle dormait paisiblement dans les bras de Thor qui la déposa sur le grand lit. Chacun des frères demeura à ses côtés pour veiller sur son sommeil et surveiller surtout que la fièvre baissait.
Au matin, on aurait dit trois petits chatons enroulés dans l'une des grosses couvertures en laine vierge de la couche. Eira avait la tête posée sur l'épaule de Loki, Thor allongé dans le dos, lui serrait doucement la main. Réveillée par les premiers rayons du soleil, la jeune fille fut surprise de se trouver là, ne pouvant bouger sans réveiller les deux garçons. Que s'était-il passé ? Elle ne se rappelait pas avoir opté pour une pyjama party avec les deux frères, et aurait juré s'être endormie dans son propre lit. Sa respiration était désormais calme, elle se sentait en sécurité, même si cette proximité était... étrange. Étrangement agréable en fait. La peau tiède des jeunes hommes, leurs souffles réguliers, les

traits fins du visage du dieu du feu et la douceur avec laquelle Thor semblait la protéger malgré sa lourde stature : elle n'avait jamais rien vécu de la sorte, elle la solitaire. La sauvageonne.

Loki fut le premier à ouvrir les yeux, regardant avec un tendre sourire la jeune fille. Il posa la main sur son front puis chuchota :

— Tu te sens mieux ?

Mieux, Eira ne comprenait pas vraiment.

— Tu sais, tu nous as fait une sacrée peur cette nuit avec tes ogres aux têtes d'animaux. Et puis il y avait cette fièvre qui te consumait.

La jeune fille se rappela soudain par flashs, son cauchemar de la nuit. Il paraissait si réel. Elle se souvint également de la lune, ronde sur le plafond de la chambre.

— Comment as-tu fait cela ?, demanda-t-elle d'un air aussi interrogatif qu'admiratif au jeune dieu en levant la tête au plafond.

— Fait quoi ?, demanda le brun, qui aurait souhaité garder secret ce don encore un petit moment.

— La lune, dans notre chambre ? Ce n'était pas la pleine lune cette nuit, j'en suis certaine.

Il posa un doigt sur les lèvres de la jeune fille, expliquant succinctement :

— Hum, un de mes talents cachés, mais chut, promis ?

En guise de réponse, Eira toujours coincée par le bras de Thor endormi, reposa sa tête sur l'épaule de Loki qui ne rechigna pas. Ces moments de répit allaient sans doute se faire rares dans l'avenir.

— Je suis très content que tu te sentes mieux, ajouta-t-il en lui caressant doucement la joue.

La jeune fille, rêveuse, le laissa faire. Elle n'arrivait plus à enlever ces horribles visages de sa tête. Elle repensait à cette panique horrible qu'elle avait ressentie cette nuit. Elle cherchait un indice, un signe qui pourrait donner sens à ce rêve horrible. Mais rien, alors elle se laissa aller à un calme relatif dans ce petit nid protecteur, tentant de faire le vide dans sa tête.

Quelques longues minutes passèrent avant que Thor ne sorte également de sa torpeur. Lui aussi s'inquiéta immédiatement pour la déesse sur laquelle il avait fraternellement veillé une bonne partie de la nuit avant de sombrer dans les bras de Morphée. Le jour venu, les monstres s'étaient en partie évaporés et sa température redevenue normale, en grande partie grâce à eux.

— Merci, frémit doucement la jeune fille en s'étirant. Pour la peine je vous laisse la salle de bain en premier.

Les deux garçons ne se firent pas prier pour s'y rendre, profitant de l'eau chaude à foison pendant qu'Eira restait étendue dans la couche tiède, repensant encore à ces personnages aux visages d'animaux, troublants. Elle était certaine de les avoir déjà vus quelque part.

Mais où ?

27. Grèce

Le petit déjeuner des dieux fut troublé par Odin et Heimdall qui entrèrent dans la cuisine précipitamment. Leurs visages étaient sévères, graves et leurs traits tirés laissaient présager que leur nuit n'avait pas été plus calme que celle du trio.
Il s'avéra qu'Hugin avait retrouvé la piste de Njord, toujours en quête, sur les terres grecques, mais il n'était apparemment plus accompagné de Baldur. Nulle part, ni les corbeaux, ni le gardien ne trouvaient de traces du fils d'Odin, ni de Freyja d'ailleurs. Un malheur était-il arrivé ? Les équipes étaient censées ne jamais se séparer. C'était l'incompréhension totale chez les déités présentes, mêlée à une pointe de pessimisme à peine dissimulée. Vivre à Idavoll n'était décidemment pas de tout repos.

Le Père demanda à Tyr et à Thor, sans lui laisser d'autre alternative, d'aller rejoindre Njord, afin d'obtenir des réponses et lui venir en aide si besoin. Le jeune homme n'eut même pas le temps d'avaler sa dernière bouchée chocolatée. Heimdall les accompagna aussitôt via le pont Arc-en- Ciel.
Loki fut une nouvelle fois fortement contrarié de laisser son frère partir à l'aventure sans lui. Mais Odin avait décidé de lui confier une autre mission, moins exotique mais toute aussi urgente, en compagnie de la déesse de la médecine.

Une mission qui leur allait finalement comme un gant puisqu'il s'agissait de prendre un simple bus direction le Parc National de Sarek au nord de la Suède, à seulement quelques centaines de kilomètres de là, pour y retrouver Sif. Ils pourraient tous deux prendre une bonne bouffée d'oxygène par la même occasion, lors de cette randonnée au cœur d'un paysage encore plus magique que la grande plaine d'Idavoll.
Le jeune homme et Eira furent si enthousiastes à cette idée qu'ils en oublièrent presque le départ en fanfare du dieu du tonnerre, chagriné à son tour de ne pas faire partie de cette seconde option bien plus alléchante que la visite de ruines sous le soleil cuisant du sud de l'Europe.
Sol, à peine remise de ses émotions resterait au chalet pour commencer son entraînement divin. Son pouvoir lumineux pouvait être fort utile face à la noirceur des hommes de Surt. Höd qui pouvait lire sans mal les ténèbres, allait l'épauler dans ces exercices demandant une extrême concentration.

Un vieux bus brinquebalant emporta le dieu du feu et la guérisseuse sur les routes sinueuses qui devinrent très vite de simples chemins de pierres assez inconfortables, ce qui ne les dérangea pas outre mesure. Au loin, on pouvait déjà deviner une nature sauvage et inhospitalière.
Heureusement que nos routards en herbe s'y connaissaient un peu en randonnées : ils s'étaient parés de chaussures de marche et de manteaux chauds pour affronter les températures bien basses en ce lieu loin de toute agitation.

— Waou, quels paysages !, s'émerveilla la déesse, trépignant pour descendre plus vite du véhicule qui les abandonnait pourtant au milieu de nulle part pour reprendre immédiatement la route. Je ne connais pas Sif mais elle a bon goût, pour avoir posé ses bagages dans ce petit paradis.

Dans le lointain, à des kilomètres de la station de bus de fortune, elle pouvait déjà deviner un sommet irrégulier au pied duquel Heimdall leur avait indiqué qu'ils pourraient trouver ce qu'ils cherchaient.

Une soif de découverte emplit l'esprit des deux amis, soudainement nostalgiques de leurs vies d'avant l'Aube. Une vie simple, faite de trekkings et d'escalade. Ils marchèrent longtemps, sans compter les heures, profitant simplement des plaines sauvages emplies d'oiseaux de toutes sortes, de forêts de bouleaux verdoyantes. Ils purent apercevoir au loin, attendris, un lynx et son petit en train de téter goulûment.

Puis peu à peu, le sol devint plus rude, la végétation plus rare et la pente plus abrupte, rendant l'effort d'autant plus intense. Mais le duo n'en avait que faire, gorgé de l'énergie pure dégagée par cet endroit où la nature sauvage leur offrait le plus beau des tableaux. Çà et là, des points d'eau permettaient de remplir les gourdes d'eau fraiche. Plus loin, des baies délicieuses leur tendaient les bras. Tout faisait de ce lieu un véritable Éden pour la faune mais aussi pour les deux déités, qui profitèrent du calme pour se ressourcer, oubliant un tout petit instant les déboires des jours passés et leur quête. Foulant cette terre sacrée, Eira et

Loki prenaient un plaisir non dissimulé. Cette escapade improvisée leur donnait une impression de liberté. Cette même liberté dont ils étaient privés à Idavoll.
Depuis quelques semaines, ils étaient en dehors de leurs voyages initiatiques, confinés sur cette terre au pied de la Lyfia et surtout surveillés de toute part.
Ici, tout, leur semblait à nouveau immense. Tout, leur semblait possible.
Sif, qui était l'objet principal de cette « promenade » improvisée, était une sámi, fille adoptive d'un éleveur de rennes qui vivait au pied de la montagne de Skierffe. Son nom « humain » était Tarja.
Au détour d'un petit bois, près d'une simple hutte en bois, les attendaient un homme en costume traditionnel et son épouse ainsi qu'une jeune femme aux cheveux longs dorés comme les blés qui tranchaient avec son regard d'un noir profond. Les légendes faisaient partie intégrante de la culture de ce peuple mi-nomade, mi-sédentaire. A la vue d'Eira et de Loki, les deux Lapons enlacèrent leur fille puis lui confièrent un baluchon et une longue épée de métal. Enfin, le plus naturellement du monde, ils la laissèrent rejoindre les deux autres.
Sif savait depuis toujours, comme ses parents, qu'un grand destin l'attendait. Peut-être les vents en ce lieu magique lui avaient-ils soufflé son futur divin ? Elle avança donc sans peur, telle une guerrière au milieu de ce paysage presque lunaire. Elle était sublime, drapée dans une chaude cape rouge sang brodée de bleu nuit.

Depuis quelques jours, elle avait senti que le temps était venu de s'unir avec ceux que les dieux placeraient sur son chemin. Elle avait été élevée à la dure, tel un garçon, s'imprégnant des saisons, des éléments, aidant ses parents comme elle le pouvait. Aujourd'hui, elle devait les quitter mais était paradoxalement pleine de joie, tout comme eux.
Loki faisait profil bas, n'osant attirer l'attention de la demoiselle. Il avait encore lu dans « Les longues et saugrenues aventures de Loki » que ses ruses passées n'avaient pas épargné la belle déesse. Fort heureusement, celle-ci ne semblait pas le reconnaître sous son apparence juvénile sinon à coup sûr, il aurait tâté de son épée.

Sif profita du chemin du retour vers la civilisation pour leur conter des histoires de cette terre peuplée de créatures étranges, qui finalement n'étaient peut-être pas si imaginaires que cela. Après tout, ils venaient de rencontrer nains et dragon il y a peu de temps, chevauchaient chats et béliers volants, sans parler de Sleipnir et des corbeaux parlants. Voir surgir dans les champs du Sarek d'autres animaux issus d'un bestiaire mythologique ne les aurait donc pas surpris outre mesure. D'ailleurs, les crêtes acérées du mont ressemblaient à s'y méprendre à des écailles hérissées sur le dos d'un dragon endormi.
Elle leur montra également les endroits qu'elle préférait. Ce fut comme une sorte de pèlerinage en guise d'adieu à cette terre qui l'avait vue grandir, qu'elle adorait fouler et qu'elle ne reverrait sans doute jamais.

Au même instant, Thor, Heimdall et Tyr arpentaient le sanctuaire de Delphes à la recherche de Njord. Le volatile d'Odin avait perdu sa trace au pied du mont Parnasse, au milieu des pierres du lieu saint.

Il ne fallut pas longtemps, ni beaucoup de concentration à Heimdall pour découvrir le dieu musclé, qui errait comme un zombie au milieu des ruines du temple d'Apollon. Les yeux dans le vide, il semblait complètement anéanti. Cela ne laissait rien présager de bon.

Les trois autres se ruèrent vers lui, lui demandant ce qui s'était passé. Njord, pourtant solide, s'effondra devant eux au milieu des pierres brûlantes, comme pris de vertiges. Les autres l'examinèrent. Aucune trace de coup ou de brûlure. Le dieu de la mer semblait plutôt avoir été drogué. Puisant de l'eau dans un puits tout proche, Thor lui aspergea copieusement le visage à plusieurs reprises. Le jeune homme reprit alors peu à peu ses esprits tout en restant prostré au sol.

— Où est Baldur ?, s'inquiéta Heimdall sans le ménager plus longtemps.

— Il m'a envoyé chercher Freyr, bredouilla Njord pas encore très lucide. Il est parti chercher Freyja.

— Comment cela, demanda Tyr, il est parti seul affronter les hommes de Surt ? Vous ne deviez pas vous séparer c'était LA consigne d'Odin ! Qu'as-tu dans la cervelle, Njord !

— Je sais ou plutôt je ne sais plus. Tout cela est tellement flou, pleurnicha le jeune homme se prenant la tête entre les mains.

— Comment a-t-il appris où étaient Freyr et Freyja ?, continua le dieu solaire, impatient.

— C'est Odin ! Oui, c'est cela, Odin lui a fait parvenir un message par Hugin, ajouta, encore plus confus le jeune dieu.

— Mais Odin ne sait même pas où sont les jumeaux !, lui cria Heimdall d'ordinaire le plus calme des guerriers d'Asgard, en le secouant par les épaules. Moi-même je n'ai pas retrouvé la trace de leurs auras. Ce doit être un nouveau piège de Surt ! Bon sang ! Mettez-vous tous en garde !

En position de défense, prêts à voir déferler sur eux une armée d'hommes en noir, les trois déités scrutèrent les environs. Pas une âme qui vive, exceptée cette vapeur qui montait vers le ciel, sortant d'une cavité du sanctuaire derrière un grand olivier.

Delphes était connu pour être le centre du monde, d'après la mythologie grecque, ce que contestaient les Scandinaves avec force : pour le peuple nordique, c'était le majestueux Yggdrasil qui tenait ce rôle. La coté grecque était par le passé un endroit où régnait la magie de Gaia et du dieu Apollon, qui n'auraient jamais pactisé avec un fou monstrueux comme Surt. Du moins selon les souvenirs du gardien du Bifröst, qui avait fait ami-ami, il y a fort longtemps, avec le bellâtre grec.

Aujourd'hui, le site n'était plus que ruines et parades touristiques. On était loin de sa gloire d'antan. Les prédictions d'Apollon auraient pourtant été les bienvenues

pour apporter une lumière sur l'énigme posée aujourd'hui aux Nordiques.
Que faisait Njord dans ce lieu et que se cachait-il derrière la disparition de Baldur ? Tous étaient perplexes.
Ne disposant d'aucune piste solide, Heimdall, le plus expérimenté, décida de prendre le risque d'aller voir d'où venait cette fumée étrange qui s'élevait dans le ciel sans nuage de Delphes. Armes au poing, tous avancèrent avec une extrême prudence vers la cavité. C'était une sorte de grotte, ou d'habitat troglodyte en fait, où une femme ni vieille ni jeune, les accueillit. Elle ne paraissait pas du tout surprise de leur venue.
Elle portait une longue toge blanche brodée de feuilles de lauriers d'or et un voile lui cachait partiellement le visage d'où seul un œil sans pupille, l'iris étant complètement blanc, émergeait.

— Je vous attendais, annonça-t-elle avec une voix fantomatique.

Surpris, les dieux stoppèrent leur avancée, toussotant à cause de l'air empli d'une odeur singulière à la fois agréable et très piquante.

— Voilà ce qui a mis Njord dans cet état. Cette fumée est hallucinogène, avertit le gardien, qui sortit rapidement un linge pour se couvrir le visage, ordonnant à ses amis d'en faire de même.

La femme eut un rire spectral, glaçant.

— Celui que vous cherchez est ici !

Elle leur tendit ce qui ressemblait à un journal froissé.

Oui c'était bien un journal. A la une, la photographie en couleur d'un jeune homme, les yeux exorbités. Heimdall, qui du fait de sa condition de gardien des mondes savait lire et parler pratiquement toutes les langues anciennes, dont le grec, put y déchiffrer :

> « Un jeune homme pris d'une soudaine folie meurtrière a tenté de décapiter avec une épée, le père de sa bien-aimée qui lui refusait sa main. Portant le coup qui aurait pu être fatal, il hurlait aux passants médusés qu'il était la réincarnation d'une divinité de l'amour. Maîtrisé par les forces de l'ordre, il a été emmené sur le champ à l'hôpital psychiatrique d'Athènes. Une enquête est en cours. »

— Tu crois que c'est lui ?, demanda Thor, le nez enfoui dans son tee-shirt.

— Cela ne peut être que lui, soupira Heimdall. Freyr nous a malheureusement déjà opposé pareil stratagème morbide par le passé. Comment allons-nous le sortir de là maintenant ? Il doit être confiné dans un endroit ultra sécurisé et nous devons rester invisibles pour les hommes.

— Vous me faites confiance ?, demanda Thor. J'ai une idée, farfelue mais bon... cela devrait fonctionner !

— Bien sûr que nous te faisons confiance, tu es notre prince, ajouta Tyr.

— Mouais, il y a un mois, j'étais juste Angus alors tu ne devrais pas trop compter sur le prince qui sommeille en moi. En revanche mon plan est assez idiot pour réussir.

— Au contraire, je pense qu'il est réveillé mais que tu ne veux pas te l'avouer, Thor, enchérit Njord qui commençait à y voir plus clair.
Le dieu du tonnerre haussa les épaules et ajouta :
— Heimdall, emmène-nous à Athènes devant cet hôpital. Cherche-y la trace de Freyr et je me charge de distraire tout le monde afin que vous puissiez le récupérer sans éveiller les soupçons, d'accord ?
Ils se retournèrent pour remercier la femme qui les avait si bien renseignés mais la caverne était désormais complètement vide. Elle s'était tout bonnement évaporée.
Sans plus tarder, Heimdall emporta ses compagnons dans la capitale grecque via le pont magique.

Athènes était une ville gigantesque, labyrinthique, mêlant monuments antiques, immeubles vétustes et innombrables boutiques et restaurants soi-disant typiques. Des flots de touristes l'arpentaient et la chaleur était pesante.
Mais surtout, les hôpitaux y étaient très nombreux.
Le gardien avait du mal à sentir la présence de Freyr à cause de l'agitation de cette cité, véritable fourmilière cosmopolite. Le groupe dut donc se résoudre à passer en revue tous les établissements médicaux de la capitale. C'était fastidieux et complexe. Grâce à Tyr, maître de la stratégie, ils usèrent de ruses pour obtenir la coopération « involontaire » des soignants afin d'avoir accès aux registres de patients.
Finalement au bout de plusieurs tentatives infructueuses, ils découvrirent enfin le lieu de rétention du dieu de l'amour : un bâtiment sordide au cœur de la vieille ville,

ayant jadis servi d'hospice aux malades de la peste, et plus récemment d'asile. La façade blanche était impersonnelle, défraîchie. L'endroit ressemblait davantage à un mouroir qu'à un lieu de soins. Les infirmiers en blouses blanches parcouraient les longs couloirs à peine éclairés avec nonchalance. Ils arboraient un air sévère peu engageant.

Thor demanda aux trois autres de se rapprocher au plus près de la chambre du dieu emprisonné en se déguisant en soignants.

Lui se rendit dans une étroite ruelle derrière l'hôpital. Il sortit le plus discrètement possible Mjöllnir, prit son gant magique et attendit un instant que ses compagnons aient trouvé la cellule du dieu fou.

Alors, il s'élança et il frappa de toutes ses forces le sol en se concentrant sur l'effet voulu. Le résultat fut immédiat. Les maisons et immeubles aux alentours tremblèrent tels de fragiles châteaux de cartes. Les passants se mirent à hurler en courant dans les rues adjacentes. Médecins et patients sortirent à la hâte de l'asile, affolés, suivis d'Heimdall et de Tyr qui soutenaient Freyr, hagard, en camisole blanche. Njord s'assurait que personne ne les suivait.

Une fois dans la ruelle, ayant rejoint le dieu du tonnerre pas peu fier de son effet, le Bifröst les emporta instantanément vers Idavoll.

De leur coté, parcourant le parc du Sarek après s'être repu de verdure et de beaux paysages, Loki et les deux filles s'étaient assis dans un nouveau bus en direction du camp.

Ils étaient tristes de quitter ce lieu féerique, ses rivières, ses monts et ses espaces vierges si paisibles. Lorsque la radio indiqua qu'un séisme venait de faire trembler Athènes, n'occasionnant heureusement aucun blessé, ils ne comprirent pas tout de suite qu'il s'agissait du premier « méfait » du divin marteau de Thor.
Ce n'est qu'arrivés devant le chalet, où Odin félicitait son fiston adoré pour sa débrouillardise tout en le sermonnant gentiment, que Loki comprit que son frère était la cause de ce tremblement de terre qui faisait la une des médias internationaux.
Comme disait Odin sans grande conviction : « Cela aurait pu avoir des conséquences désastreuses ».
Mais Loki voyait surtout que son frère pouvait aussi user de ruse, tout comme lui. Il lui adressa donc avec le plus beau des sourires, un « bien joué frérot ! » en lui tapotant l'épaule.

28. Le dieu de l'amour

Freyr était de retour à la maison, mais dans un piteux état.

Eira s'était portée à son chevet car il était toujours extrêmement agité. En proie à des visions horribles, il ne cessait de répéter en boucle les mêmes mots : « Falco est ». Tyr avait eu un mal fou à l'emmener vers la chambre qui lui avait été désignée, et surtout à le maintenir couché pendant que la déesse lui prodiguait des soins tout en sondant son âme. Elle voulait comprendre ce qui avait pu se passer. Mais elle ne découvrait qu'un obscur abîme, semblable à celui qui avait emporté Loki lorsque le venin du Graoully l'avait malencontreusement contaminé. Pourtant ici, pas de dragon en vue. Aucune plaie ou marque noire ne dévorait sa chair. Sans doute, le rituel avait-il réveillé chez le dieu de vieilles blessures qui l'avaient un temps rendu fou par le passé ? C'est ce que semblait penser Heimdall. Sur la nuque de Freyr, sa marque était déjà cicatrisée, ce qui laissait penser qu'un flot de souvenirs plus ou moins sereins l'envahissait depuis un petit moment. Elle n'en était pas certaine, mais quelque chose clochait.

Tyr resta donc aux côtés du jeune homme quand Eira rejoint le conseil d'Odin, qui était en train de discuter de la façon dont Njord avait pu se retrouver dans une pareille situation. Le mystère restait également entier sur l'identité de celui qui avait pu les guider ainsi vers Freyr.

Cela déconcertait beaucoup le père de toutes choses qui n'était pas à la source du message soi-disant entendu par le dieu de la mer. Ce dernier s'en voulait d'avoir une nouvelle fois déçu son souverain en mettant en péril une mission mais il ne savait pas du tout ce qui l'avait conduit à Delphes.

De plus, Baldur avait disparu lui aussi. Heimdall n'arrivait toujours pas à le localiser. Il se trouvait peut-être maintenant, comme Freyja, aux mains des disciples de Surt à subir quelque torture atroce.

L'instant était des plus tristes car deux dieux manquaient à l'appel, ce qui voulait dire que la grande prophétie ne pourrait avoir lieu malgré tous les efforts et sacrifices que tous avaient dû accomplir durant ces dernières semaines.

La Norne qui pourtant semblait garder son sang-froid en toute situation, était à ce moment comme désemparée, se démenant dans des activités futiles, parcourant le domaine de long en large sans réel but.

Odin décida donc, sans trop y croire, d'aller scruter une nouvelle fois l'univers, juché sur Hlidskjálf, son trône ensorcelé sur lequel il pouvait voir par-delà les monts, par-delà les illusions.

Mais, rien. La magie de Surt devait s'être encore accrue pour que soit voilé ainsi l'endroit où se trouvaient son fils et la déesse de l'amour.

A moins que ce ne soit le trône qui, oublié pendant des siècles au fond d'une vieille grange poussiéreuse, ne souhaite plus répondre plus aux attentes de son maître ?

Sur Asgard, même les objets semblaient habités d'une âme propre et ce siège royal était peut-être vexé d'avoir été mis ainsi au rancart sous quelques bottes de paille malodorantes.
Thor parla de la Grèce à Loki et Eira, leur racontant son périple empli de mystères. Il s'attarda sur l'épisode de la caverne et sur cette femme étrange, une sorte de spectre qui avait su leur fournir une information capitale en si peu de temps puis qui avait disparu sans laisser de traces. Peut-être en savait-elle davantage ? Il aurait fallu retourner à Delphes pour s'en assurer.
La jeune sorcière pensa qu'après le chaos qu'il venait de créer dans le pays, ce n'était sans doute pas le bon moment pour aller demander des faveurs à celle qui était certainement une descendante de la Pythie (voire la Pythie elle-même), la voyante personnelle d'Apollon lui-même. La Grèce avait ses dieux et ses rites. Si le panthéon scandinave revenait à la vie, qu'en était-il des autres familles « d'immortels » ? La présence même de cette prêtresse au pouvoir de divination évident prouvait qu'une nouvelle ère était en train de prendre forme aussi sur les terres grecques. Mais y trouveraient-ils des alliés ou des ennemis ?
Cette remarque interpella Loki qui savait que ces dieux étrangers pouvaient être tout aussi puissants qu'eux, peut-être même davantage. Il allait se lancer dans une théorie fumeuse, se remémorant des cours de grec ancien donnés par un vieux professeur grisonnant et rabougri, quand un bruit de tonnerre déchira le silence.

Le ciel, devenu en un instant aussi sombre que la mort, s'ouvrit en son cœur comme une coulée de lave perçant le flanc d'un volcan. Il en tomba deux corps inertes, qui s'écrasèrent lourdement sur le sol terreux. Une odeur de soufre flottait doucereusement dans l'air.
Le premier était Baldur, son visage couvert d'hématomes et son corps de coupures profondes. Le second corps, frêle, désarticulé, était celui de Freyja. Sur ses avant-bras, des traces de brûlures. Ils avaient été torturés.
Un avertissement de Surt, sans aucun doute, qui présageait d'un combat brutal et sans pitié. De toute évidence, ses forces étaient plus grandes que jamais, les deux dieux dont l'éclairé fils d'Odin lui-même, n'ayant été que des pantins entre ses mains.
Les instincts de médecin d'Eira se réveillèrent donc une nouvelle fois pour venir en aide aux dieux. Elle se jeta, malgré la fatigue due aux soins déjà prodigués à Freyr, auprès des deux individus. Elle prit machinalement leur poul et observa leurs blessures pour voir qui était dans l'état le plus critique, qui avait besoin le plus rapidement de son aide.
Les minutes s'étiraient, froides et sombres. Les autres dieux avertis par le grondement surnaturel s'étaient réunis à nouveau devant le chalet, attendant le verdict de la jeune déesse avec une fébrilité non dissimulée, retenant leur souffle.
Ouf, tous deux étaient vivants pour le moment malgré la chute impressionnante qu'ils venaient de faire, malgré la quantité de sang perdu. La vision des plaies était

insoutenable et Sol s'écarta, allant se réfugier dans les bras protecteurs de Tyr.
La guérisseuse, toujours agenouillée près de ses patients, était habituée à ce genre de situations d'urgence mais d'ordinaire elle se trouvait dans un hôpital équipé, avec à ses côtés pléiade d'infirmières compétentes pour l'épauler. Pourtant comme elle l'aurait fait dans le service où elle effectuait ses gardes en tant qu'interne, elle donna ses ordres. A la différence près qu'ici, elle les hurla d'un ton autoritaire, tant il fallait faire vite.
Thor fut prié de faire un point de compression sur une des entailles de Baldur dont le sang coulait à flot alors que Loki et Heimdall devaient aller chercher rapidement de l'eau de la cupule et de l'achillée mille feuilles. Ils y parvinrent rapidement grâce au pont Arc-en-ciel, qui facilitait grandement les déplacements. La plante avait pour propriété principale de faire se coaguler les fluides plus rapidement.
Njord se chargea de transporter tendrement la jeune déesse qu'il aimait en secret, toujours inconsciente, sur son lit. Les brûlures semblaient à vifs mais ses jours n'étaient pas en danger, contrairement à ceux de Baldur dont les plaies béantes n'auguraient rien de bon.

Odin resta un temps là, debout, immobile, faisant pleinement confiance à Eira. Il craignait pour son enfant. Être blessé de la main de Surt n'était jamais anodin. Mais plus encore, il prenait la mesure de l'avertissement du démon, qui en leur rendant les deux corps meurtris, leur donnait un avant-goût macabre de ce qui allait leur arriver

bientôt, à tous, s'ils persistaient dans leur intention de récréer le Ragnarök.
Ayant imbibé une compresse d'un mélange poisseux jaunâtre réalisé avec les ingrédients rapportés par Loki, Eira la pressa fortement sur la plaie du dieu guerrier qui laissa échapper une plainte enfantine. Puis d'un orbe vert, elle entoura la blessure. Le sang s'arrêta et la jeune fille put se concentrer pour apaiser les douleurs dues aux bleus, laissant à Sif le soin de panser les blessures les moins importantes afin de pouvoir se rendre maintenant auprès de Freyja. Jamais les jeunes dieux n'avaient été si unis, luttant ensemble sans se poser de questions contre les méfaits du monstre de feu et d'acier.

Odin s'était subitement réfugié avec la Norne dans la tente, la mine sévère. Il ne comprenait toujours pas comment tous les événements dramatiques du jour et des jours précédents avaient pu se produire sans que lui ou ses espions aient pu se rendre compte de quoi que ce soit. C'était à en perdre son asgardien. Une magie forte, aussi forte que celle de son peuple, était venue en aide au monstre de feu, qui seul ne pouvait leur opposer qu'une force primitive, brute. C'était évident, les guerriers d'Odin allaient se frotter à une menace bien plus grande encore que celle qui les avait fait plier lors du premier combat… combat qui avait été fatal à ses guerriers.

— Nous ne pouvons pas reculer. L'accomplissement de la prophétie approche mais nous ne sommes pas prêts, pas encore, se fâcha Odin. Ils sont encore si jeunes. Comment exiger d'eux une telle performance ?

— Nous pouvons encore les entraîner. Nous le ferons tant que nous le pourrons, même si peu de temps nous sépare maintenant du Ragnarök. Tout repose de toute façon sur Eira et vous l'avez constaté ce soir, ses pouvoirs croissent chaque jour un peu plus, ajouta la Norne d'un ton ferme et détaché.

— Les entraîner suffira-t-il ? Nos fidèles ont déjà vu la mort de près alors que ces jeunes dieux sont inexpérimentés au combat et à ses conséquences. Comment vont-ils réagir un fois sur le champ de bataille face à la menace, face à la mort. Comment réagira-t-elle ?

— Espérons au moins que son sacrifice sera suffisant pour apporter l'énergie nécessaire à nos guerriers, afin de battre Surt.

— Elle est forte, plus forte que nous ne le pensions, je suis d'accord, mais manque encore de tellement de confiance. Pourtant... nous n'avons pas le choix. Non, pas le choix, continua d'une voie teintée de tristesse le dieu des dieux.

— Non, nous n'avons pas d'autre choix, notre ennemi est bien plus puissant que prévu, susurra la Norne, résignée. Il faudra faire appel à l'étoile. C'est notre unique chance de retrouver notre royaume et de rétablir l'équilibre.

Loki à ce moment, se dirigeait vers la tente afin de prévenir le roi que Baldur était sorti d'affaire. Il était bien entendu comateux, et pleurnichant -ce qui était surprenant pour un dieu de sa stature- mais hors de danger.

Il s'arrêta net en entendant les paroles de cette conversation que de toute évidence il n'aurait pas dû surprendre.

Un sacrifice, songea-t-il. Odin avait durant les jours écoulés, parlé de l'étoile du sacrifice comme d'une nécessité, d'un don afin que les combats soient victorieux. Mais étrangement le mot sacrifice lui paraissait à cet instant, sous cette tente, plus concret que jamais. Synonyme de mort plus que d'espoir.

Frappant des talons sur le sol afin d'attirer l'attention de Jans et d'Odin toujours en plein conciliabule, il marcha vers le trône pour leur porter la bonne nouvelle.

Le roi, sur le coup un brin gêné, fut ravi en comprenant que tous ses dieux étaient là, plus ou moins en bonne forme mais vivants pour enclencher la prophétie.

Il ne restait plus que quelques mois, quelques petites semaines avant que Samonios n'arrive, ce grand soir où le monde des vivants et celui des morts se mêlent. Celui où ils devraient tous se battre pour faire renaître l'Asgard flamboyante.

29. Camp d'été à Idavoll

A son réveil, quelques jours venaient de passer.
Freyja fut horrifiée par les cicatrices qui, selon elle, la défiguraient même si seuls ses avant-bras avaient été touchés. Eira avait pu lutter contre l'intense douleur causée par les brûlures mais bizarrement elle n'avait pas réussi à enlever les traces, comme elle pouvait le faire d'ordinaire.
Baldur, lui, se portait comme un charme.
Ni l'un ni l'autre ne se souvenaient de ce qui s'était passé durant leur enlèvement, comme si leurs mémoires avaient été effacées par de sombres entités. Ce qui était certainement le cas.
Les membres du groupe avaient retrouvé leurs habitudes, entre les entraînements magiques pour affûter leurs pouvoirs respectifs et s'améliorer en maniement des armes.
Odin souhaitait qu'ils soient le plus opérationnels possible pour la grande nuit.
Les nouveaux venus ne déméritaient pas. Seul Freyr était toujours dans un état semi-délirant, ne voulant absolument pas que sa jumelle l'approche.
Dès que cette dernière voulait lui parler ou simplement se rapprochait à moins d'un mètre de lui, il se mettait à trembler comme une feuille, n'osant même pas la regarder et bredouillant des phrases incompréhensibles en boucle.
Njord s'était même demandé s'il était tout à fait sain d'esprit et si effectivement, il n'avait pas davantage sa place

au sein d'un asile d'aliénés pour dieux en état de choc. Cela lui valut un regard foudroyant de la part d'Eira.
Si les deux autres avaient été torturés, on ne savait toujours pas ce qui avait provoqué cette crise de folie meurtrière chez Freyr. Il y avait fort à parier que Surt ou ses hommes de main avaient joué un rôle dans cette affaire. Freyr méritait un peu de compréhension et de la compassion surtout de la part de Njord qui, mine de rien, avait manqué à deux de ses missions en quelques semaines seulement, engageant la sécurité de tous les habitants d'Idavoll.

Comme ce n'était pas le grand amour non plus entre le dieu du feu et Baldur, toujours haineux et soupçonneux envers le premier, deux groupes se créèrent. Chacun s'entraîna dans des endroits différents afin d'éviter au maximum d'alimenter des conflits internes. Maintenant qu'ils étaient tous réunis, il fallait à tout prix éviter qu'ils ne s'entretuent.
Freyr rejoignit Sif, Sol, Loki, Thor et Eira dans la clairière près de la ferme tandis que Baldur, qui avait sous sa coupe Freyja, Tyr, Höd et Njord, s'exerçait dans l'arène. Chaque équipe donnait le meilleur d'elle-même, mais d'une façon bien différente.
Le clan dirigé d'une main de maître, pour ne pas dire de fer, par le grand guerrier Baldur effectuait inlassablement sous son commandement des exercices de forces en tous genres. Celui dont Thor avait pris la tête naturellement, misait davantage sur la coopération et s'appuyait sur les dons spirituels tout autant que sur la force de chacun. Sif et Thor maniaient les armes et en enseignaient les secrets aux

sorciers. Eira et Loki mais également la lumineuse Sol, usaient de sorts qui décuplaient les effets de l'artillerie. Freyr, toujours en retrait, était encouragé et soutenu par les autres mais ses progrès étaient minces tant une peur panique le tenaillait encore.

Heimdall, déjà fort entraîné, se vit confier par Odin, qui avait toute confiance en son gardien, des missions plus délicates relevant davantage de l'espionnage.
Son rôle était aussi de retrouver des guerriers survivants de l'armée d'Asgard qui avaient attendu patiemment ce jour, éparpillés dans le monde depuis le crépuscule des dieux. Certains avaient trouvé refuge chez les nains ou les elfes, d'autres se faisaient passer pour de simples humains mais devaient changer régulièrement de ville et d'activités afin que les hommes, ne les voyant pas vieillir au même rythme qu'eux, ne puissent deviner leurs origines « extraterrestres » : certains avaient même créé une famille mêlant leur sang avec une autre race.

Les moments de répit étaient maintenant bien rares pour tous.
Durant ces courts laps de temps, Thor continuait de s'approprier les pouvoirs de Mjöllnir en compagnie de Sif, une guerrière méritante et surtout une personne qui arrivait à le faire se poser, afin qu'il canalise ses éclairs comme le faisait également encore parfois, de moins en moins, son frère. La jeune Suomi avait appris la patience lors des longs et froids hiver sur les terres du Sarek. Elle avait un caractère bien trempé mais paraissait toujours calme, placide, ce qui contrastait avec la tornade qui couvait en

Thor depuis qu'il avait retrouvé l'intégralité de ses pouvoirs. Être le maître de la foudre avait un prix.
Loki disparaissait souvent de longs moments. Sans doute allait-il trouver la paix près de Sleipnir et essayait-il de maîtriser quelques tours secrets pouvant aider lors du combat. Peut-être aussi avait-il simplement besoin de solitude pour réfléchir. Les dernières semaines avaient été rudes pour le jeune dieu malmené par ses semblables.
Sol, seule dans son boudoir aux dégradés de roses très girly, écrivait dans un petit journal afin de se rendre compte, en voyant les mots prendre forme à même le papier, que ce qu'elle vivait été bien réel. Parfois, elle prenait entre ses mains une photo de son ancien amoureux qu'elle gardait toujours contre son cœur, nostalgique de cette vie qu'elle aurait pu mener auprès de lui. Elle imaginait leurs futurs enfants barbotant dans la piscine familiale, surveillés par leur grand-mère émerveillée. Une mélancolie l'envahissait alors et elle se mettait à pleurer puis, effleurant sa nuque, sa marque, elle séchait ses larmes, redevenant en un instant une déesse pleinement dévouée à sa cause d'Odin.
Tous avaient remarqué que la pauvre Freyja partait, elle aussi, dans des errances solitaires, accompagnée uniquement par son petit miroir rond. Un moyen, n'arrêtait-elle pas de répéter, d'améliorer son pouvoir hypnotique ou de s'admirer... car même avec ces vilaines marques, elle n'en demeurait pas moins belle et surtout très coquette.
Eira se plongeait dans des lectures interminables lui permettant d'accomplir chaque jour de nouveaux sorts et d'augmenter la puissance de son aura. Odin avait réellement ouvert des portes dans son subconscient, lui

permettant d'appréhender la magie d'une façon différente. C'était désormais comme si elle ne faisait qu'un avec elle. Elle se surprenait donc à maîtriser presque instantanément les nouveaux sortilèges avec une facilité qui la déconcertait. Parfois, elle s'accordait quelques moments de méditation afin de tenter de faire baisser cette pression qui montait en elle au fur et à mesure que l'automne approchait. Cette magie puissante s'avérait la consumer de l'intérieur tout autant qu'elle la rendait plus forte. Elle devait faire des efforts pour garder un équilibre afin de ne pas se laisser submerger par la vague d'énergie qu'elle sentait maintenant vibrer en elle.
Les autres se prélassaient à la cascade ou près du chalet, parlant vaguement de stratégies et tactiques de combats avant de reprendre les entrainements avec encore plus de vigueur.

Odin surveillait ses troupes et paraissait satisfait de leurs progrès et surtout de leur investissement. Son armée prenait forme. Des guerriers, qui n'étaient pas des dieux mais qui étaient néanmoins dotés de forces surhumaines, venaient renforcer petit à petit le cercle des divinités. Ils s'exerçaient à part.
Les jours passaient métronomiquement réglés : entraînements, repas, entraînements, repos. Plus aucune trace de Surt et de ses hommes dans les parages. Pourtant, dans peu de temps, ils allaient devoir s'affronter sur ce même terrain, dans la plaine pour le moment si paisible d'Idavoll. Mais pour l'heure, c'était le grand calme avant... l'Apocalypse.

Les trois amis se retrouvaient souvent le soir dans leur repère confortable pour parler de leur journée, de leurs joies ou de leurs craintes. Même si les dieux paraissaient plus soudés que jamais, il était toujours clair que quelqu'un les avait trahis lors de l'attaque nocturne du chalet.
Quelqu'un avait également dévoilé leur position alors qu'ils étaient partis chercher Sol. Mais ils avaient beau faire et refaire la chronologie de ces journées, ils ne trouvaient aucun indice qui aurait pu les mener au félon.
Souvent la soirée se terminait en évoquant des souvenirs heureux de leurs vies passées, des anecdotes qui permettaient de penser à des choses plus futiles et de trouver un sommeil plus serein.
Loki n'osait pas aborder les propos d'Odin sur le sacrifice avec ses amis, mais cela le tourmentait de plus en plus. Comment Odin pouvait-il assurer leur sécurité alors que le traître n'avait pas montré son visage ? Comment pouvait-il mettre toute sa confiance dans cette mystérieuse étoile du sacrifice alors que tant de vies étaient en jeu ?
Demain, malgré les risques, il irait seul jusqu'à la grotte sacrée et son puits lumineux afin de voir s'il ne trouvait pas quelques indices sur ses murs. Il fallait en apprendre davantage sur cette prophétie. Et apparemment, les réponses ne viendraient pas du père de toutes choses, qui au fil des jours devenait de plus en plus secret. Ce qu'il apprendrait, rassurant ou non, ne pourrait que l'aider à affronter ce qui allait inévitablement arriver. Ayant de plus en plus de souvenirs de ses actes durant l'ancien Ragnarök, il ne souhaitait surtout pas être la cause de l'échec de cette seconde chance d'obtenir la victoire. Il ne souhaitait surtout pas être la

cause de la mort de ses amis, une nouvelle fois. Oui, il devait en avoir le cœur net et se rendre coûte que coûte dans cette grotte au sommet de la Lyfia, en évitant de se faire repérer par les autres, ce qui n'était pas une mince affaire : les guerriers ne lui accordant aucune confiance épiaient ses moindre faits et gestes.

Mais ce soir, loin de l'ombre planant sur le lendemain, dans le cocon douillet de leur chambre, la conversation prit une tournure particulière, plus légère. La jeune fille avait vu qu'une certaine complicité se nouait entre Sif et le dieu du tonnerre, lequel se défendit d'un quelconque rapprochement. Sif était, selon lui, une excellente combattante qui lui permettait simplement de se concentrer et donc de ne pas perdre de son précieux temps. Rien de plus.

Sur quoi Loki ajouta qu'elle était surtout une très charmante guerrière et qu'il devait plutôt se fixer, durant ses sessions « intenses » d'entraînements avec elle, sur ses courbes généreuses que sur son épée. Eira eut donc droit en retour à quelques remarques de Thor. Ils n'étaient pas des dieux-adolescents pour rien.

Celui-ci avait également noté ses longues absences aux côtés du magnifique Heimdall, « pour soi-disant s'assurer de l'imperméabilité du bouclier » afin de les protéger. Eira ne put nier que le dieu mature avait un physique très avantageux et surtout des yeux sublimes. Ni qu'il était d'une prévenance extrême envers elle, lui enseignant des tours qu'elle ne connaissait pas. Mais aucune amourette en vue, du moins l'affirma-t-elle à corps et à cris à ses compagnons.

Ce fut donc un joyeux chahut dans la chambrée, avec au centre un Thor plus gêné que jamais qui venait d'immobiliser

au sol son frère, alors qu'Eira aux joues elles aussi empourprées, lui jetait un oreiller dans le visage, faisant jaillir toutes les plumes qu'il contenait.
Alors comme par défi, les deux sorciers de la bande s'assirent à même le plancher fraîchement ciré, face à face, se jaugeant du regard. Les yeux verts d'Eira plongé dans ceux d'un bleu cristallin de Loki. Chacun fit virevolter tour à tour les duvets blancs. On aurait dit tantôt de la neige qui tombait sur les lits, tantôt la danse langoureuse d'un cygne qui volait lentement dans la pièce. La concentration était à son comble. Thor était émerveillé par ce spectacle envoûtant, comprenant qu'il était face à des magiciens très puissants. Pas de gagnant : Loki et Eira avaient vraiment fait d'énormes progrès, contenant parfaitement leurs énergies. Leur potentiel magique respectif semblait désormais plus important qu'il ne l'avait jamais été.
Les plumes ayant toutes regagné leur endroit d'origine, la belle magicienne fatiguée vient se lover entre les deux garçons qui, protecteurs, lui permettaient ainsi de ne pas paniquer à l'approche des nuits sans lune, comme c'était désormais son habitude depuis l'épisode « monstrueux cauchemars ».

— Quoi qu'il arrive, chuchota à ce moment Loki plus sérieux, c’est réconfortant de savoir que nous pourrons toujours compter les uns sur les autres. N’est-ce pas ?

Sans un mot, juste par un échange de regard, tous approuvèrent.
Ils s'endormirent ainsi paisiblement, se sentant plus forts dans ce mini cercle familial sécurisant qu'ils avaient recréé dans ce lieu perdu, promesse des pires dangers.

30. Révélations

Le matin se levait sur Idavoll. Le soleil pointait à l'Est, baignant d'une lumière rosée le petit chalet de bois rouge et ses divins occupants. L'habitation, étrangement, paraissait s'allonger par magie afin de laisser la place nécessaire à ses « invités » dont le nombre ne cessait de grandir au fil du temps. L'extérieur, pourtant, restait toujours aussi minuscule.

Les simples guerriers étaient quant à eux cantonnés dans la forêt toute proche, ayant pour abris des tentes dont la couleur dépendait de leur spécificité au combat. Bleue pour les spécialistes des armes légères, grise pour ceux maîtrisant les éléments, brune pour les cavaliers, peu importe l'étrange monture qu'ils chevauchaient...

Odin s'était absenté pour la journée, ce qui ne voulait pas dire que les entraînements n'étaient pas maintenus. Bien au contraire, Jans veillait et souhaitait que tous donnent le meilleur d'eux même voire davantage. C'était épuisant moralement, mais cela avait surtout le mérite de tellement fatiguer physiquement les combattants qu'ils n'avaient ensuite plus la force de penser à ce qui allait arriver dans quelques jours. De bons petits soldats prêts à se sacrifier sans broncher.

Le dieu des dieux veillait toujours à leur offrir de petits déjeuners gargantuesques et délicieux, ce qui n'était pas pour déplaire à la toujours très gourmande déesse de la médecine. La confiture de myrtilles et les petits pains chauds étaient son pêché mignon. Elle ne se lassait d'ailleurs pas d'étaler la précieuse friandise devant les yeux de Freyja, qui ne gouttait les plats que du regard, par peur de prendre le moindre gramme. Une joute plutôt inoffensive, comparée aux regards assassins que Baldur adressait quotidiennement au dieu du feu et de la ruse.

Il était très rare que le roi quitte Idavoll, qui était devenu son sanctuaire depuis l'Aube des dieux. Pour quelle raison le faisait-il aujourd'hui ? Heimdall avait-il eu des révélations concernant leurs ennemis ? Ces derniers jours Odin et Jans semblaient comploter encore plus que d'habitude.

Les va-et-vient à l'intérieur du camp s'étaient intensifiés. Avec l'arrivée de nouveaux guerriers chaque jour, on aurait dit une petite fourmilière qui s'affairait autour de la Norne, distribuant les tâches comme elle pouvait.

Le niveau des guerriers était variable. Certains n'avaient pas touché une arme depuis le Ragnarök, s'étant contenté de vivre une vie des plus sympathiques auprès des humains. D'autres continuaient en secret leurs entraînements militaires, se préparant pour le grand soir. Tous avaient un énorme appétit et Jans peinait à suivre dans sa minuscule cuisine.

Loki se porta volontaire pour aller s'occuper des animaux de la ferme. Ce travail ingrat n'était pas tellement convoité. Il put ainsi, une fois sa tâche rapidement effectuée grâce à la magie, utiliser la vélocité de Sleipnir pour grimper discrètement au sommet de la Lyfia afin de jeter un coup d'œil aux dessins de la grotte.

Aucun corbeau-espion en vue. Il retrouva sans peine les deux ifs, créa une boule de feu destinée à l'éclairer, puis entra dans le long et obscur tunnel. L'endroit était toujours aussi glacial, même si une atmosphère plus saine et bienfaisante y régnait. Sur les parois se trouvaient toujours les gravures représentant leur destin.

Il retrouva sans mal le bouclier d'Awe, maintenant fidèle compagnon du bouclier d'Eira.

Approchant la source lumineuse qui vacillait au creux de sa main sans le brûler le moins du monde, il y trouva bien les onze runes des fidèles devant accomplir la prophétie. Onze... Quelque chose clochait, elles devaient normalement être douze, pas onze.

Oui, ils étaient douze dieux, tous présents à Idavoll, à s'aguerrir au combat autour du Père. Il observa plus attentivement une à une les runes gravées, les associant à ses compagnons d'infortune.

Puis n'osant y croire, il vérifia une nouvelle fois : Thor et lui étaient présents depuis le début, mais ils n'étaient jamais retournés dans la caverne depuis l'apparition de la marque du dieu du tonnerre, Eira n'y tenait pas trop après ses visions apocalyptiques.

Il y trouva également les signes de Njord, Tyr, Heimdall, Sol et Sif, Freyr ainsi que Baldr, Höd et aussi Odin...mais aucune trace de.... Non, vraiment, il avait beau passer et repasser en revue les runes, aucune trace de la douzième, la rune de... Freyja.

La déesse de l'amour, qui était si souvent absente des combats, qui avait été enlevée puis était réapparue aussi

mystérieusement. Celle qui passait son temps en grande discussion avec elle-même dans un petit miroir en forme d'œil de rapace. Freyja n'était pas celle que l'on croyait ! Si elle était parvenue à tromper Odin, le bouclier d'Awe, tout comme Freyr son jumeau qui en avait une peur bleue, avaient reconnu l'imposture.
Loki n'en revenait pas. Il mourrait d'envie de courir vers Odin et les autres afin de dénoncer cette intruse. Trop confiant peut-être, trop occupé sans doute, le roi des rois n'était même pas venu vérifier dans la grotte que le bouclier avait bien reconnu tous les siens. Quelle erreur de débutant !, songea-t-il.
Il n'était pas le méchant, Freyja était l'œil de l'ennemi !
Elle, qui l'avait pris de haut en le giflant sans ménagement pour sa soi-disant traîtrise... Elle qui avait commis ladite trahison dont il avait été accusé, pour laquelle il aurait pu être puni. Il était soulagé. Longtemps, il avait douté de lui-même, pensant que peut-être sa part d'ombre avait réussi ce tour malgré lui, dévoilant à Surt la terre cachée d'Idavoll. Mais non, il n'était pas fou. Il n'était pas le traître non plus. Il pourrait le crier à son retour... comme on porte un trophée, fièrement. Loki pour une fois n'était pas le Mouton noir d'Asgard.

Sa joie allait pourtant être de courte durée. Il se rappela l'objectif premier de sa venue dans la grotte : trouver en quoi consistait le sacrifice de l'étoile.
Il poursuivit sa quête, cherchant dans les gravures, celles qui représentaient l'astre et la prophétie. Elles se trouvaient proche du puits de lumière, partiellement masquées par de

la mousse due à l'humidité du lieu. De ses mains, il dégagea avec précaution les parties recouvertes.

Soudain livide, il retourna sur ses pas. Il avait compris et cela ne lui plaisait pas du tout. Tout son corps fut parcouru de frissons devant cette évidence. Au fond de lui, il le savait depuis longtemps, même si jamais il n'avait osé y croire. Odin était bien pire que Surt !

Non, il ne pouvait pas laisser faire une chose si injuste.

Il prit son athamé et habillement en s'aidant de ses dons de métamorphose, il alla graver la rune de Freyja autour du bouclier, couvrant ainsi volontairement la présence de cette indésirable au sein du camp. Puis il redescendit le mont en prenant soin de repasser par la ferme afin que personne ne puisse deviner où il s'était réellement rendu. Quoiqu'il lui en coûte, sa décision était prise.

31. Fratricide

Revenant au camp, il entendit monter une clameur inhabituelle. Un attroupement de combattants et de dieux se trouvait au milieu de la cour, d'ordinaire déserte à cette heure puisque chacun devait normalement vaquer à ses corvées ou à ses exercices pré-Ragnarök.

Au centre, Baldur et Höd se dévisageaient avec férocité. On pouvait lire une hargne animale dans leurs yeux. Chacun tenait une lourde épée dans la main.

Cela ne ressemblait en rien à un entraînement, mais plutôt à une lutte de pouvoir. Loki chercha du regard, Thor puis se faufila prestement à ses côtés, lui demandant ce qui était en train de se passer.

— Tout a commencé quand Höd a voulu prouver à Freyja qu'il était tout aussi digne qu'Odin de s'asseoir sur l'Hlidskjalf, annonça le blond perplexe. Baldur est alors arrivé, fou de rage, en lui disant qu'il ne méritait pas de faire partie des élus. Que seul lui, le plus fort des fils d'Odin, était en droit de lui succéder prochainement sur ce trône et qu'il méritait pour cette simple pensée une correction exemplaire. Le ton est monté pour savoir qui serait le plus fort. Maintenant, impossible de les arrêter. Je crois même que la présence de cette foule prête à stopper le massacre autour d'eux les galvanise.

Effectivement, les coups d'épée tombaient et le sang commençait à couler d'un côté comme de l'autre. Le combat ne pourrait de toute évidence s'arrêter sans qu'un des deux soit au sol, passé à trépas par la lame de l'autre. Même Tyr ou Heimdall avaient essayé de les raisonner. En vain. Freyja avait tenté, elle aussi, un de ses tours pour les forcer à stopper le combat mais cela n'avait fait qu'attiser la haine entre les deux hommes. Une force bestiale semblait les animer.

— Freyja ? Tu es sûr ?, demanda inquisiteur Loki qui venait soudain de comprendre ce qui se passait.

— Oui pourquoi ?, répondit le dieu de la foudre.

— Rien, juste comme cela.

— Thor !, hurla, Eira, arrivant en compagnie du gardien du Bifröst. Tu dois intervenir. Tes frères vont s'entre tuer et compromettre la prophétie.

— Je veux bien mais ces idiots veulent tous les deux le trône de père, qu'est-ce que je peux faire ? Ils sont bien plus forts que moi !

— Non ! C'est toi le prince légitime, lui rappela la déesse. Tu peux en l'absence d'Odin user de ce droit pour les faire stopper cette querelle stupide ! Monte sur le trône, vite !

Thor obéit et se dirigea vers Hlidskjalf d'un pas décidé. Il avait effectivement entendu son père parler à plusieurs reprises de cette succession dont il ne voulait pas. Mais là, la vie de ses frères de sang était en jeu. Il monta debout sur le trône, leva son marteau au-dessus de sa tête. Celui-ci se mit à lancer des éclairs. Thor hurla « Arrêtez ! » d'un ton ferme et puissant.

Surpris, Höd et Baldur s'immobilisèrent un moment.

— Arrêtez, je suis le seul prince héritier d'Asgard !, continua d'hurler Thor, la voix puissante. En ce nom et en l'absence de notre père, je vous commande de stopper ce stupide combat !

Höd et Baldur s’avançaient maintenant tous les deux menaçants vers le trône et ce nouvel héritier potentiel. Loki, Eira et Sif se tenaient prêts à bondir pour éviter un carnage, Heimdall était lui aussi sur ses gardes.

Mais ils n’eurent pas besoin de bouger, un grondement derrière la foule retentit :

— Il a raison ! Pour ces deux choses, Thor a raison. Le trône lui reviendra après ma mort et vous devez immédiatement stopper cette bataille absurde. Gardez vos forces, elles vous seront bientôt plus utiles !

Les deux frères baissèrent la tête devant le roi, montrant signes d'obéissance en posant un genou à terre. Ils semblaient soudain dociles.

Thor descendit du trône, un peu penaud, mais son père l'accueillit un visage empli de fierté. Finalement, au fond de lui, Thor ressentait aussi de plus en plus s’éveiller son rôle de futur souverain. Il en avait à la fois peur et envie.

Idavoll était passé près de la catastrophe. Si un des dieux avaient été tué, le rêve de voir renaître l'Asgard nouvelle aurait été anéanti.

Pour clore définitivement cet événement pathétique, Odin ordonna paradoxalement que l'on prépare un festin pour le soir, sans chercher plus d'explication à cette folie soudaine, sans punir non plus ses fils pour leur cupidité.

— Que l'hydromel coule à flots et la musique résonne !, avait-il ordonné.

Et c'est ce qui fut, pour la plus grande joie des guerriers présents. Les mets étaient plus délicieux les uns que les autres : gibiers appétissants, légumineuses, compotées et desserts sucrés au miel. Les cruches de nectar ne tarissaient pas. Jans avait dû recruter des aides, tant la nourriture était abondante et délicate.

Le roi avait vu juste, les guerriers avaient plus que tout besoin d'un moment de réconfort, oubliant pour un soir, la gravité de cette bataille imminente. Ils avaient besoin de se laisser aller à la fête, à la joie, à l'ivresse, renouant le lien avec la majesté des festivités données jadis à Asgard.

32. Nouvelle trahison

Loki profita du joyeux chahut provoqué par ces réjouissances pour suivre Freyja, qui partait une nouvelle fois s'isoler dans ses appartements privés.

Posté derrière elle, l'air plus malicieux que jamais, il s'était appuyé négligemment contre l'embrasement de la porte en chêne de l'ex-antre d'Eira. Il demanda :

— Qui es-tu ?

Elle sursauta, haussant les épaules et répondant :

— Pfff, tu sais bien qui je suis, idiot !

Loki ne se démonta pas.

— Qui es-tu ?, répéta-t-il fermement, décidé à obtenir une réponse.

L'usurpatrice se retourna, tentant de capter son regard afin d'y jeter je ne sais quel sort, mais Loki avait déjà bondi tel une panthère près d'elle, lui serrant les poignets tout en lui crachant au visage.

— Je sais que tu n'es pas Freyja et que Surt est ton maître. Je veux le rencontrer, maintenant !, ajouta-t-il, déterminé.

La pseudo déesse se détendit, surprise :

— Comment ?

— Oui, reprit Loki, j'ai lu derrière ton jeu. N'oublie pas que je suis le dieu de la ruse. Mais je ne te dénoncerai pas. Je n'irai pas dire à Odin que tu es le traître de ce campement... (un silence) ... à la condition que je puisse rencontrer ton maître.

— Tu sais que je pourrais t'occire dans la seconde, dit doucement la femme, susurrant comme un reptile.

— Tu ne le feras pas, répondit Loki avec un large sourire qui en disait long.

— Et pourquoi te mènerai-je à lui ? Tu es un des douze.

— J'ai compris dans quel camp je ferai mieux d'être, ajouta Loki. Et de toute évidence, ce n'est pas celui d'Odin.

— Tu renierais ton frère et cette... guérisseuse pour te rallier à moi, te rallier à Surt ?

— Oui, ajouta simplement Loki. Sans aucune hésitation. Angus n'est pas mon frère et j'ai plus à perdre qu'à gagner à rester auprès d'Odin. Surt a été par le passé un bien meilleur maître.

— Très bien, prouve-moi ta bonne fois, commanda-t-elle.

— Si tu veux, ajouta l'autre, s'étant adossé à nouveau au mur, les bras croisés et le regard empli d'une lueur étrangement sombre.

— Emmène-moi à la fête qui bat son plein dehors et embrasse-moi devant ton clan, fit-elle, soudain amusée, goûtant déjà du bout des lèvres sa victoire.

La déesse qui depuis le départ tentait de séduire tous les dieux présents, n'avait pas réussi à approcher Loki, qui gardait farouchement ses distances, repoussant systématiquement ses avances. Après tout, elle était tout ce qu'il détestait chez une femme.

Loki ne s'attendait pas à cela mais il garda sa contenance. Il prit la jeune femme par la main et l'emmena d'un air détaché au cœur du tourbillon qui régnait dans la cour. Là devant tout le monde, il la serra dans ses bras, la faisant

tournoyer au rythme de la musique puis s'arrêtant devant Thor, Sif et Eira, il l'embrassa longuement.
Les trois autres ne comprirent pas tout de suite. Ce n'était pas un mirage ! Loki et Freyja étaient plantés devant eux, enlacés. Ils n'avaient en fait rien vu venir. Comment se pouvait-il que le jeune homme soit si intime avec la déesse dont il se moquait tant d'ordinaire ?

— Est-ce un nouveau tour de Freyja ?, demanda doucement Eira, embarrassée devant ce baiser digne d'une scène de cinéma qui n'en finissait pas.

— Tu sais qu'on ne peut tromper mon frère, lui le dieu de la ruse, ajouta Thor, tout aussi estomaqué.

La soirée se poursuivit tard dans la nuit et pour la première fois, Thor se retrouva seul dans la chambrée aux côtés de la jeune mage verte. Tous deux étaient muets, troublés face à ce comportement étrange du dieu de la ruse. La chambre leur paraissait extrêmement vide. Leur famille venait d'éclater en morceaux en une danse, par je ne sais quel enchantement.

— C'est normal, chuchota la déesse à son ami qui semblait si attristé, trahi de ne pas avoir son frère à ses côtés. Freyja est magnifique et Loki... un garçon. Il reviendra, tu es toujours son frère et cela compte plus qu'une fille. Tu ne crois pas ?

— Jamais nous n'avons été séparés durant toutes ces années. Surtout pas à cause d'une, d'une.... catin, se lamentait le dieu du tonnerre.

— On ne peut pas commander ces choses-là. Le cœur a des mystères bien plus grands que la prophétie d'Asgard.

Thor, la serra fort dans ses bras. Eira savait toujours trouver les mots justes, même si ce soir il sentait bien qu'il y avait aussi un soupçon de tristesse dans sa voix.

Freyja, pendant ce temps, s'en était allée dans les bois entourant les habitations, suivie de son nouveau soupirant, sous les regards sarcastiques de certains des dieux présents qui ne les ménagèrent pas. Ce drôle de couple surprenait tout autant qu'il suscitait l'envie. La jalousie se mêlait à l'étonnement. Njord ne voyait pas ce rapprochement d'un bon œil. Une fois loin du tumulte, Loki déclara fermement :

— J'ai fait ce que tu m'as demandé, maintenant à toi de me prouver ta bonne foi !

La jeune femme s'isola un instant face à son miroir, qui apparemment lui servait de lien pour dialoguer avec le monde de Surt. L'œil de faucon scintillait d'une étrange lueur alors qu'elle était en pleine conversation, bizarrement sans qu'aucun mot ne sorte de sa bouche. La psyché devait mener droit au repère du monstre. Puis elle revint en disant simplement :

— Heureux de te compter parmi nous, Loki !

Sur quoi elle l'embrassa à nouveau en l'adossant contre un arbre. Elle commença à le dévêtir, un regard plein de gourmandise, sans aucune résistance de la part du dieu du feu et de la ruse, satisfait de sa réponse.

33. Métamorphoses

Le petit déjeuner suivant fut glacial. Le mot était même faible.

Thor, ainsi mis devant le fait accompli, avait passé la nuit à attendre désespérément le retour de son frère afin d'avoir une explication... en vain. Celui-ci avait découché, le laissant se ronger les sangs.

Il n'adressa pas un regard à Loki lorsqu'il vint s'asseoir à sa table. Ce dernier arrivait apparemment de la ferme. Il n'était pas repassé par la chambre, portant les mêmes vêtements que la veille. Ça ne lui ressemblait pas, lui d'ordinaire si soucieux de son apparence.

L'accueil que lui fit Eira fut plus poli, même si la conversation tourna court tant la gêne se faisait ressentir. Freyja avait pris le brun par la main. Elle l'obligea à se relever, lui susurrant quelques mots en lui mordillant le lobe de l'oreille. Puis elle l'emmena vers les étages, sans se préoccuper des autres médusés par le spectacle.

Le couple occulta ainsi volontairement les entraînements, défiant la Norne et ses instructions pour quelques moments d'intimité supplémentaires.

— Ne compte pas sur moi pour te couvrir auprès de Jans, lui cria au passage Thor, hors de lui. C'est dégoutant, s'étaler ainsi devant tout le monde. Berk, ajouta-t-il à ses compagnons de tablée qui ne savaient que répondre mais n'en pensaient pas moins.

Ce matin-là, Eira se joignit à Sif et Thor dans l'arène. Elle souhaitait, elle aussi, se mêler aux guerriers. La mine d'ordinaire réjouie de la jeune déesse était devenue soudainement plus austère, son discours plus sérieux, voire même carrément sombre.
Selon elle, la magie ne serait pas suffisante pour remporter la bataille. Elle doutait. Elle qui détestait les armes, voulait apprendre à s'en servir et elle ne se débrouillait finalement pas si mal. Même si le dieu du tonnerre faisait attention de ne pas la blesser, elle réussit à le mettre à terre avec une force qu'il ne lui connaissait pas. La douce Eira pouvait donc être, elle aussi, une guerrière redoutable, même s'il préférait voir en elle une petite sœur fragile et empathique.
Le monde, et surtout ceux qui lui étaient chers, évoluaient décidément bien trop vite pour lui ces derniers temps.

Dans la chambre, Freyja s'assura qu'aucun corbeau ne planait près de la fenêtre. Elle tira les rideaux de lin puis d'une incantation mystérieuse, elle emmena Loki à travers le miroir en forme d'œil. Le Bifröst n'était pas le seul moyen de quitter le lieu et le bouclier n'était pas si infaillible que cela malgré les efforts répétés d'Eira et d'Heimdall. La magie de Freyja et Surt étaient en tout cas très puissante et surtout invisible aux Asgardiens.

Au milieu d'un paysage composé d'éperons de granit et d'étendues sableuses oubliées de toute végétation, le dieu fut encerclé par des hommes en noir. Un vent glacial balayait l'endroit.

Imperturbable, il s'agenouilla et un posa une main sur son cœur en signe d'allégeance. Devant lui, un géant d'acier, de chair calcinée et de feu se présenta en vociférant d'une voix métallique :

— Bonjour Loki, je ne pensais pas te revoir à nos côtés pour cette nouvelle bataille.

Loki leva la tête, regardant le monstre droit dans ses yeux orange comme du magma en fusion.

— Maître, comment pourrais-je être aux côtés d'Odin alors que mon cœur brûle pour votre cause depuis toujours ?

— Je suis content que tu sois là !, ajouta Surt en laissant s'échapper un rire puissant. Odin n'a maintenant plus aucune chance.

Loki lui répondit en affichant un sourire suffisant, les yeux brillants de malice.

A Idavoll, loin de se douter de ces nouvelles désertions, quelques guerriers avaient été désignés par Jans et Odin afin d'aller chercher en ville, en tenues civiles, quelques objets nécessaires pour la célébration de Samonios maintenant imminente.

Le moment de la prophétie approchait si vite ! Les paysages avaient pris des couleurs cuivrées magnifiques. Après les chaleurs de l'été, où tous avaient pu montrer leurs talents de combattants, le temps était plus maussade, frais. Le ciel était plus gris, souvent parsemé de nuages annonciateurs de pluie. L'effervescence avait pris le pas sur les simples entraînements. Tout le monde semblait dans l'attente du jour J tout en le redoutant.

Les absences répétées de Loki n'étaient pas passées inaperçues. Odin lui-même avait remarqué qu'il préférait souvent s'isoler pour soi-disant travailler son art magique au lieu de combattre aux côtés des siens.
Le père souhaitait plus que tout que ses hommes soient soudés pour être plus forts face à ce qui les attendait. Il voyait donc son comportement d'un mauvais œil, d'un très mauvais œil. Plusieurs fois, lors de discours à l'ensemble des dieux, il avait abordé le sujet, mettant plus particulièrement en garde le dieu de la malice sans le nommer réellement, mais cela n'avait pas suffi à freiner Loki, soudainement épris de liberté.
Thor aussi s'était rendu compte de ce manège malsain. Loki semblait de plus en plus secret et distant. Il ne rentrait dans la chambre que pour se laver ou dormir en ayant pris soin que les deux autres soient absents ou déjà couchés et assoupis pour éviter les questions.
Durant une période sombre de leur passé commun, il l'avait déjà connu sous des jours semblables. A cette époque, Thomas avait fui la maison, fui ses parents. C'était lorsqu'ils lui avaient appris qu'il avait été adopté.
Il savait donc que si le dieu agissait ainsi, ce n'était pas simplement parce que son cœur battait pour une belle déesse. C'était surtout parce qu'il était au plus mal. Pourtant, il ne comprenait pas les raisons de ce si soudain malaise. Même Eira, pourtant si proche du jeune homme, partageant avec lui la même quête de savoirs, le même désir d'indépendance et d'évasion, se sentait démunie et abattue de le voir s'éloigner de plus en plus. Cette

proximité lui manquait terriblement, tout comme les promenades sur le dos de Sleipnir et les discussions où ils partageaient sans censure leur regard sur le monde. Thor prenait soin d'elle au quotidien, redoublant de tendresse et d'attentions, mais ce n'était pas la même chose.
Loki malgré les avertissements, mais en prenant de plus en plus de précautions, continuait à effectuer des aller-retour, grâce aux maléfices de Freyja, vers les contrées sulfureuses de Surt. Ses absences se faisaient même de plus en plus longues.
Le géant le mettait à l'épreuve, comme Odin l'avait fait, n'ayant qu'une confiance relative en lui. Il alla même jusqu'à le marquer de son feu à l'épaule afin de rendre visible à tous son allégeance. Loki accepta sans broncher. Il n'avait pas vraiment le choix, même si cette nouvelle marque douloureuse ne lui rendait pas la vie facile à Idavoll. Si les autres dieux la découvraient, qu'adviendrait-il de lui et de son plan ? Il évitait donc les séances de lutte pratiquée torse nu dans l'arène et les bains collectifs à la cascade afin de garder son lourd secret… se rendant compte que cela l'isolait encore plus du groupe et le rendait d'autant plus suspect.

Un soir, alors qu'il avait été absent une bonne partie de la journée, ayant prétexté faire une promenade sur Sleipnir, il fut convoqué par Odin sous la grande tente. C'était sûr, un nouveau sermon barbant l'attendait sur l'importance d'être soudés face au monstre et patati et patata.
Quelle ne fut pas sa stupeur lorsqu'en faisant face au trône et à Odin, il découvrit Thor et Eira devant le dieu

fondateur. Baldur, Höd et Heimdall étaient aussi présents. Le père hurla, visiblement hors de lui :

— Où étais-tu, Loki, durant ces cinq longues heures ? Mes gardes sont partis à ta recherche mais n'ont trouvé que ma monture, seule dans son box. C'est étrange, tu ne trouves pas ? Où étais-tu ?

Loki essayait de rester le plus calme possible.

— Je m'entraînais dans les bois, répondit-il, osant à peine respirer pour ne pas trahir son mensonge.

— Te rappelles-tu le lien qui t'unit à ton frère et à Eira, Loki ?

Le dieu déglutit péniblement.

— Oui, mon roi mais je n'ai rien fait de mal. J'avais juste besoin de m'entraîner seul, pour une fois. La foule me pèse. Les autres dieux me surveillent sans cesse. J'ai besoin de calme pour travailler mes dons afin de vous servir.

— Je ne suis plus sûr de rien Loki !, hurla le père, faisant trembler Eira.

Odin doutait. La prophétie approchant, il ne voulait pas prendre le moindre risque. Peut-être avait-il percé le mystère qui entourait les promenades de Loki ?

— Pour te rappeler les conséquences de tes actes Loki, Thor et Eira seront punis pour tes cinq heures d'absence.

Le dieu rusé sursauta. Odin ne pouvait pas faire cela !

— Mais c'est moi le fautif, pas eux. Punissez-moi et laissez-les tranquilles !

— Une dernière fois, où étais-tu ?

— En forêt, je vous l'ai déjà dit !

Loki se retrouvait démuni mais s'il vacillait, soit Surt soit Odin ne l'épargnerait pas, alors il tint tête à Odin.

— Et bien puisque tu t'obstines et que tu ne veux pas nous en dire davantage, pour ces cinq heures de « repos » en forêt, ceux qui se sont portés garants de toi vont recevoir chacun cinq coups de fouet.

Loki ne cria pas, Thor l'avait pris de cours.

— Non ! Père, punissez-moi mais Eira ne mérite pas cela à cause de Loki, hurla-t-il en se redressant tout en jetant un regard noir à son « frère » dont il doutait de plus en plus de la sincérité.

Même Heimdall, qui était de plus en plus proche de la jeune sorcière, demanda clémence à son roi. En vain.

— Ne s'est-elle pas engagée à ce que Loki se tienne tranquille à tes côtés ?, reprit calmement Odin.

Il savait que punir Thor et surtout Eira ferait bien plus de mal à Loki que de le faire souffrir directement. Il avait vu l'attachement du jeune homme pour ses compagnons jour après jour et souhait se servir de cette faiblesse contre lui.

La jeune déesse était blême. Elle ne craignait pas pour la douleur qui allait suivre, elle craignait surtout qu'Odin n'aie raison en ce qui concerne son ami. Pourtant, elle déclara d'une voix douce et posée « Oui, j'ai toute confiance en lui ! », en regardant le dieu félon qui baissa les yeux, n'osant lui faire face.

— Et bien ce sera mon dernier mot. Puisque souffrir ne t'a pas servi de leçon, Loki, peut-être que lire la souffrance dans les yeux de ceux que tu aimes, te ramènera à plus de raison.

Thor avait été remis à genoux de force par les gardes d'Odin, qui s'apprêtaient à appliquer son cruel châtiment. Eira attendait résignée, les épaules dénudées.
Loki n'osait trop se manifester, même s'il mourrait d'envie de tout avouer pour secourir son frère et la jeune femme qui ne méritaient pas une telle sanction. Il cachait son effroi tout autant que la peur qui couvait en lui. Si par malheur Odin décidait de le mettre lui aussi à terre et lui ôtait sa tunique, il pourrait découvrir le nouveau tatouage maléfique à peine cicatrisé qui décorait son omoplate et c'en serait fini pour lui. Il serait mis au cachot en attendant la prophétie puis mis à mort dès celle-ci officiée. Maintenu par Höd et Baldur, il détourna le regard lorsque les coups s'abattirent sur le dos nu des deux suppliciés. Mais il ne put éviter d'entendre les gémissements d'Eira, suivis de ses sanglots. Odin avait raison. C'était bien plus douloureux qui si lui-même avait reçu les coups. Pourtant rien ne le ferait changer d'avis.
Sa décision était prise. Il savait quel était son camp, tant pis s'il y avait des dommages collatéraux.

Le père de toutes choses, toujours menaçant, laissa partir Thor qui souleva la jeune déesse tremblante, la serrant tout contre lui. Comment Loki avait-il pu à nouveau mentir, les laissant en proie sans réagir à la colère d'Odin ?
Il avait tellement changé en si peu de temps… Il ne le reconnaissait plus du tout.

— Loki, renchérit le roi, voilà à quoi peuvent conduire tes actes. Tu devrais t'en souvenir. Je ne veux plus de cachotterie, plus de sortie en forêt seul. As-tu compris ?

— Oui, j'ai compris, répondit plein de ressentiment Loki, en se dégageant avec fougue de ses gardiens.

Le dieu traversa la terrasse et monta quatre à quatre les escaliers du petit gîte pour entrer comme un fou dans la chambre, toisant au passage Freyja qui n'avait pas manqué une minute de la scène. Thor était en train de passer un linge sur les blessures de la jeune guérisseuse, injustement impuissante lorsqu'il s'agissait d'atténuer ses propres souffrances.

Loki se précipita vers eux en s'excusant, essoufflé.

— Dégage, lui cracha au visage son frère en le repoussant avec force contre le mur. Tu vois ce que nous avons dû subir par ta faute. Où étais-tu ? Peut-on encore avoir confiance en toi, Loki ?, hurla-t-il plein de rage.

— Je... Je n'ai rien fait, mentit Loki en repartant aussitôt vers le salon essayant de ne pas montrer sa véritable détresse. Odin est un vieux fou !

Là, la déesse de l'amour l'attendait pour faire mine de le consoler. Il se laissa faire comme un enfant, tant son cœur saignait réellement. Loki était passé du côté de Surt mais son affection pour Thor et Eira semblait paradoxalement intacte. Or son frère et sa petite sœur de cœur devaient maintenant le détester. Il était tiraillé entre deux émotions contraires. En revanche, son animosité envers le père de toutes choses, ce dieu cruel, injuste, grandissait de plus en plus, occupant toutes ses pensées. Odin, en voulant le ramener à lui, avait juste réussir à attiser un peu plus le feu qui le reliait à Surt. Freyja avait ressenti cette haine pure qui couvait, prête à exploser. Elle était fière de son poulain. Il jouait parfaitement la comédie, comme elle le lui avait enseigné.

Le jour suivant, Loki resta à proximité du chalet, conformément aux ordres de son souverain, mais aussi pour tenter d'apercevoir Thor et Eira. Ils ne sortirent pas de la chambre, à son grand désespoir. Il faisait les cent pas fébrilement, s'occupant comme il pouvait, faisant mine de s'entraîner. En montrant ainsi son attachement à sa famille de cœur, il prouverait peut-être à Odin qu'il était sincère ? Ce dernier cesserait de douter de lui. Le laisserait en paix. Pour le moment en tous cas, il fallait faire profil bas pour ne pas attirer l'attention. Être le plus docile possible. Accepter toutes les missions, même les plus stupides comme d'aller aider Jans à la cuisine ou de nettoyer les poids et altères de l'arène.

Surt, se sentait encore plus puissant grâce à cette nouvelle alliance avec le dieu de la malice. Il ne souhaitait plus du tout éliminer un des douze participants avant la prophétie pour saboter le nouveau Ragnarök. Non, désormais, il voulait remporter cette bataille grâce aux informations données par les deux traîtres. Il voulait humilier une seconde fois Odin, le Grand Odin. Pour Loki, Il était donc plus sage de se faire oublier pour mieux surprendre et vaincre.

Loki, pourtant, n'était pas fier de ce qu'il avait provoqué.

Les jours suivants, il avait bien croisé Thor, qui ne l'avait même pas regardé. Quant à Eira, soit elle restait prostrée dans le dortoir à lire, soit elle allait rejoindre la tente du père, toujours accompagnée d'Heimdall. Ce dernier était aux petits soins pour elle. Il réussissait même à la faire sourire, ce qui faisait rager Loki et ne facilitait pas une tentative de rapprochement.
Les autres dieux, ne lui parlaient pas non plus. Sans doute avaient-ils eu vent de l'épisode « punition à cause de Loki » et ne voulaient pas risquer de le côtoyer de près pour subir le même sort. De toute façon, ils avaient toujours été méfiants envers lui et ils s'en moquaient bien, au final.
Seule Freyja passait de longs moments, collée contre le brun, à lui raconter quelques futilités. Loki étant surveillé, elle aussi devait se méfier des yeux d'Odin pour ne pas se faire démasquer... Après tous, les filles aimaient bien les rebelles et Freyja était amoureuse avec un grand A. Du moins voulait-elle le laisser croire à tous. C'était une formidable couverture. Au pire, la plaignait-on d'être ainsi aveuglée par l'amour. A cause de la « torture » qu'elle avait subi lors de son « enlèvement », on lui accordait de toute façon plus de largesse qu'aux autres afin qu'elle se remette doucement. Mais finalement, profitant de ces jeux amoureux pas déplaisants, elle aussi surveillait le dieu de la ruse afin de s'assurer qu'il ne retournerait pas sa veste au dernier moment. Loki était pris au piège, quoiqu'il fasse.

34. Pacte de sang

Quelques jours s'étaient écoulés dans une atmosphère tendue. Le soleil tombait derrière la colline, baignant la plaine de Vigrid d'un éclat doux, automnal.

Le dieu du tonnerre et son amie sortirent enfin de leur retraite. Eira était de plus en plus apathique. Son empathie lui jouait des tours. Ses nuits étaient hantées par de mauvais rêves, beaucoup tournant autour de Loki ou de brasiers, d'autres prenant la forme d'un faucon malveillant. Profitant d'une mission à la cascade, Thor déposa, comme il le faisait jadis quand il voulait cacher une sortie à ses parents, un post-it adressé au dieu de la ruse, avec le lieu du rendez-vous : « Rendez-vous à la cascade », signé Angus.

Il voulait attirer son frère afin de lui parler d'homme à homme, enfin de dieu à dieu, sans témoin. Il souhaitait obtenir des explications tout de suite. Ce jeu de dupes avait assez duré ! Loki devait lui donner des réponses, même si ces dernières allaient sans doute lui déplaire.

Le dieu du feu le rejoignit sans rechigner. Il attendait, lui aussi, ce moment avec impatience, sans se douter qu'au lieu d'une discussion fraternelle, constructive, il allait subir un interrogatoire en règle des plus perturbants, au cours duquel Thor allait l'accuser sans mâcher ses mots.

Pourquoi du jour au lendemain, lui avait-il tourné le dos ? Pourquoi ignorait-il la détresse d'Eira, qui depuis quelques temps faisait cauchemar sur cauchemar, épuisée par ses nuits sans repos ? Ne pouvait-elle plus compter sur sa présence bienveillante et sa magie apaisante ? Pourquoi s'affichait-il ainsi avec cette traînée sans aucune pudeur ? La question ultime, répétée en boucle comme un leitmotiv par Thor, restant : où passait-il tout ce temps loin d'eux ?

A ces mots, Loki sentit en lui monter la colère, l'injustice. Il avait le droit de faire ce qu'il voulait. Son frère ne comprenait vraiment rien de ce qui l'animait, de ce qu'il vivait. Il aurait voulu tout lui expliquer pour se libérer de ce poids mais il ne pouvait pas.

Alors, en guise de réponse, il se jeta sur lui violemment en lui décochant un coup de poing dans la mâchoire.

Le dieu du tonnerre répondit en le poussant brusquement dans l'eau. Une bagarre débuta, chacun voulant montrer sa virilité, sa supériorité sur l'autre. Torses nus, muscles saillants, les deux hommes s'affrontaient sans concession. L'eau ruisselait sur leurs corps maculés de sang. Dans un dernier effort, Thor réussit à plaquer Loki, le dos contre la roche, prêt à le frapper à nouveau. Loki éclata d'un rire nerveux, n'opposant soudain plus aucune résistance, les bras en l'air.

— Tu as vu ce qu'Odin a fait de nous ?, ajouta-t-il l'air brusquement grave, accablé.

— Depuis des semaines, tu nous mènes en bateau, Loki. On ne peut plus compter sur toi !, rétorqua sévèrement le blond, essoufflé. Comment voudrais-tu que père te traite ?

Son regard gris intense était plongé dans celui de son frère, y cherchant la moindre faille qui lui permettrait d'avoir un début de piste pouvant excuser son comportement. Il

voulait savoir si c'était Thomas qui était là, ou bien Loki, le fourbe, celui qui avait causé la perte du premier Ragnarök et souhaitait, c'était évident, jouer un rôle ambigu dans le second.
Il ne relâchait pas la pression, la peau de Loki plaquée contre le rocher inconfortable et coupant.

— Depuis des semaines, j'essaie de vous sauver du sacrifice, Thor !

— Qu'est-ce que tu racontes ? Nous sauver…

Le blond avait attrapé le brun par le col, encore plus furieux.

— Depuis des semaines, je tente de me faire aussi proche que possible de Surt afin d'éviter que la mort ne frappe, encore !, répondit tristement Loki qui pouvait à peine respirer sous la pression de plus en plus forte des doigts de son frère.

La tension retomba d'un coup, chacun se laissant engloutir par les eaux froides de l'automne comme pour se couper de la réalité. Le moment dura, les respirations se calmèrent, tout comme la conversation.

— Qu'est-ce que tu dis ? Tu nous as trahi, une nouvelle fois, tu nous trahis, dit calmement Thor défiant pourtant son frère du regard. Et tu oses me l'avouer…

— Non Thor, ne dis jamais cela ! Ce qui va se passer va te paraître étrange sans doute, mais ne dis jamais cela. Fais-moi confiance, quoi qu'il arrive dans les jours prochains. Fais-moi confiance. Je ne peux rien te dire de plus. C'est plus sûr pour toi, plus sûr pour Eira, mais surtout le moment venu, fais tout ce que je te dirai.

Jaugeant Loki, Thor n'y vit aucune animosité. Il ne décela aucune ruse dans ses yeux. Juste un profond désespoir et une rage qui couvait, une rage protectrice plus que destructrice. Loki ne mentait pas. Ce regard était bien celui de Thomas, son frère et jamais Thomas n'aurait agi pour le mal. De cela, Il en était certain.

Prenant son poignard, il s'entailla le doigt puis tendit la lame au dieu de la ruse et du feu.

— Lions nos sangs, mon frère et promets moi que tu ne nous trahiras pas !

Le second fit couler un filet rouge de son doigt et lia son sang à celui de son frère adoptif. Désormais, il était bien plus que cela. Ce serment était plein de sens.

— Promis, mais n'en dit rien à Eira. Il faut la laisser en dehors de tout cela. Beaucoup trop de choses reposent sur notre petite magicienne, alors laisse-moi faire d'accord ?

Tous deux se jetèrent dans les bras l'un de l'autre comme si c'était la dernière fois. Sans réfléchir, Loki tourna le dos à Thor allant s'étendre sur l'herbe, découvrant son épaule.

— Qu'est-ce que c'est que cela ?, gronda Thor à nouveau sur ses gardes.

La brûlure au fer rouge couvrait son épaule d'un énorme signe démoniaque à peine cicatrisé.

— Un cadeau de Surt. Mais ne t'inquiète pas, il a marqué ma peau mais mon cerveau et mon cœur, eux, sont intacts.

Thor, le crut, lui aussi s'étendit sur le sol, admirant l'eau qui coulait avec force de la cascade.

— Je le souhaite sincèrement, mon frère, soupira-t-il.

Le temps semblait s'être arrêté. Le vrombissement de la chute, le soleil baignant de sa lumière la plaine. Les deux frères contemplaient le crépuscule dans un silence qui en disait long.

A l'heure de repartir vers le chalet, Thor ajouta simplement :

— Je ferai tout ce que tu me diras de faire, Loki. Je te le promets.

Le brun eut juste un sourire complice. Nul besoin d'ajouter des mots. Il réajusta sa tunique et s'enfonça vers la ferme d'un pas alerte. Personne, et surtout pas Eira, ne devait avoir connaissance de cette réconciliation fraternelle. Encore moins de ce pacte contre nature.

35. Tri Nox Samonios

Quand Eira se rappela que septembre touchait à sa fin, elle repensa avec un brin de nostalgie à son ancienne vie. Elle aurait dû entrer en octobre en troisième année de médecine, faisant le bonheur de ses parents adoptifs. Elle pensait aussi aux jumeaux qui lui manquaient énormément, même si sa vie à Idavoll était bien remplie. Ici le temps semblait s'écouler à une vitesse tellement différente…

Odin, ces derniers jours lui donnait des cours particuliers afin d'amplifier encore la puissance de son aura. Paternel, étonnamment doux et attentif, il la guidait et l'aidait à se dépasser encore plus. Toujours plus. Il l'encourageait et la félicitait, tant elle était une élève appliquée. Lui qui n'avait pas hésité à la punir, c'était un changement radical.

Il lui contait aussi longuement les légendes d'Asgard, la douceur de Frigga et la vie passée auprès de ses fils bien aimés. Jamais il n'abordait le sujet de la prophétie. Les leçons étaient agréables, même si ces exercices épuisants étaient sans doute à l'origine de ses nuits encore plus agitées que d'habitude.

Eira s'inquiétait aussi beaucoup pour Loki. Non pas de le voir se pavaner au bras d'une demoiselle si délurée, elle en avait pris l'habitude, mais de ne plus pouvoir parler librement de tout et de rien avec lui comme avant.

Elle aurait donné n'importe quoi pour le retrouver attentionné et un brin taquin, pour partir courir le monde sur le dos de Sleipnir à ses côtés, insouciants comme la

première fois où il l'avait emmenée dans sa course folle afin qu'elle oublie la mesquinerie de Freyja. Elle fut tout de même soulagée de constater que le courant passait un tout petit peu mieux entre les deux frères depuis quelques temps. Du moins avaient-ils arrêté de se sauter à la gorge dès qu'ils se croisaient et se disaient même parfois un bonjour poli.
Le père lui, toujours méfiant, avait chargé Baldur de surveiller le dieu rusé. Mais ce dernier arrivait maintenant, grâce à la magie plus noire que rouge de Freyja, à se créer un double si parfait, qu'il pouvait faire croire à sa présence à un endroit alors qu'il allait rejoindre Surt et ses disciples. Il tentait de gagner leur confiance à force de confidences sur les tactiques que les Asgardiens affectionnaient.

Loki, en fait, usait de sa malice. Là-bas, il racontait à la créature monstrueuse les préparatifs en cours, oubliant volontairement des détails capitaux. Le géant lui confiait aussi quelques missions afin de préparer le terrain pour son armée. Contrairement à lui, Odin avait l'avantage d'être sur les lieux mêmes de la bataille future et en connaissait les moindres recoins. Il fallait équilibrer les forces.

Ce double jeu était épuisant. Il savait au fond de lui que trahir Odin pouvait lui valoir un terrible châtiment, et surtout que Thor et Eira pouvaient en pâtir eux aussi. Maintenant qu'il avait rejoint Surt, tout écart de conduite pouvait aussi lui valoir une mort dans d'atroces souffrances, si le géant était bien luné. Une vie de tortures et une lente très lente agonie, s'il était de mauvaise humeur, ce qui serait certainement le cas.

Loki apparaissait de plus en plus pâle lors de la réunion rythmant quotidiennement la vie d'Idavoll. De plus en plus préoccupé. Cela inquiéta la déesse de la médecine qui décida de forcer le destin. Loki ne venait plus lui faire de confidence de son propre chef, alors elle alla s'installer tout près de lui.

— Tu vas bien ?, lui demanda-t-elle avec un timbre si doux, si empli de bienveillance, que Loki peina à ne pas la prendre dans ses bras pour tout lui avouer sur le champ.

La proximité d'Eira lui était si douce. Son parfum lui rappelait les heures passées à ses côtés à profiter des petits plaisirs d'Idavoll. Des moments heureux, au milieu de toute cette tourmente.

— Oui, ces entraînements m'épuisent juste, comme vous tous, répondit-il pourtant sèchement sans même lever les yeux.

— La fin est proche, ajouta-t-elle. Octobre arrive, tout est déjà prêt pour que le rituel de la prophétie ait lieu dans de bonnes conditions. Odin et Jans s'y affèrent chaque jour. Bientôt tout sera fini.

Elle paraissait triste en prononçant ces mots.

— Te rappelles-tu Asgard la resplendissante ?, demanda-t-elle après un silence pesant, elle aussi le regard plongé dans le vide.

— Un peu, répondit le dieu, mais tu sais, je n'y ai pas toujours été le bienvenu. J'ai plutôt visité les cachots que les salons dorés.

— Moi je vivais sur la Lyfia. Je m'en suis rappelé subitement cette nuit. Ce mont est mon domaine, ma maison. Il a vu ma naissance, il y a des siècles et il verra... (elle se tut un long moment, songeuse, comme absorbée par des pensées peu joyeuses) il verra nombre de morts d'ici peu. Est-ce que toute cette folie vaut vraiment le coup ?

Loki ne pouvait plus fuir pour cacher l'émotion qui l'envahissait. Il lui prit la main délicatement. Il n'avait pas fait cela depuis des semaines mais ce contact était si réconfortant… Encore plus que dans ses souvenirs. La chaleur de cette petite main et cette magie qui vibrait faisant écho à la sienne...

— Tu verras, lui confia-t-il, plus prévenant. Les paysages d'Asgard sont époustouflants de beauté et les fêtes somptueuses.

— Je verrai oui, répondit-elle, plus triste encore

Thor arriva à ce moment, suivi de Sif. Ils s'assirent auprès des deux dieux, partageant cette parenthèse de quiétude devenue si rare.

— Où est ta dulcinée ? Elle n'est pas scotchée à toi comme une sangsue, ce soir ? Une dispute entre amoureux sans doute ?, demanda crûment Sif, cassant un peu l'ambiance.

Eira eu un mouvement de recul et lâcha brutalement la main du brun. Loki s'en offusqua et il se releva promptement, répondant à la Suomi tout aussi durement.

— Elle doit être occupée... je pense, mais tu as raison, sa présence me manque terriblement.

Visiblement contrarié, il fit mine d'aller rejoindre la déesse de l'amour, laissant le groupe stupéfait.

Au lieu de cela, il se rendit dans le bois prendre quelques moments de réconfort contre le cheval à huit pattes. En colère contre lui-même, contre ce monde où la haine l'obligeait à s'éloigner de ceux qu'il aimait vraiment. Il frappa de ses poings contre l'écorce rugueuse d'un grand chêne jusqu'à sentir une chaude douleur l'emplir. Les mains ensanglantées, il continua à frapper sans faiblir, encore et encore.

— Qu'est-ce que tu fais ?, demanda une voix acre derrière lui.

C'était Freyja qui venait quémander ses faveurs. A son regard noir, Loki comprit qu'elle revenait d'une rencontre au camp de granit.

— Pas ce soir, dit-il. Je dois rejoindre Thor. Lui et Odin se doutent de quelque chose et cela pourrait faire échouer nos plans.

Comme soulagé de ce mensonge, le dieu se lava les mains dans le ruisseau qui longeait le pré afin d'enlever les traces de sang qui s'y trouvaient et alla retrouver, ce qu'il n'avait fait depuis si longtemps, depuis trop longtemps, Thor et Eira pour le coucher.

Il savait intuitivement, la lune étant noire ce soir, que la nuit serait compliquée pour la douce sorcière.

Cette nuit-là, au lieu de prendre place dans la couche de Freyja, il vint se coller aux deux autres, prenant la jeune guérisseuse contre son épaule comme au bon vieux temps.

Aucune question, Thor et Eira le laissèrent faire, finalement heureux de sa simple présence.
Loki resta éveillé, écoutant toute la nuit durant la respiration si douce de la jeune femme. Il profitait de la chaleur de cet endroit douillet en regardant son frère qui avait compris dans ses yeux que la situation était bien plus critique encore qu'Odin pouvait leur faire croire.
Une lune, magique, magnifique, éclairait la pièce de sa lumière argentée, apaisant les mauvais rêves de son occupante.

Au petit matin, plus aucune trace du brun. A sa place, sur son oreiller, une plume blanche comme neige, unique vestige d'une soirée légère et magique. Un temps qui appartenait désormais au passé.

Les préparatifs s'intensifiaient.

Odin montait Sleipnir, auquel une lourde charrue avait été attelée. Aidé de la Norne, il traçait de grands cercles dans l'herbe de la plaine, juste sous le promontoire rocheux qui accueillait le majestueux Yggdrasil dont les feuilles, malgré la saison automnale, restaient d'un vert éclatant.
Sur le plus grand cercle furent dressées par les guerriers d'Odin, à la force du poignet, douze pierres énormes de formes ovales sur lesquelles le roi grava lui-même grâce à sa lance sacrée, les runes des douze dieux désignés par la prophétie dans l'ordre exact où ils apparaissaient sur le bouclier d'Eira.
Au centre du plus petit cercle, fut déposée une pierre couchée de granit bleu aux reflets de diamants, taillée en forme d'étoiles à douze branches, sur laquelle fut gravé le

symbole de l'arbre sacré et également celui du pilier de la prophétie.

Plusieurs jours furent nécessaires à cette entreprise complexe, qui demandait à la fois force et concentration. Tout semblait millimétré, le rituel ne laissant aucune place à l'improvisation. Jans et Odin consultaient sans cesse un vieux parchemin craquelé, tellement précieux que le soir venu, ils le gardaient à tour de rôle sur eux pour passer la nuit.

Ils discutaient longuement face à cet autel mystique, changeant parfois quelques éléments de place.

Tout devenait soudain si réel, si palpable, qu'une fébrilité s'empara du campement. La crainte se mêlait à l'impatience. Chacun affûtait ses armes et se préparait à vivre un moment hors du temps, hors de tout ce qu'ils avaient pu imaginer ou vivre jusqu'à présent. Chacun profitait également de moments de solitude pour se centrer et méditer, dire adieu à ce monde qui les avait accueillis en espérant regagner Asgard vivant. Car au fond de lui, chacun pensait aussi inévitablement au spectre de la mort qui planait au-dessus de sa tête.

En une fin d'après-midi pluvieuse, Eira gravit lentement la Lyfia, son territoire, cette montagne où elle demeurait jadis en maîtresse mais surtout où, dans un passé pas si lointain, sa vie avait basculé. Malgré la fraîcheur du mois d'octobre suédois, elle se dévêtit et s'immergea pour un bain purificateur dans la cupule, sous l'unique regard du grand frêne. Nue comme la première fois, mais habitée par cette magie qui la consumait maintenant tout entière. Elle

plongea dans l'eau glaciale pour se sentir encore une fois vivante. Plongeant en espérant qu'une fois à la surface, elle se rendrait compte que tout cela n'était en fait qu'un mauvais rêve de plus. Qu'elle pourrait rentrer à la maison, embrasser son père et sa mère, chahuter avec ses frères et retrouver ses chères études.
En vain. Son immersion terminée, elle put apercevoir en contrebas le lieu du rituel, ressemblant à s'y méprendre à l'empreinte qui ornait son cou. Une empreinte qui depuis quelques jours recommençait à la faire souffrir terriblement.
Elle n'en avait rien dit à Thor ni à Sif pour ne pas les inquiéter davantage. Même Heimdall, avec qui elle aimait partager quelques-unes de ses craintes ou de ses espoirs, n’en savait rien mais la brûlure était bien là, plus forte encore lorsqu'elle s'entraînait.

Le soir même, Odin les réunit à nouveau tous sous la voûte étoilée de son immense tente.
Les douze étaient là, devant lui, attendant impatiemment les mots que le père allait prononcer d'un ton plus solennel que jamais.
A ses pieds, ses deux loups, sur ses épaules Hugin et Munin.
Le roi était debout devant son trône imposant, regardant les astres briller dans la nuit.
Il portait son manteau royal en fourrure blanche et sa couronne, ce qui lui donnait une allure encore plus sévère.
— La Tri Nox Samonios commencera demain lorsque la lune sera au plus haut. Durant trois jours, nous veillerons.

Durant trois jours, nous ne serons plus ni passé, ni présent ni futur, commença l'ancien, pesant chaque mot.

Il poursuivit, dévisageant chacun de ses guerriers de son œil valide.

— Le destin des douze sera scellé autour du guide lors de la nuit de l'Apogée, quand le portail sera ouvert pour nous permettre d'accéder au crépuscule des dieux.

Odin s'assit sur son trône majestueux.

La Norne, qui devait procéder au rituel, prit la suite :

— Là, tel que l'annonce la prophétie, l'arbre de vie brillera en un dernier sacrifice pour assurer le triomphe des douze. Au terme de quoi, Surt sera vaincu ! L'étoile brillera à nouveau sur la nouvelle Asgard en paix.

Les dieux restèrent muets en cette froide nuit du vingt-neuf octobre deux mille dix-neuf. Demain, tous prendraient le chemin de la plaine, armes en main, afin de rejouer le passé dans l'espoir d'une fin victorieuse. Ils savaient pourtant qu'au passage, la mort les guettaient tous. Une mort pour l'honneur d'Asgard. Pourtant, tous semblaient prêts à s'avancer vers ce moment où l'espoir allait se mêler à la douleur, la promesse de la vie à celle du trépas, juste parce qu'une prophétie en avait décidé ainsi. Juste parce qu'Odin et Frigga en avaient décidé ainsi, il y a des siècles et des siècles de cela.

Cette nuit-là, Thor, Sif, Eira et Heimdall n'allèrent pas se coucher, préférant rester là assis sur la terrasse à admirer le ciel et ses étoiles qui leur paraissaient encore plus belles que d'ordinaire, plus étincelantes.

— Toi qui est le seul à avoir des souvenirs précis du Ragnarök, était-ce aussi horrible qu'on le dit ?, demanda Sif à Heimdall.
Jamais la Suomi à l'âme de guerrière n'avait paru si angoissée. Elle qui allait toujours droit devant, scrutant l'horizon, semblait ce soir en proie aux doutes, à la peur.

— Pire encore, je le crains. Mais cette fois-ci nous avons une arme puissante entre nos mains, répondit-il dans un soupir.

— Plus puissante que celles de Surt ?, se risqua à demander Thor, qui ne voyait pas quelle arme du campement pouvait mettre en échec un monstre de feu sans cœur.

— Sans doute..., soupira une nouvelle fois le gardien en serrant très fort la main d'Eira, sentant frémir sous ses doigts la puissance occulte de la déesse prête à jaillir quand le moment serait venu.

Le gardien était désormais devenu très proche de la guérisseuse, avec laquelle il partageait son empathie ainsi que le besoin inné de protéger les siens. Les longs moments passés ensemble à parcourir le domaine pour déceler les failles du bouclier les avaient rapprochés malgré eux dans une relation maître-élève basée sur la confiance et l'écoute.
Ce soir, Heimdall sentait qu'Eira avait peur. Elle était forte, décidée à suivre ce que son destin lui dictait de faire, mais elle tremblait, craignant encore de ne pas être à la hauteur.

Assis dans l'ombre, sur la souche d'un gros chêne jouxtant la clairière où se dressait le chalet, Loki écoutait, plus en colère que jamais. Impossible de revenir en arrière maintenant. Il fallait cheminer vers ce destin funeste sans broncher. Odin l'avait décidé alors il fallait obéir bêtement. Qui était finalement le plus odieux, Surt et ses disciples ou bien Odin qui souhaitait sacrifier ses fils sur l'autel de la victoire afin d'assurer la gloire à son royaume ?
Alors que l'aube se levait, son regard croisa celui de la déesse de la guérison. Elle lui sourit tendrement, alors il détourna les yeux. Il ne pouvait une nouvelle fois assumer pleinement ce qu'il s'apprêtait à faire. Il sentait qu'Eira, jadis Eirwen, lirait en lui comme dans un livre ouvert, perçant les secrets qu'il avait dissimulés avec peine ces dernières semaines. Un simple échange de regard et Eira serait au courant de son plan machiavélique.
Freyja lui sauva la mise. Posant la main sur son épaule, elle l'embrassa goulûment, forçant Eira à elle aussi détourner le regard, par pudeur, par gêne aussi. Elle aurait pourtant tant aimé affronter ce moment entourée de Thor et Loki, comme ils l'avaient fait durant ces derniers mois.

L'atmosphère était pesante. La nuit parut incroyablement courte et la journée qui suivit passa d'un trait, à préparer encens et feux dans la plaine qui était métamorphosée.
Le beau champ dont les herbes folles ondulaient au gré des vents avait pris l'aspect d'une scène irréaliste où se dressaient des rocs durs, froids, sortes de gardiens immobiles.

Le soir venu, chacun revêtit avec soin son armure et rejoignit lentement en procession le site sacré. Les dieux arboraient des cuirasses étincelantes faites d'un métal inconnu aux reflets cuivrés, les simples guerriers portaient une armure de cuir et d'argent.
Chaque divinité prit place près de sa rune lorsque la lune fut à son apogée dans le ciel sombre. Même les étoiles avaient paradoxalement pris la fuite en cette soirée, ne laissant qu'une lune énorme, ronde, occuper le terrain.

Eira dans une tunique verte étincelante, s'avança vers le centre de l'unique étoile finalement présente à cette heure. Les jours précédents, elle avait passé de longues heures à confectionner un bijou à partir du cuir de son ancienne ceinture « humaine » sur laquelle elle avait gravé avec son athamé les runes Thurisaz et Kenaz en y incluant la plume abandonnée par Loki sur son oreiller. Ce soir, elle portait ce collier comme un talisman tout contre son cœur, pour se donner du courage.
Elle avait vu plus tôt dans la journée ses deux amis en pleine conversation, souriants, s'offrant une dernière étreinte fraternelle en se croyant à l'abri des regards indiscrets. Cette pensée la rassurait. Thomas et Angus étaient finalement malgré toutes ces péripéties toujours là, unis à ses côtés.
Mais pour l'heure, les douze dieux qui lui faisaient face avaient une mine grave.
Même Odin, le grand, portait un masque sombre.

La Norne était habillée d'une robe de cérémonie blanche et d'une ceinture rouge vif rappelant la couleur du sang qu'ils allaient devoir verser. Elle commença à réciter quelques incantations mystérieuses en gesticulant, son bâton serpent entre les mains. Les éléments furent appelés un à un avec le plus grand respect. Le cercle fut fermé. Les directions furent saluées. La prophétie allait pouvoir s'accomplir.

Loki, fixait Freyja.

Il ne comprenait toujours pas qui était réellement cette personne avec laquelle il avait pourtant partagé une certaine proximité, une certaine intimité. Il ne comprenait pas comment cette pseudo « déesse » pouvait réussir à tromper tout le monde en se faisant passer pour une des leurs.

Même au cœur du cercle, sa présence semblait normale. Lui, avait été choisi malgré la défiance des autres par Frigga, mais ce disciple du démon n'était qu'une usurpatrice. Pire, elle était sous la coupe de l'ennemi. Pourtant, le rituel se déroulait normalement, comme si la véritable déesse de l'amour était bien présente parmi les élus. Sa puissance devait réellement être grande. Il était d'autant plus inquiet et sur ses gardes.

Le site semblait habité par une force supérieure, très ancienne, avec laquelle la Norne dialoguait maintenant.

Des offrandes furent offertes à la nuit, puis au soleil qui se levait. Immobiles, comme faisant partie intégrante de la pierre contre laquelle ils étaient appuyés, les dieux naviguaient entre deux mondes, un brin étourdis, engourdis aussi. Une brume épaisse s'était d'ailleurs installée tout autour, voilant en partie la grande plaine. Plus rien n'existait, que le rituel.

La seconde nuit, l'étoile se mit à briller d'un bleu intense et avec elle, la déesse qui trônait sur elle. Dans ses paumes, des orbes de la même couleur lui rappelaient soudain ceux qu'elle avait jetés en « rêve » contre la créature putride dans la grotte, la faisant s'évanouir dans les ténèbres. D'ordinaire sa magie était verte, pas couleur des cieux.

Les dieux commençaient à sentir leurs muscles se crisper et une chaleur les envahir. Aucun ne prononçait un seul mot, seule la Norne, passant par tous les âges, récitait inlassablement des prières, ouvrait et fermait des portes virtuelles pour s'entretenir avec des âmes invisibles aux yeux des autres. Les heures défilaient mais le temps n'avait plus d'importance.

La dernière nuit, la Norne alluma des feux entre la pierre d'Odin et celle de Thor qui étaient côte à côte.
Elle y planta d'un côté une longue épée rouillée et de l'autre un pieux gravé d'une tête ornée de rubans aux couleurs de la mort. Puis prenant un petit couteau à la lame incurvée, elle recueillit dans un chaudron d'acier le sang des treize, y ajoutant ensuite herbes rares et potions réunies et préparées méticuleusement durant ces dernières semaines.
Le contenu, un liquide ressemblant à du plomb en fusion et dégageant une odeur nauséabonde, fut répandu au centre, entre l'épée de métal et l'idole de bois.

Dans un même élan, instinctivement, les dieux levèrent les bras vers le ciel. Des rayons bleutés jaillirent alors d'Eira, ébranlée de secousses. Les rayons allèrent relier la pointe des menhirs dressés afin de tracer une étoile dont la lumière éclaira le ciel encre.
C'est ainsi que le portail vers le Ragnarök s'ouvrit devant les yeux des dieux enfin libérés de leur prison de pierre.

Alors, une corne sonna par trois fois et le ciel sembla s'embraser, pendant que des cendres tombaient sur le sol comme de la neige.
Les douze, commandés par leur seul instinct, les uns derrière les autres, docilement, passèrent la porte magique.
Face à eux une armée d'ombres, leurs épées de feu levées comme des cierges.
Faisant face à Odin, l'énorme monstre de feu avançait d'un pas lourd, faisant résonner son rire morbide.
La bataille pouvait commencer.

36. Ragnarök

Ce fut alors un vacarme innommable.

Les guerriers d'Odin hurlaient, répondant au râle quasi-animal de ceux de l'armée de Surt.

Le fer rencontrait le fer dans un fracas métallique assourdissant.

L'air empestait le souffre et bientôt aussi le sang, qui commençait à se répandre sur la plaine.

Toujours au centre de l'étoile, Eira sentait en elle la puissance divine qu'elle partageait avec les combattants. Elle pouvait aussi sentir les blessures de ceux qui, tombés au sol, vivaient leurs derniers instants. Protégée par le cercle, elle était pourtant plus que jamais au centre de cette guerre horrible. Elle hurlait de douleur à l'unisson avec les hommes blessés, parfois gravement. Connectée par magie avec eux, elle pouvait les soigner à distance immédiatement, faisant de l'armée d'Odin une force presque invincible. Les visions qu'elle avait eues sur la Lyfia jadis prenaient forme de la plus atroce des façons. Des corps au sol gisaient, démembrés, et cette odeur de putréfaction emplissait l'air d'Idavoll, pourtant si pur, partout autour d'elle.

Surt et ses hommes sans visage ne faiblissaient pourtant pas. Les morts étaient tout de suite remplacés par d'autres plus combatifs, qui étrangement, semblaient connaître aussi bien les lieux que l'armée d'Odin. Le feu brûlait tout

sur son passage. Dans le ciel orangé, un faucon énorme tournoyait, cherchant de futures proies qu'il emportait dans les airs.
Eira demeurait impassible, debout au centre de l'incendie, contemplant ce spectacle apocalyptique. Elle tentait d'apercevoir ses amis, puisait en elle l'énergie dont les Asgardiens avaient besoin.
Petit à petit, elle sentait que cette magie puissante la submergeait, toute entière. Cette sorcellerie formidable ne faisait plus qu'un avec son propre corps. Il n'y avait plus au centre de l'étoile que cette source magique qui donnait la vie et guérissait tous les maux ou presque.
Tiraillée de toute part, elle devait d'autant plus se concentrer, comme lui avait appris Odin, afin de ne pas perdre pieds. La douleur, était, elle aussi, de plus en plus présente, à l'image de la férocité de la bataille...
Eira était l'arbre de vie, le pilier. Non, en fait, elle n'était plus Eira, elle était véritablement l'arbre de vie ! Un arbre qui ne devait pas faillir, sinon tous auraient fait ce sacrifice pour rien.
La jeune femme devait résister le plus longtemps possible oubliant la souffrance et la peur.

A côté, Thor emplissait le ciel de ses éclairs. Il frappait le sol de son marteau faisant tomber nombre d'ennemis sous ses coups puissants. Odin, juché sur Sleipnir, fendait le ciel pour tenter d'atteindre Surt... en vain. Ce dernier, plus puissant que prévu, arrivait toujours à esquiver les coups du dieu borgne.

Freyr et Njord, épées en main, étaient en sang. Le second, posant un genou au sol, ne dut son salut qu'à Sif et Heimdall qui arrivèrent par surprise derrière les disciples du monstre qu'ils transpercèrent avec leurs flèches d'argent. Freyja était une nouvelle fois absente de l'arène.

Pourtant, bientôt elle réapparut. Sublime, menaçante, elle était engoncée dans une armure noire, chevauchant un loup géant qui fonça droit sur les guerriers d'Asgard, à la stupéfaction d'Odin et de Höd. A côté de cette bête diabolique, Géri et Freki ressemblaient à de gentils toutous inoffensifs. La créature, complice du monstre de feu, montrait enfin son vrai visage, un grand sourire sur ses lèvres fardées de rouge, couleur du sang qu'elle voulait voir couler le plus possible.
Sans l'intervention de Tyr, qui y perdit au passage une main, le fils aveugle du dieu des dieux aurait fini déchiqueté par les dents d'acier de l'animal monstrueux. Les choses semblaient désormais tourner à l'avantage de Surt, grâce à Freyja, la traîtresse fière de son effet de surprise.

Eira sans rien voir, avait deviné que tout ne se passait pas comme Odin l'avait prévu. Elle devait redoubler d'efforts pour remplir sa mission. Elle se sentait de plus en plus épuisée et s'affaissa sur la dalle de granit, reprenant avec peine son souffle.
Puis elle prit appui sur ses genoux et ses deux mains, s'ancrant un maximum dans la roche pour ne faire qu'un avec la puissance de ses ancêtres. Elle récita en boucle des

sortilèges qu'elle avait appris par cœur. Non, pour rien au monde, elle ne laisserait la moindre chance à Surt de gagner ! C'était sa mission, elle était le pilier et un pilier ne pouvait plier si facilement !

Un nouvel événement improbable ébranla alors le camp des dieux.
Loki, se redressant soudain, alla porter le coup de grâce. Il bondit devant Thor abasourdi et lia en un instant autour de lui un cordage fait d'un feu magique.
Ainsi enchaîné, le dieu du tonnerre ne put se débattre bien longtemps. Les liens ardents entaillaient sa peau dès qu'il faisait un mouvement, le faisant tressaillir de douleur.
Résigné tout autant que choqué de cette nouvelle trahison de son frère, il fut conduit par le dieu de la ruse devant Surt. Une nouvelle fois, Loki allait rejoindre le camp ennemi et cette fois-ci, il apportait le prince en guise de cadeau à son maître, devant le regard pétrifié d'Odin.

Le père, malgré toutes ses précautions, n'avait pas vu venir ce nouveau revers. Impuissant, ayant posé pied à terre, il regardait la scène horrible qui se déroulait devant ses yeux. Tout autour, tout n'était plus que brasiers et désolation.
— Maître, voici le fils d'Odin. Le futur prince d'Asgard. Je viens vous offrir sa vie en gage de ma loyauté, déclara Loki en s'inclinant devant le géant de feu, forçant d'un coup de pied Thor à se mettre à genoux dans les braises encore chaudes.

Les guerriers d'Asgard n'en croyaient pas leurs yeux. Le Père de toutes choses craignait maintenant pour la vie de sa

lignée. Höd était blessé, Thor offert en trophée à son pire ennemi. Il craignait pour le devenir d'Asgard avant même que celle-ci ne renaisse.
Puis, se ressaisissant, il leva sa lance, appelant à lui ses fidèles combattants. Malgré ces épreuves nouvelles, il fallait se battre coûte que coûte pour remporter la victoire. Il ne pouvait laisser Surt, Freyja et Loki s'en sortir si facilement.

— Que les traîtres brûlent en enfer, hurla-t-il à l'intention de la déesse de l'amour et du dieu de la ruse. Nul ne pourra mettre Asgard à terre.

Les Asgardiens, comprenant le signal, se précipitèrent vers le cercle où l'aura bleutée d'Eira était plus brillante que jamais.
La déesse, pourtant exténuée, comprit qu'elle devait donner encore plus, toujours plus. Fermant les yeux, le souffle saccadé, elle puisa dans ses dernières forces. L'orbe bleuté se fissura en autant de morceaux pour aller nourrir les dieux combattants d'une énergie fantastique, faisant se relever blessés et même morts. Plus elle renforçait les siens, plus Eira sentait en elle cette force la consumer tout entière. Elle sentait que son corps, sous l'effet de la magie, allait finir par imploser d'ici peu. Mais soumise, ou plutôt déterminée, elle continua pourtant à alimenter l'étoile. Finalement, elle avait été mise au monde pour cela... Elle avait été élevée durant ces dix-huit années au cœur des humains dans un seul objectif : mourir pour nourrir l'étoile et gagner la bataille ! Mourir pour faire revivre l'Asgard nouvelle !

Au loin, Surt jubilait face à la détresse de l'armée d'Odin. Son rire puissant, glaçant, emplit la scène de combat.
Surt était sur le point de remporter le Ragnarök une nouvelle fois. Il allait remporter la bataille contre Odin et l'humilier à nouveau.

Loki prit alors une grande inspiration. Il avala sa salive avec difficulté. C'était le moment tant attendu. Son moment. Il se mit debout face au monstre. Calmement, les yeux fixés sur la carcasse incandescente de Surt, il siffla dans ses doigts. En une seconde à peine, il était sur le dos de Sleipnir qui était venu le rejoindre pour l'emporter dans les airs.
Incrédule, n'ayant pas senti l'attaque venir, Surt ne porta pas attention au dieu fourbe qui sautait sur ses épaules, l'immobilisant d'une étreinte surpuissante. Loki était un grand sorcier mais il avait aussi en lui l'âme des Jotuns, les géants des terres de givre. Cette magie lui permettait de contrer le feu par la glace. Loki l'avait compris lorsqu'il avait appris d'où venait sa lignée, peu après le retour d'Allemagne de Thor et Eira.
Au départ, cela l'avait fortement perturbé mais il avait su rapidement qu'il pouvait en faire une force. Une sorcière Jotun n'avait-elle pas réussi à geler le cœur d'un roi nain ?
Encerclant Surt d'une étreinte glaciale, il l'empêchait ainsi momentanément d'user de sa magie démoniaque. Le métal ardent dont était fait le géant était collé contre sa peau. Il rongeait peu à peu sa chair, générant d'horribles souffrances. Mais le dieu du feu tenait bon, ne relâchant

pas son mortel étau. D'un regard, il effaça les liens qui attachaient Thor. Celui-ci, comprenant le signal, appela en un instant Mjöllnir dans sa main. Il pointa alors le marteau droit sur Surt, qui tentait de se débattre.
Au loin, sur le dos du titan, Loki pouvait apercevoir le halo d'énergie d'Eira faiblir de plus en plus. La déesse était sur le point de céder à la pression de l'étoile.

— Vas-y !, commanda-t-il en hurlant à Thor, tentant de ne pas lui montrer la douleur que provoquait chez lui le contact avec le feu de Surt.
Ce dernier, voyant son frère toujours accroché au dos du géant, hésita. Ce n'était pas le plan initial... Loki devait sauter pour lui laisser le champ libre.

— Vas-y, vite, Angus ! C'est *le* moment de nous montrer ce dont tu es réellement capable. Fais ce que je te dis, tu me l'as promis, hurla de plus belle Loki, les yeux fixés sur l'orbe bleu maintenant à peine visible. Eira a besoin de nous !

Tout autour, tout n'était que feu, sang, vacarme des armes et hurlements des soldats.

Puis, un éclair énorme jaillit du marteau de Thor, venant se fracasser contre Surt qui vola en éclats, emportant le corps de Loki à sa suite.

D'un coup, le calme se fit.
Plus un seul bruit.
L'orbe autour de l'étoile ne brillait plus.
En un instant, le ciel était redevenu d'un bleu azur. Au milieu, un énorme arc-en-ciel.

Au sol, c'était pourtant le chaos. Les corps sans vie de guerriers de deux camps étaient disséminés sur la terre brûlée. D'autres hommes, le regard hagard, erraient sans but au milieu des cadavres et des blessés qui gémissaient.
Dans la plaine baignée de lumière, les fidèles d'Odin se rassemblaient autour de lui, avançant lentement vers Thor qui s'était jeté à terre. Il tremblait de tous ses membres répétant en boucle :

— Il devait sauter, il devait se sauver !

Sa foudre, plus puissante que jamais, avait eu raison du géant de feu.

Odin et les siens avaient contre toute attente remporté la grande bataille.

Pourtant Thor pleurait, les yeux regardant fixement devant lui, le corps sans vie de Loki, portant nombres d'horribles brûlures.

Le dieu de la ruse, pour les sauver tous, avait sacrifié son existence, sachant qu'il ne pourrait lâcher Surt sans risquer que celui-ci ne riposte, tuant Thor, menaçant la prophétie et affaiblissant Eira au point de faire exploser l'étoile et elle avec.

Il avait vite compris que la foudre créée par son frère allait l'emporter lui aussi, mais ce n'était pas grave. Sa vie n'avait pas d'importance. Il ne pouvait laisser tout reposer sur l'innocente déesse.

Lui, après tout, avait fauté lors de la première bataille. Il ne faisait que se racheter en offrant sa vie maintenant.

Brisant le silence lourd d'un hurlement bouleversant, Eira, pourtant très faible, arriva en titubant. Elle se jeta sur le corps du jeune dieu mutilé. Ses larmes se joignirent à celles de Thor dans une même souffrance.

— Pourquoi as-tu fait cela ?, murmura-t-elle à Loki, en posant sa joue tendrement contre la sienne.

— Loki avait découvert avant l'été que *tu* étais le sacrifice. Que sans ton énergie, Odin ne pourrait remporter le crépuscule des dieux. Il ne voulait surtout pas que tu meurs pour Asgard, sanglota le dieu du tonnerre, s'approchant d'elle pour la serrer fraternellement dans ses bras.

— Mais le je savais depuis le début. C'était mon destin. Les inscriptions dans la grotte étaient claires. C'était mon destin de mourir, pas le sien !, sanglota de plus belle Eira, se sentant coupable.

Odin s'approcha d'eux. Malgré la victoire, il semblait lui aussi empreint d'une grande tristesse. En les regardant, il dit doucement :

— Loki est mort en héros pour nous, pour Asgard. Il a prouvé sa grande valeur même à ceux qui pensait qu'il n'était qu'un infidèle.

— Loki était tout sauf un infidèle, hurla Thor de rage contre son père qu'il dévisagea prenant un air de dégoût. Tout cela, c'est votre faute !

— Tu as en partie raison. Je me suis moi-même trompé sur lui, Thor !, reprit le père.

Sur quoi, regardant vers le ciel, il ajouta.

— Loki fait partie des nôtres. Plus que quiconque, il est digne de rejoindre les braves au Walhalla !

Odin leva un bras.

Un cri déchira le ciel et une armée de Valkyries sur leurs chevaux volants arriva sur la plaine, commençant à emporter les valeureux guerriers tombés pour Asgard qu'Eira n'avait pu sauver à cause de la gravité de leurs blessures. L'une d'elle plana au-dessus de Thor et de la guérisseuse qui entouraient Loki, ne croyant toujours pas que toute vie avait quitté son corps.

— Non, cria Eira, je peux le soigner, je veux le soigner. Vous m'avez donné ce pouvoir de rendre la vie n'est-ce pas ?

— Oui mais tu ne peux rien contre le feu de Surt lui-même, tu ne peux rien contre la foudre de Thor, confia Odin. Malheureusement Loki est bien mort !

— Je veux essayer, supplia la déesse, prise de tremblements alors que la valkyrie commençait à s'approcher de la dépouille du dieu rusé.

Odin, voyant sa détresse, inclina la tête faisant signe à la guerrière ailée de patienter.

Thor prit le corps froid de son frère dans ses bras, précédé de la déesse qui le guida parmi la forêt sur la pente de la Lyfia. Oubliant la fatigue du combat, ils se rendirent ainsi jusqu'à l'Yggdrasil. Odin et quelques-uns des douze les avaient suivis sans mot dire.

Là, ils entrèrent tous les trois dans l'eau glacée de la cupule. Eira, malgré sa faiblesse, rassembla ses forces pour les entourer tous les trois d'une sphère verte luminescente.

Tout en prononçant des incantations, elle ouvrit les lèvres du brun pour verser dans sa gorge le contenu d'une fiole

contenant des herbes magiques qu'elle portait toujours à sa ceinture.
Au-dessus d'eux, la valkyrie menaçante montrait des signes d'impatience alors que Loki, lui, ne montrait aucun signe de rétablissement, la peau toujours marquée de cloques, le souffle toujours absent.
Au bout de longues minutes, Odin donna à la guerrière ailée son accord pour venir prendre le corps du jeune homme.

Le dieu était mort.
Ni Eira ni Thor n'y pouvaient plus rien maintenant.
Il ne fallait pas faire durer ce moment douloureux plus longtemps. Loki méritait la paix éternelle auprès des héros de la cité.
Prise de sanglots, épuisée par ces trois journées interminables, la guérisseuse ne voulait pas lâcher les mains du jeune homme, reposant toujours dans les bras puissants de son frère. Des larmes coulaient sur leurs joues.
Était-ce bel et bien la fin ? Loki ne reviendrait jamais dans la chambre d'Idavoll pour se blottir contre eux. Jamais plus ils n'entendraient son rire taquin ni ses blagues pas toujours très drôles.
Dans un dernier geste teinté de désespoir, Eira se pencha sur le visage du jeune héros maudit. Malgré ses horribles brûlures, il semblait paisible. Elle déposa sur ses lèvres un doux baiser en chuchotant :
— Je t'aime Loki, n'oublie surtout pas que je t'aime !
Son souffle chaud faisait voler les mèches brunes du jeune homme, dévoilant son beau visage si fin.

Soudainement, alors que la Valkyrie tendait les bras, la poitrine de Loki se souleva. Il ouvrit les yeux en hurlant de douleur. Ses blessures à vif le faisaient atrocement souffrir mais il respirait.
Loki était vivant.
Contre toute attente et à la grande surprise d'Odin qui assistait à la scène, le dieu du feu et de la ruse était bel et bien revenu du monde des morts.
Les larmes d'Eira et Thor coulèrent de plus belle. Ils étaient à nouveau là, tous les trois, en vie.
Thor déposa son frère sur le rebord du bassin aussi délicatement qu'il pouvait. Le corps meurtri, le dieu survivant gémissait au moindre mouvement. Il semblait choqué et ne quittait pas la jeune Eira du regard. Oui, ils avaient vraiment tous les trois survécus à cette prophétie idiote.
Odin n'en croyait pas ses yeux. Eira avait réussi à ramener Loki, qui avait reçu doublement la mort par le feu et par la foudre. C'était impossible. Personne n'était capable de cela. Mais il semblait finalement lui aussi heureux de cette résurrection inespérée.

Puis vint le temps de compter les morts. Les blessés reçurent des soins. Les ennemis capturés furent eux aussi soignés. Odin était un dieu dur mais juste, comme l'avait à plusieurs reprises affirmé la Norne.
Les Asgardiens osèrent petit à petit se laisser aller à la joie de cette incroyable victoire. Pourtant, un dieu manquait à l'appel.

Baldur ne faisait partie ni des morts ni des blessés. Il semblait avoir tout bonnement disparu.

Baldur, si puissant, était sans doute le héros malheureux, devenant la prise de guerre d'une traîtresse qui avait survécu à Surt. Un abominable monstre aux allures d'ange, qui était arrivé à se faire passer pour une des leurs, trompant tout son monde si facilement...

Freyr, plus lucide maintenant, sans doute grâce à la mort du monstre, ajouta que Freyja ne pouvait pas être sa sœur. Si cela avait été le cas, le lien des jumeaux n'aurait pas été rompu de la sorte. Il aurait pu voir clair dans son esprit. Il ajouta que la magie de sa sœur n'avait jamais été sombre alors que celle de cette créature obscure était d'un autre monde, puissante, ténébreuse.

C'était évident, « Freyja » avait dû prendre possession de l'âme de Baldur afin de le capturer avant de fuir je ne sais où. Mais pourquoi ?

Höd supplia son père de partir à leur poursuite immédiatement.

Mais Odin refusa. Le moment était à la célébration, à la joie. Il venait de perdre un fils mais son armée était bien trop faible pour s'attaquer à un nouvel ennemi dont il ne connaissait ni le nom ni la puissance. Cela aurait été pure folie de se lancer à la poursuite du faucon et de ses cavaliers.

Pendant ce temps, sur le bord de la cupule surplombant la plaine, Thor, Eira et Loki étaient assis.

Le brun reprenait peu à peu ses esprits, aidé par un anti-douleurs puissant procuré par la guérisseuse pour atténuer ses souffrances. Son cœur battait à nouveau grâce à la ténacité de la belle et à ses sentiments si purs, si vrais. Il reprenait même petit à petit des couleurs.

Le trio fixait le pont de lumière qui prenait la direction des cieux. Le Bifröst était en ce moment empli de guerriers et de dieux. Odin était en tête, il avançait vers la terre promise. Asgard était devant eux, juste au bout de ce chemin iridescent.

— Qu'as- tu dis tout à l'heure ?, demanda Loki se pinçant les lèvres malicieusement à l'attention d'Eira, sans oser la regarder en face.

— Quand ?, bafouilla la déesse.

— Dans la cupule, tout à l'heure, tu sais bien dans l'eau de la cupule.

— Idiot, j'ai dit que tu étais un idiot... qui a failli mourir pour, pour… moi !, répondit, tentant de simuler la colère, la jeune fille, les joues écarlates.

— Ah, ouf, j'avais cru entendre parler d'amour, excuse-moi, je suis... je suis soulagé, reprit le dieu taquin, qui de toute évidence n'avait rien perdu de son esprit joueur.

— Imbécile, répondit Eira en lui donnant un petit coup sur l'épaule, oubliant que même vivant Loki n'en était pas moins dans un piteux état.

Des plaies douloureuses et des cloques dues au contact avec Surt étaient disséminées sur son torse, ses épaules, ses cuisses et son cou alors que ses avant-bras portaient des traces encore bien plus profondes.

— Bien sûr que j'ai dit que je t'aimais, mais finalement je ne sais pas si c'était une bonne idée, ajouta-t-elle boudeuse, croisant les bras comme une enfant prise en faute.

— Aïe, ne put retenir le dieu avec une grimace, l'air pourtant satisfait par cette simple réponse. Moi aussi je t'aime, tu sais…, susurra-t-il timidement.

Thor pouffait de rire, trop content de retrouver ces querelles si légères après être passé si près de la catastrophe. Finalement, ça non plus il ne l'avait pas vu venir : Eira et Loki amoureux transis, une fort jolie surprise finalement, alors qu'il y a quelques minutes il aurait pu les perdre tous les deux.

Il était temps de rejoindre les autres sur le pont Arc-en-ciel et d'aller découvrir cette cité pour laquelle ils venaient de prendre tant de risques.
Leurs cœurs battaient la chamade.
Une autre vie allait vraiment commencer.
Loki était plus faible qu'il ne voulait le montrer. Thor dut le soutenir avec l'aide d'Heimdall pour le mener vers le palais d'Odin car ses jambes n'arrivaient plus à le porter. Eira avançait en compagnie de Sif, en retrait. La guerrière était encore choquée par ce qui venait de se passer. L'énergie puissante qui l'avait parcourue durant le combat, résonnait encore en elle des pieds à la tête et elle avait du mal à comprendre comment ils avaient pu ainsi gagner.

La troupe, menée par Odin paradant royalement sur son valeureux Sleipnir, se trouvait maintenant face à un palais somptueux fait de briques d'or et de cristal. De magnifiques vitraux étaient éclairés de l'intérieur par des centaines de bougies qui volaient dans les airs. L'émotion était grande de retrouver ces lieux saints. Asgard était là, devant eux, identique à leurs souvenirs, splendide, en paix.

Quand l'immense porte dorée s'ouvrit par magie, une clameur se fit entendre.

Une femme superbe se trouvait là devant l'entrée, ouvrant les bras avec un grand sourire afin de les accueillir maternellement. Odin, apparemment surpris, se jeta à bas de sa monture et courut la rejoindre l'étreignant tendrement. Jamais le trio ne l'avait vu si rayonnant. Il paraissait même d'un coup, plus jeune.

Frigga était là, devant eux, majestueuse dans une robe mauve brodée de pierres précieuses jaunes et vertes. Elle, qui avait vu les derniers instants d'Asgard lors du premier Ragnarök.

Elle, qui avait œuvré afin de pouvoir le faire renaître, pouvait enfin goûter aux fruits de sa puissante magie.

Descendant quelques marches avec la prestance d'un cygne, la déesse mère vint rejoindre les dieux rescapés et la guérisseuse, s'excusant de leur avoir fait subir tant de tourments.

Odin intervint, contant les exploits de tous mais surtout de Thor, dont il était paternellement très fier, et de Loki ainsi que ceux d'Eira, la douce magicienne. Il était tellement heureux de retrouver son épouse qu'il était intarissable.

Au passage, il lui signala qu'il n'avait pas compris pourquoi elle avait choisi Loki, qui pourtant s'avérait être celui qui

avait réussi à vaincre Surt. Comment avait-elle su qu'il serait la clef menant à la victoire ?
Frigga sourit simplement en regardant tendrement Loki et Eira.

— Seul un dieu du feu éperdument amoureux pouvait accomplir cet exploit. Ne pas craindre les brûlures du géant et donner sa vie sans réfléchir n'est pas donné à tous. Tu l'aurais fait pour moi, Odin, et Loki l'a fait pour Eira. Parce qu'une seule chose est plus forte que la guerre. C'est l'amour.

— Mais Loki a levé une armée contre la nôtre lors du Ragnarök, cria Höd qui ne croyait toujours pas à la bonne foi du brun, et qui était encore contrarié par l'absence de son frère Baldur.

— Loki, reprit la déesse mère, a commis par le passé bien des méfaits. Pourtant, déjà à l'époque, il aurait donné sa vie pour Eira... La flamme qui luisait dans ses yeux ne m'a jamais fait douter sur ce point.

Les deux jeunes gens se regardèrent en rougissant, ne sachant que répondre, gênés d'être ainsi mis à nu devant tout le peuple d'Asgard.

Elle continua :

— La prophétie devait être accomplie pour que la nouvelle Asgard renaisse de ses cendres, mais pas au prix de la vie d'Eira. Cela aurait été notre plus grande erreur. Seul Loki pouvait la sauver du sacrifice et anéantir Surt en même temps !

— Mais Freyja ? Pourquoi ?, questionna le dieu des dieux.

— Là, je ne comprends pas, mon cher époux. Freyja est si différente ! Quelque chose de si sombre emplit son cœur aujourd'hui, elle qui était si douce. Pourquoi a-t-elle rejoint les rangs de Surt, notre pire ennemi ? Pourquoi a-t-elle emporté le corps de mon fils bien aimé ? Je suis si triste de savoir Baldur en proie à des souffrances à venir.

Elle soupira prenant la main d'Odin dans la sienne, puis sourit une nouvelle fois aux deux jeunes dieux en s'approchant du blessé.

— Tu as bien souffert, Loki. A cause de secrets que tu devais garder pour protéger les tiens, à cause des injures qui t'ont été injustement faites ces derniers mois et à cause de cette bataille, finalement le plus facile de tes combats n'est-ce pas ? Il est plus simple de se battre que de mentir à ceux que l'on aime.

Loki approuva d'un signe de tête.

Puis elle reprit, s'adressant à Thor et Heimdall :

— Il est temps de lui prodiguer des soins. Emmenez-le dans une suite du palais, sa place est à nos côtés désormais. Et faites appeler les soigneurs.

Elle repartit au bras d'Odin, qui ne la lâchait pas du regard, vers leurs appartements.

37. Convalescence

Loki fut donc emmené avec précautions dans une chambre immense royalement décorée et étendu sur un lit à baldaquin aux draps de soie bleu pâle, comme la couleur de ses yeux.

Il protesta, gémissant et gesticulant lorsque des serviteurs voulurent le dévêtir afin de pouvoir nettoyer ses plaies, sous le regard amusé de Thor et d'Heimdall. Loki qui n'avait pas eu peur de la mort, paniquait comme un enfant devant les infirmiers d'Asgard. Mais ce fut finalement Eira qui repoussa les soigneurs, indiquant qu'elle pouvait se charger seule de cette tâche.

— Es-tu assez remise pour cela, lui demanda inquiet Thor. La bataille ne t'a pas épargnée non plus.

La guérisseuse était très pâle. Elle tenait à peine debout, ayant tant donné à tous les guerriers durant les heures qui venaient de s'écouler. Pourtant, elle fit signe que oui en demandant poliment à Sif et Heimdall de quitter les lieux. Ils s'exécutèrent sans broncher.

Seul Thor resta pour l'assister. Ils étaient de nouveau tous les trois dans cette chambre, comme au temps de leurs périples à Idavoll.

Loki se laissa faire, malgré la douleur, lorsqu'ils enlevèrent sa tunique en partie collée à sa peau par le feu maléfique, serrant les poings pour ne pas crier. Quelles souffrances il avait dû endurer durant ces longs moments où il avait dû ceinturer le monstre attendant que Thor n'agisse ! Eirwen avait beau en avoir vu d'autres en tant que future médecin, voir la peau à vif de celui pour lequel son cœur battait était assez éprouvant. Elle prenait donc toutes les précautions du monde pour atténuer ses souffrances et préserver sa pudeur durant ce déshabillage nécessaire aux soins, le couvrant au fur et à mesure d'un léger drap de soie fine.

La jeune femme laissa ensuite glisser doucement ses doigts sur la plaie en forme d'éclair qui trônait près de son cœur. C'était l'endroit où la foudre de Thor l'avait frappé en pleine poitrine, mettant un terme à ses souffrances et le plongeant dans un sommeil sensé être sans fin.

Le dieu du tonnerre frémit en apercevant la longue cicatrice, mais Loki le rassura d'une plaisanterie :

— Voilà un souvenir de mon futur roi qui ne me quittera pas de sitôt, dit-il fièrement. Une sorte de tatouage qui fait de nous bien plus que des frères !

Thor acquiesça, lui rendant un sourire complice tout en cachant la tristesse qui le submergeait en constatant l'état dans lequel se trouvait son frère de cœur, en partie à cause de lui.

Avec une extrême douceur, Eira lava le torse, les bras et le cou du brun fort malmené par le contact avec la masse d'acier fumante du monstre. Puis comme elle avait l'habitude de le faire maintenant, elle s'ancra et fit jaillir un jet de lumière verte avec lequel elle entoura le malade précautionneusement. La douleur semblait s'envoler au fur et à mesure que le spectre se mettait à briller, de plus en plus. La respiration du dieu du feu devint moins saccadée, plus lente et il s'endormit paisiblement, faisant entièrement confiance à son médecin personnel.

38. Confidences

Pendant ce temps, dans la suite d'Odin et Frigga, loin des oreilles indiscrètes, une conversation plus sérieuse débuta :

— Pourquoi ne pas avoir laissé le sacrifice s'accomplir ?, demanda Odin. Cela eut été moins risqué que de se fier uniquement à Loki.

— Loki était notre issue la plus sûre, mon cher mari.

— Il aurait pu nous trahir malgré son attachement à Eira.

— Tu ne sais pas tout, mon cher. La prophétie est une chose. Le Ragnarök a été gagné mais une plus grande bataille nous attend. Le danger est là, plus présent que jamais, devant nous.

— Freyja ?, interrogea Odin.

— Freyja, oui, la belle séductrice... mais pas seulement, je le crains. Dans son désir de pouvoir, Surt est allé trouver des alliés puissants, trop puissants pour lui. De toute évidence, il a été abusé et cela a causé sa perte. Comment ont-ils pu corrompre Freyja ? Je ne le comprends toujours pas. Elle qui n'a qu'amour en son cœur, soupira la reine. Dans quel but ? Je ne le sais pas non plus, ces âmes sombres ont pu si facilement se jouer de tous. Elles ont pu si aisément nous tromper, sauf Loki, qui a vu clair dans ce jeu de dupe.

— C'est pourquoi tu as fait confiance à Loki et voulu sauver Eira ?

Elle acquiesça de la tête en ajoutant :

— Eira est plus forte et puissante que tu ne le crois. Elle est même la plus forte d'entre nous. La magie qui coule en elle et son mental de guerrière, son empathie sans faille : elle est la seule à pouvoir vaincre la mort. Elle est l'unique clef de notre futur salut. L'avenir, mon cher époux, est sombre malgré notre victoire.

— Qui ose nous défier de la sorte ?

— D'où viendra ce nouvel assaut ? Je ne le sais malheureusement pas, mais les neuf royaumes sont en grand danger. Il s'agit d'une magie ancestrale, je la sens vibrer au loin. Elle guette la moindre de nos faiblesses tout en craignant notre « force ».

Odin faisait mine de ne pas comprendre. Après tout, le roi d'Asgard, le tout puissant, c'était lui ! Pas une frêle jeune fille.

— Les oracles ont parlé, Odin, il en sera ainsi. Eira est la seule à pouvoir mener cette nouvelle bataille. Elle est notre destin. Mais chut, laissons à nos guerriers le temps de se réjouir et de se reposer en paix avant que les jours à venir n'allument à nouveau les feux du combat.

Le roi et sa reine restèrent ensuite silencieux, contemplant depuis leur balcon leur royaume étincelant, pour le moment paisible et empli de joie.

Tout comme les dieux et déesses, les guerriers profitaient de ce retour à Asgard. L'hydromel coulait à flots dans les tavernes, sur les places et même dans les maisons. La fête allait durer plusieurs jours dans tout le royaume rempli de chants victorieux et de danses joyeuses. Asgard la magnifique brillait de mille feux au cœur de cette première nuit d'après Ragnarök. Les ambassadeurs des peuples des neuf royaumes allaient bientôt arriver et rendre louanges au roi qui avait sauvé l'équilibre sacré au prix de la perte de l'un de ses fils.

Au petit jour, Eira fut réveillée par une douce caresse sur son bras puis sur sa joue. Elle ouvrit les yeux et découvrit Loki assis sur le lit, qui jouait malicieusement avec une plume blanche sur sa peau.
A bout de forces après avoir soigné le dieu, elle avait dû s'assoupir pour finalement passer la nuit entière à côté de son malade sur le grand lit confortable.
— Tu te sens mieux ?, demanda-t-elle en se redressant calmement, s'étirant pour sortir de ce sommeil pour une fois profond, calme.
En guise de réponse, Loki dont le torse ne montrait plus une trace de brûlures, mais qui conservait toujours l'éclair de Thor, leva la paume de sa main et fit danser devant la jeune déesse, des pétales de roses blanches qui se posèrent délicatement devant elle, sur la soie, en formant un cœur qui en disait plus long que des mots.
La jeune fille confuse rougit et baissa les yeux.
De sa main, le jeune homme effleura sa joue puis ses lèvres. Arrivant à son menton, il lui fit lentement lever la tête et vint déposer un doux baiser sur sa bouche. Baiser qu'elle lui rendit dans un silence complice où seul le battement de leurs deux cœurs se faisaient entendre.

C'était sans compter sur Thor qui fit irruption dans la chambre, suivi de Sif, surprenant les deux amoureux un peu gênés. De toute évidence, ces deux-là avaient passé la fin de la journée et la nuit à courir les fêtes données en leur honneur aux quatre coins de la cité.

— Eh bien, on dirait que tu vas beaucoup mieux, mon frère.

Sur le coup, Loki haussa les épaules, un peu chagriné de cette entrée en fanfare au beau milieu de cet instant si tendre, de ce moment de complicité qu'il attendait depuis si longtemps. Mais finalement, retrouver ses repères, son pataud de frère surtout, lui paraissait si bon !

Avec cette victoire, les souvenirs de son passé asgardien se mêlaient de plus en plus à ceux de Thomas. Angus était le seule lien qui le reliait à son ancienne vie humaine. Il était là, présent à ses côtés, à la fois souvenir rassurant et témoin de ce bonheur qui l'envahissait soudain. Loki-Thomas n'avait jamais été si heureux. Il semblait avoir enfin trouvé sa juste place au sein de ce monde. Plus encore, il était amoureux.

La matinée se déroula dans des rires et avec une insouciance nouvelle. Loki allait mieux et pouvait se lever, mais restait encore chancelant, extrêmement fatigué. Finalement, cela ne lui déplaisait pas qu'Eira soit aux petits soins pour lui, alors il faisait aussi durer un peu le plaisir, gémissant pour attirer l'attention de la belle.

Le dieu du tonnerre leur raconta combien le peuple d'Asgard était heureux de ce renouveau et combien il les remerciait pour ce qu'ils avaient accompli hier. Une statue allait sans doute être élevée à la gloire de l'étoile et du grand Loki, mais une plus grande serait réservée à celui qui avait terrassé Surt de son éclair, évidemment. Les éclats de rires s'élevaient dans la pièce immense et décorée avec goût.

Tout à coup, la porte s'ouvrit à nouveau dans un grincement terrifiant. Odin entra, l'air grave, son pas martelant le sol de marbre blanc.

— Il est temps de reparler un peu de ce qui s'est passé ces dernières semaines et plus encore hier soir !, dit-il en se postant devant le groupe.

Loki frémit, se rappelant ses mensonges et les risques qu'il avait fait encourir à tous avec son plan qui aurait pu mal tourner.

— Il me semble d'ailleurs que vous étiez liés par le même sort, je me trompe ?, ajouta le roi en défiant Thor et Eira, qui comprenaient fort bien qu'Odin soit en colère à cause des cachotteries autour de la prophétie.

Ils pensaient que la victoire avait tout balayé mais apparemment non.

— Non, non, non, balbutia Loki. Ils n'ont rien fait du tout. C'était mon plan. Juste le mien.

— Ah bon, alors toi, qu'as-tu fait ?, demanda le père, posant sa voix.

— J'ai trompé votre confiance, mis en danger mes compagnons. Je vous ai… menti, répondit fébrilement le dieu du feu.

— Très bien. Si tu avoues si facilement, passons tout de suite à la sentence alors …

— Non, s'opposa Thor, se dressant de toute sa stature devant son père.

— Tais-toi Thor, ordonna Odin. Passons donc sur le fait que tu aies mis Surt à terre avec Thor, et qu'Eira ait pu nourrir durant des heures les forces de nos guerriers sans faillir pour que nous puissions nous concentrer sur l'essentiel.

Le trio ne voyait pas où Odin voulait en venir, mais il s'attendait au pire...

— Pour votre punition à tous les trois…, reprit le roi.

Ils déglutirent retenant leur souffle.

— …pour votre punition, je vous envoie dès ce soir à Idavoll afin d'aider Jans à réparer les dégâts subis à cause du Ragnarök. Le pauvre, malgré la victoire, hérite d'une terre en piteux état, et tous nos guerriers sont occupés à festoyer. Qu'en dites-vous ?

Le dieu des dieux se mit à rire comme un enfant alors que les trois amis, soulagés, n'osaient y croire.

Odin était vraiment un roi surprenant : exigeant et sévère mais aussi souverain intègre qui aimait son fils et savait reconnaître et récompenser la valeur de ses guerriers.

Après ces mois d'entraînement, de doutes, et ces journées passées en enfer, Thor, Loki et Eira allaient pouvoir retrouver les plaisirs simples d'Idavoll, ce lieu témoin de leur amitié et de leurs aventures, la cascade, les prairies et les grands espaces propices à leurs jeux, sans oublier les petits plats délicieux de Jans.

Cette « punition » les emplit d'une joie immense.

Asgard était majestueuse, mais Odin avait bien compris que ces trois-là méritaient un temps de repos, loin de l'agitation des dieux. Un temps pour doucement dire au revoir à leur condition d'humain.
Plus qu'Idavoll, c'étaient leurs vies de nouveaux dieux qu'ils devaient construire.

Dépôt légal : Mai 2021

Achevé d'imprimer par Bookpress
www.bookpress.eu

Imprimé en UE

Les Éditions du Menhir
8, Le Henlis
56340 Plouharnel

www. editionsdumenhir.com

ISBN : 978-2-919403-89-9